JN208311

林崎治恵　著

風土記本文の復元的研究

汲古書院

風土記本文の復元的研究　目次

序章　風土記という古典

一　はじめに

風土記は、『続日本紀』和銅六年（七一三）五月甲子（二日）の条の詔命によって撰述された各国の国情を記した報告文書であるというこの認識は現在定説となっている。その詔命は以下のとおりである。

畿内七道諸國郡郷名着二好字一。其郡内所レ生。銀銅彩色草木禽獣魚虫等物。具録二色目一。及土地沃堉。山川原野名号所由。又古老相傳舊聞異事。載二于史籍一言上。

（新訂増補国史大系第二巻による。ただし、送り仮名と「史籍」の後の「亦宜」の二字は削除する。）

この和銅の詔命で全国六十余りの国々がすべて中央官庁に文書を提出したかどうかは実際のところはわからない。また、現伝している風土記はわずかに五か国のみで、その他―全ての国ではないが―は逸文として部分的に残されているに過ぎない。現在のこの状況は、伝来される状況が必ずしもよいとは言えない環境であったことを示しているが、このことは風土記の撰進を再度求めた延長の太政官符を見ても理解できよう。延長の太政官符は和銅六年の詔命から下ること二百十二年後の延長三年（九二五）十二月十四日に発せられる。その内容は『類聚符宣抄』に「可レ進二風土記一事」として以下のとおり記される。

太政官符　五畿内七道諸國司

應㆔早速勘㆓進風土記㆒事

右如㆑聞諸國可㆑有㆓風土記文㆒。今被㆓左大臣宣㆒偁。宜㆘仰㆓國宰㆒。令㆘勘㆓進之㆒。若無㆓國底㆒。探㆓求部内㆒。尋㆓問古老㆒。早速言㆖上者。諸國承知。依㆑宣行㆑之。不㆑得㆓延廻㆒。苻到奉行。（新訂増補国史大系第二十七巻による）

これを見る限りでは、風土記の文書は延長当時の中央政府のもとにはすでに散逸等で見ることができなかったか、文書があったとしてもすべての国のものが揃わず利用できるものではなかったか、さらには保存状態が悪く、破損や汚損により文書を見るのには限界があったか等の様態であったことが想像でき、延長以降においても、たとえ延長の官命で全国から文書が再度提出されていたとしても、中央官庁の文書の保管状態は和銅から延長までの期間と似たようなものであったであろうと類推することは難しくない。

古典が伝来される過程で、原本や伝播祖本が失われたり誤写が生じたりすることは宿命ではあるが、殊に風土記の場合の伝来様態は、風土記なるゆえのその特質ともあいまってのありさまであるということは、以下、まず確認しておきたい。そのうえで、この世に誕生した風土記と、風土記が成立する契機となり、その後の伝来状況に影響を及ぼす要因となるった風土記が合わせ持つ側面とを分けて捉えたい。

二　風土記の価値

先に記した風土記なるゆえのその特質とは、本稿の冒頭で記したように風土記が官命によって編述された各国の「報告文書」であることに由来する。風土記は、風土記という書名のもとで編集されたひとつの書物でもなければ、何某かの大きな編集意図で作成されたひとつの書物でもない。また、古来より多くの人々に親しまれてきた和歌（歌謡）という文学基盤のある中で編集成立したひとつの書物でもない。奈良時代に成立した『古事記』や『日本書紀』や『萬葉集』は中央政府かそれに近いところにいる高級官吏によって作成編集されたものであるが、風土記は各々の国で編述されたものであって、それらがさらに統一的にひとつに編集されたというわけではない。[1]あくまでも官命に応じた「文書」なのである。報告文書を受け取る側からいえば、「実用的な（実務的な）公文書の提出を求めたものであり、それ以上でもそれ以下でもない」[2]のである。従来から指摘されるように「風土記は、これを求めた中央では多分に資料的意味の第二義文書としての評価しか与えられず[3]」、だからこそ、「いつたん提出されてしまふと中央政府の文書収納庫に深く藏されて、廣く讀まれることもなかつたのではないか。利用される度合ひの少ない文書ならやがて官僚たちから忘れられ、處分されたり燒失したりすることはあっても、書写や研究はされなかったであらう[4]」との推定がなされるのである。

風土記の伝来環境が決して好ましいものではなかったことはこれまでも十分に言及されていることではあるが、これは風土記の誕生に起因する性質であるので、これによって他の書物との比較で優劣をつけられるものでは決してない。ここで再度確認しておきたいことは、原本の風土記はそのもの自身に何ら副次的要素があるわけではなく、各国の国司・郡司らが撰述したひとつの文書であるということである。その意味では、秋本吉郎氏の、「中央と地方との相違を以て、国史編纂と地方誌編述の官命とは、同じ時代機運の上に立つ併行的な企画事業で、一を以て他の従属とするには余りに大規模な事業であった[5]」との記述は風土記の内在的価値の言及として注目できよう。

さらに、風土記が現代に伝えられるまでの古典としての評価と扱いについても第二義的な典籍としてのものであったことは従来から指摘されているが、これは、近世における古典研究が『古事記』、『日本書紀』、『萬葉集』等の研究を本意として行われ、風土記はその傍証資料としての価値しか認めてこなかったという古くからの風土記観によるものである。[6]そういった歴史的な経緯があるなかで、秋本氏は「風土記が負つ（マヽ）て來た不遇の運命をきり拓いて、古代官撰地方誌としての本來的な性質の認識の上に立った取扱ひのなされるべきことを希ふ」と言い、植垣節也氏は「風土記学の進展」を願い『風土記研究』を創刊し（当時は年に二回の刊行を目指していた。）、さらに二〇〇四年当時における学界動向として「数量的には、その後の発展を期待しながらまずまず満足すべき第一段階は突破した」と記し、加えて「質的に」「重量感」を持った次の段階への研究成果への期待が持てると述べるまでに至っている。[7] このように現代の風土記研究は、風土記そのものを研究しようとした大きな流れのなかで進められ、進展してきたものである。

これは即ち、長い歴史の中で自然に踏襲されてきた風土記という書物に対する向き合い方からの脱却を目指すことを意味するものと言えよう。つまり、奈良時代に誕生し、現代にまで伝来したひとつの古典としての風土記に真摯に向き合うということに他ならない。今僅かの言葉で表現することは容易いが、歴史的に長い年月をかけて培われてきた、または疑問をはさむ余地のなかった古典研究の在り方を異なる視点から新たに構築する研究を目指していると言っても過言ではなかろう。[8] だからこそ、未来への希望を抱きつつ「研究者の体重が読者にせまってくるような力のある論文が読みたい」と植垣氏は述べたのであろう。[9] 同氏が無名の学者石塚竜麿の『仮名遣奥山路』の例えを出し、「学問の進展の前にはこうした地味な黙々たる努力が隠れているのであって」「一見無駄な勉強に一生のほとんどを費やした無名の人の『時間』と『汗』が必要なのだと思う」という言を記しているのも、歴史的に継がれてきた風土記研究からの脱却と飛躍を見つめてのものと解することが出来る。浅学の筆者には身の引きしまる言葉である。

風土記は、五か国といえども逸文といえども現代にまで伝えられてきたひとつの立派な古典である。「報告文書」という風土記なるがゆえの特質から、伝来様態やその評価までも古典としての風土記とともに現代まで伝わってきたが、そのことは先にも述べたように風土記自体の価値を低めるものではない。古典として風土記そのものの姿を真正面から捉えていく姿勢が今後ますます重要となろう。風土記の伝来の在り方や評価は他者が与えた姿であり、生来的な要素も風土記自身が持つ特質ではあるが予め決められたものである。風土記を理解する時、そういった一面を考慮しつつも、生み出されたひとつの作品としての本来の姿に対峙し見つめることを常に自身に問うていきたい。

三　作品としての風土記

風土記はあくまでも官命に応じた「文書」ではあるが、その文書の内容は事務的文書のようなものではない。現存する風土記は同じ官命を契機にして作成されたものであろうにもかかわらず、各国によってその内容や体裁が異なる。この点はいわゆる風土記の文学性にも関わることで、植垣氏は『風土記を学ぶ人のために[10]』で以下のように記す。

詔が狙っていなかったと思える要素が、現存風土記にあるのがおもしろい。その一例が風土記の文学性である。詔には「文学的に記せ」というような注文はないから、徹底的に無味乾燥な記事の羅列であってもよかったのだが、各国の国司・郡司は（そのような乾いた部分もないとはいえないが、）競って美辞をつらね、出典のある佳句を好んで使い、読者が筆者の学識・才能に感歎してくれることを期待した文書を書いた。

上代の文献における文学とは現代の文学とは異なり、執筆者にとって大切なのは「独創的な表現ではなく、典拠のある表現の利用であった[11]」というのが氏の上代文学観である。これは、日本の上代文学に中国の史書や文選、仏典などの漢籍や芸文類聚等の類書からの出典が多く認められ、中国古典文学からの影響が多大にあるという事実の認識から導き出されたものである。「佳句佳文を知っていないほうが恥ずかしいとされる社会で、読者が知っていることを前提として書かれる詩文[12]」が上代文学であった。だから、

ある場面ある瞬間の自分を歌い描くには、フローベルの一語説とは全く逆に、自分の知識にある過去の有名な場面に使われた佳句をどう利用して表現するかが、彼ら（筆者注：上代人）の関心事であった。その結果、史実と多少

相違が生じようとも、現実感が損なわれようとも、佳句佳文を使いきった悦びが全身を領したのである。それが、彼らの「文学」の方法であった。

と述べ、

『風土記』は地誌であって、近代文学のいう意味の「文学書」ではないが、上代における「文学」の方法で書かれた文学書である、というのが私の結論である。[13]

と結論づける。この文学観をもって、当時の風土記の執筆者、即ち国司に想いを馳せて

朝廷の高官が直接読む文書の表現を介して、自己の評価を高めてもらえるように、渾身の努力をしたものと思う。（中略）一人一人の国司の身でいえば生涯二度とない経験だったろうこと、（中略）国によっては中央から派遣されたばかりの新鮮な感覚の国司がいて、他国がそういう人と張り合うような興奮を覚えただろうこと、などが想像できる。[14]

とも記す。勿論この言は想像の域を出ないが、自ら小説も書いた植垣氏ならではの執筆者の立場にたった想像で、文学を生む立場を踏まえたうえでの叙述であり、風土記がこの世に誕生することに直接関わった国司や郡司という当時の編述者に焦点を当てた、人間を見つめた言葉であり、ひとつの作品として風土記を捉えた言といえよう。

風土記の文学性については、神田典城氏も「およそ人の心底に迫ることが文学研究の究極とすれば、極論するならば、単なる物産の品目であれ、それをとりあげ、文字として記した人の、そこには何ほどかの心の動きがあろう。貧しきに対する引け目・豊かさへの誇り等々、そこに人の営み、喜怒哀楽を読み取ることすら可能なのかもしれない」と記し[15]、風土記そのものの価値を見出す視点の提示を試みている。本稿では、風土記が詔命に応じた文書とはいえ、編述者によって作成されたひとつの作品として捉える立場を明確にするため、現伝する各五風土記を示すとき、例え

ば『常陸国風土記』というように『』をつけて表記することとする。

現代を生きる私たちが古典を研究するとき、古典が生まれたその当時の現実世界のままに享受することができないのは当然である。だからこそ、当時にでき得る限り近い姿を明らかにし理解することが求められる。本稿はこの当たり前のことを再度認識し、近年の風土記研究者が目指してきたように、他の文献の研究や他の目的のために風土記を研究するのではなく風土記そのものに光を当てて研究をし、学界としてそういった研究態勢が構築されることを願った亡き研究者たちがその礎を築いてきたその心に少しでも応えたい、否、応えることができるだろうかとの自問自答をしながら、風土記の本来の姿を求める過程の研究としてこれまでのものをまとめたものである。

四　風土記の原本

果たして、風土記が成立した当時の姿はどのようなものだったのだろうか。

風土記成立の契機となった和銅の詔命には風土記という名称がないことから、少なくとも撰述当初には風土記という名がなかったことがわかるが、延長の官命には風土記と明記されている。風土記の呼称がいつからのものであるかについては明確には分からないが、『年中行事抄』の「元日、宮内省奏二腹赤贄一事」で『官曹事類』を引いた文に「両国風土記」（筆者注：筑後国と肥後国）との初見が指摘されており、[16]奈良時代末から平安時代初期には風土記という名称が広く知られていたと考えられている。

延長の官命の文「諸国可レ有二風土記文一。」は「風土記文」が各国にあるであろうとの想定のもとで発せられており、その「風土記文」とは、過去に中央官庁に差し出した正式な文書以外に地方の各国に保存されているであろう副本或いは稿本を指していると考えられ、この官命はその風土記を提出させようとしていると理解される。地方において副本があったことは、廣岡義隆氏が備中国風土記逸文の邇磨郷条の「爰見二彼国風土記一」の表現から「国府に風土記の副本（提出控）があったことが確認できる」と指摘する。[17] 備中国風土記の当該逸文は寛平五年（八九三）の記事であり、延長の官命以前の内容となる。

　風土記の正式文書に副本や稿本があったであろうとの推察は、秋本吉郎氏の論考に示されているとともに[18]これまで当然のごとくに考えられていた感があったが、逸文の当該箇所から副本の存在の裏付けを明確に指摘したのは廣岡氏が最初である。しかも同氏は、中央よりも「大切にされたのは作成された各国であった」と言う。[19] 各国風土記の原本が失われ、現伝する風土記―最も古い写本は、『播磨国風土記』の三條西家本（国宝）で平安時代中期から末期の書写とされ、年代の新しい写本は『常陸国風土記』で江戸時代のものである―から遡及して原本の復元を目指している現状を、風土記成立の契機となった和銅の詔命と、後世の「応三早速勘二進風土記一事。」という延長の官命とを合わせて鑑みれば、現伝の風土記の祖本がどういう原典を写したのかは、厳密に言えば不明瞭である。つまり、現存する風土記の写本の祖本が写した原典は、和銅の詔命によって撰述し中央官庁に提出された文書そのものなのか（可能性は低い。）国府に保存された副本なのか、または稿本なのか、或いは延長の太政官符によって国府に保管されていたものに補訂を加えた上で提出されたものなのか、或いは延長の時に作成され提出したものなのか、さらに延長の時の副本、稿本として地方で保管されたものなのか、上記以外の歴史的背景によって成立したものなのか、その考えられる可能性の幅は広い。また、風土記全体として考えれば各国での歴史的状況はそれぞれ異なっているであろうから、原典を一様に決定できるものでもない。このことを真摯に受け止めれば、備中国風土記逸文による風土記の副本の存在の指摘は一国といえども唯一の確証であり、提出文書の控えに対する信憑性がより得られたと言えよう。

　元来、古典の本文校訂は原本を復元することを目指すものである。しかし、上述したように現存する風土記の写本の祖本の原典が風土記の原本であるとは言い切れず、様々な可能性を含みながら類推しなければならない現状を踏まえれば、現伝する風土記の写本から風土記の原本—和銅の詔命によって中央に提出した文書—の姿を復元するには限界がある。青木周平氏が「風土記は、記紀に比べて、原本に遡り得る保証が弱い。古代（奈良時代）の文献として成り立ち得るのか、たえずその検証が試みられねばなるまい」[20]と述べた内容は、風土記研究の足元を見つめさせる言である。そのことを承知の上で（実際、今ある資料を使うこと以外に方法がない。）、現時点でき得る限りの再現をしているというのが風土記の校訂の現状である。

そこで、風土記の校訂の限界を改めて再認識するためにも、秋本吉郎氏の風土記の典籍領域に関する論考を引いておきたい。

和銅と延長の二つの官命から存在を想定できる風土記として、秋本氏は、

（甲）和銅六年の官命によって筆録編述したもの。

(1) 中央へ進達した公文書正文。

(2) 地方國廳に殘存した副本または稿本。

（乙）延長三年の太政官符によって進達または筆録したもの。

(3) (2)によって（マヽ）中央へ再進達したもの—國廳保管中における缺脫、乃至再進達に際する整理淨書も考慮せられる。

(4) (2)によって（マヽ）新たに記事を增補し、または記事を修正加筆して中央へ進達したもの—編輯を新たにすることも考慮せられる。

(5) 新たに筆録編述して中央へ進達したもの。

(6)　(3)(4)(5)の副本または稿本として地方國廳に殘存したもの。

とその可能性を考えたうえで、[21]風土記の典籍領域を次に示したように設定する。[22]

(1)和銅六年（七一三）五月甲子（二日）、五畿七道の諸國に發せられた中央の官命を承けて、地方の國ごとに、官命に應ずべき事項について筆録し、國廳にて一つの文書としてとり纏めて編述し、中央に報告進達したものである。その編述進達の時期は官命發令後の數年といふ短かい時期とは限らず、天平四年（七三二）の節度使派遣によっ（マヽ）てうながされたものもあり、およそ天平一〇年（七三八）頃までを編述進達の下限年代とする。

(2)前項の和銅度中央へ進達した公文書としてのものが現在に傳存してあることは殆ど望まれず、その副本または稿本として地方國廳に殘存したもの、及びそれによって延長三年（九二五）の太政官符に應じて中央へ再進達したもの、或はその副本または稿本として地方國廳に殘存したもの、これらが領域内の典籍として事實上研究の對象となり得るものとなる。延長度の再進達といふこと、及びその際の加筆補修、或は新編述といふことがあれば、それらは風土記の傳來上の事として考慮し、風土記の典籍領域の本來的な條件外とすべきものである。

(3)右の典籍について「何某國風土記」といふ書名は、一般的用語例による後代的呼稱で、和銅度及び延長度の典籍が「風土記」を書名とするか否かは本來的な要件ではない。

ところで、延長の官命に記されている各国に存するであろう風土記については、和銅六年の詔命によって撰述された風土記そのものを指しているとは単純には言えず、特に『出雲国風土記』『豊後国風土記』『肥前国風土記』については各国の風土記の成立とも関連する問題であり、秋本氏のいう「天平四年（七三二）の節度使派遣によってうながされたものもあ」るというのがそのことに当たる。中でも「天平五年二月卅日勘造」の奥書のある『出雲国風土記』は、田中卓氏のように養老の原撰・天平五年再撰の説もあり、[23]小島氏のいうように風土記撰述の命が天平初年にも出された

のではないかとの推測をさせる余地が残されている。(24)

風土記の伝来上における問題についても簡単に触れておく。現伝している風土記は常陸・出雲・播磨・豊後・肥前のわずか五か国のみで、その他については逸文として伝わる。また、五風土記のうちほぼ完本と言えるのは『出雲国風土記』のみで、それ以外は一部分が欠ける、或いは抄略されるという状態で伝わり、完全な姿を呈していない。もう少し具体的に記すと、『常陸国風土記』は本文中に「以下略之」等の表記がいくらかあり、省略本である。現伝する形態にいつなったのかは明らかでない。『播磨国風土記』は平安時代後期の写本である三條西家本が現存するが、冒頭部分が欠けている。また、『豊後国風土記』と『肥前国風土記』は大宰府でまとめられていた可能性もあるが、どちらも一部分の本文しか伝わらない。

このように、現伝する風土記がそもそもいつどのように成立したものであるのかが解明できず、先に挙げた秋本氏の典籍領域とも合わせて考えると、風土記に内在する問題は複雑であり、現伝する風土記の正しい本文理解は容易ではない。そのことを念頭におけば、基礎的研究である本文校訂に関わる研究はとりわけ重要である。さまざまな様相を孕んでいる風土記を紐解くためにも、校訂した結果である本文のみに注視するのではなく、その校訂経路や諸写本の文字の異同、底本や校合本の選定に至るまでの、すべての校訂・校合に関わる内容が大切となろう。現在多くの校訂本があるが、風土記の研究が進み蓄積されてきた現在、改めて今ある校訂本を見直し、今後の風土記研究のために基礎的分野における課題があるか、あるとすればどのようなものかという視点も持ちながら、風土記の原姿を探るという大目的を掲げ、それに関わる小論を本書に収める。

五　本書の構成

第一部では、風土記の基礎的研究として、『常陸国風土記』の諸本研究を収める（初出は『古事記年報』第三四号〈一九九二年一月〉所収の「『常陸国風土記』の伝写について」）。『常陸国風土記』は風土記のなかでも比較的新しい近世の写本しか伝わらず、また祖本とされる加賀前田家本（以下、前田本という。）も伝わらないため、本文を確定させてテキストを作成するにも問題が生じやすい。『常陸国風土記』の諸本研究には飯田瑞穂氏の先行研究があり、[25]また、秋本氏も独自の系譜付けを行っている。[26]両者ともに伝播初期の系譜を、前田本を写した無奥書の彰考館本から諸本が派生すると結論づけているが、一本の写本からあまりにも多くの転写本が出ていることについては不自然な感を否めない。前田本も彰考館本（甲）も、また彰考館本（甲）を写した彰考館本（乙）も戦災で焼失し伝わらないため、系譜を明らかにすることは至難であるが、拙稿では十本の諸本を本文の体裁や記述形式・文字の異同などの観点から検討し、諸本のグループ分けを行ったうえで、それらグループ間の系譜づけを試みた。その結果、武田本を前田本から出たものとして考定し得ると結論づけ、『常陸国風土記』の系譜に新たな一提案を示した。

さらに、『常陸国風土記』の原本の復元に必要な写本がどのようになっているのかがわかるように集成した「常陸国風土記四本集成」を収載する（初出は『風土記研究』第一〇号〜一二号〈平成二年一〇月〜平成三年六月〉）。『常陸国風土記』の原本の復元には、伝播祖本である前田本の復元が必須となるが、そのために必要な現存する重要な写本、即ち、菅政友本（以下、菅本という。）、武田祐吉旧蔵本（以下、武田本という。）、松下見林本（以下、松下本という。）の三本と、近世の校訂本である西野宣明の『訂正常陸国風土記』（以下、板本という。）の四本の異同を一見してわかるように集成作成した。菅本と松下本は、三つある写本グループのうちの甲類と乙類という別々のグループの写本群であり、両写本ともに信頼できる奥書を持つ。一方、武田本は無奥書であるが、松下本と同じグループであり、しかも松下本より遡る写本であることは確認できる。重要な三本の写本のなかに、もう一つの写本群である丙類の写本が含まれていないが、これは、丙類の写本群は伝写される途中において校訂の手が加えられたものであろうと考えられるためである。

四本集成の特徴は、最も重要な写本とされる菅本の一行分を基準にして、他の三本をそれに合わせ、文字異同や改行を一見してわかるようにしたところである。写本の文字については、全てを透写しそのままの姿に近いものを提示できるように作成している。さらに、風土記の校訂本の基盤となった西野宣明の板本を併せて掲載し、校訂の際に参考にできるようにした。また、基準となる菅本の一行分に対して番号を付し、研究上の便宜を図った。この番号については、『風土記研究』に掲載された初期作成のものは、板本が菅本にない文を補訂した部分にも通し番号を振っているが、本書所収時に菅本の行数を基準として「64―1」～「64―4」というように修正し掲載する。[27] この番号は、最新の校訂本である山川出版社刊の『風土記』[28]（以下、山川本『風土記』という。）が一行ごとにふっている通し番号と一致するが、これは山川本『風土記』が底本の配行に基づいた通し番号を付すという方針をとっているためで、『常陸国風土記』はまさしく菅本を底本としているからである。校訂本を作ったりさらに校訂本の再検討をする場合、拙稿のように、重要な写本を基準として写本のそのままの姿を示しながら数本の必要な写本を集成したものは有用であろう。なお、諸本の書誌については、前章と重複するところもあるが、そのまま掲載している。

第二部では、現在刊行されている校訂本の現状が実態としてどのようになっているのかを確認することを主目的とし、各校訂本の校訂本文とその校訂方法に焦点を当てて、風土記の本文復元の特徴を捉えることを試みた。現在刊行されている校訂本は多く、その校訂本文もさまざまである。新たな見解が提示されることは研究の進歩につながり、風土記研究にとって有益であることには違いないが、校訂結果、即ち本文がどのようにもたらされたのかを正しく知ることは、頭で考えるほどに容易なことではない。実際、諸本を確認するだけでも思いのほか労力を要する。そのことを考えれば、丁寧に正確に諸本との校合を行い、一貫した態度で校訂をするには、どれほどの時間と努力と、そして高い見識が必要であろうか。このような校訂作業の労苦に思いを致せば、研究成果の積み上げと学界の発展のために、校訂本の特色をわかりやすく示すことの重要性が説かれるのも肯首できる。[29][30]こういった情況が今に至るまで変わらずあるという現況において、風土記の基礎的研究をさらに進展させるためには、個別の研究成果を比較しその特徴を捉えるとともに、風土記の本文復元に対する考え方や風土記の原姿に対する認識を明確にすることも必要であろう。

古典の本文校訂は、失われた原本を復元することを目指すが、風土記の本文校訂をする場合、すぐさまに原本の復元に結びつかないという問題がある。これは、風土記という古典が単一書物ではなく、各国で作られた古代の報告文書であり、その成立や写本の伝来状況に問題を孕んでいることにも関わるが、そもそも校訂者が本文校訂をするとき原本を復元することについてどのように考えて行っているのかについては明記されないことがほとんどであるという現状がある。だからこそ、校訂者の考えや校訂姿勢が現われる校訂本文の比較を行い、その相違が現われる根拠を確認した。風土記の原典をどのように考えるか、本文の復元をどのようにするかという基礎的研究に関わる分野は、多様に示されている校訂本としての成果に留まらせるのみでなく、風土記のよりよい本文校訂のあり方を構築するためにも校訂本を再検討するという段階にきているのではないだろうか。

具体的にはまず、第一部で取り上げた『常陸国風土記』について、その校訂本の比較検討をした拙稿「常陸国風土記の校訂上の異同について―総記～行方郡における三校訂本での比較―」(『上代語と表記』〈おうふう、二〇〇〇年一〇月〉所収)を基とし一部改稿した。最新校訂本である山川本『風土記』については終章で取り上げているので補足をせず、新編日本古典文学全集『風土記』と神道大系『風土記』と日本古典文学大系『風土記』の三本を比較した。次に、『出雲国風土記』の校訂本の比較を掲載する〈初出は、『藝林』第四四巻第四号〈一九九五年一一月〉所収の「出雲国風土記の校訂上の異同について―神道大系本と日本古典文学大系本との比較―」〉。これは神道大系『風土記』が刊行されたときに作成したものであるので、日本古典文学大系『風土記』との比較をしている。校訂本の比較結果から、校訂における底本尊重の姿勢の実態を中心に検討し、積極的な意改が多い校訂本であっても、底本尊重姿勢が明確にみられることを確認し、校訂姿勢の在り方とはどういうものかを再確認することができた。

神道大系『風土記』の校訂者である田中卓氏は過去に校訂学を提唱し、自身が持っている独自の考えで校訂本を作っているので、その校訂学については第二章で取り上げる〈初出は『藝林』第四十五巻第二号〈一九九六年五月〉所収の「図書紹介 田中卓博士校注『神道大系古典編七 風土記』」〉。また、橋本雅之氏が提示した『播磨国風土記』のような孤本校訂の三原則についても触れ、校訂本間の比較から導き出した結果を踏まえて論考する。

最後に、まとめとするにはあまり相応しいとは言えないが、現時点での考えを最も端的に表したものであるので、「風土記のテキストの現状と課題」〈初出は『四條畷学園短期大学紀要』第四九号、二〇一六年五月〉を少々改稿し終章に配した。

付論には、風土記逸文の事例研究として四つの逸文の注釈的研究を挙げる〈初出は『風土記逸文注釈』上代文献を読む会編〈翰林書房、二〇〇一年一〇月〉所収の常陸国「信太郡の沿革」・「信太郡の郡名」、筑前国「資珂島」・「怡土郡」〉。本来は、本文を確定して注釈的研究をすべきであるが、いまはここに挙げたものしかないので、付論とした。また、伝承研究の個別事例として風土記研究に通じるものがあるので、『竹取物語』に関する論考をここに挙げておく〈初出は『広陵町史 本文編』〈広陵町史編纂委員会二〇〇一年五月〉所収の「広陵町と竹取物語」〉。

本書に収録した論文については、明らかな誤植等を訂正するとともに、多少表現を修正し、整えた。全体として不完全なものであることは十分に承知しているが、ひとまずここで区切りをつけ拙著を上梓させていただいた。皆様からのご教示、ご鞭撻を賜れば幸いである。

なお、古典研究の基盤となる文献学的研究のご指導を頂いた故植垣節也先生には、ご恩返しをすることができないまま今日を迎え、もし今ご存命であったとしても、先生のご満足いただけるものに仕上げることができなかったのは心苦しいことではあるが、その点は伏してお許しを乞い、次の新たなステップへ繋げたいと思う。先生が示してくださった入り口から入った学問は、学問以外の面においても私の人生の基盤を作るものとなり現在に至っている。賜ったご指導に改めてここに謝意を表する。

また、大学院博士後期課程時代にお教えを頂いた田中卓先生からは、大きな歴史の流れを見ながら真っ直ぐに真実、真理の探究をされるその一貫した学問を学ばせて頂くことができ、さらには至らない私を叱咤激励しながら導いてくださったことは、私どもにとっては望外な幸せであり、今もなお人生の指針となっている。拙著に収めた論文には先生のお導きがあったからできたものがある。ここに改めて賜ったご指導に心より感謝申し上げる。

さらに、拙著発刊にあたり、陰ながら励まし応援いただき導いてくださった毛利正守先生、出版をお引き受け頂いた汲古書院の三井久人氏に心より御礼申し上げる。皆様のお蔭で拙著を形にすることができ深謝する次第である。

（注）

（1）九州風土記の場合は大宰府でまとめられたと考えられる要素もあるが、一つの著作物を編集するといった程の編集がされたかどうかはわからない。

（2）神田典城編　上代文学会研究叢書『風土記の表現 記録から文学へ』同氏執筆「総論」笠間書院、二〇〇九年七月　二頁。

（3）秋本吉郎校注　日本古典文学大系『風土記』解説、岩波書店、一九五八年四月、二二頁。

(4)植垣節也『風土記の研究並びに漢字索引』風間書房、一九七二年五月、二七頁。
(5)(注3)に同じ。一一頁。
(6)秋本吉郎氏は『風土記の研究』(ミネルヴァ書房、一九六三年一〇月、三一三―三三六頁)において、風土記が傍証資料や他目的への利用資料として扱われた第二義的文書としての風土記観、風土記評価があったことを指摘する。
(7)「風土記研究の現在と未来」(『国語と国文学』第八一巻第一一号、二〇〇四年一一月)
(8)橋本雅之氏も『風土記を学ぶ人のために』第二章第二節「風土記と歴史書」で「記紀に比べて質的に劣るという、風土記に対する先入観は修正されねばならない。風土記の研究はそこから始まる。」と結ぶ。
(9)(注7)に同じ。
(10)植垣節也・橋本雅之編『風土記を学ぶ人のために』世界思想社、二〇〇一年八月、一八・一九頁。
(11)新編日本古典文学全集5『風土記』解説、小学館、一九九七年一〇月、六〇八頁。
(12)(注11)に同じ。六〇九頁。
(13)(注11)に同じ。六〇九頁。
(14)(注10)に同じ。一九頁。
(15)(注2)に同じ。一〇・一一頁。
(16)小島瓔禮『風土記』角川文庫、一九七〇年七月、三七一頁。
(17)(注11)に同じ。頭注並びに解説、四九四・六一一頁。
(18)『風土記の研究』ミネルヴァ書房、一九六三年一〇月、七―四九頁。
(19)(注11)に同じ。六一一頁。

(20) 松本直樹「シンポジウム『風土記とは何か　風土記から何が見えるか』」(『上代文学』第九八号、二〇〇七年四月)

(21) (注18) に同じ。二七頁。

(22) (注18) に同じ。四八頁。

(23)「原撰出雲国風土記の成立年代」(田中卓著作集8『出雲国風土記の研究』国書刊行会、一九八八年五月、四一〇―四二六頁。『神道学』一号、一九五四年五月初出。)

(24) (注16) に同じ。三七三―三七四頁。

(25)「常陸風土記の諸本について(一)」「常陸風土記の諸本について(二)」(『歴史研究』(茨城大学) 二七号・二八号　一九五七年一〇月・一九五九年四月) のち、飯田瑞穂著作集2『古代史籍の研究 上』(吉川弘文館、二〇〇〇年五月) 所収。

(26) (注18) に同じ。五〇二頁。「昭和三十四年七月茨城縣歴史教育會、常陸風土記研究會に印刷發表したものによる」とある。

(27) 拙稿「風土記のテキストの現状と課題」(『四條畷学園短期大学紀要』第四九号、二〇一六年五月) の注7に記載している。なお、当稿は少々改稿し本書の終章に収める。

(28) 沖森卓也・佐藤信・矢嶋泉『風土記　―常陸国・出雲国・播磨国・豊後国・肥前国―』山川出版社、二〇一六年一月。なお、本書は、すでに発刊されている四冊―『出雲国風土記』二〇〇五年四月、『播磨国風土記』二〇〇五年九月、『常陸国風土記』二〇〇七年四月、『豊後国風土記・肥前国風土記』二〇〇八年二月―に再検討を加えて合冊したものである。

(29) 田中卓「古典校訂に関する再検討と新提案」(『神道古典研究所紀要』三、一九九七年三月。のちに、続・田中卓著作集3『考古学・上代史料の再検討』〈国書刊行会、二〇一二年六月〉所収。) これには、氏が古典校訂の経験を通して感じている問題点が率直に述べられる。

(30) 田中卓校注神道大系『風土記』解題 (一九九四年三月) の凡例「底本の選定」(二七―三〇頁) にも記される。

第一部　『常陸国風土記』の基礎的研究

第一章　『常陸国風土記』の伝写について

一　はじめに

『常陸国風土記』には現在約四十本の写本が伝えられているが、そのうちの二十七本についてはすでに飯田瑞穂氏が調査をなされ、それらの諸本の紹介もされている。(1)そして諸本を、

（イ）　彰考館本から写し広められたことの明らかなもの

（ロ）　故武田祐吉架蔵本

（ハ）　松下見林本を祖本とするもの

の三類に分かち、(2)伝播初期の系譜を、

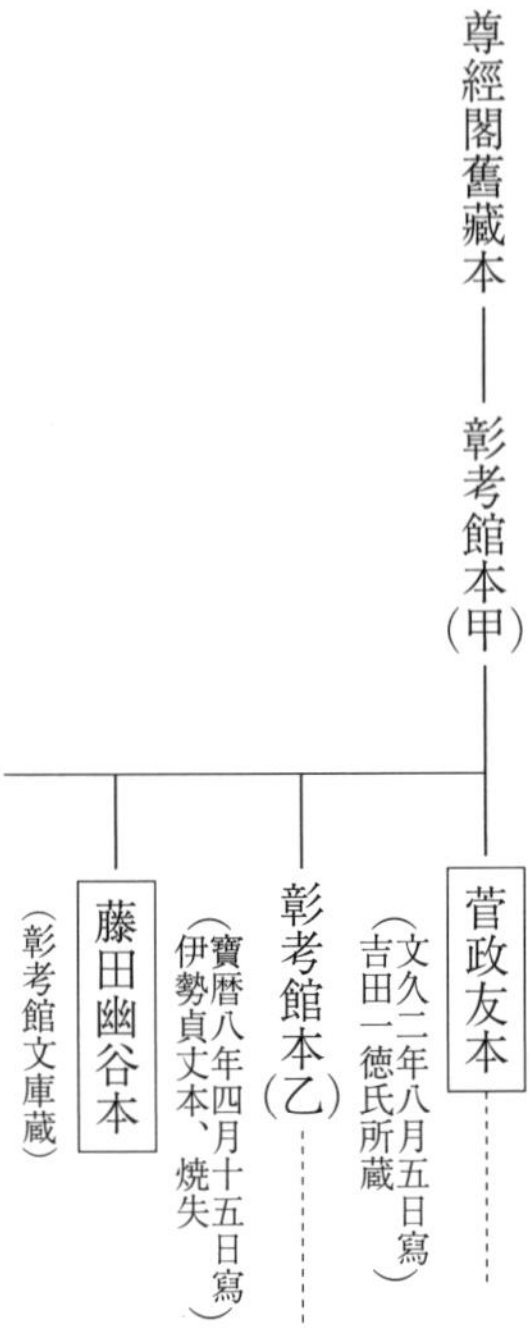

尊經閣舊藏本 ―― 彰考館本(甲) ―┬― 菅政友本（文久二年八月五日寫　吉田一徳氏所藏）……
　　　　　　　　　　　　　　　　├― 彰考館本(乙)（寶暦八年四月十五日寫　伊勢貞丈本、焼失）……
　　　　　　　　　　　　　　　　└― 藤田幽谷本（彰考館文庫藏）

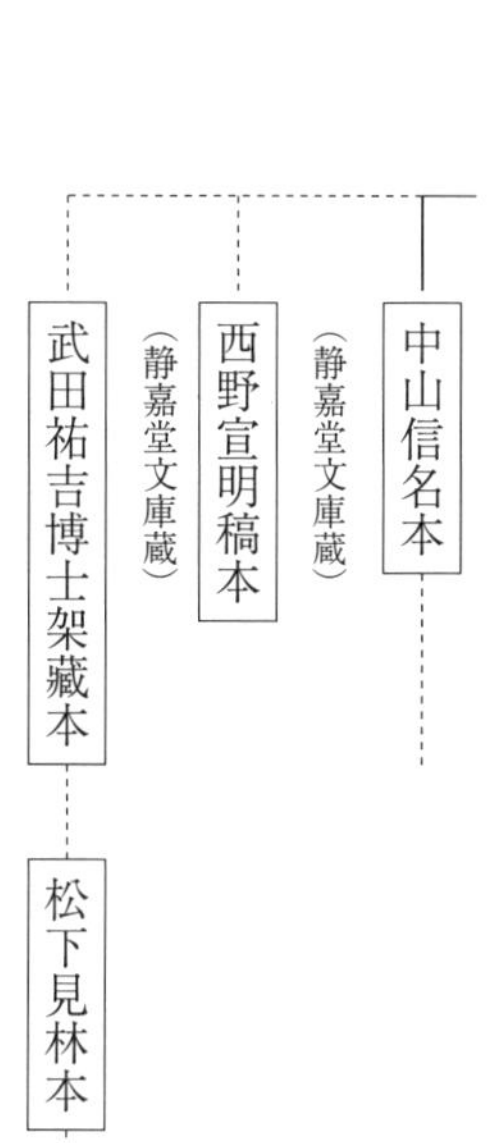

というように想定された(3)。

また、秋本吉郎氏も独自の系譜づけを行われ、

前田本――水戸本――延寶奥書本――伊勢貞丈本（延寶寶暦奥書本）…………
　　　　　　　　――武田本――見林本（元祿奥書本）…………
　　　　　　　　――幽谷本……
　　　　　　　　――信名本……　｝（無奥書本）
　　　　　　　　――政友本……

と結論づけられた(4)。なお、飯田氏のいう「尊經閣舊藏本」と秋本氏のいう「前田本」、「彰考館本（甲）」と「水戸本」は同じ本を指し、飯田氏の系譜で実線で囲んでいるものは現存する写本を表わす。また、彰考館本は延宝五年に前田本を写したもので、奥書のあるものとないものの二本が存在していたようである(5)。原写本は無奥書の方で、奥書のあるものは原写本をさらに写した副本であるといわれている。ともに戦災によって焼失し、現伝しない。

ところで、前に示した両氏の系譜は、彰考館本（乙）の位置づけが異なっているが、いずれの本も彰考館本から出た本であると考えた点は一致している。唯一の祖本と考えられる彰考館本が今に伝わらず、その親本である前田本も発見されていないという悪条件のなかで系譜を明らかにするのは非常に難しいことであるが、しかし、一本の写本からあまりにも多くの転写本が出ているという点については疑問を持たざるを得ない。当時においても貴重なものであったに違いない写本を、これ程までに何人もの人に転写させたであろうか。このような疑問点から出発し、再び諸本の検討を行うに至った次第である。

本稿では、現在重要だとされている菅本（菅政友書写本）・武田本（故武田祐吉旧蔵本）・松下本（松下見林書写本）の三本を含めて、中山本（中山信名写本本）・小宮山本（小宮山楓軒書写本）狩谷本（狩谷棭斎写本）・河合本（河合道臣旧蔵本）・羽田野本（羽田野敬雄旧蔵本）・藤田本（藤田幽谷旧蔵本）・村上本（村上忠順書写本）の十本の写本のグループ分けとグループ間の系譜づけを試みる。なお、河合本と村上本については植垣節也氏の御好意より写真版を貸していただくことができ、それによって調査をした。

二　諸本の書誌

まずはじめに、本稿で資料とする諸本の解説をしておく。(6) 排列は順序不同である。飯田氏が既に紹介された本については、書名の上に※印を付す。

〔1〕※菅本（茨城県立歴史館蔵　吉田家―(和)八―三二）

縦二十五・八㎝、横十七・七㎝。袋綴じ一冊。表紙の左上方に「常陸風土記彰考館本　完」と記した題簽がある。第一枚目の表の左上には「常陸風土記　彰考館本」と書かれている。本文二十七枚、奥書一枚の計二十九枚。奥書には、

右常陸風土記一冊就彰考館藏本摸寫焉按舊
記原本。蓋（朱書）延寳中以松平賀加守所藏本。寫也
文久二年八月五日　　　菅　政友

とある。無界一行十六字詰一面八行。朱筆での書き入れがあるが、筆跡から判断して恐らく本人が記したものであろう。

〔2〕※武田本（國學院大學藏　二九一—六）

縦二十九・二㎝、横十九・七㎝。山城国・尾張国・常陸国の三国を合わせた袋綴じ一冊。表紙の左上方に「風土記」、その右横に「山城　尾張　常陸」と記した別々の題簽二枚がある。常陸国は本文二十八枚で、奥書はない。無界一行十六字詰一面八行。朱筆で後人の書き入れがある。

武田本は、次に記す松下本と関係のある写本であるらしく、両者の文字の異同の大きなものを挙げると次頁の表のようになる。括弧で囲んでいる傍書は朱書のものである。当該箇所は番号の下の欄に武田本の丁付・行数で示す。

本文の文字の異同では二本の関係ははっきりしないが、傍書（朱書も含む。）も合わせて比較してみると、松下本は武田本の傍書を取り入れているらしい（2．4．5．6．10・15・19・20・21・28・29・31・32・38・40・45・46番）ということがわかる。そこで二本の本文と傍書の関係を検討する。(7)

まず武田本の墨書の傍書三十一例を松下本と比較してみると、「如本」と記されている十三例は松下本にはそのままか、或いは傍書がなく本文文字が似た字形で書かれている。また、武田本に「宂（本定）」とある箇所は、松下本では傍書がなく「宂」と記されている。（傍書の「定」の字はくずした書体で書かれているが、恐らく「定」であろう。）これら以外の十七例は、

番号	1	2	3	4	5	6	7	8	9	10	11	12	13	14	15	16	17	18
	2・オ・4	2・オ・7	2・オ・7	3・オ・1	3・オ・3	4・オ・1	4・オ・1	4・オ・1	4・オ・8	4・ウ・8	5・ウ・2	6・オ・1	6・オ・1	6・ウ・2	6・ウ・7	7・ウ・1	8・オ・1	9・オ・1
武田	塩	閒(圖)	冗	(麻)	(河)	(神宮)	飲	斉	園	(海)	若	申	理	皃	(山)	戈	教	敬
松下	塩	聞	丸	麻	河	神宮	欲	齊	闐	海	若	由	里	鼠	山	弋	部	散

番号	19	20	21	22	23	24	25	26	27	28	29	30	31	32	33	34	35	36
	10・ウ・3	11・オ・4	11・ウ・2	11・ウ・5	11・ウ・7	12・オ・3	12・ウ・4	13・オ・8	13・ウ・5	14・オ・4	14・オ・5	14・ウ・3	14・ウ・5	15・オ・3	16・ウ・6	17・オ・3	17・オ・8	17・ウ・4
武田	(駈)	他(化)	中(草)	囲		卬	續	閤	閇	位(佐)	崚(便)	背	卯(迎)	童(重)	絶	偏	後	使
松下	駈	化	草	圍	(室宣)之力	印	續	閣	開	佐	便	皆(背)	迎	重	絁	編	後	隻

番号	37	38	39	40	41	42	43	44	45	46	47	48	49	50	51	52	53	54
	18・オ・1	18・オ・6	18・オ・6	18・オ・8	18・ウ・1	18・ウ・7	19・オ・3	19・オ・7	19・ウ・2	20・オ・2	20・オ・5	21・ウ・6	22・オ・3	23・オ・7	23・ウ・5	24・オ・5	24・ウ・5	26・ウ・7
武田	敵	(化)	卜	沼	畢	釼	之	権	稱	楊(場)	寂		有	在	瑜	忌	閇	矣
松下	散	化	之	沼	早	釼	也	摧	稱	場	寂	終	在	有	璹	忘	閉	癸

A、両本の本文・傍書とも同じもの……………九例
B、両本の本文が同じで傍書が異なるもの………二例
C、両本の本文が同じで松下本に傍書がないもの…二例
D、武田本の傍書と松下本の本文が同じもの………三例

残りの一例は、武田本の傍書が朱で訂正され、訂正された朱書の傍書と松下本の本文が同じになっているものである。

Bのうちの一例はどの文字が正しいのか判断がつけ難く、もう一例の方は武田本の傍書が「茯」、松下本の傍書が「伏」となっており武田本の傍書が正しいと思われるが、これは松下本の誤写とも考え得るものである。Cは、武田本の傍書が誤っていると思われるものが一例、正誤を決め難いものが一例である。Dは武田本の傍書・松下本の本文ともにすべて正しいと思われる。

次に武田本の朱書の傍書二十八例を松下本と比較してみると、

A′　両本の本文・傍書とも同じもの（松下本の傍書は墨書）……二例
B′　両本の本文が同じで傍書が異なるもの……なし
C′　両本の本文が同じで松下本に傍書がないもの……一例
D′　武田本の傍書と松下本の本文が同じもの……二十五例

となる。C′の武田本の傍書は誤っていると思われ、D′は武田本の傍書・松下本の本文ともにすべて正しいと思われる。

武田本の傍注・付訓・頭注については、朱書の傍注一例を除いた全てが松下本にも記されている。また、右記以外の松下本の傍書・傍注・付訓・頭注は合わせて五十五例にものぼるが、これらは一例を除いて武田本に傍書としても本文としても記されていない。その一例とは前掲の異同表の30番で、武田本の本文と松下本の傍書が同じになっている。しかし、これは武田本の本文から松下本の本文への転写の際の誤写ともなり得るものである。

以上の結果は、「武田本――松下本」となる関係を示唆しているといえよう。

その他に、二本の字詰の相違を検討してみても同様のことが考えられる。[8]

〔3〕※松下本（大東急記念文庫蔵　五二―一七―二五八五）

縦二十七・七cm、横二十・六cm。袋綴じ一冊。表紙の左上方に「常陸國風土記」と直接に記す。第一枚目の表の中央に「此一巻秘藏　常陸國風土記　廿八丁　校了」と書かれている。本文二十八枚、奥書一枚の計三十枚。奥書には、

右常陸國風土記申出　貴所御本躬自
寫之闘文斷簡雖多遺憾希代之物也為
他書之徴不少宜秘藏而已

元禄六年三月四日

とある。無界一行十六字詰一面八行。本文一枚目表には「松下見林」、松下見樂の「眞山圖書」、中山蘭渚の「蘭渚室圖書記」の朱印がある。朱筆での書き入れは句点を含めて三箇所のみである。〔2〕で述べたように武田本から出た本であると思われる。

〔4〕※中山本（静嘉堂文庫蔵　一一七五四―一―一七六　五八）

縦二十七・二cm、横一八・七cm。袋綴じ一冊。表紙は紺色で、左上方には「常陸風土記　全」、右下方には「中山八」と記した題簽がある。右下方の題簽の上には図書番号ラベルを貼付する。遊紙はなく、本文二十七枚。奥書には、

以彰考館本書寫畢　　中山信名

以伴信友本挍或日其原本出于松下見林書庫也云

重以青山延于文挍之

とある。無界一行十六字詰一面八行。字高は二十一・七cm。第一枚目の表の右上方に「色川弎中藏書」の方形朱印、右下方には「静嘉堂藏書」縦長角朱印がある。

書き入れには朱墨の二種があり、奥書にある校合本は墨書で「イ」「青山本」と称して記されている。「イ」が伴信友本を指す。朱筆の方は本文と同筆のものと異なるものとがあり、本人以外に後人の書き入れが加わっているようである。頭注には、信名自身の注や青山本の注などが記されている。

中山信名（一七八七―一八三六）は常陸国久慈郡石名坂村の生まれで、通称平四郎。後、中山有林（平蔵）の養子となり、勘四郎と称す。号は柳洲。塙保己一に学び、『群書類従』の編纂にあたり、その校訂に従事した。また、保己一が和学講談所の

教授となった時、長として推された。余暇があれば家記・系譜等を捜索し、購求した。著書は多く、『南巡逸史』『南山考』『常陸編年』『新編常陸国誌』などがあり、特に常陸国の旧事の蒐集につとめた。（『国学者伝記集成』による）

色川三中（一八〇二―一八五五）は常陸国新治郡土浦に生まれ、名は英明、後三中。通称桂助、後三郎兵衛。東海と号す。家業は薬種の販売、醸造であるが、幼い頃から書物を好み古学を深めた。度量、田制、薬品の研究に力を入れ、『田令圖解』を著そうとしたが病のため果たさず、塾生の菅右京が『田令圖解抄』として完成させた。中山信名が没するとその遺稿の散逸を嘆いて購求し、未定の稿本を修正し『新編常陸国誌』を編修する。著書は『日本紀抄』『皇国田制考』『租庸調考』など多い（『国学者伝記集成』による）。

〔5〕※小宮山本（国会図書館蔵特別(特別)八二六―二三）

縦二十七・八cm、横十八・七cm。袋綴じ一冊。上から帝国図書館の表紙とともに綴じられていて、それには左上方に実線で囲んだ中に「常陸風土記　完」と記した、縦十九・七cm、横三・八cmの題簽を貼付する。右肩には図書番号ラベルがある。小宮山本の表紙はからし色で、左上に「常陸風土記」と記した、縦二十一・三cm、横三・六cmの灰色の題簽を貼る。右肩には図書番号ラベルがある。遊紙はなく、本文十八枚、奥書一枚の計十九枚。奥書には、

（伊勢貞）延寶五丁巳（仲春）戌寅以加賀本謄録

釋日本紀曰……（引文三条を記す。）

萬葉仙覺抄曰……（引文一条を記す。）

右常陸風土記殘簡一冊増子淑茂蔵本寫之本

書多誤字他日當以善本挍焉

文化十一年甲戌秋七月　　水戸小宮山昌秀識

十四年丁丑秋七月以加藤松蘿本一挍畢字傍加、者松蘿本亦如此

同年冬十一月以中山信名本比挍畢信名以伴信友本一挍其原本出于松下見林書庫也

文政九年丙戌十二月伊勢荒木田氏ノ本ヲ以テ（挍ス）其本ノ尾ニ載スルモノ左ノ如シ

万葉注釈に當国の風土記を引て云……（引文二条を記す。）

常陸國記ニ云……（引文一条を記す。）

右常陸國風土記中ニ出　貴所御本一躬自寫レ之闕文断簡雖多遺憾希代之物也為他昏之徴不少宜秘蔵而已

元禄六年三月四日

右ハ我友伴信友主の読考へられたるを文化八年三月に写しとりたる也　百樹

買得たる中に此書ありしよし也同八年四月京にのほりたる時百樹が手より借得て写せり　甕満

此本文人にうつさせて書入伴の考はよしと思ふは書入猶□（ヨメズ）に思□（ヨメズ）たるをもかき加ふ　東壽

右の本書をも文政四年八月うつす　光保

文政五年五月廿六日写畢　「荒田能屋阿満之□」

とある。「十四年丁丑……」の奥書は紺色で書かれ、「同年冬十一月……」の奥書は朱筆である。校合本の区別をしたものであろうが、朱書の傍書と中山本を比べてみると中山本にない文字も記されている。「右常陸風土記……」以後は本文と筆跡が異なる。

無界一行二十字詰一面十行。字高は二十・八㎝。裏表紙の左下方に「小宮山氏尚存圖書」の縦長角朱印、また第一枚目の表の右下に小宮山楓軒の「小宮山氏収藏圖書」の縦長角朱印、右肩には「楓軒先生遺稿」の縦長角朱印、その左下に「帝

國圖書館藏」の方形朱印がある。本文には朱筆で、句点・返り点・連続符・送り仮名・振り仮名がつけられている。頭注は楓軒自身によるものを中心に校合本の注をも書き留めている。また、紙を貼付して注を加えている箇所もある。

小宮山楓軒（一七六四－一八四〇）は水戸に生まれ、名は昌秀。字は子実。通称は造酒之介、また改次郎衛門。楓軒は号である。立原翠軒に学び、二十三歳の時彰考館に入り、後郡奉行となる。著書は『垂統大記』『楓軒史料』など非常に多い（『国学者伝記集成』による）。

〔6〕※狩谷本（国会図書館蔵　特一－せ－五三）

縦二十七・二cm、横十八・六cm。袋綴じ一冊。小宮山本と同様に上から帝国図書館の表紙で綴じられていて、左上方に「常陸國風土記　全」と記した題簽を貼り、右肩には図書番号ラベルがある。狩谷本の表紙には薄茶色の格子模様があり、左上に「常陸國風土記」と直接に記す。遊紙はなく、本文二十九枚、補缺二枚の計三十一枚（最後の一枚は表にだけ文が書かれているが、恐らく裏表紙に貼っていたものがはがれたのであろう。）奥書には、

延寶五丁己仲春以加賀本謄録
寶歷八戊寅四月望日艸之
右借鈔于中山信名所蔵挍勘一過按是書
以真壁郡作白壁郡則今名避
光仁天皇御諱所改是書之成於延暦己前
亦可推知也唯多為後人所刪節殊足惜惋
今為補缺逸三條定知沾一滴於河海為無

益然好古之癖不能黙止之所為幸勿嗤焉

椋齋之志

とある。

無界一行十八字詰一面七行。字高は二十・五cm。整然とした楷書で書かれている。裏表紙の左下に「幸田成友」の縦長角朱印を捺し、その印の右肩に「七」と墨書した片紙を貼付している。第一枚目の中央からやや右上には「帝國圖書館藏」の方形朱印があり、右下には「明治　四十五・三・十四　購求」と捺されている。本文は「常陸風土記」と題を記してから書き始められている。一枚目の裏には常陸国の地名を記した紙が二枚、そして七枚目の表には『古事記』や『日本書紀』の引文を記した紙が一枚それぞれ貼付され、それらは本文と違った草書で書かれている。七枚目の裏にも『国造本紀』と『古事記』の引文が記された紙が貼られているが、これは本文と同じ筆跡である。

校合本については「イ」「一本」と称して二種類のものが記されているが、何を指すのかは明らかでない。また、句点・返り点・連続符が付され、時に送り仮名もある。地名には右横に、人名には字の中央に朱線が引かれている。頭注は本文の校定に関することを中心に、『和名抄』『国造本紀』などの引文を記す。

狩谷椋齋（一七七五―一八三五）は、名を望之、字を卿雲、通称津軽屋三右衛門といい、椋齋は号である。他に蟫翁、六漢老人と号す。幼時から書物を好み、律令を学び、漢学を修める。椋齋の著書に引用されている本は隋唐間に伝わった古書が多い。『日本霊異記考證』『延喜式藥録』『古京遺文』などの著書がある。祖先は三河国刈谷の人で、数代前に江戸に移り、狩谷氏となる。（『国学者伝記集成』による）

幸田成友（一八七三―一九五四）は東京神田に生まれ、東京帝大文科大学史学科卒業。同大学院では日本経済史を研究。歴史学者、経済史家、文学博士。特に、江戸・大阪の金融史、商業史、初期の日本キリスト教史に詳しい。幸田露伴の兄にあたる（『日本人名大事典　現代』平凡社による）。

〔7〕※河合本（無窮会図書館神習文庫蔵　三一一一一五六三八）

昭和四十七年十二月十七日付の植垣氏の記録によると、縦二十六・五cm、横十九・二cm、表紙は白茶色とある。第一枚目表右端には、上から順に「井上頼圀藏」の縦長角朱印、「井上氏」の方形朱印、姫路藩黌の「好古堂圖書記」の縦長角朱印、河合道臣の「仁壽山荘」の縦長角朱印がある。同じく右上には「無窮会神習文庫」の縦長角朱印がある。本文二十八枚、奥書一枚の計二十九枚。遊紙はない。奥書には、

右常陸國風土記申出　貴所御本躬自
寫之闕文斷簡雖多遺憾希代之物也為
他書之徴不少宜秘蔵而已
元禄六年三月四日

とある。左下には別筆で「この原本大東急文庫にあり」と小さく書かれている。また植垣氏の記録によれば、二十八枚目の紙の間には付箋が挿入されていて、「この本の原本は大東急記念文庫に現存し、この写本は大体正確であるが、二枚目表六行目の〃水田上小〃が〃水田土小〃となっているなど取扱いに注意すべきである。」という旨の飯田氏の文が書かれているらしい。二十八枚目裏には「奥書にいう貴所御本とは前田家本を指すのではないか。」という内容の文が記されている原稿用紙がある。これは飯田氏とは別人の筆であるらしい。

無界一行十六字詰一面八行。奥書・字詰・行数・各行の改行箇所・頭注はすべて松下本と一致する。河合本と松下本の文字の異同は多少存在するが、河合本の不用意な誤写と思われるものが多い。河合本に記されている傍書・傍注・

付訓は、次の三例を除いたすべてが松下本にも同様に記されている。

①[illegible]カ—南カ　②置カ—皇カ　③カルノ—カル（上が松下本、下が河合本を示す。）

河合道臣（一七六七—一八四一）は、徳川中期の姫路藩士。名は宗鼎、後道臣。字は漢年、白水、竹墩。蘭窩と号す。通称隼之助。藩主忠以（ただざね）以下四世に歴事する。私財を投じて学校を設立し、藩内外の子弟を教育した。（『日本人名大事典』平凡社による）井上頼圀（一八三九—一九一四）は、江戸神田松下町に生まれ、幼名は次郎。通称肥後または鐵直。六歳の時、高崎藩士犬塚喜十郎義章に就いて漢学を修め、十八歳の時、相川景見に就いて歌学を修める。他に弓術や義太夫等も学ぶ。『六国史』の校訂、『古事類苑』の編集等に尽力する。著者に『皇統略記』『古事記考』などがある（『国学者伝記集成』による）。

〔8〕※羽田野本（西尾市立書館岩瀬文庫蔵　四二五三—二八—九五）

縦二十六・九㎝、横十八・三㎝。袋綴じ一冊。表紙は水色で、左上方には「常陸國風土記　伴信友校本」（伴信友校本は朱書）と記した、縦十八・三㎝、横三・八㎝の題簽を貼る。右肩には図書番号ラベルがあり、その下に朱書きで「㋥中　地理」と記す。第一枚目は目次、本文は二枚目から始まり、二十八枚半ある。奥書は三枚半、末尾には「古今類聚常陸國誌論例」が二枚分記されていて、計三十五枚。奥書には、

延寶五丁巳仲春以加賀本謄録

寶歴八戊寅四月望日艸之

○釋日本紀曰……（小宮山本と同じ引文三条を記す。）

○万葉仙覺抄云……（小宮山本と同じ引文一条を記す。）

…（中略）

右常陸風土記一巻以伴信友翁自筆之挍合本挍合書写了

弘化二年乙巳十一月九日　羽田埜敬雄（花押）

とある。万葉仙覚抄の引文までが本文と同じ筆跡で記され、それ以降（中略部分から）は朱書で、羽田野敬雄の自筆で記されている。中略の部分には、伴信友本の奥書と奥書部分に記されている注釈が書かれている。

伴信友本は松下本を写し、次に示す五本と校合している。

文化十四年八月以瞽者撿挍塙保己一蔵本比挍了（標イ）

（加賀本）●延宝五丁己仲春以加賀本謄録　菊池　成章

（イ）●宝暦八戊寅四月望日　伊勢　貞丈

（一本）●文化二年乙丑夏六月十五日一本寫之　水戸小宮山昌秀

（イイ本）●文化十一年甲戊九月十一日以此君堂本比挍　水戸岡埜従

無界一行十八字詰一面七行。字高は二十・七cm。一枚目表の左下に「参河國羽田八幡宮文庫」の縦長角朱印、右下には「岩瀬文庫」の縦長角朱印がそれぞれ捺されている。また、「右常陸風土記一巻……」書かれている奥書の右横にも「嘉永七甲寅八月寄藏書六百部于吾神庫以期不朽三河国羽田八幡宮神主羽田埜敬雄」の縦長角朱印がある。

伴信友本の本文（松下本を書写）は、「見本」として傍書している。句点・返り点・連続符・送り仮名が付され、頭注や余白部分の注記も非常に多い。

一面の行数・字詰・改行箇所はすべて狩谷本と一致する。羽田野本と狩谷本との文字の異同はほとんどなく、二本は非常に密接な関係があると考えられる。

羽田野敬雄（一八〇一―一八八二）は、三河渥美郡羽田野の神明宮及び八幡宮の祠官で、名は栄木。敬雄（高呼、高平にも作る。）は通称で、常陸ともいう。幼い頃から学を好み、平田篤胤の門に入る。庭中に花田文庫と称して二千五百十五部一万三百百十七巻にものぼる書物を蔵した。著書に『三河国官社私考』などがある（『日本人名大事典』平凡社による）。

なお、当本は飯田氏のいう「羽田野敬雄本（甲）」にあたる。(9)

〔9〕※藤田本（彰考館蔵　藤―七―一八六〇三）

縦二十八・六cm、横十九・〇cm。袋綴じ一冊。表紙は浅黒い薄茶色で、左上方に「常陸国風土記」と記した、縦十九・四cm、横三・五cmの題簽を貼り、右上方には「央　七」、右下には「ヵ―7」の図書番号ラベルを貼付する。第一枚目（これは表紙に貼っていたのがはがれたものであろうと思われる。）の裏には、郡別に地名を記した一覧表がある。本文は二枚目から書かれ、二十七枚。末尾の紙（これも裏表紙に貼っていたのがはがれたものであろう。）の表には『続日本紀』などの引文が記されている。計二十九枚。奥書、蔵書印はない。

無界一行十六字詰一面八行。字高は二十・五cm。頭注は全て朱書である。また朱筆で、地名には右側に、「倭武天皇」の箇所には字の上に傍線を引いている。書き入れは少しある。

藤田幽谷（一七七四―一八二六）は水戸に生まれ、名は一正、字は子足。通称次郎左衛門。幽谷と号す。儒者。志水元禎、立原東里に学び、東里に認められて彰考館の館生となる。十五歳で文公藩に就き、後史館編修に任ぜられる。著書に『勧農或問』二巻などがある（『日本人名大事典』平凡社による）。

〔10〕　村上本（刈谷市立図書館蔵　二一〇三―一一二〇―九丙―四二）

表紙の左上方に「蓬廬襍鈔」と記した題簽があり、右肩には図書番号ラベルがある。本文二十枚、奥書一枚。第一枚目には、郡名や伴信友の注釈などの引用文が書かれている。計二十二枚となる。紙面には、四辺を太枠で囲んだ中に一面十行分の罫線が引かれている。また、各紙の裏の右下には「村上氏藏板」と印刷されている。一行二十字詰一面十行。奥書には、

右常陸国風土記申出貴所御本躬自写之闕文断簡雖多遺憾希代之物也為他書之徴不少宜秘藏而已　元禄六年三月四日

…（中略）

右は我友伴信友主の読考へられたるを文化八年三月に写しとりたるなり　上田百樹

同学京人上田百樹文化七年の頃都の或家にて松下見林が蔵書とも買得たる中に此書ありし由也同八年四月京にのほりたる時百樹が手より借得て写せり　夏目甕満

右常陸風土記一巻文政七年春三月借萩園所蔵書写之畢　羽田野源敬雄

天保七年登云丙申能登斯六月羽田野敬雄賀比免毛多留乎乞得氏写都　竹尾正寛

嘉永元年七月九日立秋日書寫一枚終　村上忠順

とある。中略の部分は伴信友本の注を記す。

転写の事情が詳しく述べられていて、松下本の系統下に入る写本であることがわかる。総記の「壌沃墳原野～山海之利人」の十六字を脱落させているが、これは丁度松下本の一行分に当たり、十六字詰の写本を親本としている間に書き落としたものと考えられる。

本文には返り点・送り仮名が付され、時に付訓もある。郡名が変われば、紙面も改めて書き始めるという特徴をもつ。ただし、信太郡と那賀郡は同紙面に一～二行分をあけて書き始めている。また、信太郡の所在を記述した後には、

伴信友本の頭注を割注の形式で記している。本文の中に注を書いているのはここの一箇所だけである。欄外注記には、伴信友や上田百樹の注などが記されている。

村上忠順（一八二六―一八八四）には三河国刈谷に生まれ、承卿、蓬廬と号す。幼時、尾張国名古屋で国学を修め、藩主土井氏に仕える。著書は多く、『古事記標註』『類題玉藻歌集』などがある。（『国学者伝記集成』『日本人名大事典』平凡社による）

上田百樹は俗称鍵屋、勝助。寛政九年に本居宣長に入門する。古学を勉強し、精細は学問をする。著書に『大祓詞後釋餘考』がある。（『国学者伝記集成』『日本人名人事典』平凡社による）

夏目甕麻呂（一七七三―一八五九）は、遠江須賀驛の人で、通称は嘉右衛門、萩園と号す。本居宣長の門下で古学を修める。著書に『国縣神考』『古野若葉』がある（『国学者伝記集成』による）。

三　諸本の分類

さて、グループ分けについてであるが、諸本の系統を定めるためには、本文の体裁・奥書・記述形式・文字の異同などを考えて検討していく必要がある。奥書は、その記述によってある程度の系統がわかるものもあり、また未発見の本については確実な反証を挙げることができないという性質を持っているが、一方、無条件で信用すべきではないという一面も持ち合わせている。ここでは、平等かつ客観的なグループ分けを行うために、奥書にとらわれることなく様々な角度からの徴証による分類を行っていきたい。また、諸本の書誌のところで写本間の関係について多少触れた部分もあるが、その点についても無関係にすすめていくことにする。そして得られた結果をそれらと照合して確認しようと思う。

〔一〕　本文の字詰・行数と奥書

はじめに本文の字詰と行数、そして奥書についてみてみる。表①に示すとおりである。

表①

番号	本	一行の字詰	一面の行数	最終奥書（西暦）	奥書による親本	奥書 A	奥書 B	奥書 C	D	E
1	菅	一六	八	一八六二	彰考館蔵本	×			○	○
2	武田	一六	八			×			○	○
3	松下	一六	八	一六九三	貴所御本	×			○	○
4	中山	一六	八	（一八一七〜一八三六）		×			○	○
5	小宮山	二〇	一〇	一八〇五	（増子淑茂蔵本）	△	○ 伊勢貞	○	◎	×
6	狩谷	一八	七	（一七七五〜一八三五）		○			●	○
7	河合	一六	八	一六九三	貴所御本	×			○	○
8	羽田野	一八	七	一八四五		○		○	●	○
9	藤田	一六	八			×			○	○
10	村上	二〇	一〇	一八四八	（竹尾正寛本）	×			△	×

最終奥書の項目は、延宝・宝暦の奥書以外に記された奥書の最新の時点をあげた。また奥書がなくても書写者の生存年や対校本によってわかるものは括弧でくくり示している。

奥書による親本は、奥書に明示してある親本名を記す。括弧内は現存しない本、或いは未発見の本である。

A～Cは奥書の記述形式を分類したもので、Aは延宝・宝暦の両方の奥書があるかどうかをみる。○印は両方ともあるもの、×印は両方ともないもの、△印は延宝の奥書のみあることを示す。Bは、延宝の奥書の右肩に小文字で注記をしているか否かをみたもので、小宮山本にのみ「伊勢貞」と記されている。Cは、奥書の中に『万葉注釈』の引文三条と『釈日本紀』の引文一条が記されているか否かを調べ、小宮山本と羽田野本にのみ書かれていることを示す。

DとEは本文の記述に関わるものであるが、ここに付け加えた。Dは、本文末尾に書かれている「私曰此以後本欠了」が正しく記されているかどうかをみる。正しく書けているものには○印、「私曰此以後本欠丁」となっているものには●印、「私曰此後本欠了」となっているものには◎印、「私曰此以後本朔」となっているものには△印、何も書いていないものには×印をつける。Eは、那賀郡の所在記述の次にある「最前略之」が記されているか否かをみる。「以下略之」は本文中に何度も出てくるが、「最前略之」はここの一箇所のみに書かれている。○印は記されているもの、×印は記されていないものを表わす。

以上、全体を見渡して形式上の点からだけではあるが、

1、菅本と武田本と松下本と中山本と河合本と藤田本とは同一群であるらしい。

2、狩谷本と羽田野本とは同一群であるらしい。

との推定ができる。

〔二〕　郡の所在の記述形式

郡の所在の記述について、例えば筑波郡の場合、

筑波郡　東茨城郡南河内郡 西毛野河北筑波岳

と二行に割注するか、

筑波郡　東茨城郡南河内郡西毛野河北筑波岳

と一行で小文字で書くか、ということについて検討する。一行で小文字で書く場合記述が長いために、

筑波郡　東茨城郡南河内郡西毛野河北 筑波岳

のように割注の右側だけでは収まらず、左側にまで文字が及ぶものも出てくる。また、割注として記されずに本文となっているもの、記述の途中から本文として書かれているものもある。新治郡は二十七字で最も長く、武田本・松下本・中山本・河合本・藤田本は最後の一字「岡」を改行して書いている。郡名は全部で九例ある。

郡の所在の記述内容は次のとおりである。

(新治郡)　東那賀郡堺大山、南白壁郡、西毛野河、北下野常陸二國堺卽波大岡、
(筑波郡)　東茨城郡、南河内部、西毛野河、北筑波岳、
(信太郡)　東信太流海、南榎浦流海、西毛野河、北河内郡、
(茨城郡)　東香嶋郡、南佐礼流海、西筑波山、北那珂郡、
(行方郡)　東南[西]並流海、北茨城郡、
(香島郡)　東大海、南下総常陸堺安足湖、西流海、北那賀香島堺阿多可奈湖、
(那賀郡)　東大海、南香島茨城郡、西新治郡下野國堺大山、北久慈郡、

表②

番号	本／郡	新治	筑波	信太	茨城	行方	香島	那賀	久慈	多珂
1	菅	○	●	○	○	●	○	△	●	●
2	武田	◎	△	○	○	○	○	○	●本文	本文
3	松下	◎	△	○	○	○	○	○	●本文	本文
4	中山	◎	△	○	○	●	○	△	△	●
5	小宮山	○	○	○	○	●	○	○	●	●
6	狩谷	○	○	○	○	○	○	○	○	○
7	河合	◎	△	○	○	○	○	○	●本文	本文
8	羽田野	○	○	○	○	○	○	○	○	○
9	藤田	◎	●	○	○	●	○	△	●	●
10	村上	○	○	○	○	○	○	○	○	○

記号の説明

○…割注で書いているもの。

●…小文字で一行で記しているもの。

△…小文字で一行で記す形式で書き進められ、一行内で収まらず二行目にまで文字が及んだもの。

●本文…途中まで小文字で一行で記す形式で書かれ、それ以降は小文字でなく本文として書かれているもの。

本文…割注や小文字で記す形式でなく、本文として記されているもの。

◎…割注で書かれ、記述が次行にまで及んでいるもの。

（久慈郡）　東大海、南西那賀郡、北多珂郡陸奥國堺岳、
（多珂郡）　東南並大海、西北陸奥常二國堺之高山、

（飯田瑞穂『茨城県史料＝古代編』所収の校定本による）

表②をみると、全く同じ傾向をみせている数本の写本があることに気がつく。これは転写をする時、無意識のうちに親本の書写形態の影響を受けることによる現象であると考えられる。もし、書写者が意識的に形式を整えようとするならば、すべてを統一して割注、或は小文字で一行に記す形式のどちらかでと書くことになるであろう。様々な形式が不規則に現れ、それらが全く一致しているということは、非常に強い結びつきがあると考えられる。

そのような写本群は①のとおりである。

①　武田本・松下本・河合本

また、一項目を除いて一致しているものは、

②　菅本・藤田本

二項を除いて一致しているものは、

③　中山本・藤田本

である。

この表では全てを小文字で一行に書いている本は見当たらないが、全部を割注で記している本として、

狩谷本・羽田野本・村上本

が挙げられる。これらの三本は同一群であるかもしれないが、一方、書写者の意識的な整備による偶然の一致である

かもしれない。よって、ここでは保留としておく。

〔三〕　本文の改行

本文における改行箇所について、改行しているか、或いは続けて書いているかということをみていく。なお、郡名が変わる場合は全本必ず改行しているため、その箇所は省略する。

前行の末行に一字以上の空白があれば改行とみる。前行が割注で、割注の右側が行末まで書かれ、左側が行の途中で終っている場合は、割注の左側に三字以上の空白があれば改行とみなす。また、前行に空白がない場合は、改行と続けて書くの両方を想定して表を作成する。

符号の説明は次のとおりである。

ア（新治郡）古老曰、昔美麻貴天皇
イ（同）自㆑郡以東五十里、
ウ（筑波郡）古老曰、筑波之縣、
エ（同）古老曰、昔神祖尊、
オ（同）夫筑波岳、
カ（同）詠歌甚多、
キ（信太郡）郡北十里、
ク（同）風俗諺云、
ケ（同）古老曰、倭武天皇、
コ（同）乗濱里[東]、
サ（茨城郡）古老曰、昔在㆓國巢㆒、
シ（同）従㆑郡西南、
ス（同）夫此地者、
セ（同）郡東十里、
ソ（行方郡）古老曰、難波長柄豊前大宮
タ（香島郡）古老曰、難波長柄豊前大朝
チ（同）以南、童子女松原、
ツ（同）以南所㆑有平原、

テ（那賀郡）「宦前署之」平津駅家、　　ト（同）茨城里、自レ此以北、
ナ（同）自レ郡東北、　　ニ（久慈郡）古老曰、自レ郡以南、
ヌ（同）至淡海大津大朝　　ネ（同）郡西□里、
ノ（同）所レ稱高市、　　ハ（多珂郡）古老曰、斯我高穴穂宮
ヒ（同）郡南卅里、

（飯田瑞穂『茨城県史料＝古代編』所収の校定本による）

表③によると、二十七項目の全てが一致している写本群は、

①　武田本・松下本・河合本（河合本のヒの項目が他の二本と異なるが、不規則に現われている他の二十六項目が全く一致していることから、ここは改行とみなしてよいと思われる。）

②　狩谷本・羽田野本

である。特に①は強力な結びつきを思わせるものである。

基準をやや緩めて考えると、

③　菅本・藤田本

は一項目を除いて一致し、

④　中山本・藤田本

は二項目を除いて一致している。それぞれ同一群である可能性がある。

表③

番号	1	2	3	4	5	6	7	8	9	10
符号＼本	菅	武田	松下	中山	小宮山	狩谷	河合	羽田野	藤田	村上
ア	○｜	｜	｜	｜	｜	｜	｜	｜	｜	○
イ	○｜	｜	｜	○｜	○	○	｜	○	○｜	○｜
ウ	○	○	○	○	｜	○	○	○	○	○
エ	○｜	｜	｜	○｜	○	○	｜	○	○｜	｜
オ	○	｜	｜	○	○	○	｜	○	○	｜
カ	○	｜	｜	○	｜	○	｜	○	○	○｜
キ	○	○	○	○	○	○	○	○	○	○
ク	○	○	○	○	○	○	○	○	○	○
ケ	○	○	○	○	○	○｜	○	○｜	○	○
コ	○	○	○	○	○｜	○	○	○	○	○｜
サ	○	○	○	○	○	○	○	○	○	○
シ	○｜	○｜	○｜	○｜	｜	○	○｜	○	○｜	｜
ス	○	○	○	○	○	○｜	○	○｜	○	○
セ	○	○	○	○｜	｜	○	○	○	○	○
ソ	○	○	○	○	○	○	○	○	○	○
タ	○｜	○｜	○｜	○｜	｜	○	○｜	○	○｜	○
チ	○｜	○	○	○｜	｜	○	○	○	○｜	○
ツ	○	○	○	○	○	○	○	○	○	○｜
テ	○	○	○	○	○	○	○	○	○	○
ト	○	○｜	○｜	○｜	○	○	○｜	○	○	○
ナ	○	○	○	○	○	○	○	○	○	○
ニ	○	｜	｜	○	○	○	｜	○	○	○
ヌ	○	○	○	○	○	○	○	○	○	○
ネ	○	○	○	○	○	○	○	○	○	○｜
ノ	○	○	○	○	｜	○	○	○	○	○
ハ	○	｜	｜	○	○	○	｜	○	○	○
ヒ	○	○	○	○	○｜	○	○｜	○	○	○

○印は改行、｜は続けて書く、○｜はどちらも考えられるものを表わす。

〔四〕　本文の文字の異同

内容的な徴証として文字の異同を取り上げる。これは、これまで見てきたなかで最も重視すべき項目である。十本の写本間の異同数は僅かな違いをも含めると九百十七例に及ぶが、ここでは代表的な異同を三十六例挙げることにする。表④がそれである。

表④

18	17	16	15	14	13	12	11	10	9	8	7	6	5	4	3	2	1	番号
8・ウ・1	7・ウ・3	6・ウ・5	6・ウ・3	6・ウ・2	6・オ・4	5・オ・3	5・オ・3	4・オ・6	4・オ・1	3・ウ・8	3・ウ・6	3・ウ・3	3・オ・1	3・オ・1	3・オ・1	2・オ・7	2・オ・2	
以	並		出	児	備			訖	飲	哉	雑	四里	頭	弃	邦	閉	私	菅
以	並		幽	児	錯			屹	飲	乎	新	置里	以	畢	難	閉	耘	武田
以	並		幽	鼠	錯			屹	欲	乎	新	置里	以	畢	難	聞	耘	松下
以	並		出	児	借			訖	飲	哉	雑	四里	頭以	弃	郛	聞	私	中山
謂	至	欲	出	児	備	有	之	此	餮	哉	雑	四言	頭以	昇	郛	閉	耘	小宮山
以	至	欲	出	睨	錯	有	之	乢	餮	哉	雑	言	頭以	昇	郛	聞	耘	狩谷
以	並		幽	鼠	錯			屹	欲	乎	新	置里	以	畢	難	聞	耘	河合
以	至	欲	出	児	錯	有	之	乢	餮	哉	雑	置	頭以	昇	郛	聞	耕	羽田野
以	並		出	児	錯			屹	飲	哉	雑	四里	瀕	弃	邦	閉	私	藤田
以	並		幽	鼠	錯			屹	欲	乎	新	置里	以	畢	難	聞	耕	村上

36	35	34	33	32	31	30	29	28	27	26	25	24	23	22	21	20	19	番号
25・オ・7	21・ウ・2	20・ウ・8	20・ウ・2	20・オ・3	20・オ・1	18・オ・5	18・ウ・2	18・オ・8	18・オ・4	17・ウ・2	17・オ・8	16・ウ・8	16・ウ・5	16・ウ・1	15・ウ・4	12・オ・3	11・オ・8	
寂		执		寂	咲	丶			幽	使	置	天	疋	木		卬		菅
寂		執		寂	笑	丶			幽	使			匹	樂		印		武田
寂	終	執		寂	笑	之			幽	隻	置		匹	樂		印		松下
寂		执		寂	咲	之			幽	使	置	天	疋	木		卬		中山
寂		抜执	(仁垂)	寂	咲	丶			幽	使	置	大	疋	木	郡	預	南	小宮山
寂		執	仁垂	寂	咲	謎	居	池	幽	便	置	大	疋	木		印		狩谷
寂	終	執		寂	笑	之			幽	隻	置		匹	樂		印		河合
寂		執	仁垂	寂	咲	謎	居	池	幽	便	置	天	疋	木		印		羽田野
寂		执		寂	咲	丶			幽	使	置	天	匹	木		印		藤田
寂	終	執		寂	笑	之			幽	隻	置		匹	樂		印		村上

文字の異同のある箇所は、番号の下の欄に菅本の丁付・行数によって示している。また、33番の小宮山本の字を括弧でくくっているが、これは本文として書かれているものではなく、本文の字と字の間に後から書き加えられたような形で書かれていることを示す。異同表には墨書の傍書も合わせて記しているが、諸本の系統を明らかにするには何よりも本文文字が重要である。本稿も必要のない限り傍書を考慮に入れずに検討を行う。

表④をみて、最も顕著に現われている傾向として、次のことが言えそうである。

ア、狩谷本と羽田野本とは同一群であるらしい。

この二本は、24番以外の異同を同じくし、28・29・33番のように他の諸本にはない文字が本文に同様に記されている。また、30・36番も他の諸本との間に大きな相違のあるものでありながら、なおかつ一致している。これらのことは、狩谷本と羽田野本との親密度の高さを表わしていると言えよう。

次に、35番に代表されるように

イ、松下本と河合本と村上本とは同一群であるらしい。

が考えられる。35番の部分は「遂成夫婦一夕懐妊至可産月経生小蛇」となるべき所であり、四言で一句を成している。ところがイの三本は最後の四言が「終終生小蛇」となっていて「終」の一字は明らかに衍字である。三本共にその誤写を継承しているのである。また、9・30番も三本のみの文字の一致が見られる。松下本・河合本・村上本は、17・36番を除く全てにおいて異同を同じくしている。

そして、

ウ、イのなかに武田本を加えてよいらしい。

ということも考えられよう。このことは25番の異同が最もよく示している。この部分は「汝舟者置於岡上也」となる所で、武田本・松下本・河合本・村上本の四本には「置」の字がなく明らかに脱落である。25番以外で、この四本が同じ文字でかつ他の諸本と異った異同を示しているものに、3・4・5・6・7・8・15・22・24・31番があり、やはりこの四本の結びつきは強いと言えよう。

第四に、

エ、菅本と中山本は同一群であるらしい。

が考えられる。三十六例のうち、2・5・10・20・26・30番の六例には多少の相違が見られるが、そのうち10・26・30番については字形が似ているると判断できる。

また、1・6・26・34番を見ると菅本と中山本だけでなく、藤田本を含めた三本に及ぶ結びつきがあることがわかる。10・13・23・27番における藤田本は、菅本・中山本と異なる異同を示しているが、公平に諸本どうしを照合してみるとやはり、菅本・中山本・藤田本の三本にわたる繋がりが浮かび上がってくる。そこで、

オ、エのなかに藤田本を加えてよいらしい。

と考えられる。

ところで、小宮山本はア～オのどの項目にもはいっていないが、この本は9・11・12・16・17番を見ると狩谷本や羽田野本と同一群であるらしいと思われ、一方、10・18・19・21・34番を見ると他の諸本からやや外れた異同を示していることがわかる。なかでも、18・19・21番は小宮山本の単独異文となっている。ここに取り上げた三十六例のみならず、取り出した異同を公平に検討してみても、小宮山本はグループ間の狭間に位置しているような性質を持っていると考えられる。故に、約四十本あるうちの僅か十本による諸本の照合を行っている現段階では、小宮山本については保留としておかざるを得ない。しかし、この異同表からは少なくとも、小宮山本は武田本・松下本・河合本・村

上本のグループには入らないということが言えるようである。

〔五〕　まとめ

これまでにみてきた徴証をわかりやすくするために各項目の結論のみを掲げてみよう。実線で囲んだ写本群は親縁度の強いもの、点線内はやや弱いものを表わす。

本文の字詰・行数と奥書

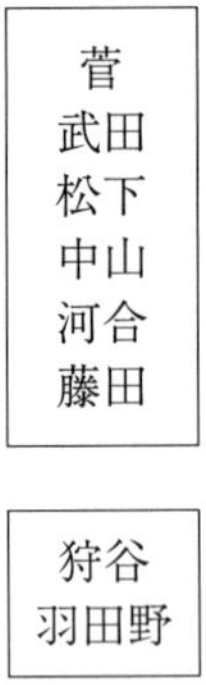

菅
武田
松下
中山
河合
藤田

狩谷
羽田野

郡の所在の記述形式

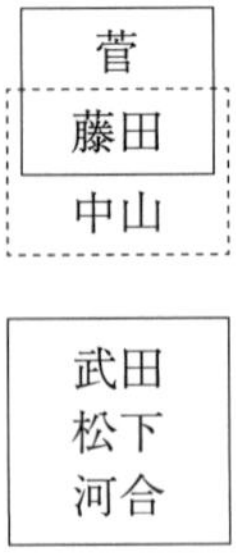

菅
藤田
中山

武田
松下
河合

本文の改行

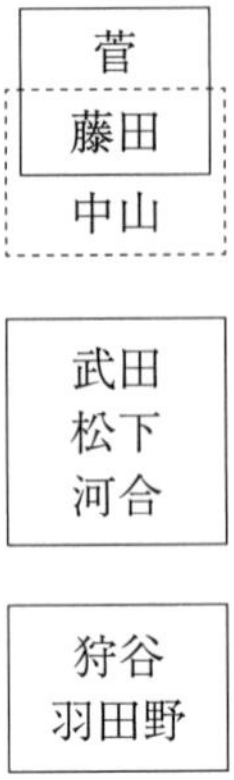

菅
藤田
中山

武田
松下
河合

狩谷
羽田野

本文の文字の異同

菅
中山
藤田

武田
松下
河合
村上

狩谷
羽田野

右の状態から、常に同じ枠内に入っている写本群を中心として最終的にグループ分けを行うと、

甲類　菅本・中山本・藤田本

乙類　武田本・松下本・河合本・村上本

丙類　狩谷本・羽田野本

となる。村上本が乙類の群内に入っているのは本文の文字の異同の項目のみであるが、文字の異同は内容上の観点であり、最も重視されるべきものである。その上、奥書も松下本から村上本に至るまでの転写状況を詳述したもので、これに反証を挙げることは容易ではない。故にグループ分けの最終結論を前述のようにした。そしてこれらの結果は、各写本の奥書や、諸本の書誌のところで部分的に述べた写本間の関係とも矛盾する点はない。

四　グループ間の系譜

ここでは前章において分類した三つのグループのなかからそれぞれ代表される一本を選んで、グループ間の系譜づけを行う。これはそれぞれのグループが系譜上のどこから派生し始めたのかを考察することを目的とする。代表とする本は、甲類からは系統が明らかで善本である裏付けの強い菅本[10]、乙類からは武田本を選ぶ。丙類の二本は異同数も非常に少なく、恐らく兄弟関係にあるものと思われる。よって二本の親本となる写本の存在を想定し、それを代表本と考える。親本の想定はこの二本の文字の異同が似ているためそれほど困難ではないが、それでも親本の姿が判断しにくい場合は、狩谷本と羽田野本の両方の文字を想定する。なお、乙類は奥書によると松下本が最も書写年代が古く、それに対して武田本は無奥書という状態であるが、諸本の書誌のところで触れたようにこの二本は直接の親子関係になるかどうかは不明であるものの、松下本は武田本から出た写本であると考えられるため、無奥書ではあるが、武田本を乙類の代表とする。

まずはじめに、菅本・武田本・丙類の親本（想定）の三本の異同のうち大きな相違のあるもの二百十四項目に対して、文脈が通じるのはどの文字であるかを検討する。二百十四項目のうち丙類の親本において狩谷本と羽田野本の両方の文字を想定したものは次のとおりである。（上段が狩谷本、下段が羽田野本である。）

。農—豊（農カ）　。命（今）—今　。片—竹　。聞—開　。説—記　。薦—蕨

このうち羽田野本の今・竹・開・記の四例は、菅本・武田本の文字と同じである。

表⑤は最初から七十二項目を挙げたものである。当該箇所は番号の下の欄に菅本の丁付・行数によって示す。表の下から二段目の欄は正しいと思われるものの写本名を記している。菅本は㊇、武田本は㊇、丙類の親本は㊇で表わす。また、○印は三本とも通じると思われるもの、×印は三本とも誤りであると思われるもの、空白は容易に判断しがたいものを表わす。最下段の中山本の欄については、後で説明する。

七十二項目各々の前後の文脈は次に示すとおりである。・印は異同のある箇所を示す。また、（・）は底本にない文字に異同があることを示す。

1、設有下身労二耕耘一、力竭二紡蚕一者上、
3、年遇二霖雨一、即聞二苗子不レ登之難一、
5、「不レ略之」
7、(割注) 俗云、阿良夫流尓斯母乃、
9、(割注) 許智多祁波、畢婆頭勢夜麻能、
11、(割注) 許智多祁波、畢婆頭勢夜麻能、
13、(割注) 南河内郡、西毛野河、
15、神祖尊、恨泣詈告曰、
17、冬夏雪霜、冷寒重襲、
19、今夜雖二粟嘗一、不二敢不レ奉二尊旨一、
21、愛乎我胤、巍哉神宮、
23、人民集賀、飲食富豊
25、但東峯四方磐石、昇降坱圠、
27、相携駢闐、飲食齎賷、
29、不レ得二娉財者一、児女不レ為矣、
31、大足日子天皇、（ ）
33、従レ此以西、（ ）高来里、
35、悉皆脱屣、留二置茲地一、
37、所以傳驛使等、初レ將レ臨レ国、

2、古人云二常世之國一、蓋疑此地、（ ）
4、歳逢二亢陽一、唯見二穀實豊稔之歡一歟、
6、昔美麻貴天皇（ ）馭宇之世、
8、(割注) 許智多祁波、畢婆頭勢夜麻能、
10、(割注) 許智多祁波、畢婆頭勢夜麻能、
12、(割注) 畢婆頭勢夜麻能、伊波「波」歸尓母、
14、卒遇二日暮一、請レ欲二過宿一、
16、卽汝親、何不レ欲レ宿、
18、汝所レ居山、……、人不レ登、
20、神祖尊、歡然謌曰、
22、愛乎我胤、巍哉神宮、
24、夫筑波岳、……、最頂西峫峯嶸、
26、但東峯四方磐石、昇降坱圠
28、詠歌甚多、不レ勝二載車一、
30、(割注) 東信太流海、南榎浦流海、
32、卽遣二卜者一占所々穿（ ）、
34、悉皆脱屣、留二置茲地一、
36、榎浦之津、便置二驛家一、
38、由レ是、名二能理波麻之村一、

39、乗濱里東、有浮嶋村、

41、四面絶海、山野交錯、

43、（ ）、茨蕀施穴内、

45、如常走（ ）帰土窟、盡繫茨蕀、

47、盡繫茨蕀、衝（ ）害疾死散、

49、山之佐伯、野之佐伯、

51、春則浦花千彩、

53、商竪農夫、棹艀艖而往来、

55、嘯友率僕、並坐濱曲、騁望海中、

57、（割注）……、与須止毛与良志、古良尓志与良波、

59、時令水部新堀清井、

61、難波長柄豊前大宮馭宇天皇（ ）之世、

63、臨水洗手、以玉落井、

65、停輿徘徊、挙目峯望、

67、宜可此地名称行細國者、

69、其岡高敞、今名現原、

71、折棹梶、因其河名、

40、（割注）長二千歩、廣四百歩、

42、此時大臣族黒坂命、伺候出遊之時、

44、如常（ ）走帰土窟、盡繫茨蕀、

46、如常走帰（ ）土窟、盡繫茨蕀、

48、山之佐伯、野之佐伯、

50、時黒坂命、規滅此賊、以茨城造、

52、逐濱洲以輻湊、

54、况乎三夏熱朝、九陽蒸夕、嘯友率僕、

56、岡陰徐傾、追涼者、軫歡然之意、

58、（割注）……、川麻止伊波阿夜、（ ）古止賣志川、

60、難波長柄豊前大宮馭宇天皇之世、

62、當是、經過此國、

64、幸現原之丘、

66、峯頭浮雲、

68、其岡高敞、今名現原、

70、（ ）降自此岡、

72、因其河名、稱無梶河、

（飯田瑞穂氏『茨城県史料＝古代編』所収の校定本による）

表⑤

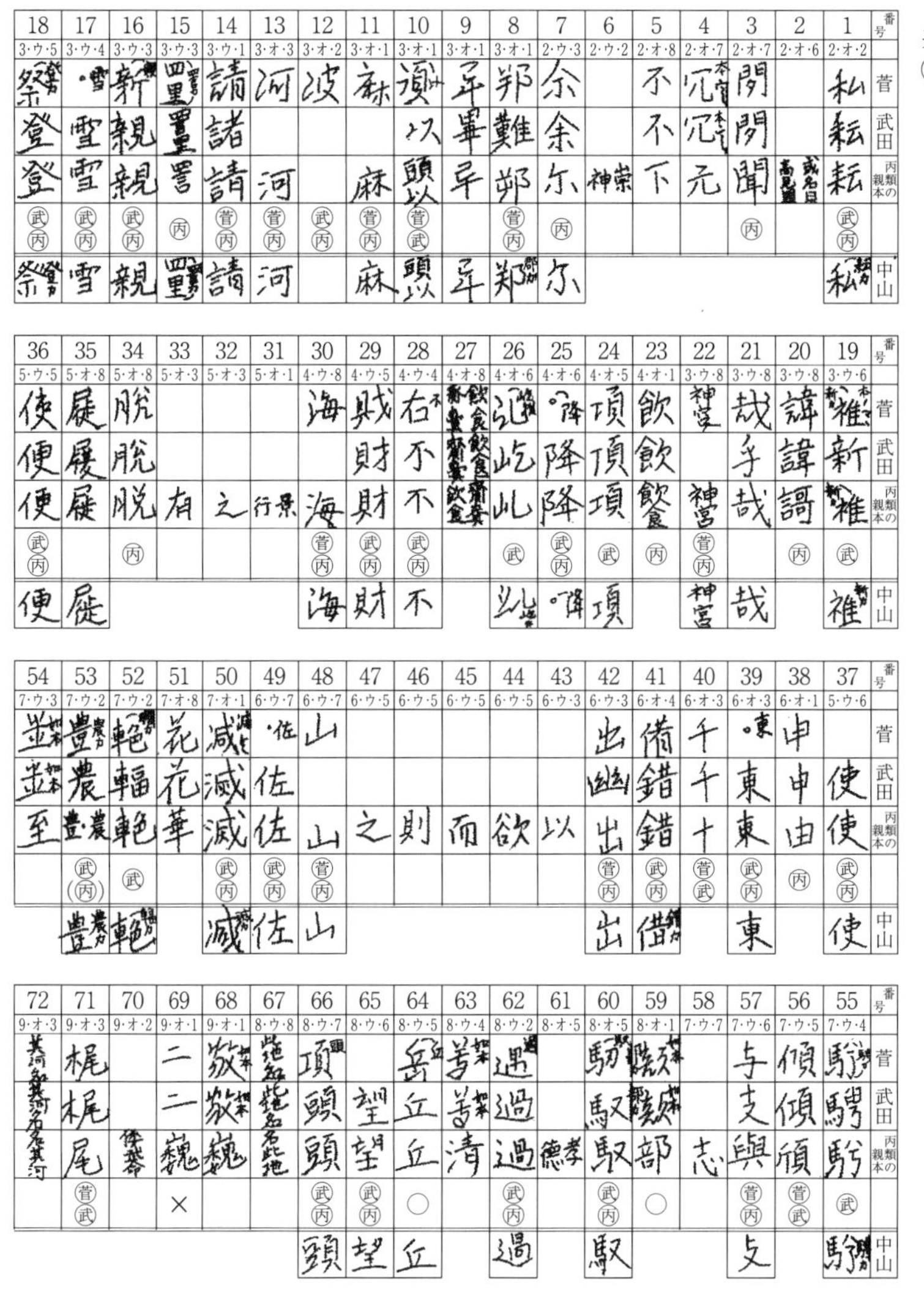

表⑤のようにして二百十四項目の正誤判定を最後まで行うと、次のような結果が得られる。丙類の親本において、狩谷本と羽田野本の両方の文字を想定している場合は、便宜上狩谷本の文字を親本の文字として考え、括弧内に、丙類の親本が羽田野本の文字であった場合の数値を示す。

ア、菅本のみ正しいと思われるもの……………………………………0（0）
イ、武田本のみ正しいと思われるもの…………………………………13（14）
ウ、丙類の親本のみ正しいと思われるもの……………………………25（19）
エ、菅本と武田本が正しいと思われるもの……………………………24（24）
オ、菅本と丙類の親本が正しいと思われるもの………………………27（27）
カ、武田本と丙類の親本が正しいと思われるもの……………………42（42）
キ、三本とも誤りであると思われるもの………………………………10（11）
ク、三本とも通じるもの…………………………………………………27（27）
ケ、容易に判断しがたいもの……………………………………………46（46）

なお、丙類の親本には6・31・61番のように天皇名を記したものが全部で九例みられ、これはもともとはなかったものであると考えられるが、ここでは文脈上の正誤判定の結果をみることを目的としているので、それらの九例はケの分類に加えている。

菅本が正しいと思われるもの（ア＋エ＋オ）五十一例、武田本が正しいと思われるもの（イ＋エ＋カ）七十九例（八十例）、丙類の親本が正しいと思われるもの（ウ＋オ＋カ）九十四例（八十八例）となる。逆に、菅本が誤っていると思われるもの（イ＋ウ＋カ）八十例（七十五例）、武田本が誤っていると思われるもの（ア＋ウ＋オ）五十二例（四十六例）、丙類の親本が誤っているると思われるもの（ア＋イ＋エ）三十七例（三十八例）となる。この数値は絶対的なものではないが、一応の傾向として、丙類の親本、武田本、菅本の順で信頼できそうなことがわかる。

ところで、第一番に信頼できる結果となった狩谷本は表⑤をみてもわかるように、菅本や武田本にはない文字が本文に書かれている例（2・6・31・32・33・43・44・45・46・47・58・61・70番）が多いという特徴をもつ。そして、このような例のほとんどは、その文字の有無に関わらず意味が通じるものである。（2・6・31・32・33・43・44・45・46・47・61・70番）。つまり、「之」「以」「而」「則」などの助字を補ってよりわかりやすい漢文にしていると考えられるものであったり、6・31・61番のように天皇の漢風諡名を一字分として横書きで記していたりする。また、33・44番のように前後の文脈から新たに文字を書き加えたと考えられるものもある。

以上のことから推察して、丙類の親本は伝写される途中において校訂の手が加えられた写本であろうと考えられ、菅本や武田本を抜いて信用すべき数値が出たのもそれが原因であろうと思われる。

また、前述の、文脈が通じるか否かの判別で、菅本のみ正しいと思われるものの項目は全くないという特異な結果を示しているが、このことは裏返せば、武田本と丙類の親本が共通して誤っている例がないということである。一方、武田本のみ正しいと思われるものの項目が存在するということは、菅本と丙類の親本が共通して誤っている例があるということになる。武田本のみ正しいと思われる項目（表⑤でいえば、19・24・26・52・53（丙類の親本が羽田野本であった場合）・55番）の菅本と丙類の親本の文字を比較してみると、そのほとんどが同じ文字、或いは近似している文字となっている。これらのことは、丙類の親本が武田本よりも菅本に近い写本であることを物語っていよう。

丙類の親本が武田本よりも菅本に近い写本であるということは、文字の正誤判定が同じになっている項目（三本とも誤りであると思われるもの、三本とも通じるもの、容易に判断しがたいもの）のうち、丙類の親本のみに存在する文字の例を除いたも

表⑥

90	89	88	87	86	85	84	83	82	81	80	79	78	77	76	75	74	73	番号
10・ウ・6	10・ウ・3	10・ウ・3	10・オ・6	10・オ・6	10・オ・6	9・オ・6	8・オ・6	7・ウ・5	6・オ・6	5・ウ・4	5・ウ・3	4・ウ・5	3・ウ・7	2・ウ・6	2・オ・4	2・オ・4	2・オ・1	
崇叢	駈	敍	谷	賀	麻	隨	癸	軟	礼	校	尽	児	旨	介	桒	塩	淩	菅
崇		殺	谷	智	麻	隨	癸	輛	禮	榎	盡	兒	旨	爾	桑	塩	沃	武田
崇叢	駈	敍	谷	智	麻	隨	癸	軟	礼	校	尽	児	旨	介	桒	塩	淩	中山

108	107	106	105	104	103	102	101	100	99	98	97	96	95	94	93	92	91	番号
16・ウ・7	16・ウ・5	16・ウ・5	16・ウ・4	16・ウ・1	16・オ・8	16・オ・7	16・オ・6	16・オ・2	15・ウ・6	15・ウ・1	14・オ・5	13・ウ・7	13・オ・2	12・オ・3	12・オ・3	11・ウ・6	11・ウ・3	
取	按鞍	疋	鐵	木	号	大	國	惣	免	椷	便	臨	覆	卯	坐		池	菅
取	鞍	匹	鐵	樂	號	天	國	總	免	枝	峡	臨	覆	卯	座	山	池	武田
取	鞍	疋	鐵	木	号號	犬	國	惣	免	椷	便	臨	覆	卯	坐	山	池	中山

126	125	124	123	122	121	120	119	118	117	116	115	114	113	112	111	110	109	番号
19・ウ・7	19・ウ・7	19・ウ・6	19・ウ・6	19・オ・5	19・オ・1	18・ウ・4	18・ウ・2	18・オ・8	18・オ・4	18・オ・4	17・ウ・3	17・オ・8	17・オ・5	17・オ・2	16・ウ・8	16・ウ・8	16・ウ・7	
攜	場	尓	羊	船	得	臣	巻	鯉	化	幽	獻	置	巨	寸	教	天	識	菅
携	楊	尓	手	船	淂	臣	差	鯉	化	幽	献		巨	寅	教		識	武田
携	場	尓	羊	船	得	臣	巻	鯉	化	幽	献	置	巨	寸	教	天	識	中山

144	143	142	141	140	139	138	137	136	135	134	133	132	131	130	129	128	127	番号
27・オ・1	26・ウ・2	26・オ・6	26・オ・4	24・ウ・8	24・ウ・2	24・オ・6	23・オ・4	23・オ・3	21・ウ・7	21・ウ・1	20・ウ・8	20・ウ・7	20・オ・5	20・オ・4	20・オ・3	20・オ・3	20・オ・1	
珎	河	蓎	阿	灾	列	互	郡	式	澀	姙	执	國	未	覧	旧	号	咲	菅
珍	珂	蓎	珂	災	別	氐	河	或	泣	姙	執	因	樂	覽	舊	兮	笑	武田
珎	河	蓎	阿	灾	列	互	河	式	澀	姙	执	因	未	覧	旧	号	咲	中山

のの字形を照合してみても同じことが言える。さらに、狩谷本と羽田野本に彰考館本と同じ延宝と宝暦の奥書が記されていることから、丙類の親本にも同様に彰考館本の奥書があったと考えられる。

次に、菅本と武田本について考察していく。菅本と武田本の相違を明確にするために、二本間の異同に対して補助資料として、奥書に彰考館本を書写したことが明記されている中山本の異同も加えて比較を行う。つまり、菅本と中山本とによって、現在伝播の祖本と考えられている彰考館本の姿を考慮しながら、菅本と武田本との関係を考察していこうとするものである。

菅本・武田本・中山本の三本の異同は表⑥の七十二例と前に提示した表⑤の一部を合わせた百十二例を挙げている。表⑤は、上段の菅本と武田本が異った異同を示している場合のみ最下段に中山本の文字を記している。表⑥の当該箇所は菅本の丁付・行数によって示す。

表⑤と表⑥には重なっている異同はない。また表⑥には異体字をも含めて挙げているが、写本を書写する場合、親本の通りに写すことが通常であるという一般的傾向に従って、異体字の相違も異同のあるものとして表に加えている。

表⑥の各々の前後の文脈は次のとおりである。・印は異同のある箇所を示す。

73、土壌沃墳、原野肥衍、
74、况復求㆓塩味魚㆒、
75、植㆑桑種㆑麻、
76、自㆑尓至㆑今、其名不㆑改、
77、不㆓敢不㆑奉㆑尊旨、
78、不㆑得㆓娉財㆒者、児女不㆑為矣、
79、二國大獵、無㆑可㆓絶尽㆒也
80、榎浦之津、便置㆓驛家㆒、
81、（割注）東香嶋郡、南佐礼流海、
82、追㆑涼者、軫㆓歡然之意㆒、
83、关丑年、
84、天皇御射、鴨迅應㆑弦而墮、
85、有㆑人、箭栝氏麻多智、
86、有㆑人、箭括氏麻多智、
87、點㆓自㆑郡西谷之葦原㆒、墾闢新治㆑田、
88、自身執㆑仗、打殺駈逐、
89、自身執㆑仗、打殺駈逐、
90、永代敬祭、冀勿㆑祟勿㆑恨、
91、卽有㆓栗家池㆒、為㆓其栗大㆒、以為㆓池名㆒、
92、周里有㆑山、椎栗槻櫟生、
93、大足日子天皇、登㆓坐下総國印波鳥見丘㆒、
94、登㆓坐下総國印波鳥見丘㆒、
95、若有㆓天人之烟㆒者、来覆㆓我上㆒、
96、叚斬所㆑言、今謂㆓布都奈之村㆒、
97、縁㆓其逆㆑命、隨㆑便略殺、
98、大橘比賣命、

99、大乙上中臣子、大乙下中臣部兎子等、

101、今我御孫命、光二宅豊葦原水穂之國一、

103、天則号曰二香島之宮一、

105、鐵箭二具、

107、鞍一具、

109、(割注)白桙御杖取坐、識賜命者、

111、(割注)天津大御神乃奉教事者、

113、天之大神、宣二中臣々狭山命一、

115、新令レ造二舟三隻一、各長二丈余、初獻レ之、

117、可レ謂二神仙「之」幽居之境一、□異化誕之地、

119、大海之流着砂貝、積成二高丘一、

121、不レ得二輙入伐レ松穿一レ鐵之、

123、(割注)宇志乎尓波、多〻牟追伊閇追、奈西乃古何、

125、避レ自二遊場一、蔭二松下一、

127、還起二新歡之頻咲一、

129、処寂寞兮巖泉旧、

131、茲霄于レ茲、樂莫二之樂一、

133、即執二鹿角一、堀レ地、

100、合二三処一、惣称二香島天之大神一、

102、名稱二香島天之大神一、

104、(割注)荒振神「ホ」等、又石根木立、草乃片葉辞語之、

106、馬一疋、

108、(割注)白桙御杖取坐、識賜命者、

110、(割注)天津大御神乃挙教事者、

112、(割注)庚刁年、

114、汝舟者、置二於岡上一、

116、可レ謂二神仙「之」幽居之境一、

118、鮒鯉多住、

120、國司婇女朝臣、

122、大海濱辺、流着大船、

124、(割注)宇志乎尓波、多〻牟追伊閇追、奈西乃古何、

126、携レ手低レ膝、

128、処寂寞兮巖泉旧、

130、近山自覽二黄葉散レ林之色一、

132、蛇角折落、因名、

134、遂成二夫婦一、一夕懷妊、

135、時子哀泣、拭レ面答云、
136、（割注）俗云、阿乎尓、或云、加支川尓、
137、所レ謂久慈河之濫觴、
138、長幡部遠祖、多弖命、
139、今毎年別為二神調一、
140、令二示レ灾故疾苦一者、近側居人、毎甚辛苦、
141、任二多珂國造一、
142、（割注）薦枕多珂國、
143、多珂國造石城直美夜部、
144、并諸種弥味、

（飯田瑞穂氏『茨城県史料＝古代編』所収の校定本による）

まず、表⑤・⑥によって菅本と中山本とを比較してみると、百十二例のうち七十五例（1・8・9・11・13・14・15・18・19・21・22・24・25・26・30・35・41・42・48・50・52・53・55・57・73・74・75・76・77・78・79・80・81・82・83・84・87・88・89・90・93・97・98・99・100・102・104・106・108・110・112・114・116・117・119・121・122・123・124・125・127・128・129・130・131・133・134・135・136・138・139・140・141・142・143）の文字が一致、或いは近似していることがわかる。両者に違いのある箇所については、彰考館本がどちらの文字であったのか、或いは別の文字が記されていたのかということは容易に判断できないが、七割近くの異同が一致していることを考えると、菅本や中山本は奥書が示している如く彰考館本に近い姿を有していると言えそうである。

では、改めて菅本、武田本、中山本の三本の異同をみてみよう。すぐに気がつくことは、菅本と中山本が同じで、かつ武田本が異なる異同を示している例が多くあるということである。これは菅本と中山本とからある程度の姿が想定できる彰考館本と武田本との関係が薄いということを示唆していよう。もちろん菅本と中山本とは同一グループであり、また武田本は別グループであることを考えればこのことは当然の結果であろうが、一方では、それだけ菅本や中山本のグループが彰考館本から出た写本群であることを強調していると言える。すると、武田本は彰考館本から出

たものではないという可能性を大きく持った写本であると考えられることになる。

菅本と武田本が同じ親本、すなわち彰考館本から転写されたものではないと考えられる別の徴証として、前述の表②の郡の所在の記述形式の相違が挙げられる。この項目は、全てを割注で記す、或いは小文字で一行に記すというような記述方法の統一による書写者の意識的整備が行われない限り、無意識のうちに親本の形態を継承しているという現象が起こりやすいものである。表②をみてみると、菅本と武田本の記述方法は異なった不規則性で現れてきている。つまり、お互いの親本が異なるために生じたと理解できるのである。

以上、菅本と武田本の相違点に注目すると、両本は兄弟関係にしない方がより妥当であると思われる。そして、前述の正誤判定の結果から菅本より武田本の方がより文脈が通じるということも考え合わせると次のⒶのような系譜が考えられる。

枠で囲んでいるものは、現存する写本である。

Ⓐ

前田本 ── 彰考館本(甲) ── [菅本]

彰考館本(甲) ┈┈ 彰考館本(乙) ┈┈ 丙類の親本

前田本 ┈┈ [武田本] ── [松下本]

前田本は現在発見されておらず、その姿が明らかでないため、武田本が前田本から転写されたものであるという確証はなく、次に示すⒷのような系譜も考え得る。

Ⓑ

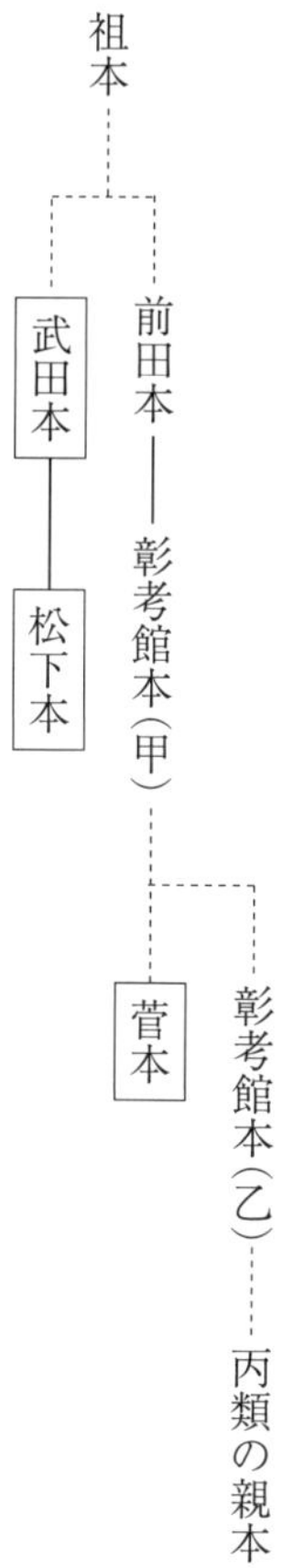

祖本
├ 前田本 ― 彰考館本（甲）
│　├ 菅本
│　└ 彰考館本（乙）…… 丙類の親本
└ 武田本 ― 松下本

しかし、菅本と武田本の異同には例えば表の④の2・9・26・30・32番のように、別々のグループでありながら同じ文字や近似した文字になっているものがあるということから、この二本はそれほど離れるものではないと判断し、Ⓐの系譜を現段階での結論と考える。

もちろん、現在のところ武田本が絶対に彰考館本を通っていないという確実な証拠はない。しかし、これまで考察してきたように、菅本をはじめとする甲類と武田本をはじめとする乙類の間には小さからぬ違いがみられ、甲類のグループの方がはるかに彰考館本との密着した関係が推測されるのである。

最後に書写年代について記しておく。菅本は奥書に「文久二年」と記されていることから一八六二年、武田本は奥書がないが、松下本に「元禄六年」の奥書があることから一六九三年以前ということになる。丙類の親本については、狩谷本と羽田野本に記されている延宝と宝暦の奥書があったと考えられるため、上限は宝暦八年、すなわち一七五八年と考えられる。下限は、羽田野本の最終奥書が「弘化二年」の一八四五年、狩谷本の書写が棭斎の生存年（一七七五～一八三五）から一八三五年ということになる。よって、丙類の親本は一七五八～一八三五年の書写と考えられる。

なお、表⑥のうち武田本が正しいと思われるものは、85・86・87・90・91・92・95・101・105・107・111・120・132・135・136・137・139・141・143番、武田本が誤りであると思われるものは、84・89・97・98・102・114・117・125・127・134・142番である。参考にしていただきたい。

五　おわりに

本章では『常国風土記』の諸本のうち十本について、形式、内容の両面の観点からグループ分けを行い、さらにそのグループ間の系譜づけを試みた。その結果、菅本をはじめとする甲類と武田本をはじめとする乙類との間の相違点を具体的に指摘することができ、系譜は、武田本を前田本から出たものとして考定し得ることを述べた。系譜づけにおいては前田本と彰考館本とが現在見るを得ず、その状況を考えれば本章での結論は大胆であるかもしれない。飯田氏や秋本氏が、彰考館本と武田本とは直接の親子関係であるかどうかは不明とされながらも、武田本を彰考館本から出たものとして系譜づけているのもその点を考慮してのことであろうと思われる。しかし、現在わかる範囲内で現れている菅本と武田本の特徴を、どちらに対しても平等に、かつありのままに生かす方向で考えるならば、前述のⒶ或いはⒷのような系譜も考え得るのではなかろうか。『常陸国風土記』の系譜考定に一提案を示すことができれば幸いである。

また、小宮山本については保留とせざるを得ない結果となったが、今後未見の写本調査と合わせてその系譜を明らかにしていきたい。そして、最終的な系譜の完成を目指したい。

(注)

(1)「常陸風土記の諸本について(一)」「常陸風土記の諸本について(二)」(『歴史研究』(茨城大学)二七号・二八号、一九五七年一〇月・一九五九年四月)

(2)『茨城県史料＝古代編』一九六八年一一月、三〇九頁。

（3）秋本吉郎『風土記の研究』ミネルヴァ書房、一九六三年一〇月、五〇二頁。割注に「昭和三十四年七月茨城県歴史教育會、常陸風土記研究會に印刷發表したものによる」とある。

（4）（注3）に同じ。五三八頁。

（5）奥書のあるものには、

伊勢貞丈本
延寶五丁巳仲春以加賀本登謄録
寶暦八戊寅四月望日草之

と記されていたらしい。（鵜殿正元『増補古風土記研究』（泉文堂、一九六五年七月）の第一章の補注㈠（七四頁）による。）

（6）菅本、武田本、松下本については、以前に「常陸国風土記四本集成（上）」（『風土記研究』第一〇号、一九九〇年一〇月、本書に所収）において紹介したことがあるので、ここでは簡単に記しておく。

（7）傍書についての検討は、既に秋本吉郎氏が菅本・武田本・松下本の三本間の語辞検討で行っている（『風土記の研究』五〇八—五一七頁）が、ここでは武田本と松下本の二本について私が行った結果を述べる。

（8）秋本吉郎氏の検討済み（『風土記の研究』五二二—五三六頁）。

（9）飯田氏が紹介した諸本（注1）に同じ）には、羽田野敬雄本（甲）（乙）の二本がある。

（10）飯田瑞穂氏（『茨城県史料＝古代編』三二〇頁）によると、

早稲田大学図書館架蔵『常陸風土記』（架号ル四—一六七九）に写されている栗田寛の跋文によれば、かねがね延宝書写の本書写本を捜し求めていたが、たまたま文久二年にそれにあたると思われる本を彰考館で見つけ出した。その本は「甚かりそめに写したりげ」で、あまり善い本のようには見えないが、しかしよく見ると、「そのかみ急（いそぎ）写しはしつらめど、しかすがに其書体行数などは有しまゝにしき写しといふものせしならむとおもはれたり」とあり、「おのれ此本を採り出たる時、我党菅の政友に示せしに、いかさまにも古本なめりとて、本書のまゝに写」したことが述べられている。これによって菅本のもとになった本が、たしかに延宝の原写本と目されるものであったことが知られるとともに、書写の際の事情からみても、菅本は当然原形の保存に充分意を用いて写されているであろうことが期待せられ、とある。

第二章　常陸国風土記四本集成

序

『常陸国風土記』の諸本については、飯田瑞穂氏の調査（『茨城県史料＝古代編』所収、一九六八年一一月）によって、菅本（菅政友書写本）・武田本（武田祐吉旧蔵本）・松下本（松下見林書写本）の三本が、もっとも重要な写本であることが知られている。飯田氏によれば、それら三本を含め、現在残存する写本は、ことごとく彰考館本から出たものであり、その彰考館本は、延宝五年に加賀前田家本を書写したもので、その原写本の一本（奥書なし）と、それをさらに写したもう一本の写本（奥書あり）の二本があったといわれる。ともに戦災によって焼失し、今に伝わらない。

彰考館本以外に加賀前田家本を写した写本は現在発見されていない。よって、今のところ原本の復元には、まず、彰考館本の復元が必要となる。そのための第一階梯として、現存する重要な三本の写本と、板本（西野宣明校本）との異同を一見してわかるように、集成を試みた。

作成にあたって、写本の三本は、写真の拡大コピーをトレーシングペーパーで敷き写しをし、板本は、コピーしたものをそのまま貼った。もとの本の改行は」印で示す。また、各一行は、菅本の一行分を基準にして、他の三本はすべてそれに合わせた。しかし、菅本以外の三本の割注に関しては、割注の途中で改行を強いられる箇所がしばしばあり、その処理をするのに技術的困難があったため、もとの本の書写状態を保持することを重視して、次の行に書くべき文字を前の行に書いているところがある。

例えば、57・58行では割注の右行で改行となるため、武田本・松下本を

57　…………其唱曰 都／久」 波尼爾阿波等牟等／等岐気波加彌尼河
58　伊比志古波多賀己／須波気牟也都久波」 尼爾伊保利尼都麻

のように記してあるが、これはスペースの関係で割注の字を移したのであって、もとの形は

57　…………其唱曰 都／久
58　波尼爾阿波等牟等／等岐気波加彌尼河　伊比志古波多賀己／須波気牟也都久波

である。したがって、読まれる方は

…………其唱曰　都久　波尼爾阿波等牟等　伊比志古波多賀己　等岐気波加彌尼河　須波気牟也都久波
　尼爾伊保利尼都麻

の順でお願いしたい。板本の場合も同じである。

割注の左行で改行する場合は、字のままの順序に読んでいただいて差支えない。

右の例に該当する箇所は、28・29、33・34、57〜59、62・63、94・95、98・99、110・111、152・153、244・245、248〜250、254〜258、316・317の各行である。

次に、各本の書誌を記す。

菅　本（茨城県立歴史館蔵　吉田家―(和)八―三二）

縦二十五・八cm、横十七・七cm。袋綴じ一冊。表紙は淡い黄味がかった色をしており、左上方に「常陸風土記 彰考

館本完」と記し、それを線で囲んだ、縦十八・一cm、横二・九cmの題簽がある。右上方には、架蔵番号のラベルが貼ってある。第一枚目の表の左上には、「常陸風土記 彰考館本」と書かれている。奥書には、

右常陸風土記一冊就彰考館蔵本模寫焉按舊記原本延寳中以松平加賀守所蔵・所寫也本

文久二年八月五日　　　　菅　政友

とある。

本文は第二枚目から始まる。本文二十七枚、奥書一枚の計二十九枚。無界一行十六字詰一面八行。ただし、割注に関しては、一行十六字詰できっちり書かれている部分もあれば、全く字詰めを無視して、詰めて書かれている部分もある。また、一行のなかに割注が入っていない行に関しては、本文3オ8（3枚目表8行目の意。以下同様。）と22ウ5の二箇所が十七字で書かれている。字高二十一・五cm。印はない。朱筆での傍書や訂正は全部で二十四箇所ある。また、本文16ウ8の割注の左行二十一字目「敢」の上から「（」印がついており、それ以上は綴じこまれていてわからないが、もしかすると、その綴じの内部に何らかの書き入れがあるのかもしれない。

当本は、以前は故吉田一徳氏が所蔵しておられ、後、昭和四十六年に㈶茨城県教育財団へ寄付され（御遺族の方のはがきによる）、現在の茨城県立歴史館の所蔵となった。表紙裏の楕円形印によると、昭和五十年十月一日に第一九四号として同館の所蔵となったことがわかる。

また、この写本には、別に、袋綴じ一冊の和本が添えられている。これは、菅政友の考察が記されているもので、末尾の紙（11オ）に、

此冊子（十一葉）は、もと菅政友自筆写本「常陸国風土記　彰考館本」に零葉として挿入してあったものを、散逸

を恐れ　池上幸二郎氏に依頼して一冊としたものである。冗言、敢えて記し、此冊子成立の来由を述べる。

昭和五一年三月　　　　　　　　　秋山高志

とある。和紙にそれらの紙を貼って作ったものである。縦二十五・七cm、横十七・六cm。表紙は茶色で、左上にベージュ色に少し金箔のある、縦十八・四cm、横三・六cmの題簽を貼付している。題はない。右肩には架蔵番号ラベルが貼ってある。

はじめから五枚目裏までは、『常陸国風土記』全般についての考察が述べられている。それは、成立を和銅と考えること、編述者は、藤原朝臣宇合の可能性があること、当写本の原本が鈔本であり、誤写・衍字・脱字などが多いので、書写されるごとに、改変や補足があったであろうことなどに触れている。末尾に「明治廿六年九月十二日稿」と記載年月が記されている。なお、これは、『菅政友全集』の雑考三「常陸風土記ノ事」に載せられている。

六枚目以降は、メモ書きのようなもので、訓読や誤字・脱字の指摘、各郡の位置などが記され、研究の跡がみられる。ただ一箇所だけ、筑波郡の祖神尊の歌については、四言詩で押韻を含んでいることが珍しいと、まとまった文で書かれている。

菅政友（一八二四―一八九七）は、水戸藩の生まれで、通称亮之介。櫻廬と号す。豊田天功、藤田東湖に従学する。彰考館員に挙げられ、後、文庫役となり、国史志表の編纂に従事したり、大和石上神社の宮司となったり、太政官修史局に転任したりする。菅政友の著述を集めたものに『菅政友全集』がある（『国学者伝記集成』による）。

武田本（國學院大學蔵　二九一―六）

縦二十九・二cm、横十九・七cm。山城国・尾張国・常陸国の三国を合わせた袋綴じ一冊。表紙の色はブルーグレーで、左上方に「風土記」と記した、縦十九・七㎝、横三・七㎝の題簽を貼り、その右横に「山城　尾張　常陸」と記した縦十一・五㎝、横十・四㎝の題簽を貼付する。さらに、右肩には、表紙に直接「職」と朱書きがしてあり、その下に、図書番号ラベルが貼ってある。第一枚目（表紙の裏に貼りつけてあった紙がはがれたものか。）の裏には、「寄贈」「故武田祐吉教授」と記されたラベルがある。常陸国は二十八枚（山城国八枚、尾張国十三枚）で、いきなり本文から書かれ、奥書もない。無界一行十六字詰一面八行。ただし、8ウ6、10オ7・8、10ウ3、11ウ6、12オ6、21ウ1、26オ3、27オ2は、十七字で書かれている。字高二十一・八㎝。山城国風土記の一枚目右上に「國學院大學圖書館印」の朱印がある。全体的に虫食いがかなりある。

朱筆で後人の書き入れがあり、句点をうつなどしている。朱線が多く、地名・神社名・駅名などには右に、天皇名・人名などには字の中央に線を引いている。また18ウ5の九～十字目の元号「慶雲」にのみ、左に二重線を引いている。飯田氏は、「三人の筆跡で写されている。」（『茨城県史料＝古代編』三〇九頁）とするが、私見では、五人であるように見受けられる。その内訳は、1オ1～10ウ8、11オ1～5、11オ6～13ウ8、14オ1～14ウ8、15オ1～末尾である。

松下本（大東急記念文庫蔵　五二―一七―二五八五）

縦二十七・七㎝、横二十・六㎝。袋綴じ一冊。表紙の色は、淡いブルーグレー。左上に「常陸国風土記」と表紙に直接に記す。右下に図書番号ラベルを貼付する。第一枚目（これは、紙を二枚重ねて折ったものである。）の表の中央に、「此一巻秘蔵　常陸国風土記　廿八丁　校了」と記されている。奥書には、

右常陸國風土記申出　貴所御本躬自
寫之闕文斷簡雖多遺憾希代之物也為

他書之徵不少宜秘藏而巳
元禄六年三月四日

とある。

本文は第二枚目から書かれる。

本文二十八枚、奥書一枚の計三十枚。無界一行十六字詰一面八行。ただし、10ウ7は十五字詰であり、また、6ウ7、8ウ6、10オ7、同8、10ウ4、11ウ6、同7、12オ6、18オ6、21ウ6、26オ3、27オ2は、十七字詰。4オ1、10ウ3は、十八字詰である。字高二十・七cm。本文一枚目表の右上方に、「眞山圖書」の縦長角朱印、同じく右下方に、「松下見林」の方形朱印、さらにその下に、中山蘭渚の「蘭渚室圖書記」の縦長角朱印がある。

朱で字の上に点を打ったり、横に棒線を引いたり、「〱」の印を入れたりしている部分があり、朱筆での書き入れは、2ウ2の六字目の右に「崇神」、23オ2の二～四字目の右に「天智天皇也」の二箇所のみである。また、句読点は、1オ1の「常陸国司解　申古老…」の「申」の下に、一箇所だけ朱で打っている。他に、半分程の行頭に、墨の太い点のようなもの（はじめの部分はそのように見えるが、後半は紺色の和紙をちぎって貼ったもののようにも見え、どういうものかはわからない。）があるが、その持つ意味は判断し難い。

松下見林（一六三七―一七〇三）は、浪華天満街に生まれ、本姓橘氏、名は慶攝、また秀明。見林は通称で、西峯山人と号す。十三歳の時に古林見宜の門に入る。船来書籍を買い求め、蔵書は十万巻にのぼる。著書に『三代実録』（校正刊行する）、『異称日本伝』など非常に多い（『国学者伝記集成』による）。

中山蘭渚（一六八九―一七七二）は、佐渡の生まれで、本名玄亨。蘭渚の他に季通とも号す。医業の大家で、桃園・後桜町・後桃園天皇の三朝に仕えた。著書に『方珠』三巻、『医按』三巻、『傷寒釋注』十八巻などがある（『日本人名大事典』平凡社による）。

板本

西野宣明が校訂し、天保十年五月に出板された『訂正常陸国風土記』である。後で示すように、八本で校訂されている。上欄には注記があり、諸本の異同はもちろんのこと、参考となる他本や他説をも引用し、本人の見解も載せられている。はじめに、「常陸風土記序」として、立原任が浄書した小宮山昌秀の文と、水戸の會澤安の文が記されている。小宮山昌秀の序文には、西野宣明の言葉として、「……而出雲肥前豊後。皆既上木。常陸未有其擧。我幸生于本土。豈可默而止邪。欲梓以與三國並行。」と書かれ、会沢安の序文には、「懼二斯書之久一テ而或ハ亡ヨ。欲二梓メ以傳レ之。而惜三其闕二河内真壁二郡一ヲ。百方購求。終二不レ能レ獲。（中略）今闕二其亡者一ヲ。而存二其存者一。使二其永世不レ亡。」とある。西野宣明の常陸国風土記への思い入れが伺える。

なお、この板本については、飯田氏が現存する松下本・群書類従本と照合して、誤りの多いことから、その校合の不正確さを指摘し、また、底本に「彰考館本系統のあまり善くない写本」を使ったらしいと述べられている。（『茨城県史料＝古代編』三二五頁）

西野宣明（一八〇二―一八八三）は、水戸の生まれで、本名、宣明。水戸藩士・弘道館訓導。国学者小山田与清（松屋）に学んだ。『常陸国風土記』の校訂の他に、『松宇日記』『松宇雑録』などを著す。藤田東湖・会沢正志斎・橘守部・伴信友らと交友関係があった（『明治維新人名辞典』日本歴史学会編、吉川弘文館刊による）。

なお、過去において、主な校訂本の校合に使われた諸本は、次のとおりである。

群書類従本（塙保己一編）

奥書に「右常陸国風土記以二中山信名本一書写　一校了」とある。平田篤胤の『古史徴開題記』によれば、

……信友が京にて、松下見林の秘蔵たりし本の写しを得て、彼此に傳たるより世に弘まれるを、また近き頃中山信名てふ人、常陸国にて一本を得たるに、是も八郡の記ならではなし、予はからひて、信友が本を貸たるを校合せて、塙撿挍の群書類従に収れて板に彫たり、……

なお、中山信名本の奥書には「以彰考館本書写畢　中山信名　以伴信友本一挍或曰其原本出于松下見林書庫也云」とあり、底本は中山信名本、校合本は伴信友本とわかる。

板本（西野宣明編）

凡例によれば、

此書嘗募二四方異本一。所レ得凡八。以二十干一標レ之。曰甲本。本國鹿島神宮所レ藏。曰乙本。本藩彰考館所レ藏。曰丙本。京師松下見林所二校正一。曰丁本。昌平文庫所レ藏。而係二幕府侍醫岡丈庵所二獻納一。曰戊本。備中笠岡祠官小寺清先所二校訂一。曰己本。撿校塙保己一印行本。曰庚本。伊勢貞丈所レ藏。曰辛本。伊勢祠官荒木田久老所二比校一。

以上八本。

とあり、八本によって校訂されたことがわかる。

『標註古風土記』（栗田寛編）

凡例によれば、

常陸風土記は。西野宣明が天保年間に訂正して刊行したるものによる。（中略）これに加賀本。即我西山公の延宝五年丁巳仲春。加賀前田家の本を借りて。写し置かれたる本国風土記の最古写本と。伊勢貞丈が校本。及小山田

與清が。群書類従本と鹿島文庫本との二本によりて。校訂したる本。とを以て其異同を正し。

とあり、底本は板本、校合本は彰考館本と他二本とわかる。

岩波文庫本『風土記』（武田祐吉編）

例言によれば、

刊本としては、天保十年の西野宣明の校訂本があり、栗田寛博士の標註古風土記（注略）は、この宣明本を元として、他の傳本を參考してゐる。本書は、この兩者に依り、更に家藏の寫本をも參考して本文を作った。

とある。「家藏の写本」とは、本稿でいう武田本をさす。

日本古典文学大系本『風土記』（秋本吉郎編）

解題によれば、

大東急記念文庫に松下見林自筆本（底本）が現存しており、これに成章本系の彰考館所蔵本（彰本）延宝の奥書に宝暦八年の伊勢貞丈の奥書がある。今次の戦災に焼失した由二本を比校しておよそ加賀本の姿を明らかにし得る。本書では更に群書類従本（群本）延宝本系と家蔵本延宝本系とを併せ記し、近世校訂以前の姿を復原し得るようにし、……

とある。

日本古典全書本『風土記・上』（久松潜一・小野田光雄編）

底本は板本。校訂に使用された本は、松下本・彰考館所蔵本の写し・群書類従本・栗田氏の標註古風土記・それを後藤蔵四郎氏が増補した本・松岡静雄氏の常陸風土記物語・日本古典文学大系本・井上雄一郎氏の評註常陸風土記新講の八本である。

飯田校本（『茨城県史料＝古代編』所収）

底本は菅本。校合本は、武田本・松下本（この二本にとくに留意する。）・中山信名本・狩谷棭斎本・小宮山楓軒本・伴信友本・群書類従本・板本・郡郷考所引本で、その他部分的に参照している本は、藤原善一本・新庄道雄本・色川三中本・栗田氏の標註古風土記・それを後藤蔵四郎氏が増補したもの・松岡静雄氏の常陸風土記物語・日本古典文学大系本・日本古典全書本である。菅本・武田本・松下本・板本の四本をそろえて校訂したのは、この本のみである。

管本 1オ1
常陸國司解　申古老相傳旧聞事問國」

武田本 1オ1
常陸國司解　申古老相傳舊聞事問國」

松下本 1オ1
常陸國司解　申古老相傳舊聞事問國」

板本 1オ1
常陸國司解。申古老相傳舊聞事。」問國

1

管本 1オ2
郡旧事古老答曰古者自相摸國足柄岳」

武田本 1オ2
郡旧事古老答曰古者自相摸國足柄岳」

松下本 1オ2
郡旧事古老答曰古者自相摸國足柄岳」

板本 1オ2
郡舊事。古老答曰。古者自相摸國足」柄岳

2

3

管本 1オ3
坂以東諸縣惣稱我姫國是當時不言常」

武田本 1オ3
坂以東諸縣惣稱我姫國是當時不言常」

松下本 1オ3
坂以東諸縣惣稱我姫國是當時不言常」

板本 1オ3
坂以東諸縣。惣稱我姫國。是當時不」言常

4

管本 1オ4
陸唯稱新治筑波茨城那賀久慈多珂國」

武田本 1オ4
陸唯稱新治筑波茨城那賀久慈多珂國」

松下本 1オ4
陸唯稱新治筑波茨城那賀久慈多珂國」

板本 1オ4
陸。唯稱新治筑波茨城那賀久慈多」珂國。

5

管本 1オ5
各遣造別合検挍其後至難波長柄豊前」

武田本 1オ5
各遣造別合撿拔其後至難波長柄豊」前

松下本 1オ5
各遣造別洽撿校其後至難波長柄豊前」

板本 1オ5
各遣造別令撿挍其後至難波長柄」豊前

6

管本 1オ6
大宮臨軒天皇之世遣高向臣中幡織」田

武田本 1オ6
大宮臨軒天皇之世遣高向臣中幡織」田

松下本 1オ6
大宮臨軒天皇之世遣高向臣中幡織」田

板本 1オ6
大宮臨軒天皇之世遣高向臣中臣」幡織田

管本 1オ7
連ホ惣領自坂已東之國于時我姫之道」

武田本 1オ7
連等惣領自坂已東之國于時我姫之道」

松下本 1オ7
連等惣領自坂已東之國于時我姫之道」

板本 1オ7
連等。惣領自坂以東之國。于時我」姫之道

7

管本 1オ8
分為八國常陸國居其一矣所以然號者」

武田本 1オ8
分爲八國常陸國居其一矣所以然號者」

松下本 1オ8
分為八國常陸國居其一矣所以然號者」

板本 1オ8
分爲八國。常陸國居其一矣。所以」然號者。

8

9

管本 1ウ1
往來道路不隔江海之津濟郡鄉境堺」相

武田本 1ウ1
往來道路不隔江海之津濟郡鄉境堺」相

松下本 1ウ1
往來道路不隔江海之津濟郡鄉境堺」相

板本 1ウ1
往來道路。不隔江海之津濟。郡鄉」境堺。相

10

管本 1ウ2
續山河之峯谷取近通之義以爲名稱焉」

武田本 1ウ2
續山河之峯谷取近通之義以爲名稱焉」

松下本 1ウ2
續山河之峯谷取近通之義以爲名稱焉」

板本 1ウ2
續山河之峰谷。取近通之義以爲」名稱焉。

11

管本 1ウ3
或曰倭武天皇巡狩東夷之國幸過新治」

武田本 1ウ3
或曰倭武天皇巡狩東夷之國幸過新治」

松下本 1ウ3
或曰倭武天皇巡狩東夷之國幸過新治」

板本 1ウ3
或曰。倭武天皇巡狩東夷之國幸」過新治

12

管本 1ウ4
之縣所遣國造毗那良珠命新令掘井流」

武田本 1ウ4
之縣所遣國造毗那良珠命新令掘井流」

松下本 1ウ4
之縣所遣國造毗那良珠命新令掘井流」

板本 1ウ4
之縣。所遣國造毗那良珠命新令」掘井。流

13

管本　1ウ5
泉浄澄尤有好愛時停乗輿翫水洗手御」

武田本　1ウ5
泉浄澄尤有好愛時停乗輿翫水洗手御」

松下本　1ウ5
泉浄澄尤有好愛時停乗輿翫水洗手御」

板本　1ウ5
泉浄澄。尤有好愛。時停乗輿。翫水」洗手。御

14

管本　1ウ6
衣之袖垂泉而沾使依漬袖之義以爲此」

武田本　1ウ6
衣之袖垂泉而沾使依漬袖之義以爲此」

松下本　1ウ6
衣之袖垂泉而沾使依漬袖之義以爲此」

板本　1ウ6
衣之袖垂泉而沾。便依漬袖之義。」以爲此

管本 1ウ7
國之名風俗諺云筑波岳黒雲挂衣袖漬」

武田本 1ウ7
國之名風俗諺云筑波岳黒雲挂衣袖漬」

松下本 1ウ7
國之名風俗諺云筑波岳黒雲挂衣袖漬」

板本 1ウ7
國之名。風俗諺曰。筑波岳黒雲挂」衣袖漬國

15

管本 1ウ8
是矣夫常陸國者堺是廣大地亦緬邈土」

武田本 1ウ8
是矣夫常陸國者堺是廣大地亦緬邈土」

松下本 1ウ8
是矣夫常陸國者堺是廣大地亦緬邈土」

板本 1ウ8
是也。」夫常陸國者。堺是廣大。地亦緬邈。土」

16

17

管本 2オ1
壊浚墳原野肥御墾發之処山海之利人

武田本 2オ1
壊沃墳原野肥御墾發之處山海之利人

松下本 2オ1
壊沃墳原野肥御墾發之處山海之利人

板本 2オ1
壊沃墳原野肥衍墾發之處山海之利人

18

管本 2オ2
人自得家々足饒設有身労耕私力竭紡

武田本 2オ2
人自得家々足饒設有身労耕耘力竭紡

松下本 2オ2
人自得家々足饒設有身労耕耘力竭紡

板本 2オ2
人自得家家足饒設有身労耕耘力竭紡

19

管本 2オ3
蠶者立即可取富豊自然應免貧窮況復

武田本 2オ3
蠶者立即可取富豊自然應免貧窮況復

松下本 2オ3
蠶者立即可取富豊自然應免貧窮況復

板本 2オ3
蠶者。立即可取富豐。自然應免貧窮。況復

20

管本 2オ4
求塩魚味左山右海植桑種麻後野前原

武田本 2オ4
求塩魚味左山右海植桑種麻後野前原

松下本 2オ4
求塩魚味左山右海植桑種麻後野前原

板本 2オ4
求鹽魚味。左山右海。植桑種麻。後野前原。

21

管本 2オ5
所謂水陸之府藏物産之膏腴古人云常」

武田本 2オ5
所謂水陸之府藏物産之膏腴古人云常」

松下本 2オ5
所謂水陸之府藏物産之膏腴古人云常」

板本 2オ5
所謂」水陸之府藏。物産之膏腴。古人曰常

22

管本 2オ6
世之國盖疑此地但以所有水田上小中」

武田本 2オ6
世之國盖疑此地但以所有水田上小中」

松下本 2オ6
世之國盖疑此地但以所有水田上小中」

板本 2オ6
世之」國。蓋疑此地。但以所有水田上小中

23

管本 2オ7
多年遇霖雨即聞苗子不登之難歳逢亢」

武田本 2オ7
多年遇霖雨、即聞苗子不登之難歳逢亢」

松下本 2オ7
多年遇霖雨即聞苗子不登之難歳逢亢」

板本 2オ7
多。年」遇霖雨。即聞苗子不登之難。歳逢亢

24

管本 2オ8
陽唯見穀實豊稔之歡歟不略之」

武田本 2オ8
陽唯見穀實豊稔之歡歟不略之」

松下本 2オ8
陽唯見穀實豊稔之歡歟不略之」

板本 2オ8
陽。唯」見穀實豊稔之歡歟。不略之」

25

管本 2ウ1
新治郡東那賀郡堺大山南白壁郡西毛
野河北下野常陸二國堺郎波大岡

武田本 2ウ1
新治郡東那賀郡堺大山南白壁郡西毛
野河北下野常陸二國堺郎波大
岡

松下本 2ウ1
新治郡東那賀郡堺大山南白壁郡西毛
野河北下野常陸二國堺郎波大
岡

板本 2ウ2
新治郡。東那賀郡堺大山。南白壁郡。西毛太
野河。北下野常陸二國之堺。郎波岡。

26

管本 2ウ2
古老曰昔美麻貴天皇馭宇之世為平討

武田本 2ウ2
古老曰昔美麻貴天皇馭宇之世爲平討

松下本 2ウ2
古老曰昔美麻貴天皇馭宇之世為平討

板本 2ウ4
古老曰。昔美麻貴天皇馭宇之世。爲平討

管本 2ウ3
東夷之荒賊俗云阿良夫流尓斯毋乃遣新治國造祖」

武田本 2ウ3
東夷之荒賊俗云河良夫流余斯毋乃遣新治國造」祖

松下本 2ウ3
東夷之荒賊俗云阿良夫流余斯毋乃遣新治國造」祖

板本 2ウ5
東夷之荒賊。俗曰。阿良夫流爾斯母乃。遣新治國造祖」

27

管本 2ウ4
名曰比奈良珠命此人罷到即穿新井今存新治」

武田本 2ウ4
名曰比奈良珠命此人罷到即穿新井」今存新治隨時致祭

松下本 2ウ4
名曰比奈良珠命此人罷到即穿新井」今存新治隨時致祭

板本 2ウ6
名曰比奈良珠命。此人罷到即穿新井。今存」新治時致

28

29

管本 2ウ5
里隨時致奈其水浄流仍以治井因著郡號」自

武田本 2ウ5
里其水浄流仍以治井因著郡」號自

松下本 2ウ5
里其水浄流仍以治井因着郡」號自

板本 2ウ7
「祭。里。隨其水浄流。仍以「治「井因。著「郡號。」自

30

管本 2ウ6
介至今其名不改風俗諺云自遠新治之國以下略之」

武田本 2ウ6
爾至今其名不改風俗諺云自遠新治之國以下」畧之

松下本 2ウ6
爾至今其名不改風俗諺云自遠新治之國以下」畧之

板本 2ウ8
「爾至「今。其名不「改。風俗諺曰自遠新治之國。［以下略之］」

31

管本 2ウ7　自郡以東五十里在笠間村越通道路」稱

武田本 2ウ7　自郡以東五十里在笠間村越通道」路稱

松下本 2ウ7　自郡以東五十里在笠間村越通道」路稱

板本 3オ1　自郡以東五十里在笠間村。越通道路。」稱

32

管本 2ウ8　葦穂山古老曰古有山賊名稱油置賣」命

武田本 2ウ8　葦穂山古老曰古有山賊名稱油置」賣命

松下本 2ウ8　葦穂山古老曰古有山賊名稱油置」賣命

板本 3オ2　葦穂山。古老曰。古有山賊。名稱油置賣」命。

33

管本 3オ1
今社中在石屋俗歌曰　許智多郍波乎婆　須以勢夜麻能伊波

武田本 3オ1
今社中在石屋俗歌曰　許智多難波能伊波　畢婆以勢夜奈古非

松下本 3オ1
今社中在石屋俗歌曰　許智多難波麻能伊波　畢婆以勢夜奈古非叙

板本 3オ3
今社中在石屋。俗歌曰。許智多雞波。乎婆　頭勢夜麻能。伊波

34

管本 3オ2
波歸示毋爲弖許毋郎牟奈　古非叙和弍毋　已下畧之

武田本 3オ2
歸示毋爲氏許毋郎牟　叙和支毋　已下畧之

松下本 3オ2
歸示毋為氏許毋郎牟　和支毋　已下畧之　[illegible]

板本 3オ4
歸爾母。爲弖許母郎奈　牟。奈古非叙和支母。以下略之

白壁郡。東筑波郡。南毛野　河。西北並新治郡。

35

管本 3オ3

筑波郡 東茨城郡 南河内郡 西毛野河 北筑波岳

武田本 3オ3

筑波郡 東茨城郡 南河内郡 西毛野 北筑
波岳

松下本 3オ3

筑波郡 東茨城郡 南河内郡 西毛野河 北
筑波岳

板本 3オ6

筑波郡。東茨城郡。南河内郡。
西毛野河。北筑波岳。

36

管本 3オ4

古老曰 筑波之縣 古謂紀國 美万貴天皇

武田本 3オ4

古老曰筑波之縣古謂紀國美萬貴天皇

松下本 3オ4

古老曰筑波之縣古謂紀國美萬貴天皇

板本 3オ7

古老曰。筑波之縣。古謂紀國。美萬貴天皇

37

管本 3オ5
之世遣釆女臣友屬筑簟命於紀國之國」

武田本 3オ5
之世遣釆女臣友屬筑簟命於紀國之國」

松下本 3オ5
之世遣釆女臣友屬筑簟命於紀國之國」

板本 3オ8
之世。遣釆女臣友屬筑波命於紀國之國」

38

管本 3オ6
造時筑簟命云欲令身名者着國後代流」

武田本 3オ6
造時筑簟命云欲令身名者着國後代流」

松下本 3オ6
造時筑簟命云欲令身名者着國後代流」

板本 3ウ1
造時筑波命曰。欲令身名者著國而後世」流

39

管本 3オ7

傳即改本號更稱筑波者 凡俗說云握飯筑波之國」以下畧之

武田本 3オ7

傳即改本號更稱筑波者 風俗說云握飯筑波之國」以下畧之

松下本 3オ7

傳即改本號更稱筑波者 風俗說云握飯筑波之國」以下畧之

板本 3ウ2

傳。即改本號。更稱筑波者。風俗說曰。握飯筑波之國。」

40

管本 3オ8

古老曰昔祖神尊巡」行諸神之処到駿河」國

武田本 3オ8

古老曰昔祖神尊巡行諸神之處」到駿河國

松下本 3オ8

古老曰昔祖神尊処行諸神之處」到駿河國

板本 3ウ3

古老曰。昔祖神尊巡行諸神之處。到駿河」國

41

管本 3ウ1：福慈岳卒遇日暮請欲過宿此時福慈神

武田本 3ウ1：福慈岳卒遇日暮諸欲過宿此時福慈神

松下本 3ウ1：福慈岳卒遇日暮諸（請）欲過宿此時福慈神（フジ）

板本 3ウ4：福慈岳。卒遇日暮。請欲寓宿。此時福慈神

42

管本 3ウ2：答曰新粟初嘗家内諱忌今日之間冀許

武田本 3ウ2：答曰新粟初嘗家内諱忌今日之間冀許

松下本 3ウ2：答曰新粟初嘗家内諱忌今日之間冀許

板本 3ウ5：答曰。新粟初嘗。家内諱忌。今日之間。冀許

管本 3ウ3
不堪於是神祖尊恨泣四(詈)里告曰即汝新(親)」

武田本 3ウ3
不堪於是神祖尊恨泣詈里告」曰即汝親

松下本 3ウ3
不堪於是神祖尊恨泣詈里」告曰即汝親

板本 3ウ6
不堪。於是祖神尊恨泣詈告曰。即汝親」

43

管本 3ウ4
何不欲宿汝所居山生涯之極冬夏。(雪)霜」冷

武田本 3ウ4
何不欲宿汝所居山生涯之」極冬夏雪霜冷

松下本 3ウ4
何不欲宿汝所居山生涯之」極冬夏雪霜冷

板本 3ウ7
何不欲宿。汝所居山。生涯之極。冬夏雪霜。」冷

44

45

管本 3ウ5　寒重襲人民不祭（登カ）飲食勿奠者更祭（登カ）筑波

武田本 3ウ5　寒重襲人民不登飲食勿奠者更登筑波

松下本 3ウ5　寒重襲人民不登飲食勿奠者更登筑波

板本 3ウ8　寒重襲。人民不登。飲食勿奠者。更登筑波

46

管本 3ウ6　岳亦請容止此時筑波神答曰今夜雖（新カ）粟

武田本 3ウ6　岳亦請容止此時筑波神答曰今夜新粟

松下本 3ウ6　岳亦請容止此時筑波神答曰今夜新粟

板本 4オ1　岳。亦請容止。此時筑波神答曰。今夜雖新粟

47

管本 3ウ7
嘗不敢不奉尊旨宊（矣秋）設飲食敬拜祇承於」

武田本 3ウ7
嘗不敢不奉尊旨「宊（矣扶）設飲食」敬拜祇承於

松下本 3ウ7
嘗不敢不奉尊旨宊（矣ㇳ）（乎）設飲食」敬拜祇承於

板本 4オ2
嘗。不敢不奉尊旨。爰設飲食。敬拜祇」承於

48

管本 3ウ8
是神祖尊歡然諱曰 愛乎我亂巍哉神宮」

武田本 3ウ8
是神祖尊歡然諱曰愛乎我」亂巍乎

松下本 3ウ8
是神祖尊歡然諱曰愛乎我」亂巍乎神宮

板本 4オ3
「是祖神尊。歡然訶曰。愛乎我亂。巍哉」神宮。

49

管本 4オ1
天地並斉日月共同人民集賀飲冨豊代」

武田本 4オ1
天地並斉日月共同人民集賀飲」冨豊代

松下本 4オ1
天地並齊日月共同人民集賀飲」冨豊代

板本 4オ4
天地竝齊。日月共同。人民集賀。飲食」富豊。代

50

管本 4オ2
代無絶日ゝ弥栄千秋万歳遊楽不窮者」

武田本 4オ2
代無絶日日彌榮千秋萬歳遊樂」不窮者

松下本 4オ2
代無絶日日彌榮千秋萬歳遊樂」不窮者

板本 4オ5
代無絶。日日彌榮。千秋萬歳。遊樂」不窮者。

51

管本 4オ3
是以福慈岳常雪不得祭（登カ）臨其筑波岳往

武田本 4オ3
是以福慈岳常雪不得登臨其筑波岳往

松下本 4オ3
是以福慈岳常雪不得登臨其筑波岳往

板本 4オ6
是以福慈岳常雪。不得登臨。其筑波岳往

52

管本 4オ4
集歌舞飲喫至于今不絶也　以下畧之

武田本 4オ4
集歌舞飲喫至于今不絶也　以下畧之

松下本 4オ4
集歌舞飲喫至于今不絶也　以下畧之

板本 4オ7
集歌舞飲喫。至于今不絶也　已下略之

53

管本 4オ5
夫筑波岳高秀于雲最頂西峯崢嶸謂之」

武田本 4オ5
夫筑波岳高秀于雲最頂西峯崢」嶸謂之

松下本 4オ5
夫筑波岳高秀于雲最頂西（西）峯崢」嶸謂之

板本 4オ8
夫筑波岳。高秀于雲。最頂西峰崢嶸。謂之」

54

管本 4オ6
雄神不令登臨但東峯四方磐石昇（降）決」屹（屹欤）

武田本 4オ6
雄神不令登臨但東峯四方磐石」昇降決屹

松下本 4オ6
雄神不令登臨但東峯四方磐石」昇降決屹

板本 4ウ1
雄神。不令登臨。但東峰四方磐石。昇降泱」屹。

55

管本 4オ7
其側流泉冬夏不絶自坂已東諸國男」女

武田本 4オ7
其側流泉冬夏不絶自坂已東」諸國男女

松下本 4オ7
其側流泉冬夏不絶自坂已」東諸國男女

板本 4ウ2
其側流泉。冬夏不絶。自阪以東諸國男」女。

56

管本 4オ8
春花」開時秋葉黄節相携騈闐飲食齎」賁

武田本 4オ8
春花開時秋葉黄節相携騈闐」飲食齎賁

松下本 4オ8
春花開時秋葉黄節相携騈闐」飲食齊賁

板本 4ウ3
春花開時。秋葉黄節。相携騈闐。飲食齎」賫。

57

管本 4ウ1
騎歩登臨遊樂栖遅其唱曰
都久波尼尓
阿波等牟等

武田本 4ウ1
騎歩登臨遊樂栖遅其唱曰
都波尼爾阿波等牟等
久等岐氣波加彌尼河

松下本 4ウ1
騎歩登臨遊樂栖遅其唱曰
都波尼爾阿波等牟等
久等岐氣波加彌尼河

板本 4ウ4
騎歩登臨。遊樂栖遅。其唱曰。
都久波尼等
爾・阿波牟阿

58

管本 4ウ2
伊比志古波多賀已等岐氣波加弥尼河
須波氣牟也都久波尼尓伊保利尼都麻

武田本 4ウ2
伊比志古波多賀已尼爾伊保利尼都麻
須波氣牟也都久波牟欲呂波波夜母阿

松下本 4ウ2
伊比志古波多賀已尼爾伊保利尼都麻
須波氣牟也都久波牟欲呂波波夜母阿

板本 4ウ5
伊比志・古波・多賀已等岐氣波・加彌尼麻
須波氣牟也・都久波尼爾・伊保利弖・都波・

59

管本 4ウ3
奈志尓和我尼年欲呂波ゝ夜母阿氣奴」
賀母也

武田本 4ウ3
奈志爾和我尼
氣奴賀母也

松下本 4ウ3
奈志爾和我尼
氣奴賀母也

板本 4ウ6
奈志爾。和我尼年欲呂
波夜母阿氣奴賀母也。

60

管本 4ウ4
詠歌甚多右不勝載車俗諺云筑波峯之會」

武田本 4ウ3
詠」歌甚多不勝載車俗諺云筑波峯之會

松下本 4ウ3
詠」歌甚多不勝載車俗諺云筑波峯之會

板本 4ウ6
詠歌甚多。不勝」載車。俗諺曰。筑波峯之會。

61

管本 4ウ5
不得娉賎兒女不爲矣郡西十里在騰波

武田本 4ウ4
不得娉財皃女不爲矣郡西十里在騰波

松下本 4ウ4
不得娉財皃女不爲矣郡西十里在騰波

板本 4ウ7
不得娉財者兒女不爲矣。郡西十里在騰波

62

管本 4ウ6
江長二千九百歩廣（一千五百歩已廿）東筑波郡南毛野河

武田本 4ウ5
江長二千九百歩廣一（二千五百歩已廿）東筑波郡南毛野河

松下本 4ウ5
江長二千九百歩廣一（二千五百歩已廿）東筑波郡南毛野河

板本 5オ1
江。長二千九百歩。廣一千五百歩。已下略之 河内郡。東筑波郡。南毛野河。北新治郡。艮白壁郡。

63

管本 4ウ7

西北並新治郡良白壁郡

已下落丁アリ此内河内郡 可在之

武田本 4ウ6

西北並新治郡良白壁郡

已下落丁アリ此内河内郡 可在之

松下本 4ウ6

西北並新治郡良白壁郡

已下落丁アリ此内河内郡 本ノマヽ マヽ

板本 5オ2

西

64

管本 4ウ8

信太郡東信太流海南榎浦流海 西毛野河北河内郡

武田本 4ウ8

信太郡東信太流海南榎浦流 海西毛野河北河内郡

松下本 4ウ8

信太郡東信太流海南榎浦流 海西毛野河北河内郡

板本 5オ3

信太郡。東信太流海。南榎浦流 海。西毛野河。北河内郡。

管本・武田本・松下本なし

板本 5オ4

古老曰。難波長柄豊前大宮馭宇天皇之

64－1

管本・武田本・松下本なし

板本 5オ5

世。癸丑年。小山上物部河内。大乙上物部

64－2

管本・武田本・松下本なし

板本 5オ6

會津等。請摠領高向大夫。分筑波茨城郡

64－3

管本・武田本・松下本なし

板本 5オ7

七百戸。置信太郡。此地本日高見國也。

64－4

65

管本 5オ1
郡北十里碓井古老曰大足日天皇幸」浮

武田本 5オ1
郡北十里碓井古老曰大足日天皇幸」浮

松下本 5オ1
郡北十里碓井古老曰大足日天皇幸」浮

板本 5オ8
郡北十里碓井。古老曰。大足日子天皇幸」浮

66

管本 5オ2
嶋之帳宮無水供御即造卜者訪占所」〻

武田本 5オ2
嶋之帳宮無水供御即造卜者訪占所」〻

松下本 5オ2
嶋之帳宮無水供御即造卜者訪占所」〻

板本 5ウ1
島之帳宮。無水供御。即遣卜者訪占所」所

67

管本 5オ3：穿令存雄粟之村従此以西高来里古老

武田本 5オ3：穿令存雄粟之村従此以西高來里古老

松下本 5オ3：穿令存雄栗之村従此以西高来里古老

板本 5ウ2：穿之。今存雄栗之村。従此以西高來里。古老

68

管本 5オ4：曰天地權輿草木言語之時自天降來神

武田本 5オ4：曰天地權輿草木言語之時自天降來神

松下本 5オ4：曰天地權輿草木言語之時自天降來神

板本 5ウ3：曰。天地權輿。草木言語之時。自天降來神

69

管本 5オ5
名称普都大神巡行葦原中津之國和平」

武田本 5オ5
名稱普都大神巡行葦原中津之國和平」

松下本 5オ5
名稱普都大神巡行葦原中津之國和平」

板本 5ウ4
名稱普都大神。巡行葦原之中津國。」和平

70

管本 5オ6
山河荒梗之類大神化道已畢心存帰天」

武田本 5オ6
山河荒梗之類大神化道已畢心存帰天」

松下本 5オ6
山河荒梗之類大神化道已畢心存歸天」

板本 5ウ5
山河荒梗之類。大神化道已畢。心存」歸天。

71

管本 5オ7
即時随身器仗俗曰伊川乃甲戈楯劔及所執玉

武田本 5オ7
即時随身器仗俗曰伊川乃甲戈楯劔及所執玉

松下本 5オ7
即時随身器仗俗曰伊川乃甲戈楯劔乃所執玉

板本 5ウ6
即時随身器仗。俗曰伊川乃川恵甲戈楯劔及所執玉

72

管本 5オ8
珪悉皆脱履留置茲地即乗白雲還昇蒼

武田本 5オ8
珪悉皆脱履留置茲地即乗白雲還昇蒼

松下本 5オ8
珪悉皆脱履留置茲地即乗白雲還昇蒼

板本 5ウ7
珪。悉皆脱履。留置茲地。即乗白雲。還昇蒼

73

管本 5ウ1
天 以下畧之」

武田本 5ウ1
天 以下畧之」

松下本 5ウ1
天 以下畧之」（本ノマヽ）

板本 5ウ8
天。[已下略之]」

74

管本 5ウ2
風俗諺云葦原麻其味若爛喫異山完矣」

武田本 5ウ2
風俗諺云葦原鹿其味若爛喫異山完矣」

松下本 5ウ2
風俗諺云葦原鹿其味若爛喫異山宍矣」

板本 6オ1
風俗諺曰。葦原鹿。其味若爛喫異山宍矣。」常陸下總

75

管本 5ウ3　（常陸下総之）二國大獵無可絶盡也其里西飯名社此」

武田本 5ウ3　（常陸下総之）二國大獵無可絶盡也其里西飯名社此」

松下本 5ウ3　（常陸下總之）二國大獵無可絶盡也其里西飯名社此」

板本 6オ2　二國大獵。無「可絶盡也。其里西」飯名社。此

76

管本 5ウ4　即筑波岳所有飯名神之別屬也榎浦之」

武田本 5ウ4　即筑波岳所有飯名神之別属也榎浦之」

松下本 5ウ4　即筑波岳所有飯名神之別属也榎浦之」

板本 6オ3　即筑波岳所有。飯名神之別屬」也。榎浦之

77

管本 5ウ5
津使宜驛家東海大道常陸路頭所以傳

武田本 5ウ5
津便宜驛家東海大道常陸路頭所以傳

松下本 5ウ5
津便宜驛家東海大道常陸路頭所以傳

板本 6オ4
津。便置驛家。東海大道。常陸路頭。所以傳

78

管本 5ウ6
驛等初將臨国先洗口手東面拜香嶋之

武田本 5ウ6
驛使等初將臨國先洗口手東面拜香嶋之

松下本 5ウ6
驛使等初將臨國先洗口手東面拜香嶋之

板本 6オ5
驛使等。初將臨國。先洗口手。東面拜香島之

79

管本 5ウ7　大神然後得入也以下略之」

武田本 5ウ7　大神然後得入也以下略之」

松下本 5ウ7　大神然後得入也以下略之」

板本 6オ6　大神然後得入也。以下略之」

80

管本 5ウ8　古老曰倭武天皇巡幸海邊行至乘濱于」

武田本 5ウ8　古老曰倭武天皇巡幸海邊行至乘濱于」

松下本 5ウ8　古老曰倭武天皇巡幸海邊行至乘濱于」

板本 6オ7　古老曰。倭武天皇巡幸海邊。行至乘濱。于」

管本 6オ1
時濱浦之上多乾海苔理俗云乃由是名能」

武田本 6オ1
時濱浦之上多乾海苔俗云乃由是名能」

松下本 6オ1
時濱浦之上多乾海苔理俗云乃里由是名能

板本 6オ8
時濱浦之上多乾海苔。俗曰。乃理。由是名能

81

管本 6オ2
理波麻之村以下略之」

武田本 6オ2
理波麻之村以下略之」

松下本 6オ1
」理波麻之村以下略之」

板本 6オ8
」理波麻之村。以下略之」

82

管本 6オ3
乗濱里東有浮嶋村 長二千歩 廣四百歩 四面絶海」山

武田本 6オ3
乗濱里東有浮嶋村 長二千歩 廣四百歩 四面絶海」山

松下本 6オ3
乗濱里東有浮嶋村 長二千歩 廣四百歩 四面絶海」山

板本 6ウ2
乗濱里東有浮島村。長二千歩。廣四百歩。四面絶海。」山

83

管本 6オ4
野交借戸一十五烟里七八町餘所居」百

武田本 6オ4
野交錯戸一十五烟里七八町餘所居」百

松下本 6オ4
野交錯戸一十五烟里七八町餘所居」百

板本 6ウ3
野交錯。戸一十五烟。里七八町餘。所居」百

84

85

管本 6オ5
姓火塩為業而在九社言行謹諱 以下畧之

武田本 6オ5
姓火塩爲業而在九社言行謹諱 以下畧之

松下本 6オ5
姓火臨為業而在九社言行謹諱 以下畧之

板本 6ウ4
姓。火鹽爲業。而在九社。言行謹諱。以下略之

86

管本 6オ6
茨城郡東香嶋郡南佐礼流海西筑波山北那珂郡

武田本 6オ6
茨城郡東香嶋郡南佐禮流海西筑波山北那珂郡

松下本 6オ6
茨城郡東香嶋郡南佐禮流海西筑波山北那珂郡

板本 6ウ5
茨城郡。東香島郡。南佐禮流海。西筑波山。北那珂郡。

87

管本 6オ7
古老曰昔在國巣俗語云都知久母又云夜都賀波岐山之

武田本 6オ7
古老曰昔在國巣俗語云都知久母又云夜都賀波岐山之

松下本 6オ7
古老曰昔在國巣俗語云都知久母又云夜都賀波岐山之

板本 6ウ6
古老曰。昔在國巣。俗語曰。都知久母。又曰。夜都賀波岐。山之

88

管本 6オ8
佐伯野之佐伯普置堀土窟常居穴有人

武田本 6オ8
佐伯野之佐伯普置堀土窟常居穴有人

松下本 6オ8
佐伯野之佐伯普置堀土窟常居穴有人

板本 6ウ7
佐伯。野之佐伯。普置掘土窟。常居穴。有人

89

管本 6ウ1
来則入窟而竄之其人去更出郊以遊之」

武田本 6ウ1
來則入窟而竄之其人去更出郊以遊之」

松下本 6ウ1
来則入窟而竄之其人去更出郊以遊之」

板本 6ウ8
來則入窟而竄之其人去更出郊以遊之」

90

管本 6ウ2
狼性梟情兒窺掠盗無被招慰弥阻風俗」

武田本 6ウ2
狼性梟情兒窺掠盗無被招慰弥阻風俗」

松下本 6ウ2
狼性梟情鼠窺掠盗無被招慰弥阻風俗」

板本 7オ1
狼性梟情鼠窺掠盗無被招慰彌阻風俗」

管本 6ウ3
他此時大臣挨黒坂命同假出遊之時莰

武田本 6ウ3
他此時大臣挨黒坂命同候幽遊之時莰

松下本 6ウ3
他此時大臣挨黒坂命同候幽遊之時莰

板本 7オ2
也此時大臣族黒坂命伺候出遊之時以茨

91

管本 6ウ4
蕀施穴内即縦騎兵急令逐迫佐伯等如

武田本 6ウ4
蕀施穴内即縦騎兵急令逐迫佐伯等如

松下本 6ウ4
蕀施穴内即縦騎兵急令逐迫佐伯等如

板本 7オ3
蕀塞施穴内即縦騎兵急令逐迫佐伯等如

92

93

管本 6ウ5
常走帰土窟盡繋茨蕀衝害疾死散故取

武田本 6ウ5
常走帰土窟盡繋茨蕀衝害疾死散故取

松下本 6ウ5
常走歸土窟盡繋茨蕀衝害疾死散故取

板本 7オ4
常欲走而歸土窟。盡繋茨蕀。衝害刺傷。終疾死散。故取

94

管本 6ウ6
茨蕀以着縣名所謂茨城郡今存那珂郡
之西古若家所置郎茨城

武田本 6ウ6
茨蕀以着縣名所謂茨城郡今存那珂
之西古者家所置郎茨城郡

松下本 6ウ6
茨蕀以着縣名所謂茨城郡今存那珂郡
之西古者家所置郎茨城

板本 7オ5
茨蕀。以著縣名。所謂茨存那珂郡之西。古者郡家所置。郎茨
城郡。今城郡內。風俗諺曰。水依茨城之國。

95

管本 6ウ7
郡内風俗諺云水依茨城之國或曰山之佐伯野之佐伯自

武田本 6ウ7
郡内風俗諺云水依茨城之國或曰山之佐伯野之佐伯自

松下本 6ウ7
郡内風俗諺云水依茨城之國或曰山之佐伯野之佐伯自

板本 7オ6
或曰山之佐伯野之佐伯自

96

管本 6ウ8
爲賊長引率徒衆横行國中太爲刼（刧）殺時

武田本 6ウ8
爲賊長引率徒衆横行國中太爲刼殺時

松下本 6ウ8
為賊長引率徒衆横行國中太爲刼殺時

板本 7オ7
爲賊長引率徒衆横行國中大爲刼殺時

97

管本 7オ1
黒坂命規減此賊以茨城造所以地名便
滅々

武田本 7オ1
黒坂命規滅此賊以茨城造所以地名便

松下本 7オ1
黒坂命規滅此賊以茨城造所以地名便

板本 7オ8
黒坂命。規滅此賊。以茨城造。所以地名。便

98

管本 7オ2
謂茨城焉
茨城國造初祖多祈許呂命仕
息長帯比賣天皇之朝當至品

武田本 7オ2
謂茨城焉
茨城國造初祖多祈許呂命仕
息長帯比賣天皇之朝當至品

松下本 7オ2
謂茨城焉
茨城國造初祖多祈許呂命仕
息長帯比賣天皇之朝當至品

板本 7ウ1
謂茨城焉。
茨城國天津多祁許呂命仕息長帯比賣天皇之
造初祖・朝・當至品太天皇之誕時・多祁許呂命有

99

管本 7オ3
太天皇之誕時多祈許呂命有子八人中
男筑波使主茨城郡陽生蓮等之列祖

武田本 7オ3
太天皇之誕時多祈許呂命有子八人中
男筑波使主茨城郡陽生蓮等之列祖

松下本 7オ3
大天皇之誕時多祈許呂命有子八人中
男筑波使主茨城郡陽生蓮等之列祖

板本 7ウ3
子八人。中男筑波使主。茨
城郡湯坐連等之初祖也。

100

管本 7オ4
従郡西南近有河間謂信筑之川源出自

武田本 7オ4
従郡西南近有河間謂信筑之川源出自

松下本 7オ4
従郡西南近有河間謂信筑之川源出自

板本 7ウ4
從郡西南近有三河間謂信筑之川。源出自二

101

管本 7オ5
筑波之山従西流東經歴郡中入高濱之

武田本 7オ5
筑波之山縦西流東經歴郡中入高濱之

松下本 7オ5
筑波之山従西流東經歴郡中入高濱之

板本 7ウ5
筑波之山。従西流東。經歴郡中。入高濱之

102

管本 7オ6
海 以下略之

武田本 7オ6
海 以下畧之

松下本 7オ6
海 以下畧之

板本 7ウ6
海。以下略之

103

管本 7オ7
「夫此地者芳菲嘉辰揺落涼候命駕而向」

武田本 7オ7
「夫此地者芳菲嘉辰揺落涼候命駕而向」

松下本 7オ7
「夫此地者芳菲嘉辰揺落涼候命駕而向」

板本 7ウ7
「夫此地者。芳菲嘉辰。揺落涼候。命駕而向。」

104

管本 7オ8
「乗舟以游春則浦花千彩秋是岸葉百色」

武田本 7オ8
「乗舟以游春則浦花千彩秋是岸葉百色」

松下本 7オ8
「乗舟以游春則浦花千彩秋是岸葉百色」

板本 7ウ8
「乗舟以游。春則浦花千彩。秋是岸葉百色。」

105

管本 7ウ1
聞歌鶯於野項覽儛鶴於諸弋社 漁孃

武田本 7ウ1
聞歌鶯於野頂覽儛鶴於諸戈社 漁孃

松下本 7ウ1
聞歌鶯於野項覽儛鶴於諸弋社 漁孃

板本 8オ1
聞歌鶯於野頭。覽舞鶴於渚干。社□漁孃。

106

管本 7ウ2
逐濱洲以輻湊商豎農夫棹艕艜而往來

武田本 7ウ2
逐濱洲以輻湊商豎農夫棹艕艜而往來

松下本 7ウ2
逐濱洲以輻湊商豎農夫棹艕艜而往來

板本 8オ2
逐濱洲以輻湊。商豎農夫。棹艕艜而往來。

管本 7ウ3
况乎三夏熱潮九陽並（如本）夕嘯友率僕並坐

武田本 7ウ3
況乎三夏熱潮九陽並（如本）夕嘯友率僕並坐

松下本 7ウ3
況乎三夏熱潮九陽並（如本）夕嘯友率僕並坐

板本 8オ3
況乎三夏熱朝。九陽蒸夕。嘯友率僕。並坐

107

管本 7ウ4
濱曲騁（騁カ）望海中濤氣稍扇避暑社鬱陶之

武田本 7ウ4
濱曲騁望海中濤氣稍扇避暑社鬱陶之

松下本 7ウ4
濱曲騁望海中濤氣稍扇避暑社鬱陶之

板本 8オ4
濱曲。騁望海中。濤氣稍扇。避暑者祛鬱陶之

108

109

管本 7ウ5
煩悶陰徐傾追涼者輙歡然之意詠歌」云

武田本 7ウ5
煩悶陰徐傾追涼者輙歡然之意詠歌」云

松下本 7ウ5
煩悶陰徐傾追涼者輙歡然之意詠歌」云

板本 8オ5
煩。悶陰徐傾。追」涼者輙歡然之意。詠歌」曰。

110

管本 7ウ6
多賀波麻尒支与須留奈孫乃意支都奈
孫与須止毛与良志古良尒志与良波」又

武田本 7ウ6
多賀波麻爾支與須留奈彌乃意支都奈
彌與須止毛與良志古良爾志支良波」又

松下本 7ウ6
多賀波麻爾支與須留奈彌乃意支都奈
彌與須止毛與良志古良爾志支良波」又

板本 8オ6
多賀波麻爾。支與須留奈彌乃。意支都」波。又
奈彌。與須止毛與良志。古良爾志與良」毛乎

111

管本 7ウ7
云多賀波麻乃志多賀是佐夜久伊毛手
比川麻止伊波阿夜古止賣志川

武田本 7ウ7
云多賀波麻乃志多賀是佐夜久伊毛手
比川麻止伊波阿夜古止賣志川

松下本 7ウ7
云多賀波麻乃志多賀是佐夜久伊毛手
比川麻止伊波阿夜古止賣志川

板本 8オ7
日多賀波麻乃志多賀是佐夜久伊門
古比門麻止伊波波夜志古止賣志毛

112

管本 7ウ8
郡東十里桒原岳昔倭武天皇停留岳上

武田本 7ウ8
郡東十里桒原岳昔倭武天皇停留岳上

松下本 7ウ8
郡東十里桑原岳昔倭武天皇停留岳上

板本 8ウ1
郡東十里桑原岳。昔倭武天皇停留岳上。

113

管本 8オ1
進奉御膳時令水新掘清井出泉浄香」

武田本 8オ1
進奉御膳時令水部新掘清井出泉浄香」

松下本 8オ1
進奉御膳時令水部新掘清井出泉浄香」

板本 8ウ2
進奉御膳。時令水部新掘清井。出泉浄香」

114

管本 8オ2
飲喫出好勅云能渟水哉 俗云与久多麻 礼流弥津可奈」

武田本 8オ2
飲喫出好勅云能渟水哉 俗云与久多麻 禮流弥津可奈」

松下本 8オ2
飲喫出好勅云能渟水哉 俗云與久多麻 礼流弥津可奈」

板本 8ウ3
飲喫尤好。勅曰。能渟水哉。俗曰。與久多麻 禮留彌津可奈」

115

管本 8オ3
由是里名今謂田餘　以下略之」

武田本 8オ3
由是里名今謂田餘 以下略之」

松下本 8オ3
由是里名今謂田餘 以下略之」

板本 8ウ4
由是里名謂田餘。以下略之」

116

管本 8オ4
行方郡　東南並流海北茨城郡」

武田本 8オ4
行方郡 東南並流海北茨城郡」

松下本 8オ4
行方郡 東南並流海北茨城郡」

板本 8ウ5
行方郡。□□□東南並流海□□北茨城郡」

管本 8オ5
古老曰難波長柄豊前大宮駅〈馭宇天皇之」

武田本 8オ5
古老曰難波長柄豊前大宮馭宇天皇之」

松下本 8オ5
古老曰難波長柄豊前大宮馭宇天皇之」

板本 8ウ6
古老曰。難波長柄豐前大宮馭宇天皇之」

117

管本 8オ6
世笑〈癸歟丑年茨城國造小乙下壬生連麿那」

武田本 8オ6
世癸丑年茨城國造小乙下壬生連麿那」

松下本 8オ6
世癸丑年茨城國造小乙下壬生連麿」那

板本 8ウ7
世。癸丑年。茨城國造小乙下壬生連麻呂。」那

118

管本 8オ7
珂國造大建壬生直夫子等請惣領高」向

武田本 8オ7
珂國造大建壬生直夫子等請惣領高」向

松下本 8オ7
珂國造大建壬生直夫子等請摠領高」向

板本 8ウ8
珂國造大建壬生直夫子等。請‐摠領高」向

119

管本 8オ8
大夫中臣幡織田大夫等割茨城地八」里

武田本 8オ8
大夫中臣幡織田大夫等割茨城地八」里

松下本 8オ8
大夫中臣幡織田大夫等割茨城地八」里

板本 9オ1
大夫。中臣幡。織田大夫等。‐割‐茨城地八」里。

120

121

菅本 8ウ1
合七百余戸別置郡家所以稱行方郡者

武田本 8ウ1
合七百余戸別置郡家所以稱行方郡者

松下本 8ウ1
合七百余戸別置郡家所以稱行方郡者

板本 9オ2
合七百餘戸。別置郡家。所以稱行方郡。者。

122

菅本 8ウ2
倭武天皇巡狩天下征平海此當是經過

武田本 8ウ2
倭武天皇巡狩天下、征平海此當是經過

松下本 8ウ2
倭武天皇巡狩天下征平海此當是經過

板本 9オ3
倭武天皇巡狩天下。征平海北。當是經過

123

菅本 8ウ3　此國即頓花槻野之清泉臨水洗手以玉

武田本 8ウ3　此國即頓花槻野之清泉臨水洗手以玉

松下本 8ウ3　此國即頓花槻野之清泉臨水洗手以玉

板本 9オ4　此國。即頓幸槻野之清泉。臨水洗手。以玉

124

菅本 8ウ4　筥（如本）井今存行方里之中謂玉清井更廻車

武田本 8ウ4　筥（如本）井今存行方里之中謂玉清井更廻車

松下本 8ウ4　筥（如本）井今存行方里之中謂玉清井更廻車

板本 9オ5　落井。今存行方里之中。謂玉清井。更廻車

管本 8ウ5
駕幸現原之丘供奉御膳于時天皇四望」

武田本 8ウ5
駕幸現原之丘供奉御膳于時天皇四望」

松下本 8ウ5
駕幸現原之丘供奉御膳于時天皇四望」

板本 9オ6
駕幸。現原之丘。供奉御膳。于時天皇四」望。

125

管本 8ウ6
顧侍従曰停輿徘徊挙目騁山河海曲参」

武田本 8ウ6
顧侍従曰停輿徘徊挙目騁望山河海曲参」

松下本 8ウ6
顧侍従曰停輿徘徊挙目騁望山河海曲参」

板本 9オ7
顧侍従曰。停輿徘徊。挙目騁望。山阿海」曲。参

126

127

管本 8ウ7　差委虵峯頂（頭）浮雲谿（谿）腹（腹）擁霧物色可於郷」

武田本 8ウ7　差委虵峯頭浮雲谿腹擁霧物色可於郷」

松下本 8ウ7　差委蛇峯頭浮雲谿腹擁霧物色可於郷」

板本 9オ8　差委蛇。峰頭浮」雲。谿腹擁」霧。物色可」怜。郷

128

管本 8ウ8　體甚愛宜可此地名稱行細國者後世追」

武田本 8ウ8　體甚愛宜可此地名稱行細國者後世追」

松下本 8ウ8　體甚愛宜可此地名稱行細國者後世追」

板本 9ウ1　體甚愛。宜可此地名稱行細國者。後」世追

129

管本 9オ1
跡猶乎行方 風俗云立雨零 行方之國 甚岡高敬 如本 棨 二

武田本 9オ1
跡猶號行方 風俗云立雨零 行方之國 其岡高敬 二

松下本 9オ1
跡猶號行方 風俗云立雨零 行方之國 其岡高敬 二

板本 9ウ2
跡猶號行方。 風俗日立雨零 行方之國 其岡高敞

130

管本 9オ2
名現原降自此岡幸大益河乗艤上時折

武田本 9オ2
名現原降自此岡幸大益河乗艤上時折

松下本 9オ2
名現原降自此岡幸大益河乗艤上時折

板本 9ウ3
名之現原。倭武命降自此岡。至大益河。乘艤舟上時折

131

管本　9オ3
棹梶因其河名稱無梶河此則茨城行方

武田本　9オ3
棹梶因其河名稱無梶河此則茨城行方

松下本　9オ3
棹梶因其河名稱無梶河此則茨城行方

板本　9ウ4
棹梶。因名其河稱無梶河。此則茨城行方

132

管本　9オ4
二郡之堺河鮒之類不可悉記自無梶河

武田本　9オ4
二郡之堺河鯽之類不可悉記自無梶河

松下本　9オ4
二郡之堺河鮒之類不可悉記自無梶河

板本　9ウ5
二郡之堺河。鯉鮒之類。不可悉記。自無梶河。

管本 9オ5
達于部陸有鴨飛度天皇御時鴨邊應弦

武田本 9オ5
達于部陸有鴨飛度天皇御時鴨邊應弦

松下本 9オ5
達于部陸有鴨飛度天皇御時鴨邊應弦

板本 9ウ6
達于部陸。有鴨飛度。天皇躬射。鴨迅應弦

133

管本 9オ6
而墮其地謂之鴨野土壤墝埆草木不生

武田本 9オ6
而墮其地謂之鴨野土壤墝埆草木不生

松下本 9オ6
而墮其地謂之鴨野土壤墝埆草木不生

板本 9ウ7
而墮。仍名其地謂之鴨野。土壤墝埆。草木不生。

134

135

管本 9オ7
野北櫟柴鷄頭樹斗之木往〻森〻自成」

武田本 9オ7
野北櫟柴鷄頭樹斗之木往〻森〻自成」

松下本 9オ7
野北櫟柴鷄頭樹斗之木往〻森〻自成」

板本 9ウ8
野北櫟柴鷄頭樹」斗之木往往森森自成」

136

管本 9オ8
山林即有椕池此高太吏之時所築池」北

武田本 9オ8
山林即有椕池此高太夫之時所築池」北

松下本 9オ8
山林即有椕池此高太夫之時所築池」北

板本 10オ1
山林卽有椕池此高」向大夫之時所築池也北

137

管本 9ウ1　有香所神子之社之側山野土壌腴衍草」

武田本 9ウ1　有香所神子之社之側山野土壌腴衍草」

松下本 9ウ1　有香所神子之社之側山野土壌腴衍草」

板本 10オ2　有香取神子之」社。社側山野。土壌腴衍。草

138

管本 9ウ2　木密生郡西津済所謂行方之海 生海松」

武田本 9ウ2　木密生郡西津済所謂行方之海生海松」

松下本 9ウ2　木密生郡西津濟所謂行方之海生海松」

板本 10オ3　木密生」。郡西津濟。所謂行方之海。生海松。

139

管本 9ウ3
及燒塩之藻凡在海雜魚不可勝載但以

武田本 9ウ3
及燒塩之藻凡在海雜魚不可勝載但以

松下本 9ウ3
及燒鹽之藻凡在海雜魚不可勝載但以

板本 10オ4
及燒鹽之藻。凡在海雜魚。不可勝載。但如

140

管本 9ウ4
鯨鯢未曽見聞郡東国社此号県祇中寒

武田本 9ウ4
鯨鯢未曽見聞郡東國社此號縣祇中寒

松下本 9ウ4
鯨鯢未曽見聞郡東國社此號縣祇中寒

板本 10オ5
鯨鯢。未曾見聞。郡東國社。此號縣祇。杜中寒

管本 9ウ5
泉謂之大井縁郡男女今集汲飲郡家南」

武田本 9ウ5
泉謂之大井縁郡男女今集汲飲郡家南」

松下本 9ウ5
泉謂之大井縁郡男女今集汲飲郡家南」

板本 10オ7
泉。謂之大井。」縁郡男女。會集汲飲。郡家南

141

管本 9ウ6
門有一大槻其北枝自垂觸地還聳空中」

武田本 9ウ6
門有一大槻其北枝自垂觸地還聳空中」

松下本 9ウ6
門有一大槻其北枝自垂觸地還聳空中」

板本 10オ8
門。有一大槻。」其北枝自垂觸地。還聳空中

142

管本
9ウ7
其地昔有水之沢今遇霖雨廳庭湿潦郡」

武田本
9ウ7
其地昔有水之沢今遇霖雨廳庭濕潦郡」

松下本
9ウ7
其地昔有水之澤今遇霖雨廳庭濕潦郡」

板本
10ウ1
其地昔有水」之澤。今遇霖雨。廳庭濕潦。郡

143

管本
9ウ8
側居邑橘樹生之自郡西北提賀里古背」

武田本
9ウ8
側居邑橘樹生之自郡西北提賀里古背」

松下本
9ウ8
側居邑橘樹生之自郡西北提賀里古背有」

板本
10ウ2
側居邑。橘樹」生之。自郡西北提賀里。古有

144

145

10管本オ1

佐伯名平鹿為其人居追着里其里北在」

10武田本オ1

佐伯名平鹿爲其人居追着里其里北在」

10松下本オ1

佐伯名平鹿為其人居追着里其里北在」

10板本ウ4

佐伯名手鹿。爲其」人居追著里。其里北在

146

10管本オ2

香嶋神子之社ゝ周山野地渡（復ゝ）艸木椎栗」

10武田本オ2

香嶋神子之社ゝ周山野地渡艸木椎栗」

10松下本オ2

香嶋神子之社ゝ周山野地渡艸木椎栗」

10板本ウ5

香島神子之社。社」周山野地沃。草木椎栗

147

10管オ3本	10武田オ3本	10松下オ3本	10板ウ6本
竹茅之類多生従此以北曾居村古有佐	竹茅之類多生従此以北曾居村古有佐	竹茅之類多生従此以北曾居村古有佐	竹茅之類多生從。此以北曾尼村。古有佐

148

10管オ4本	10武田オ4本	10松下オ4本	10板ウ7本
伯名曰号孫毗古取名着村今置驛家此	伯名曰號彌毗古取名着村今置驛家此	伯名曰號彌毗古取名着村今置驛家此（北）	伯。名曰疏禰毗古。取名著村。今置驛家。此

10管オ5本
謂尼古老曰石村玉穂宮大八洲所馭天

10武田オ5本
謂尼古老曰石村玉穂宮大八洲所馭天

10松下オ5本
謂尼（池ヵ）古老曰石村玉穂宮大八洲所馭天

10板ウ8本
謂曾尼之驛。古老曰。石村玉穂宮大八洲所馭天

149

10管オ6本
皇之世有人箭括（箬歟）氏。（麻）多賀獻自郡西谷（谷歟）之

10武田オ6本
皇之世有人箭括氏麻多智獻自郡西谷之

10松下オ6本
皇之世有人箭括（箬ヵ）氏麻多智獻自郡西谷之

11板オ1本
皇之世有人箭括氏麻多智點自郡西谷之

150

151

10管本 オ7　葦原墾闢新治田此時夜刀神相郡引率」

10武田本 オ7　葦原墾闢新治田此時夜刀神相郡引率」

10松下本 オ7　葦原墾闢新治田此時夜刀神相郡引率」

11板本 オ2　」葦原。墾闢新治」田。此時夜刀神。相群引率。

152

10管本 オ8　悉盡到來左右防障勿令耕佃　俗云謂蛇爲夜刀神」

10武田本 オ8　悉盡到來左右防障勿令耕佃　俗云謂虵爲夜刀神其形」

10松下本 オ8　悉盡到來左右防障勿令耕佃　俗云謂虵爲夜刀神其形」

11板本 オ3　」悉盡到來。左右防障。令」勿」耕佃。」俗曰。謂」蛇爲夜刀神。其」形」

153

10管ウ1本　其形蛇身頭角率（紀）兎難時有見人者破滅門子孫不継凡地郡側郊原甚多所住之

10武田ウ1本　蛇身頭角率紀兎難時有見人者破滅門子孫不継凡地郡側郊原甚多所住之

10松下ウ1本　蛇身頭角率紀兎難時有見人者破滅門子孫不継凡地郡側郊原甚多所住ゝ

11板オ5本　蛇身頭角率紀兎難時有見人者破滅家門子孫不繼凡此郡側郊原甚多所住之

154

10管ウ2本　於是麻多智大起怒情着（被）甲鎧之自身執

10武田ウ2本　於是麻多智大起怒情着被甲鎧之自身執

10松下ウ2本　於是麻多智大起怒情着被甲鎧之自身執

11板オ6本　於是麻多智大起怒情著被甲鎧之自身執

155

管本 10ウ3	仗ナ斂駈逐乃至山口標挩置堺堀告夜
武田本 10ウ3	仗打殺遂乃至山口標挩置堺堀告夜
松下本 10ウ3	仗打殺駈逐乃至山口標挩置堺堀告夜
板本 11オ7	仗打殺驅逐乃至山口標杭置堺堀告夜

156

管本 10ウ4	刀神云自此以上聴為神地自此以下須
武田本 10ウ3	刀神云自此以上聴爲神地自此以下須
松下本 10ウ3	刀神云自此以上聴為神地自此以下須
板本 11オ8	刀神曰自此以上聴爲神地自此以下須

157

10管ウ5本
作人田今以後吾爲神祝永代敬祭冀勿」

10武田4本
作」人田自今以後吾爲神祝永代敬祭冀勿」

10松下4本
作人」田自今以後吾為神祝永代敬祭冀勿

11板ウ1本
「作人田自今以後吾爲神祝永代敬祭」冀勿

158

10管ウ6本
崇勿恨設社初祭者即還發耕田一十町」

10武田6本
祟勿恨設社初祭者即還發耕田一十町」

10松下5本
祟」勿恨設社初祭者即還発耕田一十町

11板ウ2本
「祟勿「恨設社初祭者即還發耕田一」十町

159

10管本 ウ7　余麻多智子孫相承致祭至今不絶其後

10武田本 ウ7　余麻多智子孫相承致祭至今不絶其後

10松下本 ウ6　餘麻多智子孫相承致祭至今不絶其後

11板本 ウ3　餘。麻多智子孫相承致祭。至今不絶。其後

160

10管本 ウ8　至難波長柄豊前大宮臨軒天皇之世壬

10武田本 ウ8　至難波長柄豊前大宮臨軒天皇之世壬

10松下本 ウ8　至難波長柄豊前大宮臨軒天皇之世壬

11板本 ウ4　至難波長柄豐前大宮臨軒天皇之世。壬

161

11オ1 管本
生連麿初台其谷令築池堤持夜刀神昇」

11オ1 武田本
生連麿初台其谷令築池堤持夜刀神昇」

11オ1 松下本
生連麿初台其谷令築池堤持夜刀神昇」

11ウ5 板本
生連麻呂初占其谷。令築池堤時夜」刀神昇

162

11オ2 管本
集池辺之椎槻經時不去於是麿挙声」大

11オ2 武田本
集池辺之椎槻經時不去於是麿舉聲」大

11オ2 松下本
集池辺之椎槻経時不去於是麿舉聲」大

11ウ6 板本
集池邊之椎樹。經時不去。於是麻」呂舉聲大

163

管本 11オ3
宮令修此池要孟活民何神誰祇不従風

武田本 11オ3
宮令修此池要益活民何神誰祇不従風

松下本 11オ3
宮令修此池要孟活民何神誰祇不従風

板本 11ウ7
言。令修此池。要在活民何神誰祇。不従風

164

管本 11オ4
化即令役民云目見雑物魚虫之類無所

武田本 11オ4
他即令役民云目見雑物魚虫之類無所

松下本 11オ4
化即令役民云目見雑物魚虫之類無所

板本 11ウ8
化。即令役民曰。目見雑物魚虫之類。無所

165

11オ5 管本
悍懼随尽打殺言了應時神蛇避隠所謂」

11オ5 武田本
悍懼随尽打殺言了應時神蛇避隠所謂」

11オ5 松下本
悍懼随尽打殺言了應時神蛇避隠所謂」

12オ1 板本
悍懼。随盡打殺言了。應時神蛇」避隱。所謂

166

11オ6 管本
其池今号椎井也池面（西北）椎株清泉所出取」

11オ6 武田本
其池今號椎井也池面（西北）椎株清泉所出取」

11オ6 松下本
其池今號椎井也池面（西北）椎株清泉所出取」

12オ2 板本
其池。今號椎井也。池面椎株。清」泉所出。取

167

11管オ7本
井名池即向香嶋麻吠吠道也郡南七里（傍書：陸之驛）

11武田オ7本
井名池即向香島陸之驛道也郡南七里

11松下オ7本
井名池即向香島陸之驛道也郡南七里

12板オ3本
井名池即向香島陸之驛道也。郡南七里

168

11管オ8本
男高里古有佐伯小高為其居処因名国

11武田オ8本
男高里古有佐伯小高為其居處因名国

11松下オ8本
男高里古有佐伯小高為其居處因名國

12板オ4本
男高里。古有佐伯小高。為其居處。因名。國

169

管本 11ウ1
宰當麻太丈時所築池今存路東自池西」

武田本 11ウ1
宰當麻太夫時所築池今存路東自池西」

松下本 11ウ1
宰當麻太夫時所築池今存路東自池西」

板本 12オ5
宰當麻大夫時所築池。今存路」東。自池西

170

管本 11ウ2
山猪猿大住屮木多密南有鯨岡上古之」

武田本 11ウ2
山猪猿大住屮木多密南有鯨岡上古之」

松下本 11ウ2
山猪猿大住草木多密南有鯨岡上古之」

板本 12オ6
山。猪猿大住。艸木多密。南有鯨」岡。上古之

171

管本 11ウ3　時海鯨匍匐而来所臥即有栗家池為其（池）

武田本 11ウ3　時海鯨匍匐而來所臥即有栗家池爲其

松下本 11ウ3　時海鯨匍匐而来所臥即有栗家池為其

板本 12オ7　時。海鯨匍匐而來。所臥即有栗家池。爲其

172

管本 11ウ4　栗大以為池名北有香取神子之社也麻

武田本 11ウ4　栗大以爲池名北有香取神子之社也麻

松下本 11ウ4　栗大以為池名北有香取神子之社也麻

板本 12オ8　栗大。以爲池名。北有香取神子之社也。麻

173

11 管本 ウ5

生里古昔麻生于猪沭之涯囲如大竹長」

11 武田本 ウ5

生里古昔麻生于猪沭之涯囲如大竹長」

11 松下本 ウ5

生里古昔麻生于猪沭之涯圍如大竹長」

12 板本 ウ2

生里。古昔麻生于猪沭之涯。圍如大竹。」長

174

11 管本 ウ6

余一丈周里有椎栗槻櫟生猪猴栖住其」

11 武田本 ウ6

余一丈圍里有山椎栗槻櫟生猪猴栖住其」

11 松下本 ウ6

余一丈周里有山椎栗槻櫟生猪猴栖住其」

12 板本 ウ3

餘一丈。周里有山。椎栗槻櫟生。猪猴栖」住。其

175

11ウ7 管本　野出筋馬　飛鳥浄御原大宮臨軒天皇」

11ウ7 武田本　野出筋馬　飛鳥浄御原大宮臨軒天皇」

11ウ7 松下本　野出筋馬　飛鳥浄御原大宮臨軒天皇」（之カ）

12ウ4 板本　野出筋馬□飛鳥浄御原大宮臨軒」天皇之

176

11ウ8 管本　世同郡大生里建部袁許呂命得此野馬」

11ウ8 武田本　世同郡大生里建部袁許呂命得此野馬」

11ウ8 松下本　世同郡大生里建部袁許呂命得此野馬」

12ウ5 板本　世同郡大生里建部袁許呂命得」此野馬

177

12管オ1本
獻於朝廷所謂行方之馬或云茨城之里」

12武田本オ1本
獻於朝廷所謂行方之馬或云茨城之里」

12松下オ1本
獻於朝廷所謂行方之馬或云茨城之里」

12板ウ6本
獻於朝廷。所謂行方之馬。或云茨」城之里

178

12管オ2本
高非やし郡南二十里香澄里古傳曰大足」

12武田本オ2本
高馬手非也郡南二十里香澄里古傳曰大足」

12松下オ2本
高馬カ非也郡南二十里香カ澄スミ里古傳曰大足」

12板ウ7本
馬非也。」郡南二十里香澄里。古傳曰。大足

179

12管オ3本
日子天皇登坐下総国印波鳥見丘留連

12武田本3オ
日子天皇登座下總國印波鳥見丘留連

12松下本3オ
日子天皇登座下總國印波鳥見丘留連

12板本8ウ
日子天皇登坐下總國印波鳥見丘留連

180

12管本4オ
遥望顧東而勅侍臣曰海即青波浩行陸

12武田本4オ
遥望顧東而勅侍臣曰海即青波浩行陸

12松下本4オ
遥望顧東而勅侍臣曰海即青波浩行陸

13板本1オ
遥望顧東而勅侍臣曰海即青波浩行陸

181

管本 12オ5
是丹霞空朦國自其中朕目所見者時人」

武田本 12オ5
是丹霞空朦國自其中朕目所見者時人」

松下本 12オ5
是丹霞空朦國自（在）其中朕目所見者時人」

板本 13オ2
是丹霞」空朦。國在其中。朕目所見者。時人

182

管本 12オ6
由是謂之霞郷東山有社榎槻（椿）椎竹箭麦（変）」

武田本 12オ6
由是謂之霞郷東山有社榎槻椿椎竹箭麦」

松下本 12オ6
由是謂之霞郷東山有社榎槻椿椎竹箭麦」

板本 13オ3
由是謂」之霞郷。東山有社。榎槻椿椎竹箭麦

183

管本 12オ7　門冬性〻多此里以西海中北洲謂新治」

武田本 12オ7　門冬性性多此里以西海中北洲謂新治」

松下本 12オ7　門冬性性多此里以西海中北洲謂新治」

板本 13オ4　門冬。」往往多生。此里以西海中北洲謂新治

184

管本 12オ8　洲所以然稱者立於洲上北面遥望新治」

武田本 12オ8　洲所以然稱者立於洲上北面遥望新治」

松下本 12オ8　洲所以然稱者立於洲上北面遥望新治」

板本 13オ5　洲。」所以然稱者。立於洲上。北面遥望。新治

185

管本 12ウ1
國小筑波之丘山所見因名也從此往南

武田本 12ウ1
國小筑波之丘山所見因名也從此往南

松下本 12ウ1
國小筑波之丘山所見因名也從此往南

板本 13オ6
國」小筑波之岳所見。因名也。從」此往南

186

管本 12ウ2
十里板来村近臨海濱安置駅家此謂板

武田本 12ウ2
十里板来村近臨海濱安置駅家此謂板

松下本 12ウ2
十里板来村近臨海濱安置驛家此謂板

板本 13オ7
十里」板來村。近臨海濱。安置驛家。此謂板

187

12管ウ3本
来之駅其西板木成林飛鳥浄見原天皇」

12武田ウ3本
來之駅其西榎木成林飛鳥浄見原天皇」

12松下ウ3本
来之驛其西榎木成林飛鳥浄見原天皇」

13板オ8本
來之」驛。其西榎木成林。飛鳥淨見原天皇

188

12管ウ4本
之世遣麻績王之居処其海焼壚藻海松」

12武田ウ4本
之世遣麻績王之居処其海焼鹽藻海松」

12松下ウ4本
之世遣麻績王之居処其海焼鹽藻海松」

13板ウ1本
之」世。遣麻績王居處之。其海燒鹽藻海松

189

管本 12ウ5
白貝辛螺蛤多生古老曰斯貴満塩宮」大

武田本 12ウ5
白貝辛螺蛤多生古老曰斯貴満鹽宮」大

松下本 12ウ5
白貝辛螺蛤多生古老曰斯貴満鹽宮」大

板本 13ウ2
白貝」辛螺蛤多生。」古老曰。斯貴瑞垣宮大

190

管本 12ウ6
八洲所天皇之世為平東垂之荒賊遣」建

武田本 12ウ6
八洲所天皇之世為平東垂之荒賊遣」建

松下本 12ウ6
八洲所。（知）天皇之世為平東垂之荒賊遣」建

板本 13ウ4
八洲所馭天皇之」世。為平東夷之荒賊遣建

12管本 ウ7　借間余即此那賀國造初祖引率軍士行略凶猾頓

12武田本 ウ7　借問命即此那賀國造初祖引率軍士行略凶猾頓

12松下本 ウ7　借間命即此那賀國造初祖引率軍士行略凶猾頓

13板本 ウ5　借間命。即此那賀國造初祖引率軍士行略凶猾頓

191

12管本 ウ8　宿安婆之嶋遥望海東之浦時烟所見交

12武田本 ウ8　宿安婆之島遥望海東之浦時烟所見交

12松下本 ウ8　宿安婆之島遥望海東之浦時烟所見交

13板本 ウ6　宿安婆之島遥。望海東之浦。時烟所見爰

192

13管本 オ1
疑有人建借闇命仰天誓曰若有天人之」

13武田本 オ1
疑有人建借聞命仰天誓曰若有天人之」

13松下本 オ1
疑有人建借間命仰天誓曰若有天人之」

13板本 ウ7
疑有人建借閒」命仰天誓曰。若有天人之

193

13管本 オ2
烟者来霞我上若有荒賊之烟者去靡海」（覆）

13武田本 オ2
烟者來覆我上若有荒賊之烟者去靡海」

13松下本 オ2
烟者来覆我上若有荒賊之烟者去靡海」

13板本 ウ8
烟者。來覆我上。」若有荒賊之烟者。去靡海

194

13管 オ3本
中時烟射海而流之爰自知有凶賊即命」

13武田 オ3本
中時烟射海而流之爰自知有凶賊即命」

13松下 オ3本
中時烟射海而流之爰自知有凶賊即命」

14板 オ1本
中。時烟射海而」流之。爰自知有凶賊。即命

195

13管 オ4本
従衆耨食而渡於是有國栖名曰夜尺斯」

13武田 オ4本
従衆耨食而渡於是有國栖名曰夜尺斯」

13松下 オ4本
従衆耨食而渡於是有國栖名曰夜尺斯」

14板 オ2本
徒衆。耨食而渡。」於是有國栖名曰夜尺斯

196

197

13管本オ5
夜筑斯二人自為首師（師歟）掘穴造堡常所居

13武田本オ5
夜筑斯二人自為首師掘穴造堡常所居

13松下本オ5
夜筑斯二人自為首師掘穴造堡常所居

14板本オ3
夜筑斯二人自為首師掘穴造堡常所居

198

13管本オ6
住覘（覘歟）伺官軍伏衛拒抗建借聞命縦兵駈

13武田本オ6
住覘伺官軍伏衛拒抗建借聞命縦兵駈

13松下本オ6
住覘伺官軍伏衛拒抗建借聞命縦兵駈

14板本オ4
住覘伺官軍伏衛拒抗建借聞命縦兵驅

管本 13オ7
追賊盡逋還閇堡固禁俄而建借間命大」

武田本 13オ7
追賊盡逋還閇堡固禁俄而建借間命大」

松下本 13オ7
追賊盡逋還閇堡固禁俄而建借間命大」

板本 14オ5
追賊盡逋還閇」堡固禁俄而建借間命大

199

管本 13オ8
起權議按閣敢死之士伏隱山阿造備滅」

武田本 13オ8
起權議按閣敢死之士伏隱山阿造備滅」

松下本 13オ8
起權議按閲敢死之士伏隱山阿造備滅」

板本 14オ6
起權議校閲敢」死之士伏隱山阿造備滅

200

201

13 管本 ウ1

賊之器巌餝海渚連舟編拭飛雲蓋張虹

13 武田本 ウ1

賊之器巌餝海渚連舟編拭飛雲蓋張虹

13 松下本 ウ1

賊之器巌餝海渚連舟編拭飛雲蓋張虹

14 板本 オ7

賊之器巌餝海渚連舩編栰飛雲葢張虹

202

13 管本 ウ2

旌天之鳥琴天之鳥笛隨波逐

13 武田本 ウ2

旌天之鳥琴天之鳥笛隨波逐

13 松下本 ウ2

旌天之鳥琴天之鳥笛隨波逐

14 板本 オ8

旌天之鳥琴天之鳥笛隨波逐

203

13管本 3ウ
湖嶋杵唱曲七日七夜遊楽歌舞于時賊

13武田本 3ウ
湖島杵唱曲七日七夜遊楽歌舞于時賊

13松下本 3ウ
湖島杵唱曲七日七夜遊樂歌舞于時賊

14板本 1ウ
潮杵島唱曲七日七夜遊樂歌儛于時賊

204

13管本 4ウ
黨聞盛音樂挙房男女悉盡出來傾濱歡

13武田本 4ウ
黨聞盛音樂擧房男女悉盡出来傾濱歡

13松下本 4ウ
黨聞盛音樂擧房男女悉盡出来傾濱歡

14板本 2ウ
黨聞盛音樂擧房男女悉盡出來傾濱歡

205

13管本ウ5　咲建借間余令試士閇堡自後襲繫盡困」

13武田本ウ5　咲建借間命令試士閇堡自後襲繫盡困」

13松下本ウ5　咲建借間命令試士閇堡自後襲繫盡困」

14板本ウ3　咲建借間命令騎士閇堡。」自後襲擊。盡囚

206

13管本ウ6　種屬一時焚滅此時痛殺所言今謂伊久」

13武田本ウ6　種屬一時焚滅此時痛殺所言今謂伊久」

13松下本ウ6　種屬一時焚滅此時痛殺所言今謂伊久」

14板本ウ4　種屬。一時焚滅。此時痛殺」所言。今謂伊多久

207

13管本 ウ7：之郷段（臨）斬所言今謂布都奈之村安殺所」

13武田本 ウ7：之郷臨斬所言今謂布都奈之村安殺所」

13松下本 ウ7：之郷臨斬所言今謂布都奈之村安殺所」

14板本 ウ5：之郷臨斬所言。今謂布」都奈之村。安殺所

208

13管本 ウ8：言今謂安伐之里告殺所今謂吉前之邑」

13武田本 ウ8：言今謂安伐之里告殺所今謂吉前之邑」

13松下本 ウ8：言今謂安伐之里告殺所今謂吉前之邑」

14板本 ウ6：言。今謂安伐之里。吉殺」所言。今謂吉前之邑。

209

14管オ1本

板来南海有洲所三四里許春時香島行」

14武田オ1本

板来南海有洲所三四里許春時香島行」

14松下オ1本

板来南海有洲所三四里許春時香島行」

14板ウ7本

板來南海有「洲」可「三」」四里許。春時香島行

210

14管オ2本

方二郡男女尽来拾津白貝雑味之貝物」

14武田オ2本

方二郡男女尽来拾津白貝雑味之貝物」

14松下オ2本

方二郡男女尽来拾津白貝雑味之貝物」

14板ウ8本

方二郡之男女。盡來」拾津白貝雑味之貝物」

14管本 3オ
矣自郡東西十五里當麻之郷古老曰倭」

14武田本 3オ
矣自郡東西十五里當麻之郷古老曰倭」

14松下本 3オ
矣自郡東西十五里當麻之郷古老曰倭」

15板本 1オ
矣。」自郡東北十五里當麻郷。古老曰。倭

211

14管本 4オ
武天皇巡行過于此郷有位（佐々）伯名曰鳥日」

14武田本 4オ
武天皇巡行過于此郷有位（佐々）伯名曰鳥日」

14松下本 4オ
武天皇巡行過于此郷有佐伯名曰鳥日」

15板本 2オ
武天」皇巡行過于此郷。有佐伯。名曰鳥日

212

213

14 管本 オ5

孚縁其逆命随便略敬即幸屋形野之帳

14 武田本 オ5

子縁其逆命随便略敬即幸屋形野之帳

14 松下本 オ5

子縁其逆命随便略敬即幸屋形野之帳

15 板本 オ3

子縁其逆命随便略殺即幸屋形野之頓

214

14 管本 オ6

宮車駕所経之道狭地深浅悪路之義謂

14 武田本 オ6

宮車駕所経之道狭地深浅悪路之義謂

14 松下本 オ6

宮車駕所経之道狭地深浅悪路之義謂

15 板本 オ4

宮車所経之道狭地深浅取悪路之義謂

215

14管オ7本
之當麻支々斯（俗云多々）野之土悀然生紫艸取」

14武田オ7本
之當麻支々斯（俗云多々）野之土悀然生紫艸取」

14松下オ7本
之當麻支々斯（俗云多々）野之土悀然生紫艸取（有カ）」

15板オ5本
之當」麻。俗曰。多」多支斯。野之土埇。然生」紫艸。有」香島」香取

216

14管オ8本
二神子之社其周山野櫟柞栗柴往々成」

14武田オ8本
二神子之社其周山野櫟柞栗柴往々成」

14松下オ8本
二神子之社其周山野櫟柞栗柴往々成」

15板オ7本
二神子之社。其周山野。櫟柞栗柴。往」往成

217

14管ウ1本
林猪猴狼多住従此以南藝都里古有國」

14武田ウ1本
林猪猴狼多住従此以南藝都里古有國」

14松下ウ1本
林猪猴狼多住従此以南藝都里古有國」

15板オ8本
「林。猪猴狼多住。従是以南藝都里古」有國

218

14管ウ2本
栖名曰寸津毗古寸津毗賣二人其寸津」

14武田ウ2本
栖名曰寸津毗古寸津毗賣二人其寸津」

14松下ウ2本
栖名曰寸津毗古寸津毗賣二人其寸津」

15板ウ1本
栖。曰寸津毗古。寸津毗賣。二人其寸」津

219

14管本 ウ3
毗古當天皇之幸違命背化甚无肅敬爰

14武田本 ウ3
毗古當天皇之幸違命背化甚无肅敬爰

14松下本 ウ3
毗古當天皇之幸違命背化甚无肅敬爰

15板 ウ2
毗古當天皇之幸違命背化甚无肅敬爰

220

14管本 ウ4
抽御劔登時斬滅於是寸津毗賣懼悚心

14武田本 ウ4
抽御劔登時斬滅於是寸津毗賣懼悚心

14松下本 ウ4
抽御劔登時斬滅於是寸津毗賣懼悚心

15板 ウ3
抽御劔登時斬滅於是寸津毗賣懼悚心

221

管本 14ウ5
愁表挙白幡卯（迎）道奉拝天皇矜降恩旨放」

武田本 14ウ5
愁表挙白幡卯（迎）道奉拝天皇矜降恩旨放」

松下本 14ウ5
愁表挙白幡迎道奉拝天皇矜降恩旨放」

板本 15ウ4
愁。表挙白幡。迎道奉拝。天皇矜降恩旨」放

222

管本 14ウ6
免其房更廻乗輿幸小抜野之頓宮寸津」

武田本 14ウ6
免其房更廻乗輿幸小抜野之頓宮寸津」

松下本 14ウ6
免其房更廻乗輿幸小抜野之頓宮寸津」

板本 15ウ5
免其房。更廻乗輿。幸小抜野之頓宮。寸」津

14管本 ウ7
毗賣引率姉妹信竭心力不避風雨朝夕」

14武田本 ウ7
毗賣引率姉妹信竭心力不避風雨朝」夕

14松下本 ウ7
毗賣引率姉妹信竭心力不避風雨朝夕」

15板本 ウ6
毗賣引率姉妹信竭心力不避風雨朝」夕

223

14管本 ウ8
供奉天皇疑其懇懃恵慈所以此野謂宇」

14武田本 ウ8
供奉天皇疑其懇懃恵慈所以此野謂宇」

14松下本 ウ8
供奉天皇疑其懇懃恵慈所以此野謂宇」

15板本 ウ7
供奉天皇欽其懇懃恵慈所以此野謂」宇

224

225

15管オ1本　流波斯之小野其名田里息長足日皇后」

15武田本 15オ1　流波斯之小野其名田里息長足日皇后」

15松下本 15オ1　流波斯之小野其名（南ヵ）田里息長足日皇后」

15板本 15ウ8　流波斯之小野。其南名田里。息長足日」賣皇后

226

15管本 15オ2　之時人此地名曰古都比古三度遣於韓」

15武田本 15オ2　之時人此地名曰古都比古三度遣於韓」

15松下本 15オ2　之時人此地名曰古都比古三度遣於韓」

16板本 16オ1　之時。此地人名曰古都比古。三度」遣於韓

15管本 オ3
國童其功労賜田因名又有波耶武之野」

15武田本 オ3
國童其功労賜田因名又有波耶武之」野

15松下本 オ3
國重其功労賜田因名又有波耶武之野」

16板本 オ2
國重其功労賜田因名又有波都」武之野

227

15管本 オ4
倭武天皇停宿此野修理弓弭因名也」野

15武田本 オ4
倭武天皇停宿此野修理弓弭因名也」野

15松下本 オ4
倭武天皇停宿此野修理弓弭因名也野」

16板本 オ3
倭武天皇停宿此野修理弓弭因」名也野

228

229

管本 15オ5
北海邉在香島神子之社土堉櫟柞楡叫」

武田本 15オ5
北海邉在香島神子之社土堉櫟柞楡叫」

松下本 15オ5
北海邉在香島神子之社土堉（堷）櫟柞楡叫」

板本 16オ4
北海邊。在香島神子之社。土埼櫟」柞楡叫

230

管本 15オ6
一二所生従此以南相麻大生里古老曰」

武田本 15オ6
一二所生従此以南相鹿大生里古老曰」

松下本 15オ6
一二所生従此以南相鹿大生里古老曰」

板本 16オ5
一二所生。従此以南相鹿大生里。」古老曰。

231

- 15オ7　管本　倭武天皇坐相麻丘前宮此時膳炊屋舎」
- 15オ7　武田本　倭武天皇坐相鹿丘前宮此時膳炊屋舎」
- 15オ7　松下本　倭武天皇坐相鹿丘前宮此時膳炊屋舎」
- 16オ6　板本　倭武天皇坐相鹿丘前宮。此時膳炊屋舎。

232

- 15オ8　管本　稱立浦濱編艀作橋通御在所取大炊之」
- 15オ8　武田本　稱立浦濱編艀作橋通御在所取大炊之」
- 15オ8　松下本　稱立浦濱編艀作橋通御在所取大炊之」
- 16オ7　板本　搆立浦濱。編艀作橋通御在所。取大炊之

233

管本
15ウ1
義名大生之村又倭武天皇之后大橘比」

武田本
15ウ1
義名大生之村又倭武天皇之后大橘比」

松下本
15ウ1
義名大生之村又倭武天皇之后大橘比」

板本
16オ8
義。名大生之村。又倭武天皇之后。大橘比

234

管本
15ウ2
賣命自倭降来参還此地故謂安布賀之」

武田本
15ウ2
賣命自倭降来参還此地故謂安布賀之」

松下本
15ウ2
賣命自倭降来参還此地故謂安布賀之」

板本
16ウ1
賣命自倭降來。參遇此地故謂安」布賀之

15管本 3ウ
邑行方郡分不略之

15武田本 3ウ
邑行方郡分不略之

15松下本 3ウ
邑行方郡分不略之

16板本 2ウ
邑。行方郡分不略之

235

15管本 4ウ
香島郡東大海南下総常陸堺安是湖西流海北那賀香島堺阿多可奈湖

15武田本 4ウ
香島郡東大海南下総常陸堺安是湖西流海北那賀香島堺阿多可奈湖

15松下本 4ウ
香島郡東大海南下総常陸堺安是湖西流海北那賀香島堺阿多可奈湖

16板本 3ウ
香島郡。東大海。南下總常陸堺。安是湖。西流海。北那賀香島堺。阿多可奈湖。

236

237

15ウ5 管本　古老曰難波長柄豐前大朝宇天皇之世」

15ウ5 武田本　古老曰難波長柄豐前大朝宇天皇之世」

15ウ5 松下本　古老曰難波長柄豐前大朝宇天皇之世」

16ウ4 板本　古老曰。難波長柄豐前大朝馭宇天皇之」世。

238

15ウ6 管本　已酉年大乙上中臣子大乙下中臣部兎」

15ウ6 武田本　已酉年大乙上中臣子大乙下中臣部兎」

15ウ6 松下本　已酉年大乙上中臣子大乙下中臣部兎」

16ウ5 板本　己酉年。大乙上中臣[鎌]子。大乙下中臣」部兎

239

15管ウ7本	子等請惣領高向大夫割下総國海上國」
15武田ウ7本	子等請惣領高向大夫割下総國海上國」
15松下ウ7本	子等請惣領高向大夫割下総國海上國」
16板ウ6本	子等。請「總領高向大夫。割「下總國海」上國

240

15管ウ8本	造部内輕野以南一里那賀國造部内寒」
15武田ウ8本	造部内輕野以南一里那賀國造部内寒」
15松下ウ8本	造部内輕野以南一里那賀國造部内寒」
16板ウ7本	造部内。輕野以南一里。那賀國造部」内。寒

241

16管 オ 1本
田以北五里別量神郡其処所有天之大」

16武田本 オ 1
田以北五里別量神郡其処所有天之大」

16松下 オ 1本
田以北五里別量（置カ）神郡其処所有天之大」

16板 ウ 8本
田以北五里。別置神郡。其處所有。天」之大

242

16管 オ 2本
神社坂戸杜治尾社合三処惣稱香島天」

16武田本 オ 2
神社坂戸杜治尾社合三処總稱香島天」

16松下 オ 2本
神社坂戸社治尾社合三処總稱香島天」

17板 オ 1本
神社。坂戸社。沼尾社。合三處揔稱香」島

243

16管オ3本
之大神因名郡焉風俗説云霰零香島之國清濁得

16武田オ3本
之大神因名郡焉風俗説云霰零香島之國清濁得

16松下オ3本
之大神因名郡焉風俗説云霰零香島之國清濁得

17板オ2本
之大神。因名郡焉。風俗説曰霰零香島之國清濁得

244

16管オ4本
紀天地草昧已前諸神天神俗云俗賀味留弥賀味留

16武田オ3本
紀天地草昧已前諸神天神俗云俗賀味留彌賀味留岐

16松下オ3本
紀天地草昧已前諸神天神俗云俗賀味留弥賀味留岐（衍字）

17板オ3本
紀。天地草昧以前。諸祖天神。俗曰。謂賀味魯彌賀味魯

16管本 オ5
岐會集八百万神於天之原時諸祖神告」

16武田本 オ5
會集八百万神於天之原時諸祖神告

16松下本 オ5
會集八百万神於天之原時諸祖神告

17板本 オ4
岐。會集八百萬神於高天之原。時諸祖神。」告

245

16管本 オ6
云令我御孫命光宅豐葦原水穂之國自」

16武田本 オ5
「云」令我御孫命光宅豐葦原水穂之國自

16松下本 オ5
「云」令我御孫命光宅豐葦原水穂之國自

17板本 オ5
日。今我御孫命。光宅豐葦原水穗之國。」自

246

247

管本 16オ7
高天原降来大神名稱香島天之大神天

武田本 16オ6
高天原降来大神名稱香島天之天神天

松下本 16オ6
高天原降来大神名稱香島天之天神天

板本 17オ6
高天原。降來大神。名稱香島天之大神。天

248

管本 16オ8
則号曰香島之宮地則名豊香嶋之宮俗云

武田本 16オ7
則號曰香島之宮地則名豊香嶋之宮俗云豊葦

松下本 16オ7
則號曰香島之宮地則名豊香嶋之宮俗云豊葦

板本 17オ7
則號曰香島之宮。地則名豊香島之宮。俗曰。荒振

249

16管本 ウ1

豐葦原水穗國所依將奉上始留尓荒借
神等又石根木立草乃竹葉辭語之尽」

16武田本 ウ1

原水穗國所依將奉上始留尓荒借神樂
等又石根木立草乃竹葉辭語之尽者使」

16松下本 ウ1

原水穗國所依將奉上始留尓荒借神樂
等又石根木立草乃竹葉辭語之尽者使」

17板本 オ8

豐葦原水穗國所依將奉上始留爾。」畫
神等。又石根木立草乃片葉辭語之。」事

250

16管本 ウ2

者使蝿音声夜者大光明國此手事其後
向手定大神御上天降供奉

16武田本 ウ2

蝿音聲夜者大光明國此手事其後
向手定大神御上天降供奉

16松下本 ウ2

蝿音聲夜者大光明國此手事其後
向手定大神御上天降供奉

17板本 ウ1

者狹蠅音聲。夜者火光明國。此乎
向平定。大神從二上天一降供奉之。其後」

16管ウ3本
至初國所知美麻貴天皇之世奉幣大刀」

16武田本ウ2
至」初國所知美麻貴天皇之世奉幣大刀

16松下本ウ2
至初」國所知美麻貴天皇之世奉幣大刀

17板本ウ2
至」初國所知美麻貴天皇之世」奉幣大刀」

251

16管ウ4本
古鉾二枚鉄弓二張鉄箭二具許呂四口」

16武田本ウ3
古鉾」二枚鐵弓二張鐵箭二具許呂四口

16松下本ウ3
古鉾」二枚鐵弓二張鐵箭二具許呂四口

17板本ウ3
十口。鉾二枚。鐵弓二張。鐵箭二具。許呂四」口。

252

16管本ウ5
枚鏚一連鍊鏚一連馬一疋按（鞍）一具八（綵咫歟）」

16武田本ウ4
枚鐵」一連錬鐵一連馬一疋鞍一具八綵咫歟

16松下本ウ4
枚鐵」一連練鐵一連馬一疋鞍一具八綵咫カ

17板本ウ4
枚鐵一連。練鐵一連。馬一疋。鞍一具。八。」咫

253

16管本ウ6
鏡二面五色絁一連俗曰美麻貴天皇之
世大坂山乃頂尓白細乃大御」

16武田本ウ5
鏡」二面五色絁一連俗曰美麻貴天皇之世大」
坂山乃頂尓白細乃大御

16松下本ウ5
鏡」二面五色絁一連俗曰美麻貴天皇之世大」
坂山乃頂尓白細乃大御

17板本ウ5
鏡二面。五色絁一連。俗曰。美麻貴天皇」爾。白細乃大御
之世。大坂山乃頂」賜命者。我前乎

254

管本 16ウ7

服生而白杵御枚取坐識賜命者我前手治奉者汝聞
勝看食國手大圍小國事依給等識賜岐于時追集八十之

武田本 16ウ7

服生而白杵御枚取坐識賜命者我前手給等識賜岐于時追集八十之
治奉者汝聞勝看食國手大圍小國事依事而訪問於是大中臣神聞勝

松下本 16ウ7

服生而白杵御枚取坐識賜命者我前手給等識賜岐于時追集八十之
治奉者汝聞勝看食國手大圍小國事依事而訪問於是大中臣神聞勝

板本 17ウ6

服生而白梓御杖取坐識大國小國事依給等識賜岐于時追集八
治奉者汝聞勝看食國平十之伴緒舉此事而訪問於是大中臣神

管本 16ウ8

伴緒挙此事而訪問於是大中臣神聞勝命答曰大八嶋國汝
所知食國止事向賜之香島國坐天津大御神乃挙敎事

武田本 16ウ8

伴緒舉此八島國汝所知食國止事向賜之香島國
命答曰大坐天津御神乃舉敎事者天皇聞諸即恐

松下本 16ウ8

伴緒舉此八島國汝所知食國止事向賜之香島國
命答曰大坐天津御神乃舉教事者天皇聞諸即恐

板本 17ウ8

聞勝命答曰大八島國汝所知食國止事事
向賜之香島國坐天津大御神乃舉教戒納

257

管本 17オ1

者天皇聞諸即恐驚奉納前
件幣帛於神宮也
神戸六十五烟 本八戸難波天

武田本 17オ2

驚奉納前件幣
帛於神宮也
神戸六十五烟 本八戸難波天皇之

松下本 17オ2

驚奉納前件幣
帛於神宮也
神戸六十五烟 本八戸難波天皇之

板本 18オ1

者。天皇聞諸。即恐驚。奉
前件幣帛於神宮也。
神戸六十五烟。本八戸。難波天
浄見原大朝。加

258

管本 17オ2

皇之世加奉五十戸飛鳥浄見原大朝加奉
九戸合六十七戸庚子年編戸減二戸今定六十五戸
淡海大津朝

武田本 17オ3

世加奉五十戸飛鳥浄見原大朝加奉九六十
戸合六十七戸庚寅年偏戸減二戸今定五戸
淡海大津朝

松下本 17オ3

世加奉五十戸飛鳥浄見原大朝加奉九六十
戸合六十七戸庚寅年編戸減二戸今定五戸
淡海大津朝

板本 18オ2

皇之世。加奉五十戸。飛鳥年。編戸減二戸。
奉九戸。合六十七戸。庚寅今定六十五戸。
淡海大津朝。

17管
オ
3本
初遣使人造神之宮自爾已来脩理不絶」

17武田
オ
4本
初遣使人造神之宮」自爾已来修理不絶

17松下
オ
4本
初遣使人造神之宮」自爾已来修理不絶

18板
オ
3本
初遣使人造」神之宮自爾以來修理不絶

259

17管
オ
4本
年別七月造舟而奉納津宮古老曰倭武」

17武田
オ
5本
年別七月造舟而奉」納津宮古老曰倭武

17松下
オ
5本
年別七月造舟而奉納」津宮古老曰倭武

18板
オ
4本
年別七月造」舟而奉納津宮古老曰倭武

260

261

管本 17オ5
天皇之世天之大神宜中臣（臣）狹山命令」

武田本 17オ6
天皇之世天之大神宣」中臣巨狹山命令

松下本 17オ6
天皇之世天之大神宜」中臣巨狹山命令

板本 18オ5
天皇之世。天」之大神宣中臣臣狹山命。令

262

管本 17オ6
社御舟者（臣）狹山命荅曰謹承大命無敢」

武田本 17オ7
社御舟者巨狹山命」荅曰謹承大命無敢

松下本 17オ7
社御舟者巨狹山命荅」曰謹承大命無敢

板本 18オ6
社御舟者。□」□臣狹山命答曰。謹承大命。無敢

263

17管本 オ7
所辝天之神大昧爽後宣汝舟者置於海」

17武田本 オ8
所辝天之神大昧爽後」宣汝舟者置於海

17松下本 オ8
所辝天之神大昧爽後」宣汝舟者置於海

18板本 オ7
所」辭。天之大神昧爽復宣。汝舟者置於海

264

17管本 オ8
中舟主仍見在岡上又宣汝舟者置於岡」

17武田本 ウ1
中舟主仍見在岡上又」宣汝舟者於岡

17松下本 ウ1
中舟主仍見在岡上又」宣汝舟者（置カ）於岡

18板本 オ8
中。」舟主仍見。在岡上。又宣。汝舟者置於岡

265

管本 17ウ1　上也舟主因求更在海中如此之事已非」

武田本 17ウ2　上也舟主因求更在海中」如此之事已非

松下本 17ウ2　上也舟主因求更在海中」如此之事已非

板本 18ウ1　」上也。舟主因求。更在海中。如此之事。已非

266

管本 17ウ2　二三爰則懼惶新々造舟三隻各長二丈」

武田本 17ウ3　二三爰則懼惶新々造舟」三隻各長二丈

松下本 17ウ3　二三爰則懼惶新々造舟」三隻各長二丈

板本 18ウ2　二」三。爰則懼惶。新令造舟三隻。各長二丈

267

17管本 ウ3
余初獻之又年別四月十日設祭灌酒」ト

17武田本 ウ4
余初献之又年別四月十」日設祭灌酒ト

17松下本 ウ4
余初献之又年別四月十」日設祭灌酒ト

18板本 ウ3
」餘。初獻之。又年別四月十日。設祭灌酒。ト

268

17管本 ウ4
氏種属男女集會積月累子夜樂飲哥舞」

17武田本 ウ5
氏種屬男女集會積日累」子夜樂飲歌舞

17松下本 ウ5
氏種屬男女集會積日累」士夜樂飲歌舞

18板本 ウ4
」氏種屬。男女集會。積日累夜。飲樂歌舞。

269

管本 17ウ5
其唱云安良佐賀乃賀味能弥佐氣乎多

武田本 17ウ6
其唱云安良佐賀乃賀味能弥佐氣畢多

松下本 17ウ6
其唱云安良佐賀乃賀味能弥佐氣畢多

板本 18ウ5
其唱曰。安良佐賀乃。賀味能爾佐氣乎。多

270

管本 17ウ6
義上伊北郡婆賀母輿和我恵比尔祁牟

武田本 17ウ7
義止伊北郡婆賀母輿和我惠比尓祁牟

松下本 17ウ7
義止伊北郡婆賀母輿和我恵比尓祁牟

板本 18ウ6
義止。伊比祁婆賀母輿。和我惠比爾祁牟。

271

17管本 7ウ　神社周匝卜氏居所地體高敞東西臨海」

17武田本 8ウ　神社周匝卜氏居所地體」高敞東西臨海

17松下本 8ウ　神社周匝卜氏居所地體」高敞東西臨海

18板本 7ウ　神社」周匝。卜氏居所。地體高敞。東西臨海。

272

17管本 8ウ　峯谷犬牙邑里交錯山木野草自屛内庭」

18武田本 1オ　峯谷犬牙邑里交錯山木」野草自屛内庭

18松下本 1オ　峯谷犬牙邑里交錯山木」野草自屛内庭

18板本 8ウ　峰谷」犬牙。邑里交錯。山木野艸。自屛ニ内庭

273

18管オ1本　之蕃蘺潤流崖泉涌朝夕之汲流嶺頭構」

18武田2本　之蕃蘺潤流崖泉涌朝夕」之汲流嶺頭構

18松下2本　之蕃蘺潤流崖泉涌朝夕」来汲流嶺頭構

19板オ1本　之藩」籬。潤流崕泉。□涌朝夕之汲流。嶺頭構

274

18管オ2本　舎松竹衛於垣外谿膂堀井薜蘿蔭於壁」

18武田3本　舎松竹衛於垣外谿腰堀」井薜蘿蔭於壁

18松下3本　舎松竹衛於垣外谿腰堀」井薜蘿蔭於壁

19板オ2本　」舎。松竹衛於垣外。谿腰堀」井。薜蘿蔭於壁

275

18管オ3本　上春經其村者百艸杇損花秋過其路者

18武オ4本　上春經其村者百艸杇損花秋過其路者

18松オ4本　上春經其村者百艸杇損花秋過其路者

19板オ3本　上春經其村者。百艸□花。秋過其路者。

276

18管オ4本　千樹錦葉可謂神仙之幽居之境之異化

18武オ5本　千樹錦葉可謂神仙之幽居之境之異化

18松オ5本　千樹錦葉可謂神仙之幽居之境之異化

19板オ4本　千樹錦葉。可謂神仙幽居之境。□異化

277

管本 18オ5
誕之地佳麗之豊不可悉之其社南郡家

武田本 18オ6
誕之地佳麗之豊不可悉之其社南郡家

松下本 18オ6
誕之地佳麗之豊不可悉之其社南郡家

板本 19オ5
誕之地佳麗之豐不可委記其社南郡家

278

管本 18オ6
北治尾池古老曰神世自天流来水治（沼欤）所

武田本 18オ7
北治尾池古老曰神世自天流来水治（沼欤）所

松下本 18オ7
北治（沼）尾池古老曰神世自天流来水沼所

板本 19オ6
北沼尾池古老曰神世自天流來水沼所

18管オ7本
生蓮根味氣太異耳絕他所之有病者食

18武田オ8本
生蓮根味氣太異甘绝他所」之有病者食

18松下オ8本
生蓮根味氣太異并絶他所」之有病者食

19板オ7本
生蓮根。味氣太異。甘美絕他所之。有病者食

279

18管オ8本
此治蓮早差験之鮒多住前郡所置多蒔

18武田ウ1本
此治蓮早差驗之鮒鯉多住」前郡所置多蒔

18松下ウ1本
此沼蓮早差験之鮒鯉多住」前郡所置多蒔

19板オ8本
此沼」蓮。早差驗之。鮒鯉多住。前郡所置。多蒔

280

281

管本 18ウ1
橋其實味之都東二三里高松濱大海之」

武田本 18ウ2
橋其實味之都郡東二三里」高松濱大海之

松下本 18ウ2
橋其實味之都郡東二 三里」高松濱大海之

板本 19ウ1
「橋。」其實味之。」郡東二三里高松濱。大海濱邊。

282

管本 18ウ2
流着砂貝積民高丘松林自生椎柴交雜」

武田本 18ウ3
流差砂貝積民高丘松林」自生椎柴交雜

松下本 18ウ3
流差砂貝積民高丘松林」自生椎柴交雜

板本 19ウ3
流著砂貝。」積成高丘。松林自生。椎柴交雜。

18管ウ3本
既如山野東西松下出泉可八九歩清渟」

18武田本ウ4
既如山野東西松下出泉」可八九歩清渟

18松下本ウ4
既如山野東西松下出泉」可八九歩清渟

19板ウ4本
既如山野」東西松下出泉。可八九歩。清渟

283

18管ウ4本
太好慶雲元年国司婇女朝卜臣率鍛佐備」

18武田本ウ5
太好慶雲元年國司婇女」朝臣率鍛佐備

18松下本ウ5
太好慶雲元年國司婇女」朝臣率鍛佐備

19板ウ5本
太好慶雲」元年。國司釆女朝臣。卜率鍛冶佐備

284

285

18ウ5 管本
大麿等採若松濱之鐵以造鈫之自此以」

18ウ6 武田本
大麻呂等採若松濱之鐵」以造釼之自此以

18ウ6 松下本
大麻呂等採若松濱之」鐵以造釼之自此以

19ウ6 板本
大麻」呂等。採若松濱之鐵。以造」劒之。自此以

286

18ウ6 管本
南至輕野里若松濱之間可卅餘里此皆」

18ウ7 武田本
南至輕野里若松濱」之間可卅餘里此皆

18ウ7 松下本
南至輕野里若松濱之」間可卅餘里此皆

19ウ7 板本
南」至輕野里若松濱之間。可卅餘里。此皆

287

18管本 ウ7

松山伏苓神毋年堀之其若松浦即常陸」

18武田本 ウ8

松山伏苓神毋年堀之」其若松浦即常陸

18松下本 ウ8

松山伏苓神毋年堀之」其若松浦即常陸

19板本 ウ8

「松」山産伏苓伏神毎年掘之其若松浦即常」陸

288

18管本 ウ8

下総二國之堺安是湖之所有沙鐵造」釼

19武田本 オ1

下總二國之堺安是湖」之所有沙鐵造釼

19松下本 オ1

下總二國之堺安是湖」之所有沙鐵造釼

20板本 オ2

下總二國之堺安是湖之所有沙鐵造」劒

管本 19オ 1
大利然為香島之神山不得輙入伐松穿」

武田本 19オ 2
大利然爲香嶋之神山」不淂輙入伐松穿

松下本 19オ 2
大利然為香嶋之神山」不得輙入伐松穿

板本 20オ 3
「大利。然爲香島之神山。不得輙入伐松」穿

289

管本 19オ 2
鐡之郡南廿里濱里以東松山之中一大」

武田本 19オ 3
鐵之郡南廿里濱里」以東松山之中一大

松下本 19オ 3
鐵也郡南廿里濱里」以東松山之中一大

板本 20オ 4
「鐵也。」郡南廿里濱里。以東松山之中。有一大

290

19管オ3本
沼謂寒田可四五鯉鮒住之万輕野二里」

19武田オ4本
沼謂寒田可四五鯉鮒」住之万輕野二里

19松下オ4本
沼謂寒田可四五。鯉（里カ）鮒」住之万輕野二里

20板オ5本
沼。」謂寒田。可四五里。鯉鮒住之。沼水流漑輕」野田二里許。

291

19管オ4本
所有田少潤之輕野以東大海濱辺流着」

19武田オ5本
所有田少潤之輕野」以東大海濱邊流着

19松下オ5本
所有田火潤之輕（カル）野」以東大海濱邊流着

20板オ7本
所」有田少潤之。輕野以東大」海濱邊。流著

292

293

19管 オ5本
大舩長一十五里大闊一丈余朽櫂埋砂

19武 オ6本
大船長一十五里大闊一丈餘朽櫂埋砂

19松 オ6本
大船長一十五里大闊一丈餘朽櫂埋砂

20板 オ8本
大舩。長一十五丈。濶一丈餘。朽櫂埋砂。

294

19管 オ6本
今猶遺之謂淡海之世擬遣不見國今陸奥國石城舩造作朽櫂至ゝ此着峯即破之

19武 オ7本
今猶遺之謂淡海之世擬遣不見國今陸奥國石城船造作朽櫂至ゝ此着峯即破之

19松 オ7本
今猶遺之謂淡海之世擬遣不見國今陸奥國石城船造作朽櫂至ゝ此着峯即破之

20板 ウ1本
今猶遺之。謂淡海之世。擬遣覔國。今陸奥國石城舩。造作大舩。至于此。著岸即破之。

295

19管オ7本
以南童子女松原古有年少童子 俗云加味乃乎止 古加味乃乎止賣

19武田ウ1本
以南童子女松原古有年少童子 俗云加止古加味 味乃乎乃乎止賣

19松下ウ1本
以南童子女松原古有年少童子 俗云加止古加味 味乃乎乃乎止賣

20板ウ2本
以南童子女松原。古有年」少童子。俗日加味乃乎止 古。加味乃乎止賣。

296

19管オ8本
男称那賀寒田之郎子女号海上安是之

19武田ウ2本
男禰那賀寒田之郎子女號海上安是之

19松下ウ2本
男稱那賀寒田之郎子女號海上安是之

20板ウ3本
稱那賀寒田之」郎子。女號海上安是之

297

19管ウ1本
嬢子並形容端正光華郷里相聞名声同

19武田ウ3本
嬢子並形容端正光華郷里相聞名聲同

19松下ウ3本
嬢子並形容端正光華郷里相聞名聲同

20板ウ4本
孃子並形容端正光華郷里相聞名聲同

298

19管ウ2本
存望念自愛心減經月累日嬥歌之會俗云宇大

19武田ウ4本
存望念自愛心減経月累日嬥歌之會俗云宇大又云加我

19松下ウ4本
存望念自愛心滅経月累日嬥歌之會俗云宇大又云加我

20板ウ5本
存望念自愛心職經月累日嬥歌之會俗日宇太又日加我

299

19管本 ウ3

我故又云 加我毗也 邂逅相遇于時郎子歌曰伊夜是

19武田本 ウ5

我岐毗也邂逅相遇于時郎子歌曰伊夜是

19松下本 ウ5

我岐毗也邂逅相遇于時郎子歌曰伊夜是

20板本 ウ6

我岐毗也。邂逅相遇于時郎子歌曰。伊夜是古麻都

300

19管本 ウ4

留乃阿是乃古麻都尒由布恙豆ゝ和乎

19武田本 ウ6

留乃阿是乃古麻都尒由布恙氐ゝ和乎

19松下本 ウ6

留乃阿是乃古麻都尒由布恙氐ゝ和乎

20板本 ウ7

留乃。阿是乃弖。和乎 爾。由布悉弖阿是古

301

19管本 ウ5

布利祢由母阿是古志麻波母嬢子報歌」

19武田本 ウ7

布利彌由母阿是古志麻」波母孃子報歌

19松下本 ウ7

布利彌由母阿是古志」麻波母孃子報歌

20板本 ウ8

布利彌由母。志麻波母。孃子報歌

302

19管本 ウ6

曰宇志乎尓波多々牟追伊閇追奈西乃古何夜蘓志麻加久理和乎祢佐波女志理々 便欲相」

19武田本 ウ8

曰宇志乎尓波多々牟追」蘓志麻加久理和伊閇追奈西乃古何夜」乎彌佐婆志理之 便欲相

19松下本 ウ8

曰宇志乎尓波多々牟追」蘓志麻加久理和伊閇追奈西乃古何夜」乎彌佐婆志理之 便欲相

20板本 ウ8

曰宇志乎爾波。多」多牟止伊閇止。奈西乃古何。夜蘇志麻加久理。和乎彌佐婆志理之。便欲相」

303

19管本 ウ7　晤恐人知之避自遊場蔭松下攜手低膝

20武田本 オ1　晤恐人知之避自遊楊蔭松下携手低膝

20松下本 オ1　晤恐人知之避自遊場蔭松下携手低膝

21板本 オ2　語恐人知之避自遊場蔭松下携手促膝

304

19管本 ウ8　陳懐吐憤既釋故戀之積疹還起新歡之

20武田本 オ2　陳懐吐憤既釋故戀之積疹還起新歡之

20松下本 オ2　陳懐吐憤既釋故戀之積疹還起新歡之

21板本 オ3　陳懐吐憤既釋故戀之積疹還起新歡之

305

管本 20オ 1　頻咲于時玉、露抄候金風〻節皎〻桂」

武田本 20オ 3　頻笑于時玉」露抄候金風〻節皎〻桂

松下本 20オ 3　頻笑于時玉」露杪候金風〻節皎〻桂

板本 21オ 4　頻咲于時玉露抄候金風之節皎皎桂

306

管本 20オ 2　月照處唳鶴之西洲颯〻松颸吟度雁東」

武田本 20オ 4　月照處唳鶴」之西洲颯〻松颸吟度雁東

松下本 20オ 4　月照處唳鶴之」西洲颯〻松颸吟度雁東

板本 21オ 4　月」照處唳鶴之西洲颯颯松颸吟處度雁之」東

307

20管 オ 3本
怙処寂寞兮巌泉旧夜蕭條兮烟霜新近

20武 オ 田 5本
怙処寂寞兮巌泉旧夜蕭條兮烟霜新近

20松 オ 下 5本
怙処寂寞兮巌泉旧夜蕭條兮烟霜新近

21板 オ 6本
路。山寂寞兮巌泉旧。夜蕭條兮烟霜新。近

308

20管 オ 4本
山自覧黄葉散林之色遥海唯聴蒼波激

20武 オ 田 6本
山自覧黄葉散林之色遥海唯聴蒼波激

20松 オ 下 6本
山自覧黄葉散林之色遥海唯聴蒼波激

21板 オ 7本
山自覧黄葉散林之色。遥海唯聴蒼波激

309

20管本 オ5
磧之声茲霄于茲未莫之乐偏沈語之耳」

20武田本 オ7
磧之聲茲霄于」茲樂莫之樂偏沈語之甘

20松下本 オ7
磧之聲茲霄于」茲樂莫之樂偏沉語之耳

21板本 オ8
磧之聲。茲霄于茲樂。莫之樂。偏耽語之」甘

310

20管本 オ6
味頻忘夜之将開俄而雞鳴狗吠天曉日」

20武田本 オ8
味頻忘夜之」将開俄而雞鳴狗吠天曉日

20松下本 オ8
味頻忘夜之」将開俄而雞鳴狗吠天曉日

21板本 ウ1
味。頻忘夜之將闢。俄而鷄鳴狗吠。天曉」日

20管オ7本
明爰僮子等不知所為遂愧人見化成」松

20武田ウ1本
明爰僮子等」不知所為遂愧人見化成松

20松下ウ1本
明爰僮子等」不知所為遂愧人見化成松

21板ウ2本
明。爰童子等。不知所爲。遂愧人見。化成」松

311

20管オ8本
樹郎子謂奈美松嬢子稱古津松自古着」

20武田ウ2本
樹郎子謂奈美」松嬢子稱古津松自古着

20松下ウ2本
樹郎子謂奈美」松嬢子稱古津松自古着

21板ウ3本
樹。郎子謂奈美松。嬢子稱古津松。自古」着

312

管本 20ウ1
名至今不改郡北三十里白鳥里古老曰

武田本 20ウ3
名至今不改郡北三十里白鳥里古老曰

松下本 20ウ3
名至今不改郡北三十里白鳥里古老曰

板本 21ウ4
名至今不改郡北三十里白鳥里古老曰

313

管本 20ウ2
伊久米天皇之世有白鳥天飛来化為僮

武田本 20ウ4
伊久米天皇之世有白鳥天飛来化爲僮

松下本 20ウ4
伊久米天皇之世有白鳥天飛来化為僮

板本 21ウ5
伊久米天皇之世有白鳥自天飛來化爲童

314

20管ウ3本
女夕上朝下摘名告池為甚築提徒積日

20武田本ウ5
女夕上朝下摘各造池爲其築堤徒積日

20松下本ウ5
女夕上朝下摘各造池為其築堤徒積日

21板本ウ6
女夕上朝下摘石造池爲其築堤乎徒積日

315

20管ウ4本
月築〻壊不得作成僮女等志漏止利乃芳我郡了弥乎郡〻

20武田本ウ6
月築〻壊不得作成僮女等志漏止利乃芳我郡了弥乎郡〻牟止母安良布麻目右

20松下本ウ6
月築〻壊不得作成僮女等志漏止利乃芳我郡了弥乎郡〻牟止母安良布麻目右

21板本ウ7
月築之築壊不得作成童女等唱曰志漏止利乃乎都都芳我都都彌目右疑

316

317

20管ウ5本
牟止毋安良布麻
（目右疑波古歔）
斯呂唱升天不復降来由

20武田ウ8本
疑波古歔斯呂唱升天不復降来由

20松下ウ8本
疑波古歔斯呂唱升天不復降来由

22板オ1本
牟止毋安良布麻
波古歔[　]斯呂唱歌昇天不復降來由

318

20管ウ6本
此其所号白鳥郷以下略之

20武田ウ8本
此其所号白鳥郷以下略之

20松下ウ8本
此其所号白鳥郷以下略之

22板オ2本
是其所號白鳥鄕

20管本　ウ7

以南所有平原謂角折濱
謂古有大蛇欲通東海堀
濱作穴蛇角折落國名或

21武田本　オ2

以南所有平原謂角折濱
謂古有大蛇欲」穴蛇角折落因名或
通東海堀濱作」濱奉羞御膳時都無

21松下本　オ2

以南所有手原謂角折濱
謂古有大蛇欲」穴蛇角折落因名或
通東海堀濱作」濱都羞御膳時都無

22板本　オ3

以南所有平原。謂角折濱。謂古有大蛇。欲」
通東海掘濱作穴。
蛇角折落。因名之。或

319

20管本　ウ8

曰倭武天皇停宿此濱奉羞御膳時都無
水即執鹿角地〻為甚折所以名之
以下畧之」

21武田本　オ3

曰倭武天皇停宿此」其折所
水即執鹿角地〻為」以名之
以下畧之」

21松下本　オ3

曰倭武天皇停宿此」其折所
水即執鹿角地〻為」以名之
以下畧之」

22板本　オ4

曰」倭武天皇停宿此濱。奉羞御膳。時都無水。」即抜執鹿角掘
地。為其角折。所以名之。」
以下略之」

320

管本 21オ1

那賀郡東大海南香島茨城郡西新治郡下野國堺
大山北久慈郡

武田本 21オ5

那賀郡東大海南香島茨城郡西新治
郡下野國堺大山北久慈郡

松下本 21オ5

那賀郡東大海南香島茨城郡西新治
郡下野國堺大山北久慈郡

板本 22オ8

那賀郡。東大海。南香島茨城郡。西新治
郡。下野國堺大山。北久慈郡。

321

管本 21オ2

平津駅家西一二里有岡名曰大櫛上古

武田本 21オ6

平津驛家西一二里有岡名曰大櫛上古

松下本 21オ6

平津驛家西一二里有岡名曰大櫛上古

板本 22ウ1

最前略之

平津驛家。西一二里有「岡。名曰「大櫛。上古

322

323

21管本 オ3　有人体極長大身居丘壟之上手蜃其所」

21武田本 オ7　有人躰極長大身居丘壟之上手蜃其所」

21松下本 オ7　有人躰極長大身居丘壟之上手蜃其所」

22板本 ウ2　有人。體極長大。身居丘壟之上「採蜃」食之。其所

324

21管本 オ4　食貝積聚成岡時人不朽之義今謂大櫛」

21武田本 オ8　食貝積聚成岡時人不朽之義今謂大櫛」

21松下本 オ8　食貝積聚成岡時人不朽之義今謂大櫛」

22板本 ウ3　食貝。積聚成岡。時人取「大朽之」義。今謂大櫛

325

管本 21オ5
之岡其践跡長卅余歩廣廿余歩以下畧之
尿穴住可廿余歩許

武田本 21ウ1
之岡其践跡長卅餘歩廣廿餘歩以下畧之
尿穴住可廿余歩許

松下本 21ウ1
之岡其践跡長卅餘歩廣廿餘歩以下畧之
尿穴住可廿余歩許

板本 22ウ4
之岡。其大人践跡。長卅餘歩。廣廿餘歩。尿穴趾。可廿餘歩許。以下略之

326

管本 21オ6
茨城里自此以北高丘名曰輔時臥之山

武田本 21ウ2
淡城里自此以北高丘名曰輔時臥之山

松下本 21ウ2
茨城里自此以北高丘名曰輔時臥之山

板本 22ウ6
茨城里。自此以北高丘。名曰晡時臥之山。

327

21オ7 管本
古老曰有兄妹二人兄名努賀毗古妹名

21ウ3 武田本
古老曰有兄妹二人兄名努賀毗古妹名

21ウ3 松下本
古老曰有兄妹二人兄名努賀毗古妹名

22ウ7 板本
古老曰。有兄妹二人。兄名努賀毗古。妹名

328

21オ8 管本
努賀毗咩時妹在室有人不知姓名常就

21ウ4 武田本
努賀毗咩時妹在室有人不知姓名常就

21ウ4 松下本
努賀毗咩時妹在室有人不知姓名常就

22ウ8 板本
努賀毗咩。時妹在室。有人不知姓名。常就

329

管本 21ウ1
求婚夜来晝去遂成夫婦一夕懐妊至可」

武田本 21ウ5
求婚夜来晝去遂成夫婦一夕懐妊至可」

松下本 21ウ5
求婚夜来晝去遂成夫婦一夕懐妊至可」

板本 23オ1
求」婚。夜來晝去。遂成」夫婦。一夕懐妊」至」可」

330

管本 21ウ2
産月終生小蛇明若無言闇与母語於是」

武田本 21ウ6
産月終生小蛇明若無言闇與母語於是」

松下本 21ウ6
産月終終生小蛇明若無言闇與母語於是」

板本 23オ2
」産月。終」生」小蛇。明若」無」言。闇與」母語。於」是」

331

21ウ3 管本
毋伯鷲奇心挾神子即盛淨杯設壇安置

21ウ7 武田本
母伯鷲奇心挾神子即盛淨杯設壇安置

21ウ7 松下本
毋伯鷲奇心挾神子即盛淨杯設壇安置

23オ3 板本
毋伯鷲奇。心挾神子。即盛淨杯。設壇安置。

332

21ウ4 管本
一夜之間已滿杯中更易瓮而置之亦滿

21ウ8 武田本
一夜之間已滿杯中更易瓮而置之亦滿

21ウ8 松下本
一夜之間已滿杯中更易瓮而置之亦滿

23オ4 板本
一夜之間。已滿杯中。更易瓮而置之。亦滿

333

管本 21ウ5　龕内如此三四不敢用器毋告子云量汝」

武田本 22オ1　龕内如此三四不敢用器毋告子云量汝」

松下本 22オ1　龕内如此三四不敢用器毋告子云量汝」

板本 23オ5　龕内。如此三四。不敢用器。毋告子曰量汝」

334

管本 21ウ6　器宇自知神子我属之勢不可養長宜従」

武田本 22オ2　器宇自知神子我屬之勢不可養長宜従」

松下本 22オ2　器宇自知神子我屬之勢不可養長宜従」

板本 23オ6　器宇。自知神子。我屬之勢。不可養長宜従」

335

21管本 ウ7
父所在不合有此者時子哀涇（泣乎）拭面答云」

22武田本 オ3
父所在不合有此者時子哀泣拭面答云」

22松下本 オ3
父所在不合在此者時子哀泣拭面答云」

23板本 オ7
父所在。不合有此者。時子哀泣拭面答曰。」

336

21管本 ウ8
謹承毋無敢所辞然一身獨去無人去石（如本）」

22武田本 オ4
謹承母無敢所辞然一身獨去無人去石（如本）」

22松下本 オ4
謹承母毋敢所辞然一身獨去無人去石如本」

23板本 オ8
謹承母命。無敢所辭。然一身獨去。無人共去。

337

22管本
オ1

望請矜副一小子母云我家所有母与伯」

22武田本
オ5

望請矜副一小子母云我家所有母與伯」

22松下本
オ5

望請矜副一小子母云我家所有母與伯」

23板本
ウ1

望請矜副ニ一小子。母曰。我家所ㇾ有。母與ㇾ伯

338

22管本
オ2

父是亦汝明所知當無人相可従爰子舎」

22武田本
オ6

父是亦汝明所知當無人相可従爰子舎」

22松下本
オ6

父是亦汝明所知當無人相可従爰子舎」

23板本
ウ2

父而已。是亦汝明所ㇾ知。當ㇾ無二人可一ㇾ相従。」爰子舎

339

22管 オ 3本
恨而事不吐之臨決別時不勝怒怨震殺

22武田本 オ 7
恨而事不吐之臨決別時不勝怒怨震殺

22松下本 オ 7
恨而事不吐之臨決別時不勝怒怨震殺

23板本 ウ 3
恨而事不吐之臨決別時不勝怒怨欲震殺

340

22管 オ 4本
伯父曰昇天時母驚動取盆投觸子不得

22武田本 オ 8
伯父曰昇天時母驚動取益投觸子不得

22松下本 オ 8
伯父曰昇天時母驚動取益（盒カ）投觸子不得

23板本 ウ 4
伯父而昇天時母驚動取瓮投之觸神子不得

341

管本 22オ5
昇因留此峯所盛瓮甕今存片岡之村其」

武田本 22ウ1
昇因留此峯所盛瓮甕今存片岡之村其」

松下本 22ウ1
昇因留此峯所盛瓮甕今存片岡之村其」

板本 23ウ5
「昇因。留此峯。所盛瓮甕。今」存片岡之村。其

342

管本 22オ6
子孫立社致祭相續不絶　以下略之」

武田本 22ウ2
子孫立社致祭相續不絶　以下略之」

松下本 22ウ2
子孫立社致祭相續不絶　以下略之」

板本 23ウ6
子孫立社致祭。相續不絶。」　以下略之」

343

管本 22オ7
自郡東北疾粟河而置驛家本近粟河謂河内駅家今随本名之當

武田本 22ウ3
自郡東北疾粟河而置驛家本近粟河謂河内驛家今随本名之當

松下本 22ウ3
自郡東北疾粟河而置驛家本近粟河謂河内驛家今随本名之當

板本 23ウ8
自郡東北挾粟河。而置驛家。本近粟河。謂河内驛家。今随本名之。當

344

管本 22オ8
具以南泉出坂中多流尤清謂之曝井縁

武田本 22ウ4
其以南泉出坂中多流尤清謂之曝井縁

松下本 22ウ4
其以南泉出坂中多流尤清謂之曝井縁

板本 24オ1
其以南。泉出坂中。水多流尤清。謂之曝井。縁

345

22管ウ1本
泉所居村落婦女夏月會集浣布曝乾畧之」

22武田ウ5本
泉所居村落婦女夏月會集浣布」曝乾 以下畧之」

22松下ウ5本
泉所居村落婦女夏月會集浣」布曝乾 以下畧之」

24板オ2本
泉」所居。村落婦女。夏月會集。浣」布曝乾。以下略之」

346

22管ウ2本
久慈郡」東大海南西那珂郡北多珂郡陸奥國堺岳」

22武田ウ7本
久慈郡東大海南西那珂郡北多珂郡陸」奥國堺岳

22松下ウ7本
久慈郡東大海南西那珂郡北多珂郡陸」奥國堺岳

24板オ4本
久慈郡。東大海。南西那珂郡。北多珂郡。陸奥國堺岳。」

347

22管本 ウ3
古老曰自郡以南近有小丘体似鯨鯢倭」

22武田本 ウ8
古老曰自郡以南近有小丘体」似鯨鯢倭

22松下本 ウ8
古老曰自郡以南近有小丘体」似鯨鯢倭

24板本 オ5
古老曰。自郡以南。近有小丘。體似鯨鯢。倭」

348

22管本 ウ4
武天皇因名久慈　以下略之」

23武田本 オ1
武天皇因名久慈　以下畧之」

23松下本 オ1
武天皇因名久慈　以下畧之」

24板本 オ6
武天皇因名久慈。以下略之」

22管本 ウ5　至淡海大津大朝光宅天皇之世遣撿藤原」
（傍書：天智天皇也）

23武田本 オ2　至淡海大津大朝光宅天皇之世遣撿藤」原

23松下本 オ2　至淡海大津大朝光宅天皇之世遣撿藤」原

24板本 オ7　至淡海大津大朝光宅天皇之世。遣使撿」藤原

349

22管本 ウ6　内大臣之封戸輕直里麿造堤成池其池」
（傍書：鎌足也）

23武田本 オ3　内大臣之封戸輕直里麻呂造堤成池」其池

23松下本 オ3　内大臣之封戸輕直里麻呂造堤成池」其池

24板本 オ8　内大臣之封戸。輕直里麻呂造堤成」池。其池

350

351

22管本 ウ7　以北謂谷會山所有岸壁形如磐石色黄」

23武田本 オ4　以北謂谷會山所有岸壁形如磐石」色黄

23松下本 オ4　以北謂谷會山所有岸壁形如磐石」色黄

24板本 ウ1　以北謂谷會山。所有岸壁。形如磐」石色黄。

352

22管本 ウ8　穿腕獼猴集来常宿喫噉自郡西北六里」

23武田本 オ5　穿腕獼猴集来常宿喫噉自郡西北」六里

23松下本 オ5　穿腕獼猴集来常宿喫噉自郡西北」六里

24板本 ウ2　穿腕獼猴集來。常宿喫噉。」自郡西北六里

353

23管本オ1
河内里本名古々之邑 俗説謂猿聲為古々 東山石

23武田本オ6
河内里本名古く之邑 俗説謂猿聲為古く 東山石

23松下本オ6
河内里本名古く之邑 俗説謂猿聲為古く 東山石

24板本ウ3
河内里。本名古古之邑。俗説謂猿聲為古古。東山石

354

23管本オ2
鏡昔在魑魅萃集覩見鏡則自云 俗云疾鬼而鏡自滅所

23武田本オ7
鏡昔在魑魅萃集覩見鏡則自云 俗云疾鬼而鏡自滅所

23松下本オ7
鏡昔有魑魅萃集覩見鏡則自云 俗云疾鬼而鏡自滅所

24板本ウ4
鏡。昔有魑魅。萃集覩見鏡。則自去。俗曰疾鬼面鏡自滅所

355

管本 23オ3
有去色如青紺用尽麗之俗云阿手奈式云加支川尓時随

武田本 23オ8
有去色如青紺用畫麗之俗云阿手尓或云加支川尓時随

松下本 23オ8
有去色如青紺用畫麗之俗云阿手尓或云加支川尓時随

板本 24ウ5
有土色如青紺用畫麗之。俗云。阿乎爾。或云。加支川爾。時隨

356

管本 23オ4
朝命取而進納所謂久慈郡阿之濫觴出自

武田本 23ウ1
朝命取而進納所謂久慈河之濫觴出自

松下本 23ウ1
朝命取而進納所謂久慈河之濫觴出自

板本 24ウ6
朝命。取而進納。所謂久慈河之濫觴。出自

357

管本 23オ5
猿声以下畧之」

武田本 23ウ2
猿聲以下畧之」

松下本 23ウ2
猿聲以下畧之」

板本 24ウ7
「猿聲。以下略之」

358

管本 23オ6
郡西里静織里上古之時織綾之機未此」

武田本 23ウ3
郡西里静織里上古之時織綾之機未此」

松下本 23ウ3
郡西里静織里上古之時織綾之機未人此」

板本 24ウ8
郡西□里静織里。上古之時。未識織綾之機。未在

359

23管本オ7
知人于時此村初織因名北有小水丹石

23武田本ウ4
知人于時此村初織因名北有小水丹石

23松下本ウ4
知人之カ于時此村初織因名北有小水丹石

25板本オ1
知人于時此村初織因名之北有小水丹石

360

23管本オ8
交猶色似瑇（瑇）碧火〻鑚尤好以号玉川郡

23武田本ウ5
交猶色似瑇碧火〻鑚尤好以號玉川郡

23松下本ウ5
交猶（錯カ）色似瑇碧火〻鑚尤好以號玉川郡

25板本オ2
交雜色似瑪碧火□鑚尤好故以號玉川郡

管本 23ウ 1
重小田里多爲墾田因以名之所有清河」

武田本 23ウ 6
重小田里多爲墾田因以名之所有清河」

松下本 23ウ 6
重小田里多爲墾田因以名之所有清河」

板本 25オ 4
東□里小田里。多爲墾田。因以名之。所」有清河。

361

管本 23ウ 2
源發北山近經郡家南會久慈之河多所」

武田本 23ウ 7
源發北山近經郡家南會久慈之河多所」

松下本 23ウ 7
源發北山近經郡家南會久慈之河多所」

板本 25オ 5
源發北山。近經郡家南。會久慈河。」多取

362

363

菅本 23ウ3
年魚大如腕之其何河潭謂之石門慈樹」

武田本 23ウ8
年魚大如腕之其何河潭謂之石門慈樹」

松下本 23ウ8
年魚（アユ）大如腕（タヽムキ）之其何河潭謂之石門慈」樹

板本 25オ6
年魚。大如「腕之。其河潭「謂之石門。慈」樹

364

菅本 23ウ4
成林上郎幕歴浄泉作渕下是瀑湲青葉」

武田本 24オ1
成林上郎幕歴浄泉作渕下是瀑湲青葉」

松下本 24オ1
成林上郎幕歴浄泉作渕下是瀑湲青葉」

板本 25オ7
成林。上郎幕歴。淨泉作「渕。下是瀑湲。」□□青葉

365

23 管本 ウ5　自飄蔭景之蓋白砂亦鋪氈波之席夏月」

24 武田本 オ2　自飄蔭景之蓋白砂亦鋪氈波之席夏月」

24 松下本 オ2　自飄蔭景之蓋白砂亦鋪氈波之席夏月」

25 板本 オ8　自飄蔭景之蓋白砂亦鋪氈」波之席。夏月

366

23 管本 ウ6　熱日遠里近郷避暑追涼促膝携手唱筑」

24 武田本 オ3　熱日遠里近郷避暑追涼促膝携手唱筑」

24 松下本 オ3　熱日遠里近郷避暑追涼促膝携手唱筑」

25 板本 ウ1　熱日。遠里近郷。避暑追涼。促」膝携手。唱筑

23管本 ウ7
波之雅曲飲久慈之味酒雖是人間之遊」

24武田本 オ4
波之雅曲飲久慈之味酒雖是人間之遊」

24松下本 オ4
波之雅曲飲久慈之味酒雖是人間之遊」

25板本 ウ2
波之雅曲飲久慈之味酒是」雖人間之遊。

367

23管本 ウ8
頻忌塵中之煩其里大伴村有涯土色黄」

24武田本 オ5
頻忌塵中之煩其里大伴村有涯土色黄」

24松下本 オ5
頻忘塵中之煩其里大伴村有涯土色黄」

25板本 ウ3
頓忘塵中之煩。其里大伴村。」有涯。土色黄

368

369

24オ1 管本
也群鳥飛來啄咀所食郡東七里太田郷」

24オ6 武田本
也群鳥飛来啄咀所食郡東七里太田郷」

24オ6 松下本
也群鳥飛来啄咀所食郡東七里大田郷」

25ウ4 板本
也。群鳥飛來。啄咀所「食。」郡東七里太田郷。

370

24オ2 管本
長幡部之社古老曰珠賣美万命自天降」

24オ7 武田本
長幡部之社古老曰珠賣美万命自天降」

24オ7 松下本
長幡部之社古老曰珠賣美万命自天降」

25ウ5 板本
長幡部之社。古老曰。「珠」賣美萬命。自「天降

24管オ3本
時為織御服従而降之神名綺日安命本」

24武田オ8本
時為織御服従而降之神名綺日安命本」

24松下オ8本
時為織御服従而降之神名綺日安命本」

25板ウ6本
時為織御服従而降之」神名綺日女命本

371

24管オ4本
自筑紫國日向二折之峯至三野國引津」

24武田ウ1本
自筑紫國日向二折之峯至三野國引津」

24松下ウ1本
自筑紫國日向二折之峯至三野國引津」

25板ウ7本
自筑紫國日向二神之」峰至三野國引津

372

373

24 管本 オ5

根之丘後及美麻貴天皇之世長幡部遠」

24 武田本 ウ2

根之丘後及美麻貴天皇之世長幡部遠」

24 松下本 ウ2

根之丘後及美麻貴天皇之世長幡部遠」

25 板本 ウ8

根之丘。後及美麻貴天」皇之世。長幡部遠

374

24 管本 オ6

祖多弖命避自三野遷于久慈造立機殿」

24 武田本 ウ3

祖多氏命避自三野遷于久慈造立機殿」

24 松下本 ウ3

祖多氏命避自三野遷于久慈造立機殿」

26 板本 オ1

祖多弖命。避」自三野。遷」于久慈。造立機殿。

24管本 オ7

初織之其所織服自成衣裳更無裁縫謂

24武田本 ウ4

初織之其所織服自成衣裳更無裁縫謂

24松下本 ウ4

初織之其所織服自成衣裳更無裁縫謂

26板本 オ2

初織之其所織服自成衣裳更無裁縫謂

375

24管本 オ8

之内幡或曰當織絶時輙為人見閉屋扇

24武田本 ウ5

之内幡或曰當織絶時輙為人見閉屋扇

24松下本 ウ5

之内幡或曰當織絶時輙為人見閉屋扇

26板本 オ3

之内幡或曰當織絁時輙爲人見故閇屋扉

376

377

24ウ1 管本
闍内而織因名烏織〻兵内刃不得裁断

24ウ6 武田本
闍内而織因名烏織〻兵内刃不得裁断

24ウ6 松下本
闍（閭・闇）内而織因名烏織〻〻兵内刃不得裁断

26オ4 板本
閭内而織。因名烏織。強兵利劒。不得裁斷。

378

24ウ2 管本
今每年別爲神調獻納之自此以薩都里

24ウ7 武田本
今每年別爲神調獻納之自此以薩都里

24ウ7 松下本
今每年別爲神調獻納之自此以薩都里

26オ5 板本
今每年。別爲神調。而獻納之。自此以北薩都里。

24管ウ3本

古有國栖名曰土雲爰兎上命發兵誅滅」

24武田ウ8本

古有國栖名曰土雲爰兎上命發兵誅滅」

24松下ウ8本

古有國栖名曰土雲爰兎上命發兵誅滅」

26板オ6本

古有ニ國栖。名曰ニ土雲。爰兎上命發レ兵誅滅。

379

24管ウ4本

時能令殺福哉所言因名佐都北山所有」

25武田オ1本

時能令殺福哉所言因名佐都北山所有」

25松下オ1本

時能令殺福哉所言因名佐都北山所有」

26板オ7本

時能令レ殺。福哉所言。因名ニ佐都。北山所レ有。

380

381

24管本ウ5
日土可塗畫之東大山謂賀毗礼之高峯

25武田本オ2
日土可塗畫之東大山謂賀毗禮之高峯

25松下本オ2
日土可塗畫之東大山謂賀毗禮之高峯

26板本オ8
白堊可塗畫之東大山謂賀毗禮之高峰

382

24管本ウ6
即在天神名稱立速男命一名速經和氣

25武田本オ3
即在天神名稱立速男命一名速經和氣

25松下本オ3
即有天神名稱立速男命一名速經和氣

26板本ウ1
即有天神名稱立速日男命一名速經和氣

383

管本 24ウ7
命本自天降即坐松澤松樹八俣之上神」

武田本 25オ4
命本自天降即坐松澤松樹八俣之上神」

松下本 25オ4
命本自天降即坐松澤松樹八俣之上神」

板本 26ウ2
命本自天降」即坐松澤松樹八俣之上神

384

管本 24ウ8
祟甚嚴有人向行大小便之時令示災故」

武田本 25オ5
祟甚嚴有人向行大小便之時令示災故」

松下本 25オ5
祟甚嚴有人向行大小便之時令示災故」

板本 26ウ3
祟甚嚴有人」向行大小便之時令示災致

385

25 管本 オ1
疾苦者近則居人毎甚辛苦具状請朝遣」

25 武田本 オ6
疾苦者近則居人毎甚辛苦具状請朝遣」

25 松下本 オ6
疾苦者近則居人毎甚辛苦具状請朝遣」

26 板本 ウ4
疾苦者。近側」居人。毎甚辛苦。具状請朝。遣」

386

25 管本 オ2
片岡大連敬祭祈曰今所坐此処百姓近」

25 武田本 オ7
片岡大連敬祭祈曰今所坐此処百姓近」

25 松下本 オ7
片岡大連敬祭祈曰今所坐此処百姓近」

26 板本 ウ5
片岡大連敬」祭。祈曰。今所坐此處百姓近」

387

菅本 25オ3：家朝夕穢臭理不令坐宜避移可鎮高山」

武田本 25オ8：家朝夕穢臭理不令坐宜避移可鎮高山」

松下本 25オ8：家朝夕穢臭理不令坐宜避移可鎮高山」

板本 26ウ6：家。朝夕穢臭。」理不レ合レ坐。宜避移可レ鎮‐高山

388

菅本 25オ4：之浄境於是神聴祷告遂登賀毗礼之峯」

武田本 25ウ1：之浄境於是神聴禱告遂登賀毗禮之峯」

松下本 25ウ1：之浄境於是神聴禱告遂登賀毗禮之峯」

板本 26ウ7：之淨境。於是」神聽‐禱告。遂登‐賀毗禮之峯。

389

管本 25オ5　甚社以石為垣中種属甚多并品宝弓梓

武田本 25ウ2　其社以石爲垣中種屬甚多并品寶弓梓

松下本 25ウ2　其社以石為垣中種屬甚多并品寶弓梓

板本 26ウ8　其社以石爲垣中種屬甚多。并品寶弓梓

390

管本 25オ6　釜罷之類皆成石存之凡諸鳥経過者尽

武田本 25ウ3　釜器之類皆成石存之凡諸鳥経過者盡

松下本 25ウ3　釜器之類皆成石存之凡諸鳥経過者盡

板本 27オ1　釜器之類皆成石存之。凡諸鳥經過者。盡

391

25オ7 菅本

急飛避無當峯上自古然爲今亦同之即

25ウ4 武田本

急飛避無當峯上自古然爲今亦同之即

25ウ4 松下本

急飛避無當峯上自古然為今亦同之即

27オ2 板本

急飛避。無當峰上自古然。爲今亦同之。即

392

25オ8 菅本

有小水名薩都河源起北山流南同入渋

25ウ5 武田本

有小水名薩都河源起北山流南同入渋

25ウ5 松下本

有小水名薩都河源起北山流南同入渋

27オ3 板本

有小水。名薩都河。源起北山。流南同入久慈

393

管本 25ウ1
河以下畧之」

武田本 25ウ6
河以下畧之」

松下本 25ウ6
河以下畧之」

板本 27オ4
河。以下略之」

394

管本 25ウ2
所稱高市自此東北二里密筑里村中淨」

武田本 25ウ7
所稱高市自此東北二里密筑里村中淨」

松下本 25ウ7
所稱高市（タケチ）自此東北二里密筑里村中淨」

板本 27オ5
所稱高市。自此東北二里密筑里。村中淨」

395

管本 25ウ3	武田本 25ウ8	松下本 25ウ8	板本 27オ6
泉俗大井冷冬温湧流成川夏暑之時遠」	泉俗大井冷冬温湧流成川夏暑之時遠」	泉俗大井冷冬温湧流成川夏暑之時遠」	泉。俗謂大井。夏冷冬温。湧流成川夏暑之」時。遠

396

管本 25ウ4	武田本 26オ1	松下本 26オ1	板本 27オ7
迩郷里酒肴齎賫男女會集休遊飲楽其」	通郷里酒肴齎賫男女會集休遊飲樂其」	邇郷里酒肴齎賫男女會集休遊飲樂其」	邇郷里。酒肴齎賫。男女集會休遊飲」樂其

397

25 管本 ウ5
東南臨海濱石決明棘甲蠃魚貝等類甚多西北帯山野

26 武田本 オ2
東南臨海濱石決明棘甲蠃魚貝等類甚多西北帯山野

26 松下本 オ2
東南臨海濱魚貝等類甚多石決明棘甲蠃西北帯山野

27 板本 オ8
東南臨海濱。石決明。棘甲蠃。魚貝等類。甚多。西北帯山野。

398

25 管本 ウ6
椎櫟桃栗生鹿猪住之凡山海珍味不可悉記自此艮卅

26 武田本 オ3
椎櫟桃栗生鹿猪住之凡山海珍味不可悉記自此艮卅

26 松下本 オ3
椎櫟桃栗生鹿猪住之凡山海珍味不可悉記自此艮卅

27 板本 ウ1
椎櫟榧栗生。鹿猪住之。凡山海珍味。不可悉記。自此艮卅

25管ウ7本
里助川駅家昔号遇鹿古老曰倭武天皇

26武田オ4本
里助川驛家昔號遇鹿古老曰倭武天皇

26松下オ4本
里助川驛家昔號遇鹿古老曰倭武天皇

27板ウ2本
里助川驛家。昔號遇鹿。古老曰。倭武天皇

399

25管ウ8本
至於此時皇后参遇因名矣至宰久米大

26武田オ5本
至於此時皇后參遇因名矣至宰久米大

26松下オ5本
至於此時皇后参遇因名矣至宰久米大

27板ウ3本
至於此時。皇后參遇。因名之矣。至國宰久米大

400

401

本	丁	本文
管本	26オ1	夫之時為河取鮭改名助 俗語謂鮭祖為須介
武田本	26オ6	夫之時為河取鮭改名助 俗語謂鮭祖為須介
松下本	26オ6	夫之時為河取鮭改名助 俗語謂鮭祖為須介
板本	27ウ4	夫之時爲河取鮭改名助 川俗語謂鮭胆爲須介

402

本	丁	本文
管本	26オ2	多阿（珂）郡 東南並大海西北陸奥常陸二國堺之高山
武田本	26オ7	多珂郡東南並大海西北陸奥常陸二國堺之高山
松下本	26オ7	多珂郡東南並大海西北陸奥常陸二國堺之高山
板本	27ウ6	多珂郡東南並大海西北陸奥 常陸二國堺之高山

403

26管オ3本
古老曰斯我高宍穂宮大洲照臨天皇之」

26武田本オ8
古老曰斯我高穴穂宮大洲照」臨天皇之

26松下本オ8
古老曰斯我高宍穂宮大洲照」臨天皇之

27板ウ7本
古老曰。斯我高穴穂宮大八洲照臨天皇」之

404

26管オ4本
世以建御狭日命任多阿國造」茲人初至」

26武田本ウ1
世以建御狭日命任多珂國造」茲人初至

26松下本ウ1
世以建御狭日命任多珂國造」茲人初至

27板ウ8本
世。以建御狭日命。任多珂國造。茲人初」至。

405

26管 オ 5本

歴験地体以為峯険岳崇因名多珂之國」

26武田 ウ 2本

歴験地体以為峯険岳崇因名」多珂之國

26松下 ウ 2本

歴験地体以為峯険岳崇因名」多珂之國

28板 オ 1本

歴驗地體以爲峰險岳崇因名多珂之國

406

26管 オ 6本

謂建御狹日命者即是出雲臣同属今多珂石」城所謂是也風俗記云薦枕多珂之國

26武田 ウ 3本

謂建御狭日命者即是出雲臣同屬今多珂石城所謂是也風俗記云薦枕多珂之國

26松下 ウ 3本

謂建御狭日命者即是出雲臣同属今多珂石城所謂是也」風俗記云薦枕多珂之國

28板 オ 2本

謂建御狹日命者。即出雲臣同屬。今多珂石城所謂是也。風俗說曰。薦枕多珂」之國。

407

26管本 オ7
建御狭日命當所遣時以久慈堺之助河

26武田本 ウ4
建御狭日命當所遣時以久慈堺之助河

26松下本 ウ4
建御狭日命當所遣時以久慈堺之助河

28板本 オ3
建御狭日命當所遣時以久慈堺之助河。

408

26管本 オ8
為道前去郡西北六十里今猶稱道前里　陸奥國石城郡

26武田本 ウ5
為道前去郡西北六十里今猶稱道前里　陸奥國石城郡

26松下本 ウ5
為道前去郡西北六十里今猶稱道前里　陸奥國石城郡

28板本 オ4
爲道前。去郡西北六十里。今猶稱道前里。陸奥國石城郡

409

26ウ1 管本
苦麻之村為道後其後至難波長柄豊」前

26ウ6 武田本
苦麻之村爲道後其後至」難波長柄豊前

26ウ6 松下本
苦麻之村為道後其後至難」波長柄豊前

28オ5 板本
苦麻之村。爲道後。其後至難波長柄豐」前

410

26ウ2 管本
大宮臨軒天皇之世癸丑年多河國造」石

26ウ7 武田本
大宮臨軒天皇之世癸丑年」多珂國造石

26ウ7 松下本
大宮臨軒天皇之世癸丑年」多珂國造石

28オ6 板本
大宮臨軒天皇之世。癸丑年。多珂國造。」石

26管本 ウ3
城直美夜部石城評造部志許赤等請申」

26武田本 ウ8
城直美夜部石城評造部志」許赤等請申

26松下本 ウ8
城直美夜部石城評造部志」許赤等請申

28板本 オ7
城直美夜部。石城評造部志許赤等。請」申

411

26管本 ウ4
惣領高向大夫以所部遠隔往来不便分」

27武田本 オ1
總領高向大夫以所部遠隔」往来不便分

27松下本 オ1
總領高向大夫以所部遠隔」往来不便分

28板本 オ8
摠領高向大夫。以所部遠隔。往來不便。」分

412

26管本 ウ5
置多珂石城二郡 石城郡今存 陸奥國堺内 其道前里飽

27武田本 オ2
置多珂石城二郡 石城郡今存 陸奥國堺内 其道前里飽

27松下本 オ2
置多珂石城二郡 石城郡今存 陸奥國堺内 其道前里飽

28板本 ウ1
置多珂石城二郡 石城郡今存 陸奥國堺内 其道前里飽

413

26管本 ウ6
田村古老曰倭武天皇爲巡東垂頓宿此

27武田本 オ3
田村古老曰倭武天皇爲巡東垂頓宿此

27松下本 オ3
田村古老曰倭武天皇爲巡東垂(ホトリ)頓宿此

28板本 ウ2
田村古老曰倭武天皇爲巡東陲頓宿此

414

415

26管本 ウ7

野有人奏曰野上郡鹿無数甚多其聳角

27武田本 オ4

野有人奏曰野上郡鹿無数甚多其聳角

27松下本 オ4

野有人奏曰野上郡鹿無数甚多其聳角

28板本 ウ3

野有人奏曰野上群鹿無数甚多其聳角

416

26管本 ウ8

如廬枯之原比其吹氣似朝霧之立又海

27武田本 オ5

如廬枯之原比其吹氣似朝霧之立又海

27松下本 オ5

如廬枯之原比其吹氣似朝霧之立又海

28板本 ウ4

如蘆枯之原比其吹氣似朝霧之立又海

417

管本 27オ1
有鰒魚大如八尺并諸種珎味遊理欠多

武田本 27オ6
有鰒魚大如八尺并諸種珍味遊理欠多

松下本 27オ6
有鰒魚大如八尺并諸種珍味遊理欠多

板本 28ウ5
有鰒魚大如八尺并諸種珍味遊理□多

418

管本 27オ2
者於是天皇幸野遣猶皇后臨海令漢相

武田本 27オ7
者於是天皇幸野遣猶皇后臨海令漁相

松下本 27オ7
者於是天皇幸野遣猶皇后臨海令漁相

板本 28ウ6
者於是天皇幸野遣橘皇后臨海令漁相

27管本 オ3
競捕獲之利別探山海之物此時野将者」

27武田本 オ8
競捕獲之利別探山海之物」此時野将者

27松下本 オ8
競捕獲之利別探山海之物」此時野将者

28板本 ウ7
競捕獲之利。別探山海之物。此時野」獵者。

419

27管本 オ4
終日駈射不得一完海漁者須臾才採尽」

27武田本 ウ1
終日駈射不得一完海漁者」須臾才採盡

27松下本 ウ1
終日駈射不得一完海漁者」須臾才採盡

28板本 ウ8
終日驅射。不」得一宍海漁者。須臾才」採盡。

420

421

管本 27オ5	武田本 27ウ2	松下本 27ウ2	板本 29オ1
得百味鳥獵漁已畢奉羞御膳時勅陪従」	得百味鳥獵漁已畢奉羞御」膳時勅陪従	得百味鳥獵漁已畢奉羞御」膳時勅陪従	得百味焉獵漁已畢奉羞御膳時勅」陪従

422

管本 27オ6	武田本 27ウ3	松下本 27ウ3	板本 29オ2
曰今日之遊朕与家后各就野海同争祥」	曰今日之遊朕與家后各就」野海同争祥	曰今日之遊朕與家后各就」野海同争祥	日今日之遊朕與皇后各就野海同」争祥

423

27管本 オ7：福佐知俗語曰野物雖不得而海味尽飽喫者後

27武田本 ウ4：福佐知俗語曰野物雖不得而海味盡飽喫者後

27松下本 ウ4：福佐知俗語曰野物雖不得而海味盡飽喫者後

29板本 オ3：福。佐知俗語曰。野物雖不得。而海味盡飽喫者。後

424

27管本 オ8：代追跡名飽田村國宰川原宿禰黒磨時

27武田本 ウ5：代追跡名飽田村國宰川原宿禰黒麻呂時

27松下本 ウ5：代追跡名飽田村國宰川原宿禰黒麻呂時

29板本 オ4：代追跡名飽田村。國宰川原宿禰黒麻呂時。

425

27管ウ1本
大海之边石壁彫造観世音菩薩像今存」

27武田本ウ6
大海之邉石壁彫造観」世音菩薩像今存

27松下本ウ6
大海之邉石壁彫造觀」世音菩薩像今存

29板本オ5
大海之邊石壁。彫造觀世音菩」薩像。今存之

426

27管ウ2本
矣國号佛濱以下畧之」

27武田本ウ7
矣國号佛濱以下畧之」

27松下本ウ7
矣國号佛濱以下畧之」

29板本オ6
矣。因號佛濱。以下略之」

27管本 ウ3
郡南卅里藻嶋驛家東南濱碁色如珠」玉

27武田本 ウ8
郡南卅里藻嶋驛家東南濱碁色如珠」玉

27松下本 ウ8
郡南卅里藻嶋驛家東南濱碁色如珠玉」

29板本 オ7
郡南卅里藻島驛家。東南濱碁子。色如珠」玉。

427

27管本 ウ4
所謂常陸國所有麗碁子唯是濱耳昔倭」

28武田本 オ1
所謂常陸國所有麗碁子唯是濱耳昔」倭

28松下本 オ1
所謂常陸國所有麗碁子唯是濱耳昔倭」

29板本 オ8
所謂常陸國所」有麗碁子。唯是濱耳。昔」倭

428

27管本 ウ5
武天皇乗舟浮海御覧島礒種々海藻多」

28武田本 オ2
武天皇乗舟浮海御覧島礒種ゝ海藻多」

28松下本 オ2
武天皇乗舟浮海御覧島礒種ゝ海藻多」

29板本 ウ1
武天皇乗船浮海。御覧島礒種種海藻」多

429

27管本 ウ6
生茂禁囲名今亦然 以下略之 私曰此以後本欠了」

28武田本 オ3
生茂禁因名今亦然 以下略之 私曰此以後本欠了」

28松下本 オ3
生茂禁（繁）因名今亦然 以下略之 私曰此以後本欠了」

29板本 ウ2
生茂繁。因名。今亦然。以下略之」

430

菅　本

右常陸風土記一冊就彰考館藏本摸寫焉按舊
記原本延寶中以松平加賀守所藏本所寫也
文久二年八月廿日
菅政友

松下本

右常陸國風土記申出　貴所御本躬自
寫之闕文斷簡雖多遺憾希代之物也為
他書之徵不少宜秘藏而已
元禄六年三月四日

〈頭注〉

管本 21オ2 寂莫 之

武田本 21オ6 寂莫 之

松下本 21オ6 寂莫 之

松下本

1ウ6 常陸名義

19ウ5〜19ウ6 萬葉集第九 登筑波嶺爲嬥歌會日作哥 嬥哥者東俗語曰賀我比

23ウ3 静織里

24オ7 長幡神社

25ウ7 倭名抄久慈郡 高市

26オ4 倭名抄行方郡 逢鹿別地抄

26オ6 倭名抄久慈郡 助川

第二部　風土記の校訂

第一章　風土記の校訂本間の比較

一　はじめに

原本が伝来されていない古典は、現在に残された写本によってその姿を復元することになるが、写本には誤字・脱字・衍字等がつきものであるため、完全に原本どおりの復元をすることは不可能に近い。何より原本が伝来しなければ復元本文が正しい本文であると証明することはできない。しかしながら、古典を正しく読む―編者が表そうとした内容をその通りに読み取る―には、より原本に近い本文が不可欠であるし、逆にまた、古典を正しく理解できれば正しい校訂ができ、より原本に近い本文が蘇ってくるはずである。その意味で本文校訂は、最も基礎的研究であるとともに、私たちの祖先が作り、そして伝えてきた古典そのものを現代の思考や感覚で損なうことのないよう、古典のありのままの姿を将来に伝えていく重大な責任のある研究でもあろう。

通常、本文の復元は、写本の中で最もよい善本を底本として選定し、その他の重要な諸本を副本や比校本として校合し、原本本文に近づけるように校訂することによって行われる。本文復元のためのこの一連の研究―どの写本を底本とするのか、校合本にどの写本をどれくらい使用するのか、底本の文字の改訂をどのように考えるのかなどをひとつひとつ吟味する―は、校訂者によって必ずといってよいほど見解の異なる部分が現われる。そのため、復元された本文が他の校訂本と全く同じになることはまずない。また、校訂は本文をどのように読み、どう解釈するかといった内容理解を同時に行うため、注釈を伴った校訂本などは、時によってはその作成が著者の研究成果の集大成としての役割を果たすこともある。

現在、風土記にも複数の校訂本が存在し、各々の立場で校訂上の様々な見解を出している。それらの校訂本どうしの本文文字の異同は細かいものまで加えれば、十や二十箇所程度では到底収まらない。[1]しかも、校訂本間の違いを正しく捉えるためには、どの箇所がどのように異なるのかを一つひとつ各写本にあたり、検討しなければならない。その際、使用した底本や副本や校合本の文字異同や考訂過程についておさえておく必要があるが、その確認作業は、いわば校訂者がなした作業を再度行うことにほぼ等しいくらいの時間と労力がかかる。たとえ校訂者と同じ校合作業であったとしても疎かにすることはできない。古典研究において、対象作品の校訂本は作品そのものに関わる根幹部分であるので、一文字といえども疎かにせず、どのような文字が記されていたかをきちんと確定していくことが、作品研究、さらには上代文学研究の土台を作ることに繋がる。だからこそ、複数の校訂本がある場合、校訂本間の違いや特徴を明らかにしておくことは、基礎的研究においては必要不可欠なものであると言えよう。校訂本どうしを比較検討するときに大切なことは、なぜそのように違う校訂結果となったのかということを正しく知ることである。これを知り理解することが各校訂本の特徴を知ることにも繋がる。

さらに、見解の違う校訂本が幾多も存在するという現在の状態を顧れば、風土記にとっての校訂はどのようにあるのがよいかという視点を持ち、風土記の校訂のあり方を考える時機にきていると言えるのではなかろうか。そういった点からも校訂本間の比較は、本文の復元に対しての校訂者の姿勢・態度がどのようなものか、そして、よりよい校訂とはいかなるものかを見出す唯一の道でもあろう。高い見識と多大な労力によって作られた校訂本を批判的読解するように、再度確認し比較検討することは、風土記研究にとっての校訂のあり方を探る第一歩ともなろう。

二　校訂本間の比較その1　―『常陸国風土記』―

これまでに出ている『常陸国風土記』校訂本の主なものは、

（a）『訂正常陸国風土記』（西野宣明、天保十年〈一八三九〉五月）
（b）日本古典文学大系『風土記』（秋本吉郎校注、岩波書店、一九五八年四月）
（c）日本古典全書『風土記』（久松潜一校註、朝日新聞社、一九五九年一〇月）
（d）茨城県史編集委員会監修『茨城県史料　古代編』所収「常陸風土記」（飯田瑞穂校訂、茨城県、一九六八年一一月）
（e）神道大系『風土記』（田中卓校注、神道大系編纂会、一九九四年三月）
（f）新編日本古典文学全集『風土記』（植垣節也校注・訳、小学館、一九九七年一〇月）
（g）『風土記―常陸国・出雲国・播磨国・豊後国・肥前国―』（沖森卓也・佐藤信・矢嶋泉編著、山川出版社、二〇一六年一月〈当本は、二〇〇五年月四月に刊行された『出雲国風土記』と同年九月刊行の『播磨国風土記』、そして二〇〇七年四月刊行の『常陸国風土記』、さらに二〇〇八年二月刊行の『豊後国風土記・肥前国風土記』に再検討を加え、索引を付し合冊されたものである。〉）

である。

これらのうち、次の三つの校訂本を選んで相違点の一覧表を掲載する。即ち、これまでよく利用されてきた（b）の日本古典文学大系『風土記』（以下、大系本という。）と、校訂の方法について校訂者が新提案をうち出している[2]（e）の神道大系『風土記』（以下、神道大系本という。）と、『風土記研究』を立ち上げた植垣節也氏が晩年手がけた校訂本である（f）の新編日本古典文学全集『風土記』（以下、新全集本という。）の三本を比較する。最新校訂本である（g）山川本『風土記』については、終章で触れる。なお、一覧表は総記から新治郡・筑波郡・信太郡・茨城郡・行方郡までの部分を一覧表にして掲載する。

ところで、一般に本文校訂で問題となるものの多くは、校訂本の見解が異なる箇所に対してであり、またその部分に各校訂本の特色がよく表れてくる。当一覧表はその部分、つまり校訂結果の異なる部分を挙げているが、これは一方で、底本の文字を改めていても、或いは諸写本に文字の異同があっても校訂結果が同じであれば当然示されない。しかし、そのような箇所でも校訂上の問題となることがある。当一覧表の示す箇所が『常陸国風土記』の校訂上の問題点のすべてではなく、ここに挙がってこない部分にもまだ問題が残されていることを、以下にひとつ述べ、本表の補足としたい。

本表の最初に掲げる異同は、常陸国の国名にも関わる部分で現在「直通」と「近通」の二説があるが、この部分の一句は①「取二直通（近通）之義一、以為二名称一焉。」となっている。ここで記されている「取二〇〇之義一」という表記は『常陸国風土記』にのみ見える地名起源説話の表記法とでも言えるもので、[3]この他にも新全集本によって示す（以下同様）と、行方郡に②「取二悪路之義一」、③「取二大炊之義一」、那珂郡に④「取二大朽之義一」とある。ところが、ひとつの形式とも思われるこの句を写本（菅本・武田本・松下本）で確認してみると、②と④には「取」の字がない。似た字句をもつ一句に対して同じ文字が記されず、しかも四例のうち二例に見られるのである。これまでの校訂本はすべて②と④には板本によって「取」を補っている。例文の数が少ないためこの事実をどう捉えるかの判断が難しく、確かに偶然二例に同じ文字の脱字が起こったという可能性もあろうが、その他の可能性を含めてもう少し考えてみる必要もあるのではないか。

実は、『常陸国風土記』には①～④の他に総記に⑤「依二漬レ袖之義一」という一句がある。これは①～④の「取二〇〇之義一」に対して「依二〇〇之義一」となっている。この表現はここの一例のみであるが、「取」のところに「依」がくる可能性があることを示していると言えよう。その際、「取」と「依」との文字を区別することによって、作者が異った内容を表現しようと意図していたか否かが問題となるが、それを考えるには、同時に「取（依）二〇〇之義一」の「義」の解釈を明確にする必要がある。(4) 現段階では両者ともに明解は出せないが、一考を要する箇所である。

また、④について見れば、前後の記述内容は「時人、取二大朽之義一今謂二大櫛之岡一」となっていて、文の続き具合がしっくりいかない感がある。ここで筆者が述べているのは、「大朽之義」がどのように「大櫛之岡」の名に繋がっていくのかの文脈が解せないこと(5)ではなく、「時人、大朽の義を取りて、今大櫛の岡と謂う」という文章にそのものに違和感を持つということである。通常では、「時人、由レ是、謂二之霞郷一」（行方郡）や「時人謂二之赤幡垂国一」（『万葉集註釈』所引『常陸国風土記』信太郡条逸文）などのように、時人が地名を何と名づけたかが記されねばならない。ところがこの箇所は、時人が名づけた地名は記されずに、名づけた理由だけを「取二大朽之義一」と記し、すぐに「今」は「謂二大櫛之岡一」と続くのである。これでは大櫛の岡が昔からの呼称なのか、昔は別の呼び名であったのが今は大櫛の岡と称するというのかがわからない。そこで、再び写本に立ち戻ると前述したように「取」字はないのである。諸説がここに「取」を補うのは、明らかに「取二〇〇之義一」の形式に当てはめて考えるからであるが、そのように校訂しても文章がぎこちなくなることは免れない。ここに先程述べた「依」を補ったとしても結果は同じことである。ここは「取（依）二〇〇之義一」という型から離れて考えてみる必要もあるのではないだろうか。(6)

この部分、写本では「時人不拐（柺）之義今謂大櫛之岡」となっている。因みに「不拐（柺）」については校訂に諸説あるが、どれも「取〇〇之義」の形式で校訂していることに変わりがない。苦しいながらも一案を提すると、「不」は「名」からの誤写、また「拐」は「苦」の誤写ではないだろうか。「苦」の草冠の草体を斜めに大きめに書き、古を草体で小さめに書くと「拐」を崩したような字形に近くなる。「不拐」が「名苦」であるとすれば、「時人、苦之義（くしげ）と名づけ、今大櫛の岡という」と訓めよう。

ただ、誤写説をとる場合、地名説話の内容と「くしげ」との繋がりをどのように理解するのかになお問題を残すが、(7)取（依）二〇〇之義一」に当てはめない試みの読解としてあえて記しておく。

なお、別案として、香島郡に傍書であったと思われる「朽（杇）損」の文字が本文に衍入した例があることを参考にすれば、「扝（杇）」はこの部分が「汚」れている、また「朽」ちていてわからないということを表した傍書が本文に入った部分とも考え得よう。

（注）

（1）田中卓「古典校訂に関する再検討と新提案」（『神道古典研究紀要』第三号、神道大系編纂会、一九九七年三月）に、各古典に対して校訂本が種々あるなか、「例えば大学の古典講読で」ひとつの古典を取り挙げるとき、「どの本をテキストに選べばよいのか、その判断に困る」という実情に触れ、それは「それらの諸本の〝校訂〟についてどこがどう違うのかということがわからないため、優劣の判断がつけにくいのであ」ると指摘する。

（2）（注1）に同じ。「古典の校訂をする際、底本に古写本を利用するのが常識のように思われてい」るが、「古写本の類はむしろ座右に置いて、底本そのものはあまり校異を必要としない正しい文字で書かれた板本や既に校訂の手を経た活字本を使う。そして座右の古写本を見ながら文字の是非を確認し、直すべきところがあれば直していく」。「そうすれば、その先人の業績も顕彰せられ」るし、「又、読者は両者を対照して、比較検討が出来、学問の進歩に役立つことになる」と、底本の選定に対する見解を述べている。

なお、念のために一言付け加えると、田中氏が底本には板本や活字本を使うという提案をしているのは、厳密な校訂をする時の真の苦労を知っているからこそ「学問の進歩と読者の便宜のために、新しい校訂の在り方」を考えるからである。決して、写本の比校の手間を省くなどというようなことはなく、底本に選んだ板本や活字本が底本としている古写本はもちろんのこと、重要な写本（又はその写真）も改めて対校し直すのは当然のこととしている。

具体的な底本の選定については神道大系本の凡例の「一．底本選定について」と（注1）の文献を参照されたい。本書においても次節で触れている。

（3）橋本雅之氏も「当国（筆者注：常陸国）風土記の地名説話の形式を見てゆくと、「取〇〇之義」による型をとるものが他にもある」と述べる。（「常陸国風土記注釈（1）総記」（『風土記研究』第一九号、平成一九九四年一二月）また、新全集本は「義」について「当風土記だけの用法」と注する。

（4）「取（依）㆓〇〇之義㆒」の一句を考える場合、「義」の解釈を明確にする必要があるが、現在は新全集本によってこのことが問題提起された段階（筆者注：初出のまま）と言えよう。つまり、橋本雅之氏が（注3）の注釈のなかで①と②を挙げて述べているように、「地名起源説話の説明は、一般的には、（例文省略）地名と説明内容が語形の上で一致もしくは、類似していることを原則とする。ところが『悪路之義』も『近通之義』もこの原則から外れ、意味上の繋がりから地名を連想する方法を採る。（中略）ただ、『〇〇之義』の形式の地名説明すべてが、意味的連想を唯一の根拠としている訳ではなく」、「『依㆓漬㆑袖之義㆒』などは、語形の類似も含まれており、説明形式は必ずしも統一的ではない」のである。①～⑤には語意と解して理解しやすいものと語形と解して理解しやすいものとがあり、これまでの注釈書が「義」について特に触れることがなかったのを、新全集本が「義」を「語意でなく語音に解する」と新しい見解を出したのである。

（5）新全集本の頭注には「文脈の意味不明。しいて言えば、巨人の大摺（おおくじり）、貝塚の大朽（おおくち）、地名の大櫛（おおくし）を結びつたものとでも説明するよりない」とある。

（6）「取（依）二〇〇之義一」の一句を考える場合、「義」の解釈を明確にする必要があることは、（注4）でも触れたが、一方で、①や⑤が当国風土記の冒頭部で国名の名義の説明に用いられていることと、この形式が他の文献では見られないことを考えれば、特に総記での「取（依）二〇〇之義一」には編者の特別な意図があったようにも思われる。その可能性があるならば、その意図を理解するためにも、②や④は「取（依）二〇〇之義一」の型にこだわることなく、再度検討する必要があるのではないだろうか。

（7）この説話に出てくる「丘壟」は墓を指すという見解もあり（志田諄一「常陸国風土記と大櫛の岡」〈『茨城キリスト教大学紀要』二九号、一九九五年一二月、『『常陸国風土記』と説話の研究』（雄山閣、一九九八年九月）所収〉）、櫛には呪術的要素が強く、匣は魂が宿るとも考えられていたことなどから、古代人にとっては何らかの連想が働くものであったかもしれない。

以下、異同一覧表を作成するにあたっての〈凡例〉を記す。

〈異同一覧表凡例〉

（1）新全集本と神道大系本と大系本とを対校し、異同のある字句を郡ごとに掲げ、通し番号を付す。その際、異体字等、また文字の反復を示す「々」や「ゝ」等は原則として省略するが、必要と思われるものは挙げる。また、神道大系本は衍字と考えられる字句を本文中に「　」で示しているが、「　」内の文字は異同の対象に入れない。

（2）文字は原則として新字体を用いる。なお、〈　〉内の字句は分注であることを示し、各校訂本に記されている句読点及び返り点は省略する。

（3）備考欄にそれぞれの校訂の典拠を示す。その場合、【新】は新全集本を指し、【神】は神道大系本、【岩】は大系本を指す。ただし、新全集本は校異が示されていないので、頭注のなかで校訂に関わる内容を記す。また、神道大系本は大系本との異同を「秋本氏本」として明示しているが、ここではその内容は省く。

(4) 本表に挙げた異同文字は、『常陸国風土記』の重要な三本の写本――菅本・武田本・松下本――と西野宣明の校訂による板本（『訂正常陸国風土記』）の文字を拙稿「常陸国風土記四本集成」（本書所収）によって確認し、新全集本・神道大系本・大系本の校訂典拠に不備があると認められる場合は、備考欄に「※」を付してその旨を記す。ただし、三本の校訂本に誤りがない場合は、確認した三本の写本と板本の文字を特に示さない。

(5) 備考欄の「※」には、(3)の他に必要と思われる内容があればそれも記す。なお、時折、『群書類従』所収本の文字を記しているが、ここで使用したものは、昭和七年十月に初版が発行され、昭和五十七年十月に訂正三版第五刷が発行されたものによる。

(6) 諸本の略称は、理解の便宜を図るため統一する方針をとったが、底本は「底本」として示したので、それぞれの校訂本によって指す文献が異なる。略称と各校訂本の底本・比校本は次のとおりである。

〔略称〕菅本……菅政友本

武本……武田祐吉旧蔵本

松本……松下見林本

板本……西野宣明『訂正常陸国風土記』

群本……『群書類従』所収本

彰本……菊池成章本系の彰考館所蔵本（大系本が比校本として用いているもので、「今次の戦災に焼失した由」。）

家本……秋本吉郎氏所蔵本（大系本が用いる。）

〔各校訂本の底本・比校本（略称で示す）〕

【新】底本………菅本
比校本……武本・松本・板本など
【神】底本………『茨城県史料＝古代編』所収の飯田瑞穂氏の校訂本（飯田瑞穂氏の校訂本は菅政友本を底本とする。）
比校本……菅本・武本・松本・群本・板本
【岩】底本………松本
比校本……彰本・家本・群本・板本

〈総記〉

	新全集本	神道大系本	岩波大系本	備考
1	直通	近通	直通	【新】直通をヒタミチと訓み、ヒタはヒタスラなどのヒタで、ヒトの転、チは道の意、ヒタチ一本道の意。その小地名がやがて広地名となったのであろう。 【神】菅本・武本・松本・群本・板本「近」。底本は「近」を採るも「字体文意より『延』の誤りとみることもできよう」とも注す。「近」と「直」の誤写の可能性を批判し、「近通」の道は一般の人々のよく利用する〝常用の道〟であるところから「常道」の用字をあて、これを〈ヒタミチ＝ヒタチ〉と訓み、また「近通」のままでも「ヒタミチ」と訓み得ると解し、暫く底本のままとする。 【岩】諸本「近」。字体の近似により、文意に従って「直」の誤りとする。「直通は、直路また一路、陸路だけでゆきき出来る意。通は道の意。」

2	塩味魚	塩魚味	塩魚味	【新】「求塩味魚」で以下の文章との対句とみる（橋本雅之氏説（以下、橋本説と略称。他氏も同様））に従う。 ※【神】【岩】注記なし。菅本・武本・松本・板本は「魚味」。
3	苗子不登之難	苗子不登之難	苗子不登之歎	【新】橋本説の訓による。 【神】菅本・武本・松本・群本・板本「難」。「難」を「ウレヘ」と訓み得るので（橋本説）、暫く底本に従う。 【岩】底本・諸本「難」。歎の対として「歎」の誤とする。

〈新治郡〉

4	〈波大岡〉	〈波太岡〉	〈波太岡〉	【神】菅本・武本・松本・群本・底本「大」、板本「太」。板本に従い改める。 【岩】底本・群本「大」。彰本・板本による。
5	因著	因着	因着	※【新】【神】【岩】ともに注記なし。菅本・武本・松本「着」板本「著」。【新】はこの類、すべて「著」とする。以下、この異同は省略する。
6	〈許智多鶏波〉	〈許智多祁波〉	〈許智多雞波〉	【神】菅本「邦」、武本・松本・群本「難」、板本「雞」。底本の校訂に従う。 【岩】底本「難」、彰本「祁」。板本の「雞」に従う。
7	〈乎婆頭勢夜麻能〉	〈畢婆頭勢夜麻能〉	〈乎婆頭勢夜麻能〉	【神】菅本「旱」、武本・松本・群本・底本「畢」。畢をヲと訓ます例は珍しく、香島郡にも一例ある。 【岩】底本「畢」、彰本などによる。 ※菅本は正確には「旱」。
8	〈為弖許母郎奈牟〉	〈為弖許母郎牟〉	〈為弖許母郎奈牟〉	【神】菅本・武本・松本・群本・底本「郎」一字のみ。板

				本「郎奈」。 【岩】「郎」は彰本「良」、底本・群本などによる。「奈」は底本・群本など「奈」なく、彰本の補字による。

〈筑波郡〉

9	遇宿	過宿	遇宿	【神】菅本・武本・松本「過」、群本・板本「寓」。戸令の用語により底本に従う。 【岩】底本・彰本など「過」。文意により「遇」の誤とする。遇は寓（やどり）の通用と認める。「本文直グ上ニ『遇㆓日暮㆒トアリテ同字ノ『遇』ヲ重ネルハ拙ナリ。コレハ戸令ニ『如有㆓遠客來過止宿㆒』トアル文等ヲ受ケテ『過宿』ノ二字トセシモノナラムカ。」と記し、戸令の穴説に「『容止』語ノ見エルコトニモ注意スベシ。」とある。
10	容止	容止	客止	【神】菅本・武本・松本・群本・板本「容」。「容止」は成語と認められるという小島憲之氏説・底本注により諸本のまま。 【岩】諸本「容」。文意より「客止」の誤とする。
11	雖新粟嘗	雖粟嘗	雖新粟嘗	【神】菅本「䧳」に作り、右傍に「本ノマ、」と注する。武本・松本・「新」、群本「雖」、板本「雖新」、底本の校訂に従う。 【岩】底本「新」、彰本・家本「䧳」、群本「雖」。板本に従い補訂。 ※菅本の左傍に「新カ」の傍書あり。
12	諱曰	謌曰	謌日	【神】菅本・武本・松本・底本「諱」、群本「語」、板本「謌」。

番号	本文	本文	本文	校異注
				【岩】底本・彰本「諱」、群本「語」、家本「歌」。板本に従う。 【新】底本のままで、『全書』の「古事記上巻大山津見神の『宇気比』」説に従う。
13	巍哉	巍哉	巍乎	【神】菅本・群本・板本・底本「哉」、武本・松本「乎」。 【岩】群本・板本・家本「哉」。底本・彰本による。
14	升陟坱圠	昇降坱圠	昇降岟屹	【新】「坱圠」は、底本「決乢」、武本・松本「決屹」。狩谷棭斎本・頭注の説に基づく飯田瑞穂氏説により訂し、『文選』呉都賦李善注に従って、（人々の列が）限りないさまと解する。 【神】「降」は、菅本脱し右傍に補う。武本・松本・群本・板本・底本「降」あり。「坱圠」は、菅本「決乢」に作り右傍に「屹欤」と注する。武本・松本・群本「決屹」、板本「決屹」。底本の校訂に従う。 【岩】「岟」は諸本「決」。文意により「岟」の誤とする。 ※【新】は「升陟」についての頭注はない。「昇降」は菅本・武本・松本・板本・底本ともに「昇降」とある。
15	〈阿波須気牟也〉	〈阿須波気牟也〉	〈阿須波気牟也〉	※【新】【神】【岩】ともに異同の注記なし。ただし、【岩】に「武田訓『阿波須』（逢はず）として訓む」の注記あり。菅本・松本・武本・板本ともに「須波」とある。
16	〈伊保利氐〉	〈伊保利氐〉	〈伊保利弖〉	【神】菅本・武本・松本・群本「尼」、板本「弖」、底本「尼」とするも字形より「氐」に改める。 【岩】諸本「尼」。板本により「弖」とする。
17	娉財者	娉財者	娉財	【神】菅本・武本・松本「財」一字。万葉集註釈所引本・群本・板本・底本「財者」。

				※【岩】注記なし。

〈信太郡〉

18	訪占所々穿	訪占所々穿	訪占所穿	【神】菅本・武本・松本・底本「〻」あり。板本「所」、群本なし。尚「穿」には「諸本同ジ」、板本「穿之ニ作ル」の校異あり。 【岩】「所穿」は、底本「所〻穿」、彰本「所々穿」、家本イ、板本「所々穿之」。群本による。 ※板本「所所穿之」。
19	葦原之中津国	葦原中津之国	葦原中津之国	【神】菅本・武本・松本・群本・底本すべて同じ。板本「之」を「葦原」の下に移す。 【岩】板本「之」を中津の上に移すが、底本・彰本などによる。
20	器仗	嚴	器仗	【新】「随身器杖」と「所執玉珠」は対句である。 【神】武本・松本・群本・板本・底本「器仗」。菅本「罷杖」に作り上の字の右傍に「器」と朱書する。上字を下の「杖」と二字を合わせて「嚴」（いつ）の壊字とみる中山信名説に従い改める。 ※【岩】注記なし。菅本、正確には「罷」。
21	〈俗曰伊川乃甲戈楯剣〉	〈俗曰伊川乃〉甲戈楯剣	〈俗曰伊川乃〉甲戈楯	【新】「随身器杖」と「所執玉珠」は対句であり、「甲戈楯剣」までを器杖の説明注とするべきである。 【神】「川乃」は、菅本・武本・松本・底本「川乃」、群本「門乃」板本「川乃川恵」と「川恵」を補うも不可。 【岩】「川乃」は、板本「川恵（ツヱ）」の二字を補うが不可。
22	脱屣	脱屣	脱履	【神】菅本・群本・板本・底本「屣」。武本・松本「履」。

				【岩】彰本・群本など「履」。底本による。

〈茨城郡〉

23	鼠窺狗盗	鼠窺掠盗	鼠窺掠盗	【新】底本「掠」は「狗」の誤写であろう。狼・梟・鼠・狗と動物名を列挙し、性・情、窺・盗で内面と外面を描く。 ※菅本「児窺掠盗」、武本「児窺掠盗」、松本「鼠窺掠盗」、板本「鼠窺掠盗」、群本「悦窺掠盗」。
24	〈茨城郡〉	〈茨城〉	〈茨城郡〉	【神】菅本・武本・松本・板本「郡」あり。底本は、群本に従い下文の目移り衍入とする。底本に従う。 【岩】諸本「郡」。或は、「郷」の誤りとすべきか。
25	〈水依〉	〈水依〉	〈水泳〉	【新】「依」は『三宝類字集』高山寺本にウツクシフとあり、水ウツクシブウマラキと訓むべきか。 【神】諸本同じ。 【岩】諸本「依」。私見により「泳」の誤りとする。
26	大為	太為	大為	【神】菅本・武本・松本・底本同じ。群本・板本「大」。 ※【岩】注記なし。菅本・武本・松本「太」、板本「大」。
27	〈多祁許呂命〉	〈多祈許呂命〉	〈多祁許呂命〉	【神】菅本・武本・松本・群本・底本同じ、板本「祁」。 ※【岩】注記なし。菅本・武本・松本「祈」、板本「祁」。
28	社郎	社□	社郎	【神】諸本、一字文の空白とする。松岡静雄氏・後藤蔵四郎氏説・小島憲之氏説「郎」と推定。 【岩】底本・諸本一字欠字。栗注・後藤説などにより「郎」を補う。
29	九陽金夕	九陽蒸夕	九陽煎夕	【神】菅本・武本・松本「並」に作り、右傍に「如本」と

（29）				注する。群本□（空白）、板本・底本「蒸」。 【岩】家本「至」、群本欠字、板本「蒸」、底本・彰本は読み難い字形に「如本」と注する。字体の近似により「煎」とする。
30	⿰車尓|歓然之意	軫|歓然之意	軫|歓然之意	【神】菅本・武本・松本「轜」、群本「⿰車尓」、板本「⿰車尓」、郡郷考・底本「軫」。 【岩】底本「轜」、群本・板本「⿰車尓」。彰本による。 ※菅本「⿰車尓」が正しい。群本「軫」。
31	〈志古止売志川毛|〉	〈志古止売志川〉	〈志古止売志川毛|〉	【神】「川」は、菅本・武本・松本・底本「川」、群本「門」、板本「門毛」。 【岩】諸本「毛」がない。板本により補う。

〈行方郡〉

32	八里	八里	八里那珂地七里|	【新】「那珂地七里」を補う説があるが、七百余戸が概数であり、五十戸一里制の確実さに不安もあるので、しばらく保留とする。 【神】諸本同じ。この下に脱字ありと思われる。郡郷考「那珂地七里」を補う。但し、尚検討を要すること底本の注の如し。 【岩】諸本「那珂地七里」がない。上文及び合計戸数により、彰本の補入に従う。
33	則|	即|	即|	※【新】【神】【岩】ともに注記なし。菅本・武本・松本・板本「即」。【新】の「則」は恐らく「即」の誤植であろう。
34	以玉為|井	以玉落|井	以玉栄|井	【新】橋本説による。 【神】菅本・武本「等」の草体。松本「尊」の草体の如き

				字に作り、右傍に「如本」と注する。群本・板本「落」。橋本説が如きも尚考えるべき点あり、底本に従う。 【岩】群本・板本「落」、家本「兮、イ渚」。底本・彰本は「尊」または「等」の草体の如き字形で読み難く「如本」と傍記。字体の近似によれば「栄」また「棨」の誤りとすべきか。
35	〈風俗云〉	〈風俗云〉	〈風俗諺云〉	【神】諸本「俗」一字のみ。 【岩】諸本「諺」がない。他郡例により補う。
36	高敞名之現原	高敞今名現原	高敞々名現原	【神】「今」は菅本・武本・松本「二」、群本「□（空白）」、板本欠く。底本に従う。 【岩】底本・彰本「二名」、板本「名之」、群本は「名」の上一字欠字しばらく「々名」の誤とする。 ※板本「名之」。【神】の板本の注記は不正確。
37	乗艖	乗艤	乗艖	【神】菅本・武本・松本・底本「艤」、板本「艤舟」、群本「艖」。 【岩】底本「艤」、板本「艤舟」。彰本・群本による。
38	鯉鮒	鮒	鮒	【神】諸本同じ。板本「鯉・鮒」。 【岩】板本「鯉鮒」。底本・諸本によって削り、「河鮒之類」で四字一句とする。 ※菅本・武本・松本「鮒」、板本「鯉鮒」。
39	天皇躬射	天皇御射	天皇御射	【神】菅本・武本・松本「御時」、群本・底本「御射」、板本「躬射」。 【岩】底本・彰本「御時」、板本「躬射」、群本による。
40	鶏頭樹斗之木	鶏頭樹ホ之木	鶏頭樹比之木	【新】『名義抄』に「斗　マス」。枡を造る材の木か。

				【神】菅本・武本・松本「斗」、群本□(空白)、板本「団」。底本は後藤氏説に従い「ホ」(等)に改める。 【岩】底本・彰本等「斗」の草体の如き字形で読み難い。「比」の草体よりの誤字とすべきか。 ※菅本・武本・松本「斗」【岩】は底本「斗」の草体の如き字形で読み難いとあるが、明らかに「斗」と読める。
41	以鯨鯢	如鯨鯢	以鯨鯢	【新】『経伝釈詞』に「以、猶謂也」。思うの意。 【神】菅本・武本・松本「以」、群本・板本・底本「如」。 【岩】群本・板本「如」、底本・彰本等による。
42	杜	杜	社	【神】菅本・武本・松本・群本なし。底本、秋本氏説に従い「社」を補う。「杜」に作る板本により改める。 【岩】底本・彰本など「社」がない。彰本「社」を補うによる。
43	艸木	艸木	柴	【新】『全書』の「当国風土記には、物品を列挙するのに『器杖、甲・戈……』『奉幣、大刀、弓……』『品宝、弓、桙……』とする筆法がある。ここも『草木は椎・栗……』と解した」による。 【神】菅本・武本・松本・群本・底本「艸木」、板本「草木」。 【岩】底本・諸本「艸木」。「柴」一字の誤りとすべきか。
44	疏祢毗古	曽祢毗古	疏祢毗古	【神】菅本「号」、武本・松本「號」。底本・群本・板本「疏」に作るも、「号」を「曽」の誤写とみる橋本説により改める。 【岩】底本・彰本など「號」。群本・板本により訂す
45	曽尼之駅	曽尼	曽尼之駅	【神】菅本・武本・松本「尼」、松本は右傍に「池カ」と

番号				注
				注す。群本・板本「曽尼之駅」に作る。底本に従う。 【岩】底本・彰本など「尼」の一字があるのみ。群本・板本に従って三字を補う。
46	括	栝	括	【神】菅本・武本・松本「栝」に作り、すべて右傍に「筈カ」と注す。群本「栝」、板本「括」。 ※【岩】注記なし。群本は「括」。
47	献自郡	點自郡	截自郡	【神】菅本「献」、武本・松本「獻」、群本・板本・底本「點」。 【岩】底本・彰本「献」、群本・板本「點」とするが、字体の近似により「截」の誤りとすべきであろう。 ※【岩】の底本（松本）は、正確には「獻」。
48	令勿	勿令	勿令	※【新】【神】【岩】ともに注記なし。菅本・武本・松本「勿令」、板本「令勿」。
49	〈率〉	〈率引〉	〈率引〉	【新】底本等「率」の次に「紀」字。私案は写本左行の「地」「此」誤字を誤入した衍字とみて削り、四字句を整える。 【神】諸本「紀」。後藤蔵四郎氏説に従って「引」に改める。 【岩】底本・諸本「紀」。後藤説により「引」の誤とする。 ※正確には菅本は傍書で「紀」字を補う。
50	椎株	椎樹	椎株	【神】菅本・武本・松本「槻」。群本・板本により底本の「槻」を「樹」に改める。 【岩】底本・彰本など「槻」、群本・板本「樹」とするが、下文及び字体の近似により「株」の誤とする。

55	54	53	52	51
⿱艹肋馬	潴水	池西	椎井也	要盟
⿱艹觔馬	潴洲	池面	椎井也	要益
勒馬	潴水	池回	椎井池	要在
【新】底本「⿱艹肋」。諸説をあげ、明解を得ないが底本のまま仮訓するという。なお、別案、「⿺走⿱艹肋」。『名義抄』に「ハシル」。 【神】菅本・武本・群本・板本「⿱艹肋」、松本「⿱艹肋」。底本は「筋」の俗字「⿱艹觔」の誤りとみて改める。「筋」も同	【新】底本「猪沐」。誤写であろうが不明。今『大系』が「潴水」と訂する説に従っておく。 【神】「潴」は菅本・武本・松本「猪」、群本・板本「渚」。底本所引の中山本傍書・伴本傍書に「潴カ」とある由。「潴」は「瀦」に同じく「ためいけ」。底本「渚」に作るも「潴」に改める。「洲」は菅本・武本・松本・群本・板本「沐」。底本に従う。 【岩】底本・彰本など「猪沐」、群本・板本「渚沐」。猪は瀦の古体猪水に三水扁を添え誤ったものとすべきであろう。	【神】菅本・武本・松本「面」に作り、右傍に「西欤」と注す。群本・板本も「面」。 【岩】底本・彰本「面」に作り、「西カ」と傍注。「回」の誤とする。	【神】諸本「也」に作る。 【岩】諸本「也」。文意により「池」の誤とする。	【新】『公羊伝』荘、十三「要盟可犯」の注に「臣約其君曰要」。要盟は無理やり約束する。 【神】菅本・武本・松本・群本「孟」、板本「在」、底本「為」。字形より推して「益」に改める。 【岩】底本・諸本「孟」。板本により訂す。

				じ。松岡静雄氏は「勒」と解す。 【岩】底本・諸本「葥」。板本「生角」二字の誤りとするが、松岡静雄説により「勒」の誤とすべきである。 ※板本「葥」。【岩】の板本の注記は誤り。
56	建部袁許呂命	建部袁許呂会	建部袁許呂命	【神】菅本・武本・松本・群本「今」、板本「命」。底本に従う。 【岩】底本・群本・家本「今」、彰本「令」。板本により訂す。 ※【神】は「建部袁許呂、会・・・」と訓む。群本「命」。
57	在其中	自其中	自其中	【神】菅本・武本・松本・底本「自」。但し松本は右傍に「在カ」と注する。群本「有」、板本「在」。 【岩】群本「有」、板本「在」。底本・彰本などによる。
58	往々多生	往々多	往々多生	【神】菅本・武本・松本・群本・底本「多」、板本「多生」。 【岩】底本・諸本「生」がない。底本傍注・板本により補う。 ※【神】の注記にもあるように、【岩】の底（松本）に傍注はない。
59	北洲	北洲	在洲	【神】諸本同じ。底本の注に所引の中山本傍書には「在カ」とある由。 【岩】底本・諸本「北」。文例により「在」の誤とする。
60	浄御原	浄見原	浄見原	※【新】【神】【岩】ともに注記なし。菅本・武本・松本・板本「見」。当国風土記は「飛鳥浄御原」との表記もあるが、ここは校訂上の見解ではなく、恐らく【新】の誤り。
61	居処之	之居処	之居処	【神】菅本・武本・松本・群本・底本「之居処」。板本「居

				処之」。【岩】板本「居処之」。底本・諸本に従う。
62	新貴満垣宮	斯貴瑞垣宮	斯貴瑞垣宮	【神】「瑞」は菅本・武本・松本・群本「満」に作り、底本これに従う。板本「瑞」。「満」を「瑞」の誤字とみて改める。 【岩】「瑞」は底本・彰本など「満」。群本・板本による。 ※【神】の注記にもあるように、群本は「満」。「新」或いは「斯」については、【新】【神】【岩】ともに注記なし。菅本・武本・松本・板本ともに「斯」。なお、【新】の訓読文には「斯」とあるので、「新」は誤植であろう。
63	爰疑	交疑	交疑	【神】菅本・武本・松本・底本「交」。群本・板本「爰」。 【岩】群本・板本「爰」。底本・彰本・家本による。家本「大カ」と傍記。
64	対海	射海	射海	※【新】【神】【岩】ともに注記なし。菅本・武本・松本・板本ともに「射」。
65	校閲	挍閲	校閲	【神】菅本・武本・群本・底本「挍」、松本・板本「校」。 ※【岩】に注記なし。
66	雲蓋	雲盖	雲蓋	【神】菅本「葢」。武本・松本・群本・底本「盖」。板本「蓋」。 ※【岩】に注記なし。【神】の注記は正確。
67	鳴杵	鳴杵	杵嶋	【神】菅本「嶋杵」、武本・松本「島杵」、群本「鳥杵」、板本「杵島」。底本に従う。 【岩】群本「島杵」、底本・彰本「島杵」。板本により訂す。 ※【神】の注記にもあるように、板本は「杵島」。
68	洲白貝	津白貝	蚌白貝	【新】底本「津」。津で貝を拾うのは不自然で、「洲」（十九

				字前の字が似る）の誤写であろう。 【神】諸本「津」に作る。 【岩】底本・諸本「津」。字体の近似により「蚌」の誤とする。
69	鳥日子	烏日子	鳥日子	【神】菅本・武本・松本・底本「烏」、群本・板本「鳥」。 ※【岩】に注記なし。菅本・武本・松本「烏」、板本「鳥」。
70	有香島香取二神子之社	有二神子之社	在二神子之社	【神】菅本・武本・松本「取」に作り、松本は右傍に「有カ」と注する。群本「香島香取」、板本「有香島香取」。底本に従う。 【岩】底本・彰本「取」。底本「有カ」と傍注。字形の近似により「在」の誤とする。群本は三字補い「香島香取」、板本は四字補い「有香島香取」としているが、恐らくは不要。
71	其南名田里	其名田里	其南田里	【神】菅本・武本・松本・群本・底本「名」に作り、松本は右傍に「南カ」と注する。板本は「南名」。 【岩】底本・諸本「名」。彰本「名」の上に「南」を補い、板本はこれに従っているが、底本は「名」に「南カ」と傍注。
72	此地人	人此地	人此地	【神】菅本・武本・松本・群本・底本「人此地」、板本「此地人」。底本は板本に従うも、群本の訓を採り改める。 【岩】板本「此地人」。底本・諸本による。
73	構立	搆立	構立	【神】菅本・武本・松本「稱」、群本・板本・底本「搆」。 【岩】底本・彰本など「稱」。群本・板本による。 ※板本・群本は「搆」。

先に示したように、三つの校訂本はそれぞれ底本が異なるが、一覧表のうち各本が底本のまま校訂している数は、新全集本は二十一箇所（3・4・10・12・13・18・20・22・24・25・30・32・35・40・41・43・47・52・55・59・62番。62番は本文の誤植であろうと思われるのでここに加えた。また、33番も誤植であると思われるが、その場合は、三つの校訂本間の異同がなくなるため、この一覧表からは除外されることになり、数量に変化は起こらない。）、神道大系本は六十一箇所（4・12・16・20・42・44・49・50・51・62・72番を除く全て。ただし、33番は新全集本の誤植と思われるため除外する。）、大系本は二十一箇所（2・5・13・15・17・19・20・21・22・23・24・38・41・48・57・60・61・63・64・65・72番。ただし、33番は新全集本の誤植と思われるため除外する。）となる。神道大系本が突出して多いが、これは底本に、写本ではなく既にある校訂本を採択していることによる。この校訂方法については次節で示すが、最も良いと考える校訂本を底本としているのであるから、校訂本としての底本を支持していることの表れがこの数字の示すところであるといってもよいであろう。そして、神道大系本が底本とした飯田氏校訂本が底本のまま採択している箇所を一覧表から挙げてみると、四十一箇所（以下に挙げるウとエの番号を参照。）となる。新全集本や大系本と比較してみても、その数量は二倍ほどとなり、飯田氏校訂本が最も底本尊重の姿勢が強いことがわかる。神道大系本が飯田氏校訂本を底本に選定した理由も自然と推し量れよう。さらに、飯田氏校訂本が底本である菅本から改訂した本文文字を、神道大系本がもともとの底本である菅本の文字に戻す形で改訂されている箇所を一覧表から洗い出してみると、72番の一箇所がそれに当たる。この例が存在するということは、神道大系本の底本尊重の姿勢が飯田氏校訂本よりさらに徹底していると言うことができる。一例といえどもその意味は大きい。

因みに、三つの校訂本が共に底本を採択したものは、13・22・24・41番である。この四箇所の校訂結果の相違は底本の相違によって生じたものであるが、全体から言えばこのような校訂結果になることは少ない。それは、底本の文字が異なっていてもいずれの場合でも文意が通じる内容となる箇所でないと、このような結果にならないからである。

では、もう少し細かく見てみよう。三校訂本の底本となっている写本文字―新全集本は菅本、大系本は松下本、神道大系本は校訂本を底本としているため、さらにその底本、即ち飯田氏の校訂が底本とした写本である菅本をみることとする―に注目して、その写本文字のままで校訂している内訳を示すと以下のようになる。なお、三つの校訂本が共に本来の底本を採択したものには番号に傍線を付す。

〈新全集本〉

ア　菅本と松下本が同一文字、かつ底本を採択したもの　……　十五箇所（3・4・10・12・18・24・25・32・35・40・41・43・52・59・62番。62番の「新」が誤植であれば底本のままとなるため、ここに加えた。また、33番も誤植と思われるが、三校訂本間の異同がなくなるため計上しない。）

イ　菅本と松下本の文字や文字の書き方が違う（俗字等を含む）ところ、底本を採択したもの　……　六箇所（13・20・22・30・47・55番）

〈神道大系本〉

ウ　菅本と松下本が同一文字、かつ底本となる写本文字を採択したもの　……　三十八箇所（1・2・3・5・8・9・10・15・18・19・21・23・24・25・26・27・28・31・32・35・37・38・43・46・48・52・53・57・58・59・60・61・63・64・68・69・71・72番。なお、33番は誤植と思われ、三校訂本間の異同がなくなるため計上しない。）

エ　菅本と松下本の文字や文字の書き方が違う（俗字等を含む）ところ、底本となる写本文字を採択したもの　……　三箇所（13・22・65番）

〈大系本〉

オ　菅本と松下本が同一文字、かつ底本を採択したもの　……　十七箇所（2・5・15・17・19・21・23・24・38・41・

48・57・60・61・63・64・72番。なお、33番も誤植と思われ、三校訂本間の異同がなくなるため計上しない。）

カ　菅本と松下本の文字や文字の書き方が違う（俗字等を含む）ところ、底本を採択したもの　……　四箇所（13・20・22・65番）

右のア～カを基にして、三校訂本が単独で底本となる写本文字を採択しているものを拾い上げると、新全集本は、4・12・30・40・62番の五箇所、神道大系本は、1・8・9・26・27・28・31・37・46・53・58・68・69・71番の十四箇所、大系本は、17・72番の二箇所となる。神道大系本が多いのは最も底本を尊重して本文を復元しているからであるが、ここで注目したいのは、他の新全集本と大系本が単独で底本文字を採択している箇所が全くないという状態ではないことである。これは底本を尊重する態度が見られないわけではない、ということを示すものと捉えられよう。新全集本と大系本は底本を尊重する姿勢も持ちつつ、本文改訂を行っているということである。

このことは、次に挙げる20・30・47・55・65番をみても言える。これら五例は、イ・エ・カのうち、三つの校訂本が共に底本を採択したものを除いた箇所であり、底本とする写本の文字が同じではないが、いずれかの写本文字で訓むことができるものである。つまり、五箇所のうち、新全集本が底本のままとしたのは四箇所、同じく大系本は二箇所であり、底本で訓めるところはそのままにしている。その内容は次の通りである。

20　菅本の文字がやや崩れているが、松下本や武田本と同字と判読し、新全集本・大系本ともに底本のままとする。神道大系本は、底本（飯田氏校訂本）が新全集本や大系本と同様文字としているところ（「器」については、「底本（筆者注：菅本）傍書・武田本・松下本に従った」との記載がある。）を、一文字が二文字と誤写されたとして、中山信名説を採択する。

30　新全集本は底本のままとし、神道大系本は、郡郷考所引本と大系本によって改めた底本のままとし、大系本は「彰本」によって改める。

47　新全集本は底本のままとし、神道大系本は、板本等を採択した底本のままとし、大系本は新見解を提示する。
55　新全集本は底本のままで仮訓し、神道大系本は新見解を出した底本のままとし、大系本は松岡説をとる。
65　新全集本は校異が示されていないが、恐らく松下本・板本を採択し、神道大系本は底本のままとした底本を採択し、大系本は底本のままとする。

各校訂本とも、底本のままで本文を訓む場合もあれば改訂している場合もあることがわかる。さらに神道大系本について言えば、いずれかの写本文字で訓むことができる五箇所のうち65番の一箇所のみが底本となる写本文字のまま（30・47・55番は、菅本の文字を改訂した飯田氏校訂本（神道大系本の底本）のままであるので、底本となる写本文字からは改訂しているため数えていない。）となっている。つまり、最も底本を尊重する神道大系本が、底本となる写本文字のままで訓むことも可能であるにもかかわらず江戸期の国学者の説を採択したり、新見解を提示する校訂本底本を採択したりするなどし、写本文字からの改訂が四箇所あるということである。もちろん、30・47・55番については、本来は底本のままであるので写本文字からの積極的改訂とはいえないかもしれないが、校訂本底本を採択した判断はどの箇所においても神道大系本の基底にあり、その校訂本底本を再検討することをも含めた校訂であるはずであるから、写本文字からの改訂は校訂者の判断と考えて差し支えないであろう。

以上のことは、神道大系本のように底本尊重の強い姿勢があったとしても、時に底本文字を改訂して本文とするかどうか、また、改訂する場合、校合本で行うか他の考えを示すかといった最終判断は校訂者に委ねられることを示している。もちろん、先に触れた新全集本や大系本においても、底本を尊重する態度を持ちつつも底本を改訂した校訂本文とするか、そのまま底本どおりの本文とするかについても、最終校訂結果は校訂者の判断となる。つまり、校訂において底本尊重というのは当然あるべき姿であって、三校訂本にも当然備わっており、その上でいかに校訂をして本文復元を行うかを問われているのが校訂なのである。

最終校訂結果について言えば、各校訂者の見解に様々な様相が現れるところは、底本の写本文字が同じであってもその文字そのものが読み難い、或いはそのままでは文意が通らないという場合であろう。この場合は、底本文字のままに訓むことができないため、新しい見解を提示する、最新論文を取り入れる等が行われる。場合によっては江戸期以降の古い見解を採択する場合もある。そして、その校訂の判断基準はというと、もちろん個々の校訂者の判断に委ねられる。

校訂者の判断とは、底本を選定すること、副本を含む校合本を選ぶこと、底本と校合本との関係を認識しておくことを始めとして、これまでに出された説をも勘案し、風土記の原文に近づけるよう、そして新たな根拠を提示することによって研究が進展するよう、自身の考えをひとつ決定するその考訂過程をいう。これには大変な労力と時間と根気を要する。それ程の多くの神経を注ぎながら膨大な資料と対峙していると、時に誤脱がおこってしまうことはある程度は否めない。一覧表に、※印で注記を加えているが、このことによって校訂者の研究結果を批判するものではない。むしろ、校訂に真摯に対峙した結果としての校訂本の恩恵があるからこそ、風土記の研究が成り立つのであって、その学恩に感謝したい。

先に、この校訂本間の比較から校訂本の特徴や校訂者の姿勢・態度が見出されると記したが、いづれの校訂本においても底本尊重の姿勢があることを改めて確認することができ、その底本尊重の観点を踏まえたうえでさらにその違いを検討し、底本のまま訓むことができる場合でも、底本文字を改訂する場合があることもわかった。『常陸国風土記』は伝播祖本も伝わらず、現伝する写本は近世の比較的新しい写本しかない。そういう状況のなかで、奈良時代に成立した原文を復元するといっても、確実な証拠を挙げて揺るがない本文を示すには厳しいものがある。だからこそ、現伝する重要な写本を原点に置いて確固とした校訂姿勢を持ち、それに加えて様々な見解を提示することは、風土記研究の進展に繋がると言っても過言ではあるまい。その意味で、大系本が「近世唯一の校訂板本である西野宣明の訂正常陸国風土記の本文がそのままに踏襲せられている現況を打破するに努めた」と言い、「文意」や「字体の近似」などによる新見解を示すその校訂が、現在でも色焦ることなく基礎資料として使用されることを見れば、その内容の素晴らしさがわかろう。意改があることが、即ち底本を軽んじているわけではないということは先に述べたところである。大系本の特徴は、底本尊重を承知しながらも、校訂者が表明しているとおり、板本が踏襲されているという現状を打破することにある。

しかし、加えて指摘しておきたいことは、大系本は、板本が踏襲される現状を打破しようとした一方で、板本を採択したものが少なからずあるということである。一覧表でのその数は二十箇所にのぼる。このことは、単に板本と異なる説を提示することにのみ重点があったわけではないことを示していよう。校訂のあり方として、第一に底本、次に副本を含む校合本、そして板本を含むこれまでに示された説の検討という過程を踏んでいることの現れとも受け取れよう。こういった校訂姿勢は、古典の校訂においては当然といえば当然であろうが、大系本が目指した板本の踏襲からの脱却は、なお、校訂者として踏まえるべきことを軽んじることなく行ったうえでの目標達成であったことは特筆されよう。

そしてさらに言えることは、この校訂過程は新全集本の凡例にある、「底本はできるだけ尊重したが、対校本および先学の説・私見などにより、文字を改めた場合がある」という記述内容と同じであるということである。言葉で表現されたものは違っても校訂者の奮闘はそれぞれに同様にあり、さらに個別校訂箇所を子細に見れば校訂者の判断による相違が散見する。これが現校訂本の実態である。

最後に、板本を採択することについていえば、新全集本は二十八箇所に及ぶ。また、神道大系本は底本から改訂した十一箇所のうち四箇所は板本を採択する。近世におけるひとつの到達点であった『常陸国風土記』の板本が現在でもなお一目置かれる校訂本であることが伺える。現伝する写本を中心として、近世以降の説をも考究した校訂過程があるからこそ、『常陸国風土記』における板本のように、近世の説を採択することができるのである。校訂者の、先学国学者の学問への敬意を感じるとともに、校訂のあるべき姿が示され、かつ、現在まで継承されてきた古典研究を伝えていくという点においても重要な意味が含まれているといえるのではないだろうか。

三　校訂本間の比較その2 ―『出雲国風土記』―

『出雲国風土記』の校訂本のうち主なものは、

（a）『訂正出雲風土記』（千家俊信、文化三年〈一八〇六〉七月）

（b）『出雲国風土記の研究』所収本（平泉澄監修、出雲大社御遷宮奉賛会、一九五三年七月）〔後に、田中卓著作集8『出雲国風土記の研究』（国書刊行会、一九八八年五月）所収の「校訂・出雲国風土記」収載時、副本として細川家本を加え併記する。〕

（c）『出雲国風土記参究』（加藤義成、至文堂、一九五七年一〇月）〔後に、改訂増補版が一九六二年一一月に原書房より刊行、さらに『修訂出雲国風土記参究』（改訂四版）が一九九二年に松江今井書店から発刊される。〕

（d）日本古典文学大系『風土記』（秋本吉郎校注、岩波書店、一九五八年四月）

（e）日本古典全書『風土記』（久松潜一校註、朝日新聞社、一九六〇年一〇月）

（f）神道大系『風土記』（田中卓校注、神道大系編纂会、一九九四年三月）〔田中卓著作集8『出雲風土記の研究』所収の「校訂・

出雲国風土記」を再録し、その際誤植を訂正し、僅かな補訂を加える。（b）参照。〕

（g）新編日本古典文学全集『風土記』（植垣節也校注・訳、小学館、一九九七年一〇月）

である。

『出雲国風土記』も前節の『常陸国風土記』と同様に（d）（f）（g）の三つの校訂本の比較をするのがよいが、執筆当時のものを掲載しているため、当時未発行であった（g）との比較は掲載していない。

以下、異同一覧表を作成するにあたっての〈凡例〉を記す。

〈異同一覧表凡例〉

(1) 神道大系本と大系本を対校し、異同のある字句を掲げ、それぞれの頁数（漢数字）と本文の行数（算用数字）を記す。〔 〕内の字句は分注であることを示す。また、異体字等は原則として省略するが、必要と思われるものは挙げる。

(2) 備考欄にそれぞれの校訂の典拠を示す。その場合、【神】は神道大系本を指し、【岩】は大系本を指す。

(3) 不審な箇所は『出雲国風土記諸本集』（秋本吉徳編、勉誠社、一九八四年二月刊）によって確認し、必要と思われる点を「※」に記す。

(4) 「書評・秋本吉郎氏校注『出雲国風土記』」を〈書評〉と表し、そこに述べられている箇所は「※」にその旨を示す。

(5) 諸本の略称はそれぞれの呼称に従う。一覧表に出てくる略称を示すと次の通りである。

【神】底本　　出雲風土記鈔甲本（桑原羊次郎氏旧蔵）
倉本　　倉野憲司氏所蔵甲本
細本　　細川護貞氏所蔵本

万本　万葉緯本（三手文庫所蔵）
鈔イ本　出雲風土記鈔乙本（倉野憲司氏所蔵）
尾本　尾州徳川家本（蓬左文庫所蔵）
松本　松下見林本（成簣堂文庫所蔵）
紅本　紅葉山本（内閣文庫所蔵）
林本　林崎文庫本（神宮文庫所蔵）
明本　明浄館本（武田祐吉氏旧蔵）
解本　出雲風土記解（横山真明氏その他所蔵）
訂本　訂正出雲風土記（板本）
密勘本　訂正風土記密勘（横山真明氏その他所蔵）
考証本　出雲国風土記考証（刊本）

【岩】底本　万葉緯本（三手文庫所蔵）
鈔本　風土記鈔本（桑原羊次郎氏旧蔵）
倉本　倉野憲司氏所蔵本
解本　内山真竜の出雲風土記解
訂本　【神】に同じ。
田中本　田中卓校訂本

(6)　表の最上欄には、神道大系本の注記に大系本の異同が示されているものに「○」印を付す。

神道大系本 頁数・行数	神道大系本 本文文字	岩波大系本 本文文字	岩波大系本 頁数・行数	備考
八七・2	一百卌七里一十九歩	一百卌九里一百九歩	九四・2	【神】底本・諸本のまま。宍道驛注に巻末驛路程と各郡東西通程合計が共に「一三九里一〇九歩」であることを示して、「一三七里〇一九歩」は誤写であるとする。 【岩】里数計算により改める。
八七・3	一百九十三歩	一百七十三歩	九四・2	【神】底本・諸本のまま。「歩」は解本により補う。 【岩】朝酌渡・國廳間を四里二六〇歩として計算し、改める。また、「一八三里一七三歩」ではなく、「二〇〇里一七歩」が正しいとする。
八八・2	在神祇官	（分注で記す）	九四・13	【神】注記なし。 【岩】注記なし。 ※倉本・細本は大書、万本は小字にて記す。
八八・3	不在神祇官	（分注で記す）	九四・14	【神】注記なし。 【岩】注記なし。 ※倉本・細本は大書、万本は小字にて記す。
八八・7	〔壹〕	〔一〕	九六・2	【神】倉本・細本・万本になく、底本「一」とあるのを、倉本・細本の神門郡条により訂す。 【岩】「鈔などによる」とある。 ※【岩】に倉本は「『里一』を合わせた字」とあるが、「　里」と読める。
八八・8	〔壹〕	〔一〕	九六・3	【神】底本「二」、倉本・細本・万本にないのを、楯縫郡首文及び前文の神戸総計により訂す。 【岩】「下文による」とある。
八八・10	〔壹〕	〔一〕	九六・5	【神】底本「一」、細本・万本にないのを、倉本により改める。 【岩】底本にないのを、倉本・鈔本により補う。 ※倉本は「壹」である。以下、当字は略す。

	九二・8	以上壹拾壹郷別里參	（小字で記す）	九八・8	【神】注記なし。 【岩】注記なし。 ※倉本・細本は大書、万本は小字にて記す。この箇所の記述の仕方は全郡通じて同じ。以下、この類略す。
	九四・3 7 9 九五・2	齋	胸	一〇〇・2 8 11 15	【神】諸本「胷」であるのを、賀茂真淵の説により改める。 【岩】注記なし。
	九四・3	〻	々	一〇〇・3	【神】底本の「々」を、倉本・細本により改め、以下すべて同じとする。 【岩】注記なし。 ※万本は前の字を繰り返し、「須」と記す。以下、当字は略す。
	九四・9	良波	農波	一〇〇・10	【神】底本・諸本のまま。「或イハ『意伎』カ」と注す。 【岩】諸本「良波」とあるのを、訂本により改める。
○	九五・4	固	（なし）	一〇二・2	【神】底本・倉本・細本・万本「固」。 【岩】注記なし。 ※【神】に【岩】が「固」を脱することの指摘あり。
	九五・5	杜	社	一〇二・3	【神】底本・諸本「社」とあるのを、訂本により改める。 【岩】底本・諸本のまま。 ※分注にある「杜者」は、倉本は「社」とある。【岩】はこの異同も同じ注で示し、倉本の異同を記していない。【神】の注記がより丁寧。
	九五・5	〔塾〕	〔墪〕	一〇二・3	【神】注記なし。 【岩】諸本「塾」とあるのを、「恐らくは『墪』の誤り」とする。
	九五・6	〔木〕	〔一〕	一〇二・4	【神】倉本・細本・万本「一」とあるのを、底本・解本による。 【岩】底本・倉本のまま。

九八・1	縫直	縫置	一〇二・11	【神】底本のまま。 【岩】諸本「縫直」、釈紀所引文「置」一字であるのを、「『縫置』とする」とする。
九八・3	御宇　天皇（欠字あり）	御宇天皇（欠字なし）	一〇四・3	【神】細本の欠字に従う。 【岩】注記なし。 ※　倉本・万本は欠字なし。
九九・1	斂	歛	一〇四・5	【神】注記なし。 【岩】注記なし。頭注に「『斂』に通わし用いた字」とある。 ※　倉本・細本「歛」、万本「歛」とある。「斂」と「歛」は本来別字にて、【神】は注記を欠く。
九九・1	置濱	濱	一〇四・5	【神】底本「置」、倉本・万本・鈔イ本「買」、細本「買濱」とあるのを、「置」は底本のままとし、「濱」は細本により補う。 【岩】底本・倉本「買」、鈔本「置」とあるのを、「字形の近似により『濱』または『濱』の誤とすべきか」とする。
九九・1	聲	苦	一〇四・5	【神】倉本・細本・鈔イ本に「若」、万本「苦」とあるのを、底本による。 【岩】底本のまま。
九九・7	掛	挂	一〇四・14	【神】倉本・細本「挂」とあるのを、底本・万本のまま。 【岩】注記なし。 ※　倉本・細本「挂」、万本「掛」とあり、【岩】は校異注を欠く。〈書評〉に指摘あり。
九九・7	〔輿〕	〔與〕	一〇四・14	【神】底本・倉本・細本・万本「與」とあるのを、私見を以て訂す。 【岩】底本・諸本のまま。
一〇一・5	嶋	島	一〇六・5	【神】注記なし。 【岩】注記なし。 ※　倉本・細本・万本「嶋」とある。

一〇一・5	御宇　天皇（欠字あり）	御宇天皇（欠字なし）	一〇六・5	【神】底本に欠字はないが、倉本・細本の欠字に従う。また、以下これに従う。 【岩】注記なし。 ※万本に欠字なし。以下、欠字については略す。
一〇三・2	〔大二〕	〔立一〕	一〇八・5	【神】底本・諸本のまま。 【岩】諸本の「大二」を朝山晧氏説により改める。 ※〈書評〉に見解あり。
一〇三・2	〔他郡亦如之〕	〔他郡如之〕	一〇八・5	【神】出雲郡神戸郷条の文例と倉本・細本の字画の類似により訂す。 【岩】訂本により改訂す。 ※〈書評〉に見解あり。
一〇三・5	東屬郡	郡家屬東	一〇八・8	【神】太田晶二郎氏説に従って、倉本・細本により改める。 【岩】底本・鈔本のまま。 ※〈書評〉に見解あり。
一〇四・2	佐	牸	一〇八・11	【神】倉本・細本「時」、万本「牸」とあるのを底本による。 【岩】底本による。 ※倉本に「佐」の傍書あり。
一〇四・2	子	古	一〇八・11	【神】底本・倉本・細本のまま。 【岩】底本のまま。
一〇四・3	〔等〕	〔等之〕	一〇八・13	【神】底本の「等之」を倉本・細本により改める。 【岩】底本・鈔本による。
一〇四・3	〔且〕	（なし）	一〇八・13	【神】底本にないのを倉本・細本により補う。 【岩】底本・鈔本による。
一〇四・3	〔之〕	〔是〕	一〇八・13	【神】底本の「是」を倉本・細本により改める。 【岩】底本・鈔本による。
一〇五・3	詞奏	詞望	一一〇・4	【神】底本・倉本・細本「調望」を解本により改める。

					【岩】底本による。 ※〈書評〉に見解あり。
	一〇六・1	有山國	在舍人	一一〇・9	【神】底本・万本の「舍人」を倉本・細本により改める。 【岩】底本の「舍人」を底イ本・後藤氏説により改める。
	一〇八・4	加豆比乃高社	加豆比乃高守社	一一二・4	【神】底本・諸本同じ。 【岩】底本・諸本にないのを延喜式による訂本の補字に従う。
	一〇九・4	同狭井高守社	狭井高守社	一一二・15	【神】「同」は底本にないのを倉本・細本により補い、「守」は底本・万本のまま。 【岩】底本による。
	一〇九・6	野代社	野城社	一一四・3	【神】注記なし。 【岩】諸本「野代」とあるのを延喜式による。（「延喜式によれば野城社三社内とすべきである（野代社は延喜式に一社である）」とある。）
	一〇九・10	毛彌乃社	毛社乃社	一一四・11	【神】「彌」は底本「社」とあるのを、倉本・細本と私見により改める。細本は「毛祢乃上社」。 【岩】底本・鈔本による。
	一一三・1	廿三里	一十三里	一一八・9	【神】注記なし。 【岩】諸本「廿三」とあるのを、玉作山・拝志郷・須義山の里程より推して改める。 ※〈書評〉に「実数としては秋本本の改訂説がよい」との見解あり。
	一一三・4	斛	蔛	一一六・13	【神】底本・倉本・細本による。万本は「蔛」。 【岩】注記なし。 ※【岩】に異同注を欠く。
	一一四・1	〔字或作梧〕（「檜」の下にある。）	（同じ字句が「白桐」の下にある。）	一一六・16	【神】注記なし。 【岩】諸本「檜」の下にあるのを意により改訂する。
○	一一五・1	流	北流	一一八・4	【神】底本にないのを倉本・万本により補う。

印	頁・行	本文	底本	頁・行	注記
					【岩】底本・倉本「流」であるのを、書式例により「北」を補う。 ※細本は「流」がある。
	一一五・3 4	枯	枯	一一八・6 7	【神】注記なし。【岩】底本・諸本「枯」とあるのを、紅山文庫本の「拈」をあげて「『枯』・(切木・木末・ウレ)の誤とすべきか」とする。 ※〈書評〉に見解あり。
	一一六・1	一十里	一十九里	一一八・9	【神】注記なし。【岩】諸本「一十里」をあるのを、暑垣山・高野山の里程より推して訂す。 ※〈書評〉に見解あり。
	一一七・2	造	作	一二〇・1	【神】倉本・細本「作」とあるのを、底本・万本による。【岩】底本・鈔本に「造」とあるのを、倉本により改める。
	一一七・2	一十九里	廿九里	一二〇・1	【神】注記なし。【岩】諸本「一十九里」とあるのを、玉作山・拝志郷・和奈佐山の里程による。 ※〈書評〉に見解あり。
○	一一七・2	□志山	阿志山	一二〇・1	【神】底本・万本に「志山」とあるのを、倉本・細本の一字空白に従う。【岩】諸本「志山」であるのを後藤氏説により改める。
	一一八・1	鮒・蓼	芹菜	一二〇・5	【神】底本・倉本・細本「⿰魚斤蓼」、万本「芹菜」とあるのを、字形の類似により訂す。【岩】底本のまま。
	一一九・2	草木	葛	一二〇・10	【神】底本・諸本「葛」とあるのを、砥神嶋の条の注に倣い訂す。【岩】底本・諸本のまま。
○	一二一・2	通道	(なし)	一二二・5	【神】底本・倉本・細本・万本に「道」のみあるのを、他郡文

				例により補う。 【岩】注記なし。 ※【岩】の脱。また、【岩】は全郡において「通道」を脱する。以下、当字句については略す。
一二一・3	二百歩	二百一十歩	一二二・6	【神】底本・諸本のまま。 【岩】底本・倉本・鈔本は「二百歩」と示すのみ。
一二二・2	廓	務	一二二・9	【神】底本・万本「務」を倉本・細本により改める。 【岩】底本・鈔本による。
一二二・6 7 一八五・3 4 二〇二・3 4	十□等	十二等	一二二・13 14 一六四・13 14 一七八・10 11	【神】底本・諸本「業」とあるのを改めるが、この条のみ数字の箇所が未詳のため、慎重を期して□とする。以下同じ。 【岩】諸本「業」であるのを解本及び田中氏説により改める。 ※〈書評〉に見解あり。
一二三・3	山口郷／朝酌郷	朝酌郷／山口郷	一二四・3	【神】諸本のまま。 【岩】下の郷名記事の順序と地理順序によって改める。
一二五・1	嶋根郡	嶋根者	一二四・13	【神】諸本のまま。 【岩】書式例により訂本の改訂に従う。 ※【岩】は「諸本『郡』がある。」とするが、倉本・細本・万本は「嶋根郡」であり「嶋根郡者」ではない。【岩】の誤り。 〈書評〉に指摘あり。
一二五・2	吾贅組	五贅緒	一二六・1	【神】「吾」は底本・倉本・万本の「五」を細本により改める。「組」は底本・諸本の「緒」を訂本により改める。 【岩】「五」に注記なく、「緒」は底本・諸本のまま。 ※〈書評〉に見解あり。
一二七・2	〻	須	一二六・9	【神】九四・3に「〻」に統一することを示す。 【岩】注記なし。

				※【岩】は「々」と前の字を繰り返し書くのとを混用し、不統一。（九四・3参照）。以下、この類略す。
一二八・2	坐	生	一二六・12	【神】底本による。 【岩】底本にないのを倉本・鈔本により改める。 ※倉本・細本には加賀郷の記事なし。【岩】の倉本より改めると記すのは誤り。倉本はイ本にて本文記事を補う。
一二八・2	地比	比	一二六・13	【神】「地」は底本・万本により、「比」は倉本注記の鈔本の文により補う。 【岩】底本の「地」を「『比』の誤りとするにとどめる。」とある。
一二九・3	賀	加	一二八・3	【神】底本の「加」を倉本・細本・万本により改める。 【岩】底本・鈔本による。
一三〇・2	驛	驛家	一二八・6	【神】底本・万本の「驛家」を倉本・細本により改める。 【岩】底本・鈔本による。 ※〈書評〉に見解あり。
一三〇・2	一十九里	一十七里	一二八・6	【神】注記なし。 【岩】諸本「一十九里」とあるのを、巻末の里程と巻首の南北の里数により改める。 ※〈書評〉に「秋本本の改訂がよい」とされたが、訂せず。
一三一・1	（なし）	朝酌社	一三一・1	【神】注記なし。 【岩】底本・鈔本による。 ※倉本・細本はこの社がないが、万本にはある。【神】に注記がないのは脱。倉本の付箋には「朝酌上社」とある。
一三三・3	西南	東北	一三一・7	【神】注記なし。 【岩】底本・諸本「西南」とあるのを「誤りとすべきであろう」とする。 ※〈書評〉に見解あり。

	一三四・1	正北一里	東北三里一百八十歩	一三一・8	【神】底本・倉本・万本にない「正」を細本により補う。 【岩】諸本「北一里」とあるのを、方位の書式が異例であることと里程が合わないことを以て、水草川の条の方位里程により改める。 ※〈書評〉に「秋本本の改訂がよい」とする。ただし、当時点の【神】の校訂は「□北一里」となっている。
	一三四・4	正西	北西	一三一・11	【神】底本・万本による。 【岩】底本・鈔本に「正西」とあるのを朝山晧氏説の加賀郷条の方位により訂す。 ※倉本・細本「正東」。〈書評〉に「秋本本の改訂がよい」とするが、訂せず。
	一三四・5	野	（なし）	一三一・12	【神】底本・倉本・細本・万本にないのを、出雲・神門郡の文例と解本により補う。 【岩】注記なし。
	一三四・5	苦參	（なし）	一三一・12	【神】底本・万本「柴胡」の次に「苦辛」とあるのを倉本・細本により改める。但し、倉本・細本に重出あり。 【岩】底本・鈔本による。 ※倉本・細本の重出は「柴胡」の次にある。
	一三四・6	柴	茈	一三一・13	【神】底本・万本による。 【岩】底本「紫」、鈔本「柴」とあるのを倉本の字形により「茈」とする。 ※【神】に指摘がある如く、【岩】に「底本『紫』」とあるは誤りで「柴」が正しい。また、倉本・細本の字形は正しくは【神】の注記の「如此」ではなく、それに似た字形。
○	一三四・6	楊	楊梅	一三一・14	【神】底本・諸本のまま。 【岩】他郡例により「梅」を補う。 ※〈書評〉に「秋本本の補入がよい」とするが、訂せず。
	一三五・1	鴙	雉	一三一・15	【神】底本・諸本のまま。但し、底本・万本「隼」の下にも「雉」

				があるのを、倉本・細本により、衍として削る。 【岩】注記なし。 ※【岩】は、底本・鈔本「隼」の下に「雉」があることを指摘しているが、万本は「隼」の下は「雉」に作り、ここは「鳩」に作っているので、注記がある方が望ましいと思われる。以下、当字は略す。
一三六・1	河	川	一三二・16	【神】底本・倉本・細本による。 【岩】底本による。
一三六・1	〔郡家北〕	〔郡家東北〕	一三二・16	【神】「北」について、倉本・細本「東」とあるのを、底本・万本による。 【岩】「北」について、「次の一水源を『西北』とすることから、これは『東北』とすべきであろう」とする。
一三八・3	鯉	（なし）	一三四・9	【神】倉本・細本に「鰞」とあるのを、底本・万本による。 【岩】底本・鈔本「鯉」とあるのを、他に「鯉」の記事がないことによって、誤写による衍字として削る。 ※倉本に「鯉」の傍書あり。
一四〇・2	駓	駈	一三六・6	【神】底本・倉本・細本による。 【岩】底本による。
一四〇・2	駮	駭	一三六・6	【神】底本・万本の「駭」を倉本・細本により改める。 【岩】底本による。
一四〇・2	魚	腊	一三六・7	【神】底本・諸本の「鹿」を解本により改める。 【岩】諸本「鹿」・訂本「魚」を「『鹿』は『腊』『膴』の誤りとすべきか」とする。 ※〈書評〉に見解あり。
一四一・4	東西北	東北	一三六・13	【神】底本・諸本にないのを細本により補う。 【岩】注記なし。
一四二・1	常	當	一三六・14	【神】注記なし。

					【岩】底本・諸本の「常」を、下の等々嶋の条により「當」の誤りとする。
○	一四三・2	皆悉	悉皆	一三八・9	【神】底本・諸本のまま。 【岩】注記なし。 ※ 万本「皆悉」。【岩】の誤り。【神】に指摘あり。
	一四四・2	〔葦・茅〕	〔茅・葦〕	一四〇・2	【神】底本・万本のまま。 【岩】底本に「茅」の上にも「葦」があるのを倉本・鈔本により削る。 ※ 万本「葦茅葦」とあり、【神】の注記は誤り。細本は【神】の注記のとおり「茅」であるが、倉本は正確には「苐」である。【岩】も正確さを欠く。
	一四五・1	〔國郡〕	〔郡〕	一四〇・3	【神】「國」は、倉本・細本・万本にないのを、底本のままとし、「郡」は諸本による。また、倉本・細本の「伯耆」について、「『耆國』一字ニ誤レルモノナルベシ」とする。 【岩】底本・倉本による。鈔本「國」。 ※ 倉本・細本は、「老」と「目」をともに大きく書き、【神】の見解がよくわかる。
	一四六・4	塩	盗	一四〇・11	【神】底本・諸本の「盗」を訂本により改める。 【岩】「底本・諸本のままに存しておく」とある。
	一四七・4	〔常住〕	〔當住〕	一四二・1	【神】底本・万本「當立」、倉本・細本「當位」、解本「當々」とあるのを、考証本説により改める。 【岩】鈔本「當立」とあるのを、「『當住』とすべきであろう」とする。
	一四八・1	土嶋	上嶋	一四二・2	【神】底本・倉本・細本・万本による。 【岩】紅葉山文庫本「上」。後藤氏説による。 ※ 〈書評〉に見解あり。
	一四九・3	嶋	（なし）	一四二・9	【神】底本・倉本・万本にないのを細本により補う。 【岩】注記なし。

一五一・4	粟	粟	一四四・3	【神】倉本・細本「粟」とあるのを、底本・万本による。 【岩】底本・鈔本「粟」とあるのを倉本により改める。
一五二・1	〔唐〕	〔亀〕	一四四・4	【神】注記なし。 【岩】底本・諸本「唐」とあるのを、横山永福氏説により改める。
一五二・2	〔茅〕	〔芋〕	一四四・5	【神】倉本・細本「茅」、万本「芋」とあるのを、底本による 【岩】底本による。
一五三・2	一十五丈	一十丈五尺	一四四・9	【神】底本・倉本・細本による。 【岩】底本による。
一五四・3	〔林〕	〔木〕	一四四・13	【神】底本・倉本・細本・万本に「木」とあるのを、解本により改める。 【岩】底本・諸本のまま。
一五七・5	八	八十	一四六・14	【神】底本・倉本・細本による。 【岩】底本による。尚、鈔本「八」。
一五八・4	川	久	一四八・4	【神】注記なし。 【岩】底本・諸本「川」とあるのを、後藤氏説により訂す。 ※〈書評〉に「後藤氏説による秋本本の改訂の方がよりよいであろう」とするが、訂せず。
一五九・2	〔之〕	（なし）	一四八・7	【神】底本・倉本・細本による。 【岩】底本による。
一五九・2	〔生處〕	〔坐〕	一四八・8	【神】「處」は底本・万本・松本にないのを倉本・細本・尾本により補う。 【岩】底本・諸本「生」とあるのを、この条の用字例により改める。
一五九・2	〔所〕	（なし）	一四八・8	【神】底本・倉本・細本による。 【岩】底本による。

一五九・2	〔生〕	〔坐〕	一四八・8	【神】注記なし。 【岩】底本・諸本「生」とあるのを、この条の用字例により改める。（一五九・2参照）
一五九・3	〔神魂命之御子〕	〔神魂命御子〕	一四八・8	【神】「之」は底本・倉本・万本にないのを細本により補う。 【岩】「之」の注記なし。 ※倉本は「神魂命子御子」とあり、一字目の「子」に○符をうつ。細本は「神魂命御子」。また、万本は「神魂命神子」とある。
一五九・3	〔加地比〕	〔加比〕	一四八・8	【神】底本・諸本にないのを、加賀郡条により補訂する。 【岩】底本・諸本にないのを、加賀郡条の「加地」を「加比」の誤りとして補う。
一五九・3	取之詔子、此	取弓詔　此弓	一四八・8	【神】「取子」は底本・諸本「所子」とあるのを、倉本・細本の誤写例の字形より訂す。 【岩】底本・諸本「所子詔子此」とあるのを、「所」は下文と倉本の字体により「取」とし、「子」は字体の近似により「弓」の誤りとして訂す。
一五九・4	地比	比	一四八・9	【神】底本・倉本・細本・万本に「地」とあるのを、解本按により補う。 【岩】底本・諸本「地」、解本「比比」とするが、「比」の誤とするにとどめる。
一六一・1	〔葦・茅〕	〔茅・葦〕	一四八・11	【神】倉本・細本「茅葦」、万本「茅葦」とあるのを、底本による。 【岩】底本・倉本による。 ※倉本・細本「茅」。【神】の注記が正確。
一六一・4	〔松〕	〔松林〕	一五〇・1	【神】底本・倉本・細本による。万本「松林」。 【岩】注記なし。 ※万本は「松林」であるが、異同の注記がないのは【岩】の脱。

	一六三・1	々	須	一五〇・9	【神】倉本・細本「〻」、万本「須」とあるが、「上文下文ノ例『〻』ニ作ルモ、固有名詞ハ底本ノママトス」とある。 【岩】注記なし。
	一六三・5	〔有二檜〕	有	一五〇・13	【神】「二」は底本にないのを倉本・細本・万本により補う。 【岩】書式例により、恐らく「二檜」は「窟」の傍書の誤入であろうとして削る。
	一六四・3	朝	（なし）	一五〇・16	【神】底本・倉本・細本・万本による。 【岩】解本「蛸」、後藤氏説「鯛」とするが、恐らく「鮹」の誤写、傍記の誤入として削る。
	一六四・3	榮	魚	一五〇・16	【神】底本・倉本・細本・万本「魚」とあるのを、解本により改める。 【岩】底本・諸本のまま。
○	一六四・4	螺	（なし）	一五二・1	【神】底本・倉本・細本・万本のまま。 【岩】「恐らくは衍」として削る。
	一六四・4	〔犬曠〕	〔蟥〕	一五二・2	【神】「犬」は底本・万本にないのを、倉本・細本の字形から訂す。「曠」は底本・倉本・細本による。 【岩】「後藤説『蠣』、或いは『蟥』とすべきか」とする。
	一六六・2	湊	濱	一五二・6	【神】底本・万本による。 【岩】底本・諸本に「湊」とあるのを、上文及び巻末通度の条により「濱」の誤りとする。 ※倉本・細本ともに「溱」。【岩】の注記に誤りあり。〈書評〉に見解あり。
	一六八・6	佐	作	一五四・5	【神】倉本・細本・万本「作」とあるのを、底本による。 【岩】底本・倉本による。
○	一六九・1	事	（なし）	一五四・7	【神】底本・倉本・細本による。「事」或いは「畢」の誤りかとする。 【岩】底本に従う。

				※ 倉本・細本は「宴」。
一六九・2	佐	作	一五四・8	【神】底本・倉本・細本による。 【岩】底本による。
一六九・2	番	乎与	一五四・8	【神】底本・諸本「乎而」とあるのを、私見により訂す。 【岩】後藤氏説による。
一六九・3	而	（なし）	一五四・9	【神】底本・諸本にないのを、恵曇郷の文例と訂本により補う。 【岩】底本・諸本のまま。
一七〇・1	賜	給	一五四・12	【神】倉本・細本・万本「給」とあるのを、底本のまま。 【岩】底本・倉本による。鈔本は「賜」。
一七二・5	下	同下	一五八・1	【神】諸本のまま。但し、「鈔曰」の文中と訂本は「同下」。 【岩】訂本により補う。
一七三・2	東	正	一五八・6	【神】倉本・細本・万本「正」とあるのを、底本・解本による。 【岩】底本・倉本による。鈔本は「東」。 ※　倉本は「正」とあり、【岩】の注記は誤り。
一七四・1	女心	足	一五八・7	【神】諸本のまま。但し、倉本・細本は「安心」。 【岩】諸本「女心」とあるのを「女心」の二字を「足」の誤りとする。 ※　正確には、【神】の注記の通り、倉本・細本は「安心」〈書評〉に見解あり。
一七四・1	野	野山	一五八・7	【神】底本・万本「野山」とあるのを、倉本・細本及び多太川条により改める。 【岩】底本・鈔本により「山」を補う。
一七四・2	有	在	一五八・8	【神】倉本・細本・万本に「在」とあるが、底本・松本のまま。 【岩】注記なし。
一七四・3	野	野山	一五八・9	【神】底本・倉本・細本による。 【岩】倉本・鈔本に「山」がないが、底本による。

	一七五・1	四涯	蘿	一五八・10	【神】底本・諸本「蘿」とあるのを、倉本・細本により改める。 【岩】底本・諸本による。
○	一七五・1	芦	葦	一五八・10	【神】底本・万本「笋」、倉本・細本「筝」とあるのを考証本説により訂す。 【岩】底本・鈔本「筝」とあるのを、後藤氏説により訂す。
	一七六・2	蔹	歛	一五八・14	【神】倉本・細本「斂」、万本「歛」とあるのを、底本のままとする。 【岩】注記なし。 ※【岩】は注記を欠く。
○	一七六・4	二	有二	一六〇・3	【神】底本・倉本・細本・万本による。 【岩】注記なし。 ※【岩】に注記を欠く。〈書評〉と【神】の注記に見解と指摘あり。
	一七七・2	湯太	満火	一六〇・6	【神】底本・万本「湯大」、倉本・細本「湯火」とあるのを、解本により改める。 【岩】「満火」とすべきかとある。 ※〈書評〉に見解あり。
	一七八・1	女心	足	一六〇・7	【神】底本・諸本のまま。 【岩】前同項目（一七四・1）に同じ。 ※正確には、倉本・細本は「女」に見える。
	一七八・5	長江川以下二十二字	山田川条の前に記す	一六〇・5	【神】倉本・細本に脱するを、底本・万本による。 【岩】地理により記載順序を訂す。 ※〈書評〉に「秋本本の改訂はよいであろう」とするが、訂せず。
	一七九・1	恵曇以下十二字	恵曇池　築陂	一六〇・11	【神】底本・諸本に「改恵曇字參陂」とあるのを、解本により訂し、「池」を「陂」に改める。 【岩】訂本に「字」を「池」とするに従い「改」を衍字として削り、諸本の「參」は恐らく誤字（数であれば「三」と

				あるのが書式例）、「參」の異体字に近似しているとして「築」の誤写であろうとする。 ※ 万本は正確には本文に「參陂」とあり、「改恵曇字此四字アリ衍文乎依削之」の傍書がある。〈書評〉に見解あり。
一七九・2	一莖	莖	一六〇・13	【神】底本「五」、倉本・細本「茎」、鈔イ本・万本・松本「莖」とあるのを、太田晶二郎氏説により「一」を補う。 【岩】注記なし。 ※【岩】は異同の注記を欠く。〈書評〉に見解あり
一八〇・5	有	在	一六二・7	【神】底本による。倉本・細本・万本「在」。 【岩】底本による。
一八〇・5	有	在	一六二・7	【神】底本・倉本・細本による。 【岩】底本による。
一八一・4	二	三	一六二・12	【神】底本・万本「三」とあるのを、倉本・細本により改める 【岩】底本・鈔本による。
一八一・4	〔二尺〕	（なし）	一六二・13	【神】底本・万本にないのを倉本・細本により補う。 【岩】底本・鈔本による。
一八一・4	〔廣一丈〕	〔廣一丈　一所厚二丈　廣一丈	一六二・13	【神】底本「廣一丈一所厚二丈」、万本「廣一丈一所厚二丈廣一丈」とあるのを、二所を三所としたための誤写とする。 【岩】底本・鈔本による。 ※ 倉本・細本は「廣一丈」。
一八一・4	〔也〕	（なし）	一六二・13	【神】底本・万本にないのを倉本・細本により補う。 【岩】底本・鈔本による。
一八一・4	〔者〕	（なし）	一六二・13	【神】底本による。 【岩】底本による。 ※〈書評〉に指摘あり。
一八二・2	雕	彫	一六四・2	【神】鈔イ本・倉本・細本・万本に「彫」とあるが、底本のま

					ま。【岩】注記なし。
○	一八二・2	堀	掘	一六四・2	【神】底本・倉本・細本・万本のまま。【岩】注記なし。※【神】に【岩】の校異典拠を欠くことの指摘あり。
	一八四・2	榮	魚	一六四・9	【神】底本・諸本に「魚」とあるのを、嶋根郡北海雑物条により訂す。【岩】底本・諸本のまま。
	一八七・3	降	下	一六六・11	【神】底本・釈紀による。倉本・細本・万本「下」。【岩】底本・倉本による。
	一八九・1	梨	利	一六八・3	【神】万本以外の諸本による。【岩】底本のまま。
	一八九・2	有	在	一六八・4	【神】倉本・細本・万本に「在」とあるのを底本・松本による【岩】底本・倉本による。
○	一八九・3	覔	處覔	一六八・7	【神】底本「並見」、鈔イ本「不見」、万本・松本「並覔」、倉本・細本「林不見」とあるのを、林本・紅本により改める。【岩】「並」を訂本により「處」の誤りとする。※「並」について、【岩】に倉本は『又』に縦二線を引いた字形」とあるが、倉本は【神】の注記のとおり「林」となっている。
	一九一・2	大	太	一六八・15	【神】底本・万本に「太」とあるのを、倉本・細本により改める。【岩】底本・鈔本による。
	一九二・4	牟	計	一七〇・14	【神】底本・倉本・細本・万本に「年」とあるのを、解本により改める。【岩】後藤氏説により訂す。
	一九三・2	許	往	一七二・1	【神】底本・諸本に「往」とあるのを、解本により改める。又

					「底本ノ『往』、或イハ『径』カモ知レズ」とする。 【岩】諸本のまま。 ※〈書評〉に【岩】の注記の指摘あり。
	一九三・3	忠	久	一七二・3	【神】底本・諸本のまま。 【岩】訂本に従い訂す。
	一九三・3	位	壯	一七二・4	【神】注記なし。 【岩】諸本「位」とあるのを、文意により改める。 ※〈書評〉に見解あり。
	一九三・4	像	託	一七二・4	【神】底本・万本「託」、倉本「侂」、細本「詫」とあるのを倉本と細本の字形と意宇郡宍道条の「像」の字を参考にし太田晶二郎氏説に従い、改める。 【岩】底本・鈔本による。
	一九四・3	野	（なし）	一七二・8	【神】底本・諸本にないのを、文例により補訂する。 【岩】底本・諸本のまま。
○	一九四・3	漆	藍漆	一七二・8	【神】底本・諸本のまま。 【岩】他郡例により補う。
	一九四・3 二九四・2	蘞	蘝	一七二・8 二四四・2	【神】倉本・細本「歛」とあるのを、底本のまま。 【岩】底本のまま。 ※以下、当字は略す。
	一九五・2 二八〇・4	鼯	𤢖	一七二・11 二三〇・14	【神】底本・倉本・細本による。 【岩】底本による。
	一九八・3	者	（なし）	一七四・8	【神】底本・倉本・細本による。 【岩】下の北海産物の箇所も「者」がないとして、底本のまま。
	一九八・5	〔欝〕	〔鬱〕	一七四・10	【神】底本・万本による。 【岩】底本・鈔本による。 ※【岩】の注記に倉本は「鬱」の下に「時」があるとするが、正確には【神】の注記の通り、倉本・細本ともに「𣡾」

					である。
○	二〇〇・5	振	振埼	一七六・3	【神】底本・万本「椎」、倉本・細本「推」とあるのを、密勘本説により訂す。 【岩】底本・鈔本「椎」、倉本も類字形となっているのを、密勘本説により訂し、例によって「埼」を補う。
	二〇〇・5	□	二	一七六・3	【神】底本・諸本にないのを、「脱アルベシ」とする。 【岩】諸本にないのを、後藤氏説・朝山晧氏説により部落から尖端までの里程として補う。
	二〇三・4	司	刀	一七八・2	【神】注記なし。 【岩】底本・諸本「司」とあるのを後藤氏説・朝山晧氏説により訂す。 ※　〈書評〉に見解あり。
	二〇五・3	之	者	一七八・13	【神】底本・諸本のまま。 【岩】底本・諸本「之」とあるのを、解本による。
	二〇六・1	値	比佐	一八〇・1	【神】注記なし。 【岩】底本・諸本「値」とあるのを、後藤氏説により訂す。 ※　〈書評〉に「秋本本の方がよいであろう」とするが、訂正せず。
	二〇六・2	司	刀	一八〇・2	【神】底本「々」、倉本・細本「刄」とあるが、万本・松本により改める。 【岩】底本「司」、鈔本「々」とあるのを、郡名列記の条と同じく誤写とする。
○	二〇八・1	奉	造奉	一八〇・8	【神】底本・諸本のまま。 【岩】楯縫郡名の条により「造」を補う。
	二〇九・1	四十	卌	一八〇・12	【神】注記なし。 【岩】底本・諸本に「四十」とあるのを、「例により訂す」とする。

	箇所	底本	校訂	頁	注記
	二〇九・3	誂	謗	一八二・1	【神】底本・万本「讓」、倉本・細本「誹」とあるのを、倉本・細本の字形と私見によって訂す。 【岩】底本・諸本「讓」とあるのを、「『謗』とすべきか」とする。 ※倉本は「誹」であり、【岩】の注記に誤りあり。〈書評〉に見解あり。
	二〇九・5	茂	芸	一八二・4	【神】底本・倉本・細本「茎」、万本「菜」とあるのを、字形により訂す。 【岩】底本「菜」とあるのを、倉本・細本の字形により訂す解本に従う。
	二〇九・6	在	有	一八二・6	【神】底本・倉本・細本・万本のまま。 【岩】底本・諸本「在」とあるのを、釈紀所引文により訂す。
○	二一一・1 二三二・1	部	（なし）	一八二・6 一九八・10	【神】底本・諸本のまま。 【岩】「『部』を削る」とある。 ※〈書評〉に見解あり。尚、【神】の（二三二・1）の注記に「〔二一一頁〕ニ『日置臣部』アリ」とあるが、「日置部臣」の誤植。
	二一一・2	禰	彌	一八二・11	【神】底本・万本「彌」とあるのを、倉本・細本により改める。 【岩】底本・鈔本による。 ※〈書評〉に見解あり。
	二一一・2	〔底麻呂〕	〔底麿〕	一八二・11	【神】底本・諸本「宜鹿」とあるのを、天平六年出雲国計會帳に「提麻呂」とあるのと、字画の類似により訂す。 【岩】田中本に従う。
	二一二・2	審	會	一八四・1	【神】底本・諸本のまま。 【岩】底本・諸本「審」とあるのを、訂本・延喜式による。
	二一四・2	同社／伊努社	伊努社	一八八・10	【神】底本・万本になく、倉本・細本に「同努社」。脱字があるとして私見により訂す。 【岩】底イ本・倉本・日御埼本に従う。

				※倉本・細本・万本は「同社」として二十三社を挙げる。【神】は二十四社、【岩】は二十三社とするが、「伊努社」については、倉本・細本「同努社」、万本はない。また万イ本は「同努社」とあり、【岩】の注記に誤りがある。
二一四・3	同社	（なし）	一八八・11	【神】倉本・細本にないのを・底本・万本による。 【岩】底イ本・倉本・日御埼本に従う。
二一四・7	同社	（なし）	一九〇・1	【神】諸本にないのを、私見により訂す。 【岩】注記なし。
二一八・3	廿七里□百五十歩	廿八里六十歩	一九〇・13	【神】底本「二十七里三百五十歩」、万本「廿七里三百六十歩」、倉本・細本「七里三百六十歩」とあるのを、「二十七里」は万本により、「□百五十歩」は「三」に疑いがあるとする。 【岩】杵築郡の方位里数「廿八里六十歩」の誤記であろうとして、訂す。
				※〈書評〉に見解あり。
二一九・3	自	出	一九二・3	【神】注記なし。 【岩】底本・諸本「自」とあるのを、他例により改める。また「或は『出自』とすべきか」とする。
二一九・6	河	川	一九二・7	【神】底本・万本「川」とあるのを、倉本・細本により改める。 【岩】底本・鈔本による。
二一九・6	西	兩	一九二・7	【神】注記なし。 【岩】底本・諸本「西」とあるのを、解本の説により訂す。 ※〈書評〉に「秋本本の方がよい」とするが改めず。
二一九・6	土	五	一九二・7	【神】底本・諸本のまま。 【岩】解本により改める。
二一九・6	欸	頗	一九二・8	【神】注記なし。 【岩】底本・諸本「欸」とあるのを、「『頗』（頃に同じ）の誤り

とする」とある。

印	箇所	底本	校訂	頁・行	備考
	二二〇・2	挍	校	一九二・10	【神】底本・万本「校」とあるのを、倉本・細本により改める。【岩】底本・諸本のまま。※倉本・細本は「挍」、万本は「校」とあり、【岩】の注記に不備あり。
	二二〇・3	沿	沿	一九二・11	【神】底本・万本「沼」とあるのを、倉本・細本により改める【岩】底本・鈔本「沼」、倉本「沿」とあるのを、字形により改める。
	二二一・1	埼	碕	一九二・12	【神】倉本・細本「崎」、万本「碕」とあるが、底本のまま。【岩】注記なし。
	二二三・1	也	（なし）	一九四・4	【神】注記なし。【岩】注記なし。※倉本・細本・万本に「也」字あり。【岩】の脱。尚、〈書評〉にも指摘あり。
	二二六・2	崎	埼	一九四・16	【神】注記なし。【岩】注記なし。※倉本・細本・「崎」、万本は「埼」。
	二二六・2	東	本東	一九四・16	【神】底本「本」、倉本・細本・万本・尾本・松本「本東」とあるのを、「本」を「東」（草体）の誤写として訂す。【岩】底本・諸本のまま。
○	二二六・4	埼	埼嶋	一九六・3	【神】底本・倉本・細本「崎」とあるのを、万本により改める。【岩】横山永福氏説により改める。
	二二八・1	〔貽貝〕	〔蛘貝〕	一九六・9	【神】倉本・細本「貿」、万本「鬒」とあるのを、倉本・細本を誤字として訂す。【岩】底本「鬒」、鈔本「鬢」とあるのを、底本の字形により訂す。※万本は「鬒」とあり、【岩】の注記に誤りあり。

	二三〇・1	參	三	一九八・2	【神】底本・倉本・細本による。万本「三」。 【岩】注記なし。
	二三一・2	大	太	一九八・11	【神】底本・倉本・細本による。万本は「太」。 【岩】注記なし。
	二三一・3	部	（　）	一九八・12	【神】常陸国多珂郡にこの氏が見えるとして底本・諸本のまま。 【岩】「恐らくは上に脱字があるとすべきであろう」として削る。
	二三三・5	峯	崖	二〇〇・6	【神】高岸郡条を参照し、底本・諸本のまま。 【岩】字形により「崖」の誤りかとする。 ※　倉本・万本は「峯」、細本も「峯」であるが、やや崩して書いている。〈書評〉に見解あり。
	二三三・7	本字南佐	今依前用	二〇〇・8	【神】底本・諸本「今依前用」とあるのを、滑狭郡条により私見を以て訂す。 【岩】注記なし。 ※　〈書評〉に見解あり。
	二三五・1	熊	然	二〇〇・14	【神】底本・万本「然」、倉本・細本「癸」とあるのを、解本により改める。 【岩】底本・諸本のまま。
	二三六・1	所	所也	二〇一・4	【神】底本・倉本・細本による。万本は「所也」。 【岩】底本による。
	二三七・2	而	可	二〇一・11	【神】底本・万本「可」、倉本・細本は「可」の草体となっているのを、解本により訂す。 【岩】底本・諸本のまま。
	二三七・2	峯	崖	二〇一・12	【神】底本・諸本「岸」とあるのを、本文首文の「本字高峯」により訂す。 【岩】「岸」「峯」の類似の字形の誤りとすべきかとする。

箇所	底本	校訂	頁	備考
二三七・3	那	奈	二〇二・13	【神】底本・諸本にないのを、解本により補う。 【岩】意宇郡出雲神戸の条により補う。
二三八・2	也	之	二〇四・2	【神】底本・倉本・細本・万本「之」とあるのを、倉本傍書・解本により改める。 【岩】底本・諸本のまま。
二三九・2	〔也〕	〔なし〕	二〇四・7	【神】底本・倉本・細本による。万本はなし。 【岩】倉本・鈔本「也」とあるのを、万本により削る。
二三九・9	〔改字如郷也〕	〔即如多伎郷〕	二〇四・8	【神】底本・万本「即如多岐郷」、倉本・細本・尾本「改字女即也」とあるのを、太田晶二郎氏説に従い、改める。 【岩】底本・鈔本による。「伎」は倉本の「多伎驛」により改める。
二四〇・3	〔本立嚴堂〕	〔上の「南一里」の次に記す。〕	二〇四・12	【神】注記なし。 【岩】倉本・鈔本「所造也」の下に記しているのを、底本に従う。 ※　万本も「所造也」の下に記す。【岩】の注記は誤り。
二四一・7	〔十二〕	〔二十二〕	二〇八・1	【神】注記なし。 【岩】底本・諸本に「二」がないのを、他例により補う。
二四二・1	〔檜・杉〕	〔⿰木奄・枌〕	二〇八・2	【神】底本・万本「梔」、倉本・細本「掩」とあるのを、大原郡須我山条の倉本・細本の字形と神本郡吉栗山条の「宮材」及び山野所在草木名より推して、私見により訂す。以下同じ。 【岩】播磨国風土記にも「⿰木奄枌」とあることにより訂す。以下同じ。
二四三・3	屋	屋也	二〇八・5	【神】底本・倉本・細本「屋也」とあるのを、細本・松本及び後文例により改める。 【岩】底本・諸本のまま。 ※　〈書評〉に見解あり。

二四四・1	積	積也	二〇八・6	【神】底本・万本「積也」とあるのを、倉本・細本・松本により改める。 【岩】底本・鈔本による。
二四四・3	正東	東南	二〇八・8	【神】注記なし。 【岩】底本・諸本「正東」とあるのを、前後の例により訂す。
二四四・3	〔之〕	（なし）	二〇八・8	【神】底本・諸本にないのを、訂本により補う。 【岩】底本・諸本のまま。
二四四・3	稻	稻種	二〇八・8	【神】底本・倉本・細本のまま。万本「稻種」。 【岩】倉本・鈔本に「種」がないのを、底本による。
二四五・3	蔽	蕡	二〇八・11	【神】底本・倉本・細本「般」、万本「蕡」とあるのを、上文例により訂す。 【岩】注記なし。 ※倉本・細本「般」。【岩】に異同の注記がないのは脱。
二四九・3	廿二里	一十二里	二一〇・14	【神】注記なし。 【岩】底本・諸本「廿二里」とあるのを、後藤氏説及び実地理により「一十二里」と訂す。 ※〈書評〉に「秋本本の改訂がよい」とされるが、改めず。
二四九・5	歟	與	二一二・2	【神】底本・倉本・細本「与」、万本「與」とあるのを、倉本傍書により改める。 【岩】「『與』は『歟』に同じ」として底本のまま。
二五一・1	河	大川	二一二・5	【神】底本・万本に「川」とあるのを、倉本・細本により改める。 【岩】底本・諸本に「大」がないが、他例により補い、「川」は底本・鈔本による。 ※〈書評〉に見解あり。
二五一・4	農	濃	二一二・8	【神】底本・倉本・細本による。万本は「濃」。

				【岩】倉本・鈔本「濃」とあるのを、底本による。
二五一・4	岐	伎	二一二・8	【神】倉本・細本・万本の「伎」とあるのを、底本による。 【岩】注記なし。
二五六・3	處	處也	二一六・3	【神】底本・倉本・細本による。万本は「處」。 【岩】倉本・鈔本「也」がないのを、底本による。
二五八・1	家有	處在	二一六・10	【神】「家」は底本・倉本・細本・万本のまま。「有」は倉本・細本・万本に「在」とあるのを底本のままとする。 【岩】訂本及び飯石郡の例により訂す。 ※〈書評〉に見解あり。
二六〇・2	厚	見	二一八・12	【神】底本・倉本・細本・万本による。 【岩】底本・諸本「厚」とあるのを、「恐らくは『見』とすべきであろう」とする。
二六一・2	有	在	二二〇・2	【神】倉本・細本・万本に「在」とあるが、底本のまま。 【岩】倉本・鈔本に「有」とあるのを、底本による。 ※倉本は「在」とあり、【岩】の注記に誤りあり。尚、倉本の傍書に「有」とある。
二六二・5	卅	廿	二二〇・7	【神】倉本・細本・万本に「卅」とあるのを、底本・松本による。 【岩】実距離により解本に従う。 ※〈書評〉に見解あり。
二六五・1	正東一十五里	正南廿五里	二二〇・16	【神】注記なし。 【岩】底本・諸本「正東一十五里」とあるのを、後藤氏説により改める。 ※〈書評〉に「『正南』は後藤氏説がよい」とする。
二六五・1 二六六・2	河	川	二二〇・16 二二二・4	【神】底本・万本に「川」とあるのを、倉本・細本により改める。 【岩】倉本「河」とあるのを、底本・鈔本による。

				※　以下、当字は略す。
二六八・2	〔有〕	〔直〕	二二二・12	【神】注記なし。 【岩】注記なし。 ※　倉本・細本・万本は「有」とあり、【岩】の誤植。
二六八・3	一	（なし）	二二四・1	【神】巻末通度にないが、底本・諸本のまま。 【岩】巻末の里程による。
二六九・1	〻	（なし）	二二四・2	【神】底本にないのを、倉本・細本により補う。 【岩】鈔本により一字衍とする。万本は「多」。
二七〇・1	下	上	二二四・6	【神】倉本・細本「上」とあるのを、底本・万本のままとする 【岩】底本・鈔本に「下」とあるのを、倉本と正倉院文書により訂す。 ※　〈書評〉に見解あり。
二七一・3	本字三津	今依前用	二二四・11	【神】底本・諸本「今依前用」とあるのを、仁多郡三澤郡条により訂す。 【岩】「恐らく『三澤』を『三津』と誤写の後に他例に倣って改字注記を附記したものとすべく」として、底本・諸本のまま。
二七二・2	大己貴	（なし）	二二六・4	【神】倉本・細本にないのを、底本・万本による。 【岩】底本・鈔本に「大己貴」とあるのを、後人の補筆として解本と倉本により補う。
二七三・1	伎	枳	二二六・6	【神】倉本・細本「侍」、万本「枳」とあるのを、底本・尾本・松本による。 【岩】底本のまま。
二七三・4 5 6	津	澤	二二六・10 11 14	【神】注記なし。 【岩】底本・諸本「津」とあるのを、後藤氏説により「澤」の誤りとする。
二七三・4	御	（なし）	二二六・10	【神】底本・万本にないのを、倉本・細本により補う。

				【岩】注記なし。 ※倉本・細本に「御」があり、万本にはない。【岩】に異同の注記を欠く。
二七三・5 6	汲	活	二二六・11 12	【神】（二七三・5）は底本・倉本・細本・万本「治」とあるのを、解本所引宣長按により訂す。 【岩】底本・倉本・鈔本「治」とあるのを、下文例により訂す。 ※〈書評〉に見解あり。
二七三・7	〔社龜三年改字三澤〕	（なし）	二二六・14	【神】倉本・細本・尾本・松本にないのを、脱として底本・万本による。 【岩】後人の補筆として、倉本によって削る。 ※〈書評〉に見解あり。
二七六・2	乃非	非乃	二二八・4	【神】底本・倉本・細本・万本による。 【岩】底本・諸本に「乃非」とあるのを、解本により転倒とする。
二七六・3	仰支斯	髣期	二二八・7	【神】底本・万本・松本による。 【岩】解本により改める。 ※倉本・細本は「仰」が類似の字形。
二七七・4 二八二・1	託	記	二二八・11 二三二・3	【神】底本・諸本のまま。 【岩】底本・倉本・鈔本「託」とあるのを、訂本により訂す。 ※以下、当字は略す。
二七八・3	在	有	二三〇・2	【神】底本・倉本・細本による。万本「有」。 【岩】底本による。
二七八・3	上	工	二三〇・2	【神】注記なし。 【岩】底本・諸本「上」とあるのを、訂本の「タマツクリノカミで『玉工神』であろう」とする。 ※〈書評〉に見解あり。
二七九・2	廿二里	二里	二三〇・5	【神】「廿」は底本にないのを、倉本・細本・万本により補う。

				【岩】底本・倉本「廿二里」とあるのを、鈔本により削る。 ※〈書評〉に「秋本本がよいであらう」とするが、訂せず。
二七九・4	廿三里	一十三里	二三〇・7	【神】注記なし。 【岩】底本・諸本「廿三里」とあるのを、後藤氏説及び実地理により訂す。 ※〈書評〉に見解あり。
二八二・2	五十里	五十三里	二三二・4	【神】底本・諸本のまま。尚、御坂山条に「五十三里」とあることを注する。 【岩】山の条により脱として補う。
二八七・1	正西	東北	二三六・2	【神】底本・諸本のまま。 【岩】底本・諸本「正西」とあるのを、屋裏郷の条により訂す ※〈書評〉に「秋本本説がよいであらう」とするが、訂せず。
二八七・1	原	原也	二三六・3	【神】底本・倉本・細本による。万本は「原也」。 【岩】底本による。
二八七・3	處	處也	二三六・6	【神】底本「所」、万本「處也」とあるのを、倉本・細本により改める。 【岩】底本による。
二八八・4	笑	矢	二三六・10	【神】底本・万本「矢」、倉本・細本「笑」とあるのを、解本により改める。 【岩】底本・鈔本による。
二九〇・3	之	（なし）	二三八・5	【神】底本・倉本・細本による。万本になし。 【岩】底本による。
二九二・2	君	臣	二三八・13	【神】底本・諸本のまま。尚、「当時ノ文例ニヨレバ『臣』カ」と注す。 【岩】郡末署名により訂す。

二九二・4	正北	東北	二三八・14	【神】注記なし。 【岩】屋裏郷の条により訂す。
二九二・4	層	（ ）層	二四〇・1	【神】底本・諸本のまま。 【岩】「『三』または『五』の脱とすべきか」とする。
二九三・2	仰	伊	二四〇・3	【神】解本・万本・松本による。 【岩】解本による。 ※倉本・細本は「仰」に似た字形。
二九六・3	日古	日子	二四二・9	【神】底本「昭」、万本「壯」、倉本・細本「胋」とあるのを鈔イ本により改める。 【岩】「底『壯』。鈔『昭』。倉『胋』。解『呫』の誤とする。『日子』の合字」とある。
二九六・3	給	殖	二四二・9	【神】底本・万本「祖」。字形より私見をもって訂す。 【岩】底本・諸本「祖」とあるのを、「『殖』の誤りとすべきであろう」とする。 ※倉本・細本は「祖」が崩れたような字形であるが、「祖」とは決めがたい。【神】の注記がより詳しい。
二九七・2	〔杉〕	〔枌〕	二四二・11	【神】底本・諸本「枌」とあるのを、神門郡田俣山条を参照し訂す。 【岩】注記なし。
二九七・2	一十六里	一十九里一百八十歩	二四二・12	【神】倉本・細本・万本「一里一百歩」とあるのを、底本による。 【岩】朝山皓氏説により「前後の山と同里程とすべきか」とする。 ※〈書評〉に見解あり。
二九八・2	目	明	二四四・2	【神】底本・倉本・細本・万本「月」とあるのを、字形により訂す。 【岩】後藤氏説に従う。

○	二九八・3	梅	（なし）	二四四・4	【神】底本・万本による。倉本・細本は「〻」。 【岩】底本・諸本に「梅」があるのを、他郡例により衍として削る。
	二九九・2	笑	介末	二四四・6	【神】底本・万本「矣」とあるのを、考証本説により訂す。 【岩】「或は『介末』の誤として上文毛間村と同訓同地とすべきか」とする。 ※　倉本・細本は「矣」に近い字。〈書評〉に見解あり。
	三〇〇・2	水	右	二四四・10	【神】注記なし。 【岩】倉本・鈔本「水」であるが、文例により訂す。
	三〇〇・3	東正	北	二四四・12	【神】諸本のまま。 【岩】地理により訂す。 ※　〈書評〉に「秋本本説がよい」とされるが、訂せず。
	三〇二・1	郡	郡界	二四六・2	【神】注記なし。 【岩】「二四四頁20に同じ」とあるが、「20」は「21」の誤り「21」には「鈔『界』がない。底・倉による」とある。 ※　倉本・細本・万本ともに「郡」とのみある。【岩】の注記に不備あり。
○	三〇三・2	〔枉〕	〔抂〕	二四六・10	【神】倉本・細本「柱」とあるのを、底本・万本による。 【岩】注記なし。 ※　倉本・細本「柱」、万本「枉」とあり、【岩】の誤り。〈書評〉に指摘あり。以下、当字は略す。
	三〇四・5	一十里	一十四里	二四八・6	【神】注記なし。 【岩】底本・諸本「一十里」とあるのを、「『四』を脱とすべきである」とする。
	三〇四・6	物	總	二四八・8	【神】底本・倉本・細本による。万本は「總」。 【岩】注記なし。 ※　異同は【神】のとおり。以下、当字は略す。

	三〇四・6	九十九里一百一十歩	一百三里一百八十四歩	二四八・8	【神】底本「九十里一百一十歩」とあるのを、倉本・細本により「九」を補う。 【岩】「国廳・朝酌渡間を二六六歩とし、出雲郡界・郡家間を一〇里としての合計。共に計算した里数に改める」とある。
	三〇七・2	又	又去	二五〇・4	【神】底本・倉本・細本による。万本「又去」。 【岩】倉本・鈔本「去」がないが、底本による。
○	三〇七・3	郡	郡家	二五〇・5	【神】底本・諸本のまま。但し、私見（三〇九・2）では「郡家」とする。 【岩】底本・諸本に「家」がないのを、他例により補う。
	三〇七・3	比比理村	（比比理村）	二五〇・5	【神】二字目の「比」は、倉本・細本「〻」、底本・諸本「比」とあるによる。但し、私見（三〇九・1）では「郡東南界」の次に移す。 【岩】底本・諸本のまま。「傍書の誤入と認める」とある。
○	三〇七・3	分	即分	二五〇・5	【神】底本・諸本のまま。 【岩】底本・諸本「即」がないのを前後例により補う。
	三〇七・3	卅八里一百廿一歩	卅五里一百五十歩	二五〇・6	【神】「卅」は倉本・細本にないのを、底本・万本による。但し、私見（三〇九・2）では「卅五里一百五十歩」とする。 【岩】底本・鈔本「卅八里一百廿一歩」とあるのは、ともに次の里数の誤記として、仁多郡条により訂す。
	三〇七・3	仁多郡家	仁多郡境	二五〇・6	【神】注記なし。但し、私見（三〇九・2）では、「伯耆國境阿志毗縁山」とある。 【岩】底本・諸本「仁多郡家」とあるのを、意を以て訂す。
	三〇七・4	備後國堺至遊託山	至備後國堺遊記山	二五〇・7	【神】倉本・細本にないのを脱として、底本・万本による。但し、私見（三〇九・4）では「至」を明本・倉本所注鈔本により「備後國」の前に移す。 【岩】倉本にないのを底本・鈔本により補う。また、「至」の位

				置を前後例により訂す。
三〇九・2	一道西南五十三里至備後國堺比市山	（なし）	二五〇・7	【神】底本・諸本にないのを、仁多郡条により補うが、「東南道トシテハ、恐ラク不要ナルベシ」とする。尚、これは「私見」として記す。 【岩】注記なし。
三〇九・5	又	又西一十四里卅歩至郡西堺	二五〇・9	【神】底本・倉本・細本による。万本は「亦」。 【岩】底本・諸本にないのを、来待橋・郡堺間の里程で前後例により補う。
三〇九・5	廿三里卅四歩	一十三里六十四歩	二五〇・9	【神】「廿」は底本・万本「三十」、倉本「卅」とあるのを、細本・尾本・松本により改める。尚、「實數ハ廿九里九四歩ニテ、枉北道ト正西道トノ合點ヨリ出雲郡家迄ノ四里ヲ脱セルカ」と注す。 【岩】底本・諸本「三十三里三十四歩」とあるのを、出雲郡の条により訂す。
三〇九・6	又	（なし）	二五〇・10	【神】底本・万本にないのを、倉本・細本により補う。 【岩】底本・鈔本のまま。
三〇九・7	一百六里二百卌四歩	九十七里二百二十九歩	二五〇・13	【神】底本・万本「一百五十四里二百十四歩」、倉本・細本「一百六里二百歩卌四歩」とあるのを、松本により改める。尚、「實數ハ九七里二二九歩ヲ是トスル如シ」注す。 【岩】里数計算より訂す。
三一一・2	道	國道	二五二・2	【神】底本・倉本・細本による。万本「國道」。 【岩】注記なし。 ※ 異同は【神】のとおり。【岩】に注記がないのは不備。
三一一・2	卅四里一百卌歩	卅三里六十歩	二五二・2	【神】「卅」は底本「十」、倉本・細本・万本により改める。尚、「實數ハ三三里六六歩ヲ是トスル如シ」と注す。 【岩】里数計算より訂す。
三一一・3	岐	伎	二五二・4	【神】底本・倉本・細本による。万本「伎」。

				【岩】倉本・鈔本「岐」とあるのを、底本による。
三一四・1	卌	卌	二五二・11	【神】注記なし。 【岩】注記なし。 ※倉本・細本・万本は共に「卌」とある。【岩】の誤植。
三一五・1	伎	枳	二五二・14	【神】底本「波」、倉本・細本「洔」、万本「和」とあるのを私見により訂す。 【岩】底本「和」、倉本・鈔本「波」とあるのを、底本の字形により訂す。 ※万本は「和」の楷書である。【岩】の「底本の字形により」の意が不可解。
三一五・2	一十九	一十七	二五二・15	【神】注記なし。 【岩】底本・諸本「一十九」とあるのを、「後藤説實地理により『廿九里』の誤とするが、千酌驛までの里程を襲用したものである。その里程は『一十七里』。」とする。

底本は、神道大系本は桑原羊次郎氏旧蔵の『出雲風土記鈔』を用い、大系本は三手文庫蔵の万葉緯本を用いているが、神道大系本には大系本が対校本として使用できなかった細川家本を副本として加えている。対校本に細川家本があらたに加わったことによって、例えば大系本が意宇郡安来郷条「歛二濱上一」と校訂しているのを神道大系本は「歛二置濱上一」と改めたり、嶋根郡加賀神埼条で大系本が「神魂命御子」としているのを神道大系本は「神魂命之御子」とするなど、両書の校訂には底本による相違のみならず対校本による違いからも生じている。特に、神道大系本は底本による校訂以外に、倉野本（倉野憲司氏所蔵本）・細川家本によって改めている箇所がしばしば見られるが、これは、神道大系本がそれら（他に万葉緯本も含む。）を比校本として用いているのではなく、「副本」として校合に用いていることによるものと思われ、諸本の位置づけが校訂に大きく影響することが改めてわかる。

校訂の際の採否のあり方は両書それぞれの考えがあるようだが、田中氏の「書評・秋本吉郎氏校注『出雲国風土記』」(3)を見れば、氏の校訂上の見解がよくわかる。また、その書評にも述べられているが、両書の校訂の相違は地理の方位、里数に顕著にあらわれている。(4)さらに、その他のものをいくつかを挙げると、諸本に異同のない文字をさらに校訂する場合、例えば、意宇郡粟嶋条の割注に諸本「真前等葛」とある「葛」を神道大系本は砥神嶋条に倣って「草木」と改め、大系本は底本・諸本のままとするが、嶋根郡前原埼条に諸本「随時常住」とある「常」は、神道大系本は底本・諸本のままとし、大系本は等々嶋条により「當」と訂するなど、その違いが窺える。また、秋鹿郡多田郷条に諸本「至坐此処詔」とあるのを、神道大系本は恵曇郷の文例等によって「処」と「詔」の間に「而」を補い、大系本は底本・諸本のままとする。楯縫郡山条に諸本「凡諸山」とあるのを、神道大系本は文例によって「山」の後に「野」を補い、大系本は底本・諸本のままとする。逆に、楯縫郡山条に諸本「漆麦門冬」とあるのを、神道大系本は底本・諸本のままとし、大系本は他郡例によって「漆」の前に「藍」を補う。底本を尊重する姿勢が校訂者の基底に流れつつも、底本を採択してその姿を保持するか、或いは改訂をするかというその校訂基準や判断は、前節でも述べたように校訂者が決定する。『出雲国風土記』は最終的な全体統一がなされているという視点も持ちながらの校訂結果であろうが、筆者は、諸本に異同がない場合、書式形式は統一しても、各郡の独自の内容に係わるものは古写本の姿をそのまま残すほうがよりよいのではないだろうかと考えている。

ここで、前節と本節において比較する校訂本として取り上げた神道大系本について触れておきたい。神道大系本には訓み下し文も現代語訳も注釈もない、まさしく校訂本文と校異のみを記す校訂本であり、その校訂は、校訂者である田中氏が持つ、校訂に対する独自の見解による方法で行われている。校訂に関わる重要事項であるので、氏のその校訂方法についてここで触れておく。

氏の独自の見解が最も顕著に現れているのは底本の選定のしかたにある。通常、底本の採択といえば、古写本のなかから善本と思われる写本を選ぶのであるが、神道大系本は次のような選定基準を採用している。（原文のまま引用する。）(5)

（1）従来、既に刊行されている校訂本の中で、私自身が最も優れていると判断する先学（A者）の〝校訂本そのもの〟を底本（A底本と仮称する。）とする。それによって、先学の業績を顕彰することが出来るし、また学問研究の積み上げが可能となるからである。尚、この方法は、前掲の井上博士が久老校本を底本にされたのと同一の考え方（筆者注、『肥前国風土記新考』の凡例文を引しているが、それには、「久老本に據れるは本風土記の通行本はやがて此本なればなり。」また、底本を猪熊本によらないのは「其本には異字多くて活版うつさむに便ならざればなり。」とある。）に立っている。

（2）但し、その場合、A底本の校訂者（A者）が用いられた元の底本（現状では多くの場合、古写本か板本である。）はもとより、比校本に使われた中でも重要な写本（又はその写真）を、私自身も座右におき、改めて対校し直すこととする。それによって、A校訂本の優れた点は改めて確認支持されるであろう。また若しもA者が校異上で過誤を冒されている箇所があれば判明するし、場合によっては、考訂上の異った見解も生じてくる。この〝異見〟こそ、実は重要なのであって、それが読者に有益な選択肢を提供して、校訂上の進歩を促すであろう。

（3）尤も、これまで知られなかった有力な古写本が発見された場合は、それを学界に紹介する必要があるから、新しい底本として採用するのは当然のことである。

（4）但し、私が最善と考える校訂本（A本）の著者が、私の意図を理解せられず、この校訂方法を承諾して貰えない場合は、やむを得ないので次善の底本を用意することとし、A本は、底本としてではなく、一種の比校本として利用させていただくこととする。

この方法によって、五風土記のそれぞれの底本に、常陸国は『茨城県史料＝古代編』所収の飯田瑞穂氏の校訂本、播磨国は『日本古典全書』所収の久松潜一氏の校註を小野田光雄氏が再訂された校訂本、豊後国は荒木田久老校本（板本）、肥前国は『校本肥前国風土記とその研究』所収の平田俊春氏の校訂本を用い、出雲国は桑原羊次郎氏旧蔵の『出雲風土記鈔』を用いる。なお、『豊後国風土記』には、昭和五十五年（一九八〇）十二月に発見された「冷泉家本」と思われる写真版を参考にしたうえ、細川家本も副本として対校し、校訂の注記も丁寧に記されており、これまでの校訂本とでは使用対校本に格段の違いがある。

また、異同のある文字の示し方についても神道大系本には特徴がある。即ち、異同のある本文の文字の左傍に「。」「・」印を付し、「。」印のついている文字は他本に異同のあることを示し、特に底本を改訂した文字には「・」印をつけ、一見してどこにどのような異同と見解があるのかがわかるようにしている。校訂者の田中氏は、この白丸・黒丸の使い分けは平田俊春氏の発明であることを記し、「校訂学上の画期的な前進である」と述べる。尚、この方法はすでに、「校訂・住吉大社神代記」（田中卓著作集7『住吉大社神代記の研究』（国書刊行会、一九八五年一二月）所収）や「元興寺伽藍縁起并流記資財帳の校訂と和訓」・「古事記裏書の校訂と解説」（ともに田中卓著作集10『古典籍と史料』（国書刊行会、一九九三年八月）所収）においても行われている。

同氏校注の神道大系古典編六『新撰姓氏録』の解題には、氏の校訂に対する態度が詳しく述べられているが、そこには「一字が歴史を変革する、これが校訂に携わるものの自戒であり、同時に自負でなければならぬ。」とし、「その意味で、私は、新しく〝校訂学〟の必要を、国史学界に提唱したい。」と記される。[6]国史学に立った言ではあるが、氏の著作集10『古典籍と史料』の自序でも、「校訂者の業績が殆ど認められてゐない」現状を指摘し、「校訂のイロハも知らぬと思はれるやうな未熟なものがある」ことに対して「一々についてきびしく批判して是正を求めるのが、学問の厳正さを保つ道であらう。」と述べ、「〝校訂学〟の必要」に言及する。[7]

さらにまた、神道大系本では、「同じ古典について、二次・三次と新しい校訂本が刊行せられてゆく場合、先人が試みたとおなじやり方で、同一の古写本を底本として、後人が同様な校訂を繰り返すということは、大変な努力の反芻となる」とし、また「校訂者の僅かな価値判断の相違によって底本の選定が異なると、やはり同じ校訂の作業が一から始められることとなる。これらは畢竟、賽の河原の石積みにも似た徒労というべきではあるまいか。」と指摘する。現在のようにいくつもの校訂本が出版されている状況のなかでの従来の「同工異曲の校訂の繰り返し」に対して新しい校訂のあり方を提唱しているのである。(8)

先に引用した底本の選定基準も、白丸・黒丸印の利用も田中氏の校訂学に対する高い見識のあらわれである。学問の進歩を第一義とし、あくまでも公正明大に、そして利用者の立場に立ってわかりやすくすることを旨とするその見識は、大いに示唆に富むものである。積み重ねられた学問的財産を学界共通の体系化されたものに構築することは、今後の風土記研究にとっては計り知れない有益なものとなろう。

(注)

(1) 田中卓「古典校訂に関する再検討と新提案」(『神道古典研究紀要』第三号、一九九七年三月、のちに続・田中卓著作集3『考古学・上代史料の再検討』(国書刊行会、二〇一二年六月)所収)に、各古典に対して校訂本が種々あるなか、「例えば大学の古典講読で」ひとつの古典を取り挙げるとき、「どの本をテキストに選べばよいのか、その判断に困る」という実情に触れ、「それらの諸本の〝校訂〟についてどこがどう違うのかということがわからないため、優劣の判断がつけにくい」と指摘する。

(2) (注1)に同じ。

(3) 田中卓著作集10『古典籍と史料』(国書刊行会　一九九三年八月)所収

（4）（注3）に同じ。四七九頁。
（5）田中卓校注、神道大系古典編七『風土記』（神道大系編纂会、一九九四年三月）凡例「底本の選定」、二七～三〇頁。（注1）の文献にも記されている。
（6）神道大系編纂会、一九八一年二月、三三頁。解題は「一九八一年年正月二十三日稿」とある。
（7）国書刊行会、一九九三年八月、九～一〇頁。自序は「一九九三年三月六日」の日付が記される。
（8）同書、二七～二八頁。

第二章　風土記の校訂における問題についての一考察

一　校訂基準について

前章において述べたように、校訂本文の構築は結局は校訂者の判断に委ねられるのであるが、このことは一方で、校訂基準となるものを設けることができれば、もっと客観的に校訂のあり方を検討することができるのではないか、という考えを自然と浮かび上がらせる。こういった考えに基づく校訂基準については、橋本雅之氏が『播磨国風土記』の校訂について、三つの原則をたてたひとつの立場を示している。[1] もっとも、『播磨国風土記』は、平安末期の書写とされる三條西家本が唯一の伝播祖本であり、異なる系統の写本がないという孤本である。橋本氏は、孤本の本文校訂の問題が比較検討する写本がないために校訂結果を確認できないことにあるとして原則を示しているのであるが、現伝する写本が原本でない限り本当の姿は確認できないのであり、その意味では、氏の提示した原則は、底本や他の写本との校合を行ったうえでの、古典の校訂全般に通じる一案と広域に考えることもできると思われる。その原則は以下のとおりである。

（原則1）文法的破綻のない本文は、それを尊重して改変しない。たとえば、①および②に挙げた本文など。

（筆者注：①と②は用例を示しているが、これについては後述する。）これらは三条西家本のまま訓釈する。

（原則2）文法的な破綻があったりどう考えても誤脱があると思われる本文は、内部徴証や上代の他文献を参考にして最小限の校訂を施して訓釈する。

（原則３）解読が困難な本文は、校訂せず訓釈を保留する。

そして、「これらの原則は、ある意味ではごく当たり前の考え方であり、それを原則などという大袈裟な言い方をする必要はないともいえる。しかし、当国風土記の諸注釈書を改めて確認してみると、同一の基準によって校訂されていないと判断せざるを得ない例があることはすでに指摘した通り」であるという。

ここで、橋本氏が示している用例①と②を再検討してみる。

①は、飾磨郡小川里条の「品太天皇………。云、彼何物乎。」という三條西家本の本文に、圏点を付した「云」に「勅」を補い「勅云」とするか、写本どおりとするか、という問題である。

②は、飾磨郡漢部里条の「所㆓以阿比野㆒者」という三條西家本の本文の「所㆓以」の後に「称」を補うか、そのまま写本どおりとするか、という問題である。

橋本氏はいくつかの注釈書を比較しているが、①も②も原文のままとしているものもあれば、文字を補っているものもある。氏が比較した注釈書のうち、本書で校訂本間の比較をした新全集本と大系本とをピックアップし、さらに、神道大系本の当該箇所を確認することとする。

①については、写本のままとしているのが新全集本のみで、「勅」を補ったのが神道大系本と大系本である。この天皇の発話に関わる部分について橋本氏は、『播磨国風土記』は天皇の発話を導入する場合は、通常「勅云」と記されることを述べつつ、当国風土記冒頭部分と神前郡蔭山里条の「仍云、磨布里許」を挙げ、天皇の発言である妥当性があるにも関わらず原文に「勅」がなく、注釈書には「勅」を補うものもあれば原文のままとするものもあることを指摘し、内部徴証による本文校訂も絶対的とは言えないと述べる。

確かにその通りであるが、これら三つの部分—①と冒頭部分と神前郡蔭山里条の部分—の校訂について、本書で挙げた三つの校訂本をもう少し丁寧に見てみたい。

まず、新全集本は①と神前郡蔭山里条の部分を写本本文のままとし、冒頭部分のみ「勅」を補う。そして、「勅」を補った冒頭部分に関して次のように述べる。

底本「勅」字がない。賀古の郡の記事に「勅云」が七例あり、「云」だけの例がないのにより、補う。主格は、当風土記で狩りの伝承八例中、確実な主格七例すべてが品太天皇（応神天皇）であり、「望覽」の用語例からも、品太の天皇とすべきである。

ここで重要なのは、「賀古の郡の記事に『勅云』が七例あり、『云』だけの例がないのにより補う。」と説明していることである。賀古郡の記事中にある「勅云」と「云」に注目し、同じ賀古郡の記事であることを述べ、さらに冒頭部分が品太天皇であると推測できる理由を二つ述べている。このことは、①と神前郡蔭山里条の部分を底本の本文のままとする校訂と齟齬があることにはならない。つまり、賀古郡内においては改訂する強い根拠を示し得るが、その他の二つの部分は賀古郡内のものではなく、賀古郡内の「勅云」ほど強い根拠を持たせられなかったため、同じように改訂することができなかったのではないかと考えられる。

次に、神道大系本についてであるが、当該校訂本は底本を日本古典全書『風土記』（以下、全書本という。）を用いている。全書本を底本として選定したのは、全書本は「三条西家本を底本とし、諸本を博捜して異同の指摘が懇切丁寧であり、校訂は出来るだけ原形をとどめることを旨として、優れている」からである。①については、底本である全書本がそのままとしているところを「井上通泰氏説ニ従ヒ補フ」として「勅云」と改訂し、冒頭部分と神前郡蔭山里条の部分は全書本が底本のままとしているところをそのまま支持し「云」のまま本文とする。

新全集本の冒頭部分のように詳しい説明はしていないが、校訂者である田中氏が底本に選定した校訂本や、さらには前章で確認できたことから判断して、神道大系本は底本となる写本を尊重する姿勢が強いことに間違いはない。その点を念頭に置いて先の結果を勘案すると、①は内容が品太天皇の言葉として違和感なく理解できるため井上通泰説を取り入れ、冒頭部分については、「勅」を補う井上説を取り入れず底本どおりとしたのは、三条西家本の冒頭が欠けているため、用例部分の主格が天皇であるかを厳密には確認することができないことによる判断であろう。また、神前郡蔭山里条の部分については、底本の全書本の訓みは天皇の発話としない理解であり、神道大系本もその本文理解をしているため「勅」を補わず「云」のままとしたのである。

最後に、大系本はすべて「勅云」と改訂する。

以上、三校訂本の内容を確認すると、この部分についての各校訂本の校訂態度は一貫していると言える。橋本氏が『播磨国風土記』の諸注釈書は「同一の基準によって校訂されていないと判断せざるを得ない例がある」と指摘するのは、校訂そのものに対する共通基準のことを指す。共通の校訂基準となるものを設けることができれば、より共通した古典の原文復元ができるであろうし、より客観的な校訂ができそうにも思えるのであるが、しかし、そういった共通の校訂基準を考える前に、各校訂本の校訂姿勢や態度が正しく理解されることが必要なのではなかろうか。共通の同一基準によって校訂されていない例として橋本氏の示す箇所での個々の校訂者の判断はそれぞれに納得ができるものである。

前章の繰り返しになるが、校訂者が判断することは、底本を採択することも、副本や校合本を採択することも、先学の見解、或いは近年の新見解を採択することも、校訂者自身の新見解を提示することも、その全てが含まれる。その意味では校訂された全本文は校訂者によって再現された本文であり、だからこそ、校訂本を含んだ注釈書が著者の研究の集大成となるのもこういった側面があるからである。

風土記の原本が伝来されない以上、復元本文の確定はできないことは自明である。しかし、本文研究は古典の基礎的分野であり重要な基幹部分であるがために、かねてより個々の校訂者が精力的に取り組んできたのであり、本文理解を含んだ校訂は校訂者の微妙な判断が本文校訂へ影響を与えることになる。それは、一点においてでも見解の相違があれば同一にすることができない、繊細で尊いものである。前章によってより明確にその点を指摘することができたと考えるが、その実態を基に考えれば、校訂そのものに対する基準を設けることは、結果として校訂者の風土記に対する解読を規定することに繋がる危険を孕むと言えよう。橋本氏の提示した三原則は孤本における本文校訂に限定しているものの、結果として校訂者の解読を制限してしまうことになるであろう。

ただ、同氏が大舘真晴氏の論考[2]を援用し、三條西家本の文章の不備は「この写本に原本から逸脱した誤脱が多いこと直結しない可能性を考えてみるべきではないだろうか」という指摘は、写本文字を尊重することを指しており、それは校訂における底本尊重の基本的姿勢に繋がるものであり、そういった校訂態度の大切さを再認識することにもなろう。底本尊重の姿勢をとるというあり方は、前章で指摘した現行校訂本の姿勢と同じくし、重要である。

二　神道大系『肥前国風土記』を事例として

前章で比較した数種の校訂本において、校訂根拠や諸本との点検を進めるなかで、その校訂方法や校異のつけ方にしばしば戸惑うことがあったが、筆者が感じた戸惑いは、校訂結果は最終的には校訂者自身の独自の価値判断で行われるという実情に起因するものであると考えられる。こういった現象は、校訂には判断に苦しむ微妙な問題が内包されているという証左でもあろう[3]。本節では、校訂に関わる校異のつけ方について、神道大系本『肥前国風土記』を事例として考えてみたい。当該校訂本を取り上げるのは、前章の最後に記したように、校訂者である田中氏が古典校訂に関する問題点を指摘し、新しい提案を示しているからであり、校異のつけ方についても以下に記すように守るべき点を示し、校訂に対する確固とした考えを示しているからである。

校異について述べる前に、まず、『肥前国風土記』の写本について簡単に触れておく。現在最も古い写本は猪熊本である。猪熊本は、故猪熊信夫氏旧蔵の古写本で、井上通泰氏によって世に紹介された。奥書には「校合了」とのみ記され、書写年等不明であるが、昭和三十年に平安時代のものとして国宝に指定される。(4) 書風から、平安時代後期とも、(5) 南北朝時代以前或いは鎌倉時代とも、(6) 鎌倉時代後期とも言われる。(7) いずれにしても現存唯一の古写本である。

また、南葵文庫本（以下、南葵本と略称する。）は、東京大学附属図書館南葵文庫所蔵で、

元禄十三年歳次庚辰冬十二月初五日以
曼殊院旼藏之本書於高野村蓮華寺
法印實觀

の奥書があり、現伝本のなかで最古の年代（一七〇〇）を伝える。奥書に記される曼殊院本は現存するかどうかは未詳であるが、井上通泰氏と秋本吉郎氏によれば、曼殊院本は猪熊本と同一本であろうと言われる。(8)(9)

『肥前国風土記』を校訂する場合、写本ではこの二本が重要で必ず底本か校合本に使われる。神道大系本は底本を平田俊春氏校訂の「校本肥前風土記」とする。(10) 神道大系本が底本とする「校本肥前風土記」と神道大系本そのものの凡例等から校異に関わる部分を抽出すると以下のとおりとなる。

・「校本肥前国風土記」（平田俊春氏校注）

「一　この校本は猪熊本を底本とし、南葵文庫本を副本として作製した。（中略）この兩本の異同は『…トア

リ』として、出來るだけ詳しく揚げた。」

「二　他の諸本は南葵文庫本を源流とし、これを考訂して次第に出來たものであり、傳本といふより、考異と云ふべきものであるが、前記兩本は誤脱が多いので、參考すべき點も尠くない。その際は出來る限り、源流に近い系統の本に從つて校訂し、また參考とすべきものは「……ニ作ル」として掲げた。」

「三　今日行はれてゐる本は、すべて板本を基にしてゐるが、これは諸本の考訂を混合して出來た不純なものなので、この本のもつ特殊な點を參考として掲げた外は、原則として用ひないこととした。」

その他、「頭註にあげた諸本」として、底本・副本以外に、井上本・榊原本・京大國史研究室本・無窮會本・京大圖書館本・圖書寮本等の写本や板本、肥前風土記纂註等の注釈書にわたる十三本が挙げられている。

・神道大系『肥前国風土記』（田中卓氏校注）

「一、「底本」には『校本肥前国風土記とその研究』所収の平田俊春氏の校訂本を用いた。（下略）」

「二、比校本としては猪熊氏本（猪本）・南葵文庫本（南本）・荒木田久老校本（板本）を用いた。」

「三、秋本吉郎氏は、諸本の系統図において平田氏と説を異にし、（中略）『日本古典文学大系』所収の同氏の校訂本（秋本氏本）は常に参照させていただき、異同を明らかにすることに努めた。」

「五、底本及び諸本の異体もしくは通用の文字は、特別の場合を除き、神道大系の通則に従い、正漢字とした。」

では、以下校異のつけ方を検討してみたい。校異のつけ方については、田中氏が実例を示しながら詳しく説明され、留意点として以下の二点に触れる。(11)

1　底本を改める場合、その典拠を明示する。その場合、「諸本による」や「諸本に従ふ」や「諸本のままに従ふ」ではなく、所拠の本を挙げる。

2　字体の変化や誤写の可能性を示すような場合は、底本通りの文字を示す。

1の底本改訂の所拠は最重要事項である。2は、校訂者の文字認識による改訂は、底本の字体に沿ったものであることが重要であることを示すと同時に、何より底本の文字を尊重することの重要性を示唆している。2については、氏は「小さいことのようですが、校訂としてはそういうことが大事になってくる」と述べる。[12]

同氏の底本選定方法（前章「三」参照。）から考えると、底本を最善の校訂本とする場合、選ばれた最善の校訂本（仮にAとする。）が底本とする本―多くは古写本―の文字を改め、さらに、そのA校訂本を底本とした次の校訂本（仮にBとする。）が、その改訂を支持することはしばしばある。つまり、（古）写本の文字をA校訂本が改め、A校訂本のその見解をB校訂本が支持して受け継ぐ場合である。この場合、底本を改定するわけではないので、先にあげた校異のつけかたの留意点「1」には当てはまらない。しかし、伝本のなかで最も信頼できる（古）写本の文字からは改訂されているのであり、その理由を理解しておくことは古典の正しい認識と解釈のためには必要であろう。この見地にたつ時、最善の校訂本を底本に選定する場合、校異としてその点も示されることは有用であると考える。

神道大系本の校異をみると、そのような箇所については、記載のあるところもあればないところもある。以下に『肥前国風土記』の冒頭部分から当該箇所を校異注番号とともにそのまま掲げ、次に神道大系本が底本とする平田俊春氏校訂本（以下、平田本と略称する。）の校異を示す。なお、神道大系本本文をまず記す。（割注は〈〉でくくる。返り点は略す。）

〔神道大系本本文〕

肥前國

郡壹拾壹所。〈鄕七十、里一百八十七。〉驛壹拾捌所。〈小路。〉烽貳拾所。〈下國。〉城壹所。寺貳所。〈僧寺。〉

肥前國者、本與肥後國合爲一國。昔者、磯城瑞籬宮御宇御間城天皇之世、肥後國益城郡朝來名峯、有土蜘蛛打猴・頸猴二人。帥徒衆一百八十餘人、拒捍皇命、不肯降服。朝庭勅、遣肥君等祖、健緒組伐之。於茲、健緒組奉勅、悉誅滅之。兼巡國裏、觀察消息。到於八代郡白髪山、日晩止宿。其夜、虚空有火。自然而[11]燎、稍〻[12]降下、就此山燎之。時、健緒組、見而驚恠、參上朝庭、奏言、臣、辱被聖命、遠誅西戎。不霑刀刃、梟鏡自滅。自非威[14]靈、何得然之。更擧燎火之狀奏聞。天皇勅曰、所奏之事、未曾所聞。火下之國、可謂火國、卽擧健緒組之勳、賜姓名曰火君健緒純[16]。便遣治此國、因火曰火國。後分兩國、而爲前後。

又、纏向日代宮御宇大足彦天皇、誅球磨・贈於而、巡狩筑紫國之時、從葦北[22]火流浦、發船幸於火國。度海之間、日沒、夜冥不知所著。忽有火光、遙視行前。天皇、勅棹人曰、直指火處。應勅而往、果得著崖。天皇下詔曰、火[24]燎之處、此號何界。所燎之火、亦爲何火。土人奏言、此是、火國八代郡火邑[26]也。但不知火主。于時、天皇詔群臣曰、今此燎火、非是人火。所以號火國、知其爾由。

〔神道大系本校異〕

11而―猪本・南本ニ缺ク。底本「肥後國風土記逸文ニヨリ補フ」トス。
12〻―猪本・南本「之」ニ誤ル。
14威―猪本・南本「滅」ニ誤ル。
16純―猪本・南本「鉇」ニ作ル。
22北―猪本・南本「比」ニ誤ル。
24火―以下「土人」マデ十八字（猪本一行分）、猪本・南本脱ス。底本「肥後風土記逸文ニヨリ補フ」トス。
26邑―猪本「色」ニ作リ、南本缺ク。

11と24は底本の所拠を示している。

12は、平田本に「原『之』トアリ　京本ニヨリ改ム」とある。

14は、平田本に「原『滅』トアリ　南本頭註及研本ニヨリ改ム」とある。なお、ここの「滅」字は、南葵本は「威」とあり、平田本の記載が正しい。また、これ以前の「滅」字は二字あるが、南葵本はどちらも「威」とある。

16は、平田本に「原『鈍』トアリ　京本ニヨリ改ム」とある。なお、ここは、猪熊本・南葵本ともに「鉇」とあり、神道大系本が正しい。

22は、平田本に「原『比』トアリ　京本ニヨリ改ム」とある。

26は、平田本に「原『色』トアリ　肥後風土記逸文ニヨリ改ム、南本ナシ」とある。

以下、もう少し挙げる。

〔神道大系本本文〕

基肄[1]郡　郷陸所。里一十七。驛壹所。小路。城壹所。

昔者、纒向日代宮御宇　天皇、巡狩之時、御筑紫國御井郡高羅之行宮、遊覽國内。霧覆基肄之山。天皇勅曰、彼國、可謂霧之國。後人改號基肄國。今以爲郡名。

長岡神社〈在郡東〉

同天皇、自高羅之行宮還幸而、在酒殿泉之邊。於茲、薦膳之時、御具甲鎧、光明異常。仍令占問卜部殖坂。奏云、此地有神、甚願御鎧。天皇宣、實有然者、奉納神社、可爲永世之財。因號永世社。後人改曰長岡社。其鎧貫緒、悉爛絕。但冑幷甲板、今猶在也。

酒殿泉〈在郡東〉

此泉之、季秋九月、始變白色、味酸氣臰、不能喫飲。孟春正月、反而清冷、人始飲喫。因曰酒井泉。後人改曰酒殿泉。

姫社郷

此郷之中有川、名曰[12]山道川。其源出郡北山、南流而會[14]御井大川。昔者、此川之西有荒神。行路之人、多被殺害。半凌半殺。于時、卜求祟[17]由。兆[18]云、令筑前國宗像郡人、珂是古、祭吾社。若合願者、不起荒心。覓珂是古、令祭神社。珂是古、卽捧幡祈禱云、誠有欲[21]吾祀者、此幡順風飛往、墮願吾之神邊。便卽擧幡、順風放遣。于時、其幡飛往、墮於御原郡姫社之社。更還飛來、落此山道川邊之田村。珂是古、自知神之在處[26]。其夜夢見、臥機〈謂久都毗枳〉絡垜、〈謂多々利。〉儛遊出來、壓驚珂是古。於是、亦識女神。卽立ㇾ社祭之。自爾已來、行路之人、不被殺害。因曰姫社。今以爲鄕名。

〔神道大系本校異〕

1 肆—猪本・南本「肆」ニ作ル。

12 曰—猪本「田」ニ作リ、右傍ニ「曰歟」ト注ス。南本「曰」ニ作ル。

14 會—猪本「禽」ニ作リ、右傍ニ「會歟」ト注ス。南本「會」ニ作ル。

17 祟—猪本・南本「崇」ニ誤ル。

18 兆—猪本・南本「非」ニ誤ル。

21 欲—猪本・南本「敬」ニ作ル。

26 處—猪本・南本「家」に誤ル。

1は、平田本に「原『肆』トアリ　榊本按ニヨリ改ム、下同ジ」とある。ここは、猪熊本・南葵本ともに「肆」である。

12は、平田本に「原『田』トアリ　傍注及南本ニヨリ改ム」とある。

14は、平田本に「原『禽』トアリ　傍註及南本ニヨリ改ム」とある。

17は、平田本に「原『崇』トアリ　宋本ニヨリ改ム」とある。この字、南本は「崇」だが、運筆により一見「祟」に見える。

18は、平田本に「原『非』トアリ　榊本按ニヨリ改ム」とある。

21は、平田本に「原『敬』トアリ　板本ニヨリ改ム」とある。

26は、平田本に「原『家』トアリ　研本ニヨリ改ム」とある。

何れも、神道大系本は底本とする平田本の文字を改訂していないが、平田本が底本とする猪熊本からは文字が改訂されている。神道大系本の対校本は、猪熊本・南葵本・板本であり、平田本が改訂の所拠に揚げる「京本」や「研本」や「榊本」や「宋本」などは校合に使っていないため、校異に示すことはできない。しかし、総記の11や24のように平田本の改訂の所拠として「底本『〇〇〇』トス」と記してもよいのではないだろうか。

この点は別の観点からみても同様に考えられる。神道大系本は、前掲の校異箇所をみてもわかるように「～ニ誤ル」と「～ニ作ル」の書き分けをしている。字体の近似からの誤写と判断したものは「誤ル」とし、それ以外は「作ル」とする。平田本の校異のつけ方とは異なり、誤写とわかるものとそうでないものを区別したことになる。そうであるならば、誤写と判断しなかったものである「作ル」の箇所だけでも、神道大系本が支持した平田本の改訂理由を「底本『〇〇〇』トス」として明示する必要があるのではなかろうか。

校異のつけ方に関していえば、校合本との校異をどの程度示すのかも校訂者の判断となる。神道大系本の校合本は、先に挙げたように猪熊本と南葵本と板本である。しかし、板本との校異が示されないことが少なくない。前掲した箇所での板本の文字を示すと次のとおりである。

〔総記〕

1 ―板本にない。

12―板本は「〻」。

14―板本は「威」。

16―板本は「純」。

22―板本は「北」。

24―「火」以下「土人」まで、板本は「何謂邑也國人」。

26―板本にない。

〔基肄郡〕

1―板本は「肄」。

12―板本は「曰」。

14―板本は「會」。

17―板本は「祟」。

18―板本は「兆」。

21―板本は「欲」。

26―板本は「家」。

これらのうち、総記の1・24・26と基肄郡26は校訂本文と板本とが異なっているが校異は示されない。また、ここに挙げる校異箇所以外においても板本との異同がある場合があるが、記されないことが多い。

これは、恐らく底本とした平田本の板本に対する考え、即ち、板本の本文は不純なため、特殊な点以外は原則として用いない（前掲した平田本の凡例「三」の記述を参照。）としたのを受け継いでいるからであろう。最善と考える校訂本を底本として、検証を兼ねて諸本と校合し、さらに新しい考訂を加えるという方法から考えると当然のことと言えよう。しかし、平田本が板本をどのように位置付けていたのかは、神道大系本を見るだけではわからず、もとの平田本を見なければならない。神道大系本をみただけでも、比校本としてあげられている板本の扱いがわかるように示されなければ、読者によっては校異も当然示されていると誤解してしまう可能性があろう。神道大系本の板本に対する考えが記されるか、或いは、板本との校異を記すかのどちらかが示されるのがよいのではなかろうか。

『肥前国風土記』のなかで神道大系本を事例として、校異のつけ方についての問題点を挙げた。校訂本の特色をみようと思い調査し始めた当初は、この点検がそれほど難しいこととは考えていなかった。そして、進めるうちに、特色を知るためには各校訂本の方針を正しく理解することが重要であることを改めて知った。しかし、多くの校訂本が凡例で記していることは必要最小限のことに留まり、その先はやはり校訂者による独自の方法―判断と言ってもよい―によっているのである。新全集本の校注者である植垣節也氏はその凡例で次のように記す。

　底本はできるだけ尊重したが、対校本および先学の説・私見などにより、文字を改めた場合がある。その校訂は最も時間を要した検討の結果に基づくが、紙幅の関係で詳しい校訂経路を掲げられなかった。ご海容たまわりたい。（圏点は筆者）

必要最小限の表記に留まらざるを得ないのは、出版物としての方針が絡むこともひとつの要因であろうが[13]、「最も時間を要した」校訂経路が記されないのは残念な限りである。

改訂本文を示す校訂経路さえこのような状況に置かれることがあるのだから、校異を詳しく示すことはなおさら省略されることになりやすいであろうが、風土記の基礎的研究のさらなる構築のためには、校異の示し方に対する共通の認識を深め、配慮がなされていくことが望まれよう。

（注）

（1）『風土記研究の最前線』新人物往来社、二〇一三年三月、五六～六五頁。
（2）「三条西家本播磨国風土記の字体をいかに理解するか」（『風土記の表現』所収、笠間書院、二〇〇九年七月）
（3）校訂者による独自の価値判断に含まれる内容は多岐にわたる。そのひとつに乾善彦氏は、「文字の異同あるいは通用—万葉集の校訂をめぐって—」（『萬葉』一四〇号、一九九一年一〇月、五二—六六頁）において、文字認識のあり方から本文校訂のあり方を考える必要性について説いている。
（4）文化庁国指定文化財等データベース（http://kunishitei.bunka.go.jp/bsys/index_pc.asp 二〇一五年二月一三日閲覧）
（5）田中卓校注『神道大系 古典編 風土記』解題（一九九四年三月）、二一頁。
（6）井上通泰『肥前風土記新考』巧人社、一九三五年一一月、一二頁。のちに『井上通泰上代関係著作集12』（秀英書房、一九八六年一一月）所収。引用は後者による。
（7）沖森卓也・佐藤信・矢嶋泉編著『豊後国風土記 肥前国風土記』凡例（二〇〇八年一月）。本書では「鎌倉時代後期書写とされる」とあるが、そのように明記されたものを管見で知ることができなかったため、本書をあげることとした。なお、日本古典文学大系『風土記』の解説に、豊後国・肥前国風土記が常陸国風土記とともに省略本であることを記した箇所に「…豊後は永仁五年浄阿書写の奥書を最古のものとし、肥前はおよその頃の書写と鑑定せられる猪熊信夫氏所蔵本を最古のものとしているから、常陸と同様に鎌倉後期に省略せられたものの如く推考せられる」とある。本書は、或いはこれによる記述かもしれない。

（8）（注6）に同じ。一三頁。

（9）秋本吉郎『風土記の研究』ミネルヴァ書房、一九六三年一〇月（一九九八年一〇月復刻）五〇一頁。

（10）『校本肥前風土記とその研究』（佐賀県史編纂委員会・佐賀県郷土研究会共編兼発行、一九五一年二月）所収。

（11）続・田中卓著作集3『考古学・上代史料の再検討』国書刊行会、二〇一二年六月（初出は、「古典校訂に関する再検討と新提案」〔『神道古典研究紀要』第三号、一九九七年三月〕）。

（12）（注11）に同じ。一八一頁。

（13）古典を研究していくうえでの大きな問題が、現今のテキストの販売元の書肆の規範切り捨てられていることに対する危惧への言及が、廣岡義隆「古典のテキストについて—文学研究におけるテキスト論—」（『三重大学　日本語学文学』第一七号、二〇〇六年六月）に述べられる。

終章　風土記のテキストの現状と課題

一　はじめに

多数刊行されている風土記の校訂本のうちの代表的ないくつかの校訂本の比較を通して、底本を尊重する姿勢はいずれにも共通していることを改めて確認することができた。校訂のあり方としては当然のことではあるが、特に大系本や、大系本に近い立場で校訂していると言われている新全集本のように、積極的な本文改訂が行われていると言われている校訂本も[1]、底本尊重の姿勢を持ったうえでの本文改訂であったことを確認できたことは、筆者にとってその意味は大きい。なぜなら、一見統一的でないように思われる本文改訂も現伝写本に忠実に向き合い、そして風土記の解読に真摯に対峙した結果のものであると捉えられるからである。現伝する写本を基本とすることはもちろんのこと、江戸期以降の先人の諸研究をはじめ、近年の校訂本等のこれまでの説をも検討しながらも、新たな読解の模索に果敢に挑んだ結果の本文改訂であったことが浮き彫りとなったと言えよう。最新校訂本である山川本『風土記』のように新たなシンプルな校訂本が生まれたのも、風土記研究の進展のために先人たちが積み上げてきた、そのような研究過程と成果があったからこそと解することができよう。

ここで改めて風土記のテキストの現状を振り返り、今後のテキストに望まれることを述べたい。本稿でいうテキストとは原文が掲載されている本をいう。また、古典を読むことについては、廣岡義隆氏によるテキスト論（文献論）の立場からの考察があり、[2] 筆者も賛同している。古典を研究していく立場からは、底本に忠実に原始に近い文字表記を厳密に行うことが大切である。本稿を書くにあたって、筆者にはそういった考えが根底にあることを予め記しておく。

周知のように、現伝している風土記は、常陸・出雲・播磨・豊後・肥前の五か国で、そのうちほぼ完本であるのは『出雲国風土記』のみで、その他は抄本である。もちろんどの国も原本は伝わらない。五風土記の写本のなかで最も古い写本は、平安時代中期から末期の書写とされる『播磨国風土記』の三條西家本（国宝）である。三條西家本は『播磨国風土記』の唯一の祖本で、巻子本である。現在、天理図書館に保存される。同じく国宝に指定されているものに、『肥前国風土記』の猪熊本がある。書写年代はいくつかの説があるが、平安時代のものとして国宝に指定される。

『豊後国風土記』は、冷泉家本が祖本とされ、「永仁五年貳月十八日書寫了　同十九日交了」の奥書があり、一二九七年の写本である。財団法人冷泉家時雨亭文庫に所蔵される。『出雲国風土記』は書写年が明らかなものでは「慶長二年冬十月望前三日　丹山隱士」の奥書のある細川家本が最古である。一五九七年の書写である。『常陸国風土記』は古写本といわれるものはなく、元禄六年（一六九三年）の書写の松下本（大東急記念文庫蔵）や、文久二年（一八六二年）の書写の菅本（茨城県立歴史館蔵）、奥書を欠くが江戸時代中期の書写といわれる武田本（國學院大学図書館蔵）等がある。

上記五風土記のように原本の伝わらない古典は、復元された本文がテキストに掲載される。本文の復元は、写本の中で最もよい善本を底本として選定し、その他の重要な諸本を副本や比校本として校合し、原本本文に近づけるように校訂することによって行われる。本文復元のためのこの一連の研究―どの写本を底本とするのか、校合本にどの写本をどれくらい使用するのか、底本の文字の改訂をどのように考えるのかなどをひとつひとつ吟味する―は、テキストの著者、つまり校訂者によって必ずといってよいほど見解の異なる部分が現われる。そのため、復元された本文が他のテキストと全く同じになることはまずない。また、復元本文以外にも、校異注や内容理解のための注や訓下し文、現代語訳も各本によって異なる。さらに、それらをどのようにテキストに盛り込むかによってできあがる本の体裁も当然違ってくる。時によっては、テキストと注釈の作成が著者の研究成果の集大成としての役割を果たすこともある。風土記という同じ古典の書名でも刊行されている本の中身は実はさまざまあり、同一ではないことが理解されよう。

また、風土記の場合、他書に引用される形で残っている各国の逸文もある。この逸文を掲載するか否か、掲載するならば、奈良時代に撰述された風土記から引用された逸文として認定し収録するにはどこまでを加えるべきか、また、五風土記の残存本文を風土記の本文の中に挿入するか否か等によってもテキストの内容が変わってくる。[3]

ここで、五風土記を収めた風土記のテキストを簡単に振り返ってみたい。六〇年ほどの間で近刊のものから順次以下に示す。

1 『風土記 ―常陸国・出雲国・播磨国・豊後国・肥前国―』

沖森卓也氏・佐藤信氏・矢嶋泉氏の編著で、二〇一六年一月に山川出版社より発行された。これは、二〇〇五年四月に刊行された『出雲国風土記』と同年九月刊行の『播磨国風土記』、そして二〇〇七年四月刊行の『常陸国風土記』、さらに二〇〇八年二月刊行の『豊後国風土記・肥前国風土記』に再検討を加え、索引を付し、合冊して提供されたものである。もともとは、訓読編と本文編と補注からなっていた。訓読も本文も底本の一行分のところで必ず改行し、底本の行頭に通し番号を付けている。

2 角川ソフィア文庫『風土記 ― 現代語訳付き ―』上・下

中村啓信氏の監修・訳注としてKADOKAWAより二〇一五年六月に発行される。上巻に常陸国・出雲国・播磨国が収められ、執筆は、『常陸国風土記』が中村啓信氏、『出雲国風土記』と『播磨国風土記』が橋本雅之氏である。

下巻には豊後国・肥前国・逸文が収められ、『豊後国風土記』と『肥前国風土記』と、山陽道・山陰道・南海道・西海道の国々の逸文が谷口雅博氏の執筆で、畿内・東海道・東山道・北陸道の国々の逸文が飯泉健司氏によるものである。訓読文とともに脚注が付され、その後に現代語訳が示され、最後に本文が掲げられている。

3　新編日本古典文学全集『風土記』

一九九七年一〇月に小学館から刊行され、五風土記は植垣節也氏によるもので、逸文は廣岡義隆氏が執筆する。見開きページの中段右側に本文、左側に訓下し文を示し、下段に現代語訳、上段に注解を施している。逸文は、項目ごとに、まず訓下し本文を示し、次に原文を載せている。もちろん、上下段には頭注と現代語訳が記される。

4　神道大系古典編『風土記』

田中卓氏による校注で、神道大系編纂会より一九九四年三月に刊行される。訓読文や語釈、現代語訳はなく、五風土記の校訂本文と諸本の異同を示す研究者向けのテキストである。逸文については、常陸と播磨の確実な逸文のみを収め、それ以外はすべて割愛する。

5　日本古典選『風土記』上・下

一九五九年一〇月朝日新聞社より発行された日本古典全書『風土記』上・下を、一九七七年五月に日本古典選『風土記』上・下として新装して再刊されたものである。五風土記と逸文を掲載する。『常陸国風土記』と『播磨国風土記』は久松潜一氏が校注したものに小野田光雄氏が再訂・補考を加える。上巻の『豊後国風土記』と『肥前国風土記』は秋本吉郎氏の協力のもと久松氏が校注したものに小野田氏が再訂を加える。下巻の『出雲国風土記』は、本文・頭注ともに小野田氏が草稿を作成し、久松氏が補訂する。逸文は久松氏の草案のもとに小野田氏が作成し、さらに久松氏が補訂する。凡例に「原文決定の由來を示し」とあるように風土記本文の校訂がよくわかる。本文と読み下し文を交互に掲げる。

6　日本古典文学大系『風土記』上・下

　秋本吉郎氏の校注で、一九五八年四月に刊行される。五風土記と逸文が掲載される。校訂に関する注は、五風土記については頭注から分けて脚注に記している。右頁に本文、左頁に訓読文を載せる。風土記のテキストとして広く流布している。

新全集本のように現代語訳が付けられているものは、本の企画意図から考えると一般の読者を想定した本である。一般向けに企画出版されているという点では文庫本も同様である。執筆にあたって、著者は最新の研究内容をでき得る限り反映させようとするが、一般向けの出版物は最新の内容を盛り込むのには制約が大きく、泣く泣く原稿を割愛せねばならないことも起こるであろう。その点を勘案すると、上記六冊のうち明らかに研究者のみの読者を対象としたテキストは、1・4・5・6番の四冊といえよう。研究のためのテキストが今年（筆者注：執筆当時）に入って出版されたことは、近年のテキスト出版の流れをみると風土記研究のひとつの節目となるように思える。しかも、前年には角川ソフィア文庫の現代語訳付きのものが出版され、立て続けに風土記の本が上梓されている。この両者を合わせると研究者から一般までの幅広い層の読者層をカバーしていることになる。

二　山川本『風土記』について

最新の刊行である山川本の特徴を他のテキストにも触れながら述べていく。

山川本が持つ最も顕著な特徴は、本文や訓読文を提示する形式にある。各国風土記とも、まず本文より先に訓読文が示されている。訓読文をまず示すことについての意図は明記されていないが、あとがきには次のように記載されている。

風土記については、これまでにも幾多の注釈・研究が積み重ねられてきたが、後世的知見にもとづく校訂もあり、必ずしも十全な本文が提供されてきたとは言いがたい。本書は、各風土記の最善の写本にもとづいて、恣意的な改変を避けながら、諸写本を検討して信頼できる本文を示すとともに、奈良時代語による訓読文を復元し、総ルビを付して読解の便宜を図った。

復元された本文があっての訓読文であるということは、万人の承知するところであり、山川本の凡例の第一にも、「五風土記について、それぞれの最善の写本を尊重した本文を校訂して示し、奈良時代語による訓読文を復元して提供する」とある。にもかかわらず、本の構成として訓読文をまず示すのは、復元本文と訓読文に対する著者らの新たな認識によるものと推察できよう。ここでは、復元された本文よりも訓読文をまず提示するという新たな体裁がとられているという事実のみを特記しておく。

さらに、形式上の特徴を挙げよう。それは、訓読文も本文も底本の一行分のところで必ず改行し、底本の行頭に通し番号を付けていることである。底本の配行を基準とした通し番号をつけるということは、一見何気ないことのように思えるが、テキストとして果たすその意義は大きい。

それは、通し番号が付されていることによって、原典となっている底本の写本の姿に常に思いを致すことができるからである。古典には必ず原典がある。活字におこされて出来上がった本ばかりを見ていると、この原典をともすると置き去りにしてしまう可能性も孕んでいる。特に学生のような若者の場合、今見ているその活字の文面が風土記そのものであるという錯覚を起こす可能性があるが、無自覚にそのような認識が行われてしまう可能性のある世界から、常に、底本の写本が原点となっていることに思いを致すことができるという点で、これまでのテキストとは全く一線を画すものであると言える。

この点をもって言えば、今後古典のテキストが向かうべき方向が示唆されているともいえよう。たかが通し番号であるが、このテキストが学界の共通のテキストとなるならば、国名と番号を示せばどの部分の本文を問題としているかが一目瞭然となり、研究の便宜が図れよう。

上代文学において通し番号を付けることによって研究の便宜が図れた最初のものは、萬葉集につけられた国歌大観番号である。松下大三郎氏らによって一九〇一年～一九〇三年に刊行されて以来、これによらない注釈や研究はない。番号を示すだけでどの和歌なのかが理解されることの利便性は計り知れない。

これに倣って日本古代史研究の分野では、神道大系『新撰姓氏録』[4]に載っている一一八二氏に対して通し番号を振っている。この姓氏録番号は、田中卓著作集第九巻所収の「新校・新撰姓氏録」[5]の本文にも付され、同時に本系の文の「同祖」「同氏」と記された氏姓にも付けられ、利用者の便宜を計っている。新撰姓氏録の校訂本は佐竹有清氏の『新撰姓氏録の研究　本文篇』[6]が流布しているので、この録番号は論文や注釈書にあまり記されていないようであるが、研究の利便性が高いことは、誰もが認めていることであろう。

ところで、山川本の校訂方針は「底本をできるだけ尊重し、原文の様態を復原するよう努め」[7]ることであり、先に示したあとがきにも「最善の写本にもとづいて、恣意的な改変を避けながら」、「信頼できる本文を示す」とある。五風土記のうち『常陸国風土記』の底本は菅本（茨城県立歴史館蔵）であるが、『常陸国風土記』については拙稿に「常陸国風土記四本集成（上）・（中）・（下）」[8]があり（本書第一部第二章所収）、これは菅本の一行分を基準として作成しており、下部に通し番号を振っている。さらに、山川本の『常陸国風土記』の校合本には拙稿が集成した諸本がすべて含まれ、その姿も一見してわかる。今後の風土記研究に、四本集成が役立つことを願わずにはいられない。

校訂本における底本尊重姿勢については、第二部において指摘したところであるが、山川本も底本を尊重することに変わりはない。変わりないというよりはむしろ、山川本の校訂方針で決定される本文の復元のしかたについては大きな特徴がある。山川本のあとがきには「あるべき本文や解釈を随所に示すことができたものと自負している」と記される。あるべき本文とは、山川本の言葉を借りて表現すれば、「最善の写本にもとづいて」、「底本をできるだけ尊重し」、「恣意的な改変を避けながら」、「原文の様態を復原するよう努めた」結果できた「信頼できる本文」ということになろう。

ここでいう原文とは、奈良時代に作られた風土記そのものの原文ではなく、最善の写本の本文で可能な限り訓むことのできる文のことを指すと理解できる。この理解が正しければ、山川本が訓読文を先に掲載する構成をとっているのは、底本に記されている写本の本文で、いかに訓読できるかを最優先に考え、校訂した結果なのであろうと推察できる。恐らく、そうして導かれた文が奈良時代の風土記原文に最も近いとの考えから行われた校訂方法ということであろう。これまでにない新たな試みであることは特筆されよう。

惜しむらくは、底本の文字を改訂する場合の校異や校訂経路が簡略なことである。一口に「文脈などによって」[9]校訂すると言っても、校合に用いた刊本にこれまでの注釈書を取り入れているのであるから、少なくとも採用した注釈書を明記する親切さがあってもよいのではなかろうか。

校訂に関しては、二〇一五年に発刊されたソフィア文庫『風土記』も、古い写本が底本となっている『出雲国風土記』と『播磨国風土記』については「可能な範囲で底本の形態及び字体を尊重して活かすことに努めた」[10]とある。しかし、校異の注記はないため、底本や諸本と本書を校合しないとその生かされた形態や字体はわからない。因みに、その他の三つの国の風土記の校訂は、「可能な範囲で旧態を求める努力をした」[11]とある。

近刊の両書に共通する校訂態度は、底本として選んだ写本を尊重しているということである。もちろん、同じ「尊重」といってもそのあり方の実態は同一ではないが、ここでは第二部同様に校訂の基本姿勢としての共通性を指摘しておきたい。

次に、底本からの本の改訂や異同の示し方について言えば、4の神道大系本が顕著な特徴を示している。校異注を、底本を校訂する場合に示すことを原則としている山川本とは対照的である。神道大系本の校訂については、第二部で記したように田中氏が持論とする独自の見解によった方法で行われている。氏の独自の見解とは、底本の選定のしかたと諸本の異同の示し方にある。即ち、現行の校訂諸本のなかで最も優れたと思われる校訂本を底本とするということと、諸本に異同のある字句と底本を改訂した字句とを一目瞭然に判別できるように「○」印と「●」印を使って区別することである。校訂の慣習をあえて退けた方法を採っているが、多くの古写本を実際に閲覧し、古典の校訂に関与された著者の経験と学問への真摯な姿勢から導き出されたひとつの見識である。底本に選ばれる側から言えば、最も優れた校訂本として選ばれたとしても、校訂者としては自分が作成した校訂本が、後に他の研究者による校訂本作成のための言わばたたき台になるような底本として使われることに快く承諾することは、容易なことではないだろうとの推察は想像に難くないが皆快諾をされている。新しい校訂のあり方を打ち出し実行された田中氏とともに、神道大系本の底本になることを快諾した諸本の著者らに心からの敬意を表したい。校訂本どうしの相違を明示し、本文批判を中心とした研究のための校訂本が神道大系本である。なお、研究者向けのテキストの校異の示し方については第二部で触れている。

本文改訂について山川本と対照的なのが、6の大系本である。大系本は、例えば『常陸国風土記』の校訂で「近世唯一の校訂板本である西野宣明の訂正常常陸国風土記の本文が殆どそのままに踏襲せられている現況を打破するに努めた」[12]と記されることからもわかるように、積極的な意改が見られ、その姿勢は山川本とは異なる。（ただし、大系本は第二部で示したように、底本尊重姿勢を持ちつつ改訂を行っている。）また、校合や改訂の経緯は、五風土記は脚注に、逸文は頭注に丁寧に記される。5の日本古典選『風土記』の初版である日本古典全書『風土記』も凡例に記しているように「原文決定の由来を詳記」している。このようなあり方は、校異注を、底本を校訂する場合に示すことを原則としている山川本とは対照的である。尤も、山川本は、これまでの注釈や研究に対して「必ずしも十全な本文が提供されてきたとは言いがたい」[13]と考えることから出発し完成された「共同研究」[14]の成果であるので、従来、本文テキストとして利用されることが多かった大系本と対照的な姿を呈しているのも当然といえば当然である。

そして、山川本がそういったシンプルな校異の示し方をとるに至ったのは、「最善の写本を尊重した本文を校訂」[15]することを第一の方針とした校訂態度から導かれたものであると理解できよう。「新しい研究成果を反映」[16]させた著書であるので、従来との違いを明確にするためにも、何を記載すべきかの検討を重ねた結果、シンプルな校異注となったと理解する。しかし、際立ったシンプルさがあるからこそ、各風土記単位で地道に進められ、積み上げられ、また果敢に挑んできた近世以来の諸注釈書や校訂本の存在を忘れてはならない。

三　復元される本文

山川本の校訂方法についてさらにつけ加えるならば、原文の復元を行う場合に、何を目指して復元するのかという根本的な問題をも提起している点である。つまり、風土記の書かれた奈良時代の原文そのものを目指して復元しているのか、伝播祖本の本文の復元を目指しているのか、底本の本文そのものを読めるように復元しているのか、ということである。本文復元のためのこれまでの校訂は、上記のそれぞれを個別のものとしてではなく、一連のものとして理解して行われてきたでのではなかろうか。恐らく、底本の本文を理解できるように、訓めるようにすることを通して伝播祖本の姿を考え、さらに伝播祖本のその姿を通して奈良時代に成立したもともとの原文を考えるのが、校訂者の頭に描かれていることだと思われる。そういった見方で考えるならば、山川本は現在見ることのできる写本に忠実であることに重点が置かれた校訂で、写本本文を読めるようにしたと言える。[17]

一方、現伝写本にない文を逸文から校訂本文に再建したものに、2のソフィア文庫『風土記』がある。卜部兼方の『釈日本紀』と仙覚の『萬葉集註釈』に引かれた逸文を「本文校訂の結果、本文として復原されるされるべきものとの判定により、原型の在るべき位置に戻す試みをし」ている。[18] 校訂本ではないが、角川文庫『風土記』[19] も訓読文において逸文を風土記本文に編入している。また、ソフィア文庫本は『常陸国風土記』の新治郡記事から第二項の文を取り外して、新たに「白壁郡」をたてる校訂をしている。[20]

復元する本文をどのように考えるかということは、本文復元を目指す校訂にとっては重要な問題である。目指していることは同じであるが、その実態は校訂者によって異なる。その違いが即ち校訂者の考えであるが、山川本の出現は、これまでに内在していたであろう風土記の校訂に対しての問題提起がなされたと言えよう。

また、風土記の本文の再建においては、逸文のなかの残存本文を一異本として扱い、さらに逸文所収文献の影印本等による確認を通して本文の原姿を求めることの重要性も説かれる。[21]

ところで、このたび八木書店より『新天理図書館善本叢書 第一巻 古事記道果本 播磨国風土記』(二〇一六年二月)が発刊された。これにて、第一期の「国史古記録」の全六巻が完結した。収められている播磨国風土記の古写本は現在国宝に指定され、これまでに古典保存会による和綴じの影印本(一九二七年三月)や、『天理図書館善本叢書 和書之部 第一巻(古代史籍集)』(一九七二年七月)が刊行されていたが、今回はカラー版であるので、どのような巻子本であるのか等状態がよくわかり、研究者にとってはたいへんありがたい。ただ、古典保存会影印本では確認できた文字が今回のカラー版では判読困難になっているものがあり、それらのうち主な一六か所については解題のなかで示されている。[22] こういったことを対比させて見ることができると、古典を保存し後世に伝えていく重要さを改めて認識することができる。近年の印刷技術の進展に伴い、より原典の写本に近い姿での影印本の刊行が盛んとなりつつあり、写本文字を基本とする研究環境が整うのは喜ばしいことである。八木書店では第二期として「古辞書」の刊行が予定されている。

四　望まれるテキスト

影印本のこういった現況と本稿で述べてきた風土記のテキストの現状を合わせて考えると、古典を伝えるために望まれる姿が見えてくるように思われる。

それは、一つは、現今行われている影印本の刊行が古典の伝承に大きな役割を果たすであろうということである。影印本は古典の基礎的研究にとっては必要不可欠のものであるが、研究のためだけでなく、古典のありのままの姿を広く一般の目に触れるようにすることができるという点においても大いなる価値がある。現在出版されているテキストが示すことができるのは、活字におこされた古典の内容であり、今に伝わった古典そのものの姿ではない。筆によって書かれたその当時の言葉と文字が、人の手によって写されては伝えられ、幾時代をも経て今に伝わったのが古典と呼ばれるものであり、個々の写本はこの世でたった一つのものである。何千何万部と印刷をする今の出版事情とは全く違う。そのたった一つの写本に認められた筆の文字を広く一般に容易に見ることができるような環境が作られることは、古典本来の姿を自然と認知し、日本民族の文化・精神遺産としての古典を享受しやすくなることに繋がるだろう。若い世代の目にも触れられるような環境となればさらに受け入れやすくなり、若者の古典に対する受け止め方も変わってこよう。山川本の表紙が古写本のカラー写真を掲載しているのは、写本の姿を広く目に触れる機会を作ったと言える。こういったことが、国民全体で古典を後世に伝えていくことに繋がっていくのではなかろうか。

もう一つは、研究者向けのテキストと一般向けのテキストをもっと明確に分けることはできないだろうか、ということである。例えば、新全集本は読者層を一般にも広げ、見開き二ページに本文・訓み下し文・現代語訳・頭注を載せる形式で作られているため、紙幅の都合で本文文字を改訂した場合の校訂経路が示されないなど、研究のためのテキストとしては残念な形にならざるを得ない。著者の最新の研究成果が盛り込まれた内容が含まれるにもかかわらず、出版事情によって研究成果の全容を提示できないのである。これは文庫本も同様である。それを解消するには、研究を目的としたものと古典に親しむためのものとを分けることが必要ではなかろうか。同じ著者であっても狙う読者層が異なれば、自ずと本に盛り込む内容が異なる。妥協点を見つけて両者の要求をできる限り満たそうとしている現状から、求められる内容が本来異なる両者を完全に切り離したテキストが望まれよう。

先に山川本は研究者向けであると記したが、それでも字体については、旧字は新字に改める、俗字・異体字の類は通行の字体に改める、という方針でできている。出版される校訂本は、同様な校訂方針をたてることが多いようであるが、字体についても今後はさら研究が深められていくであろう。例えば、写本の字体が尊重されるべきことについては、第二部でも触れたが、大舘真晴氏が、播磨国風土記の三條西家本の字体を木簡や正倉院文書などの表記例と比較して、風土記の編纂当時の文字遣いが残っている可能性が高いことを指摘している。[23] 三條西家本は平安末期の古写本で現存写本唯一の祖本である。この古写本と、近世の書写が多い風土記の他の写本と同列に扱うことはできないが、写本の文字の重要性を再認識させられる論文であり、復元本文をテキストにどのように提示するべきかという問題を提示している。今後はそういった研究成果を反映させた研究者向けのテキストが求められてこよう。

一方、一般向けの本はそのようなことはすべて簡略統一して、読者にわかりやすく、親しまれるように工夫すればよい。そして、この対極にある両者を結び付けるものとして、実態としての影印本の存在が重要となろう。(24) 願わくば、影印本がもっと一般の目に触れやすくなる状況ができ、国民の古典に対する意識が高くなれば嬉しいことこのうえない。

(注)

(1) 例えば、橋本雅之氏は『風土記研究の最前線』(新人物往来社、二〇一三年三月)の「三條西家本『播磨国風土記』の問題点―孤本の本文校訂―」において、「新考(筆者注:井上通泰『播磨国風土記新考』をさす。)と大系本は、内部徴証に基づいて積極的に本文を改訂する立場をとり」、「全集本(筆者注:本書でいう新全集本をさす。)は大系本に近い立場で校訂をしている。」と述べる。(五八頁)

(2) 廣岡義隆「古典のテキストについて―文学研究におけるテキスト論―」(『三重大学 日本語学文学』第一七号、二〇〇六年六月)

(3) 廣岡義隆「風土記の『残存本文』について」(『三重大学　日本語学文学』第一七号、二〇〇六年六月)に、残存本文の定義がなされている。

(4) 神道大系 古典編六『新撰姓氏録』神道大系編纂会

(5) 田中卓著作集9『新撰姓氏録の研究』(国書刊行会、一九九六年九月)。田中氏は、同書所収の新撰姓氏録の校訂の解説と凡例のなかで、「一一八二氏について新しく一貫番号を振ることにした。これは、万葉集の国歌番号の故知にならったのである。」と記される。

（6）佐竹有清『新撰姓氏録の研究　本文篇』（吉川弘文館、一九六二年七月）

（7）同書の凡例五「本文について」2の項。

（8）「常陸国風土記四本集成」は、集成した四本のうちの一本に、西野宣明が校訂した『訂正常陸国風土記』の板本が含まれる。そして、その校訂本文には、信太郡の初頭に菅政友本を含む三本の写本にない文が四行分ある。四本集成の番号は、その四行にも続けて通し番号を振っている（65・66・67・68）ので、その箇所から菅本の行数番号と四番ずれている。拙稿には「菅本の一行分を基準にして、他の三本はすべてそれに合わせた。」と記しているのに、この箇所にもそのまま続けて番号を振ったのは筆者の至らなさである。64－1・64－2・64－3・64－4というように厳密に番号を振るべきであった。ここに、改めて「常陸国風土記四本集成（上）・（中）・（下）」をお使いいただく際には留意して頂きたいことを申し添えておきたい。そして、浅学の未熟なる点をお詫び申し上げ、風土記の基礎的研究に役立てていただきたいと切に願うものである。

さらに、風土記の四本集成は、植垣節也氏の「豊後国風土記四本集成」が一九八九年二月に『風土記研究』第八号に掲載されている。当時、『豊後国風土記』の重要な古写本である冷泉家時雨亭文庫本は一般公開されていなかったが、一九九五年に朝日新聞社より『冷泉家時雨亭叢書　第四十七巻　豊後国風土記　公卿補任』として影印本が発行されることとなり、この校本の意義は薄れることとなったが、拙稿の四本集成はこれに倣って作成したものである。ここに改めて、植垣氏のご学恩に心より感謝申し上げたい。

（9）同書の凡例「六」－3に、底本の文字を改訂した場合の表記方法の説明の中に次のようにある。

〔例〕甲－乙　　底本の「乙」を、文脈などによって「甲」に校訂する。

甲－ナシ　底本には文字がないが、文脈などによって「甲」を補う。

（10）同書の上、三〇二頁と四七六頁。

(11) 同書の上、九八頁、同書の下、五二・一一四頁。
(12) 同書の解説、二八頁。
(13) 同書のあとがき、五五八頁。
(14) 注13に同じ。
(15) 同書の凡例「一」。
(16) 注13に同じ。
(17) 橋本雅之氏は、「三条西家本『播磨国風土記』校訂私見―孤本の本文校訂を考える―」（青木周平先生追悼論文集刊行会編『古代文芸論叢』〈おうふう、二〇〇九年一一月〉所収）、のち『風土記研究の最前線』〈新人物往来社、二〇一三年三月〉所収）において、「山川出版本が校訂において三条西家本を尊重することは、古典全書以上に徹底している」としながらも、一方で「その結果としてかなり無理な訓読を施している場合も少なくない」と指摘する。
(18) 同書、一一三頁。
(19) 小島瓔禮校注　一九七〇年七月
(20) 同書、二四頁。『常陸国風土記』の白壁郡再建については、中村啓信氏が「常陸国風土記に白壁郡を立つべきこと―葦穂山越えの道―」（神田典城編『風土記の表現―記録から文学へ―』上代文学会研究叢書〈笠間書院、二〇〇九年七月〉所収）に述べている。
(21) 廣岡義隆「風土記本文の復元について」（神田典城編『風土記の表現―記録から文学へ―』上代文学研究叢書〈笠間書院二〇〇九年七月〉所収）
(22) 同書の解題、二九〜三一頁。

(23)「三條西家本播磨国風土記の字体をいかに理解するか―木簡や正倉院文書との比較から―」(『風土記の表現―記録から文学へ―』上代文学会研究叢書〈笠間書院、二〇〇九年七月〉所収)

(24) 田中卓氏は、「文献史料の将来の在り方として、従来の〝校訂本〟の形式から」影印本と「改訂本」の両極に移行すべきではないかという考えを示している。いずれも研究のためのテキストとしての工夫であるが、「現行の校訂活字本を、思ひ切って読みやすく編集すること」は一般読者の便にも有用であろう。(「日本紀の天武天皇元年紀〝改訂本〟」田中卓著作集5『壬申の乱とその前後』〈国書刊行会、一九八五年九月〉所収)

付論

第一章　逸文をめぐる諸問題

〈凡例〉

風土記逸文のうち、『常陸国風土記』の「信太郡の沿革」と「信太郡の郡名」、『筑前国風土記』の「資珂島」と「怡土郡」の四条について、校訂、訓読、語釈にわたる注釈を試みた。『風土記逸文注釈』の凡例から必要部分を抽出し、以下に挙げておく。

【本文】

・原則として依拠本の通りに翻刻した。その際、返点・送仮名の類は削除し、白文で表示した。
・本文は、諸本の中、最善と考える本文を依拠本とした。
・その用字は旧字体・常用字体を混用して、依拠本にできるだけ近い形とした。
・校勘すべき字に傍線を付し、校勘番号（①②……）を付した。

【校勘】【訓読】

・依拠原文（白文）を校訂した上で【訓読】を作成した。校訂を施した場合は、【校勘】にその箇所を記し、校訂した理由について注した。
・諸本の校異を挙げる必要がある時や異体字に関する言及は【語釈】の中で行なった。

・【訓読】は歴史的仮名遣いにより、平仮名交じりの書き下し文で表示した。

【現代語訳】

・平易な現代語で示すように努めた。

【語釈】

・見出し語は、【本文】の文字のままに表示した。【校勘】のある箇所については、その見出し語に傍線を付して校訂があることを示した。

・年号で西暦を示した方がよいと思われる箇所については、その下に記した。

・引用文献名については、【参考文献】（番号）の形で示し、その引用は常用漢字表記で記した。

【諸問題】

・その逸文に関わって興味を覚えた種々の問題につき、自由に言及した。

【参考文献】

・文献が公表された順に並べた。

【略号一覧】

『釈紀』　『釈日本紀』

『前田本釈紀』　前田家本『釋日本紀』（吉川弘文館、一九七五年二月、複製刊行）

『板本釈紀』　卜部兼方著、狩谷棭斎校訂『釋日本紀』續日本古典全集（無窮会蔵版）（現代思潮社、一九七九年、複製刊行）

『神道本釈紀』　神道大系　古典註釋編五『釋日本紀』（小野田光雄校注（神道大系編纂会、一九八六年一二月））

『大系釈紀』　新訂増補国史大系、第八巻『釋日本紀』（吉川弘文館、一九三二年二月）
『万葉』　『萬葉集』（歌番号は国歌大観番号によった。）
『時雨本註釈』　『金沢文庫本万葉集巻第十八　中世万葉学』冷泉家時雨亭叢書39所収、萬葉集註釈巻第一・巻第三（朝日新聞社、一九九四年一〇月、複製刊行）
『仁和本註釈』　『仁和寺蔵　萬葉集註釋』京都大学国語国文資料叢書（臨川書店、一九八一年五月、複製刊行）
『叢書本註釈』　佐佐木信綱編『仙覚全集』萬葉集叢書八輯（古今書院、一九二六年七月）
『自筆本万緯』　今井似閑自筆本『萬葉緯』（一七一七年、上賀茂神社内三手文庫蔵）
『採輯』　狩谷棭斎『採輯諸國風土記』（一八六五年頃）日本古典全集（一九二八年三月）所収
『纂訂』　栗田寛『纂訂古風土記逸文』（大日本圖書、一八九八年八月）
『標註』　栗田寛『標註古風土記』（大日本図書、一八九九年一二月）
『考証』　栗田寛『古風土記逸文考証（上・下）』（大日本圖書、一九〇三年）＊復刻版刊行＝有峰書店
『井上逸文新考』　井上通泰『西海道風土記逸文新考』（巧人社、一九三五年一月。『井上通泰上代関係著作集』12所収）
『植木風土記』　植木直一郎『風土記集』大日本文庫・地誌篇（一九三五年六月）
『武田風土記』　武田祐吉『風土記』岩波文庫（一九三七年四月）
『秋本風土記』　秋本吉郎『風土記』日本古典文学大系（岩波書店、一九五八年四月）
『久松風土記』　久松潜一『風土記（上・下）』日本古典全書（朝日新聞社、上＝一九五九年一〇月、下＝一九六〇年一〇月）＊逸文は下巻に収める。
『吉野風土記』　吉野裕『風土記』東洋文庫（平凡社、一九六九年八月）

『小島風土記』　小島瓔禮『風土記』角川文庫（一九七〇年七月）
『植垣風土記』　植垣節也『風土記』新編日本古典文学全集（小学館、一九九七年一〇月）（五風土記に関しての略号）
『広岡逸文』　新編日本古典文学全集『風土記』の「逸文」の部（植垣節也編、小学館、一九九七年一〇月）
『小野田研究』　小野田光雄『古事記釋日本紀風土記ノ文獻學的研究』（續群書類従完成会、一九九六年二月）
『記』　『古事記』（『景行記』『雄略記』のように示した。）
『紀』　『日本書紀』（『神代紀』『景行紀』『雄略紀』のように示した。）
『大系古事記』　日本古典文学大系『古事記祝詞』（岩波書店、一九五八年六月）
『大系書紀』　日本古典文学大系『日本書紀』（岩波書店、上＝一九六七年三月、下＝一九六五年七月）
『新全集書紀』　新編日本古典文学全集『日本書紀』（小学館、一九九四年四月〜一九九八年六月）
『続紀』　『続日本紀』
『姓氏録』　『新撰姓氏録』
『佐伯姓氏録』　佐伯有清『新撰姓氏録の研究』本文篇・研究篇・考證篇第一〜第六（吉川弘文館、一九六二年七月〜一九八三年八月）
『延喜式』　『延喜式』（フル表示）
『祝詞』　『延喜式』祝詞
『和名抄』　『和名類聚鈔』『倭名類聚鈔』
『万象名義』　『篆隷萬象名義』
『地名辞書』　吉田東伍『大日本地名辞書』（冨山房）

『角川地名☆☆』　『角川日本地名大辞典』（☆☆府県）（角川書店）
『平凡地名☆☆』　日本歴史地名大系『☆☆府県の地名』（平凡社）
『時代別大辞典・上代編』　『時代別国語大辞典　上代編』（三省堂）
律令表示　日本思想大系『律令』の条文番号で示した。

一　『常陸国風土記』信太郡の沿革条（『釈日本紀』巻十述義六。景行天皇紀。「日高見國」）

【本文】（『前田本釈紀』）

公望私記曰案常陸國風土記云信夫郡[①]云云古老曰御宇難波長柄豊前宮之天皇御世癸丑年小山上物部河内大乙上物部會津等捴[②]領高向大夫等分筑波茨城郡七百戸置信太郡此地本日高見國云々

【校勘】

①夫——『板本釈紀』も「夫」とある。下文に「信太郡」とあり、また現伝『常陸国風土記』も「信太郡」となっている。「夫」の文字は、「太」の点が大きくはみだして書かれた字が誤写されたものであろう。「太」に改める。

②捴——『板本釈紀』・『自筆本万緯』も「捴」とある。現伝『常陸国風土記』の建郡記事（【諸問題】（二）参照）には、どれも「捴」の上に「請」字がある。『訂正常陸国風土記』〈【参考文献】（1）〉と『纂訂』の「請物、據全本」に従い、「請捴」と改める。

【訓読】

（公望の私記に曰はく、常陸国風土記を案ずるに云ふ。）

信太郡（しだのこほり）。（云云。）

古老（ふるおきな）の曰（い）はく、「難波（なには）の長柄（ながら）の豊前（とよさき）の宮（みや）に御宇（あめのしたをさめたま）ひし天皇（すめらみこと）の御世（みよ）、癸丑（みづのとのうし）の年（とし）、小山上（せうせむじやう）物部河内（もののべのかふち）・大乙上（だいおつじやう）物部會津（もののべのあひづ）等（ら）、捴領（すべをさ）高向（たかむこ）の大夫（まへつきみたち）等に請（こ）ひて、筑波（つくば）・茨城（うまらき）の郡（こほり）の七百戸（なななもへ）を分（わか）ちて、信太郡（しだのこほり）を置（お）けり。此（こ）の地（くに）は、本（もと）、日高見国（ひたかみのくに）なり」といふ。

（云々。）

【現代語訳】

（公望の私記にいうには、常陸国風土記を見ると次のように記されている。）

信太郡。（云々。）

古老がいうには（次のとおりである。）難波の長柄の豊前の宮で天下をお治めになった天皇（孝徳天皇）の御世の癸丑の年に、小山上である物部河内と大乙上である物部会津たちが惣領である高向の大夫たちに申請して、筑波郡と茨城郡から七百戸を分けて信太郡を置いた。この（信太郡の）地は、もと、日高見の国といった所である。

（云々。）

【語釈】

●公望私記――奈良時代から平安時代にかけて宮廷で『紀』の購読が行われ、その覚書として『日本紀私記』が記された。いくつかあるもののうち矢田部公望が関わったのは、延喜私記〈延喜四年（九〇四）撰〉と承平私記〈承平六年（九三六）撰〉である。延喜私記は、博士が藤原春海で尚復（宮廷での講書の際に講師を補佐する役で、講師の行った講読を復唱することなどがその職務である。）が矢田部公望、承平私記は矢田部公望が博士である〈【参考文献】(24)・(27)〉。【参考文献】(12)によれば、『釈紀』に引く「公望私記」は「延喜講筵関係の私記で、講筵の後に記したものである」という。「公望私記」は現存しないが、『秋本研究』は、そこに引用されている風土記記事は「公望みづからが原典より直接引用したものと認めてよい」とする。『釈紀』所引「公望私記」にはこの条の他に、『肥後国風土記』「肥後国号」・『筑後国風土記』「筑後国号」・同「生葉郡」・同「三毛郡」の風土記逸文が記されている。

なお、『日本紀竟宴和歌』には公望の歌が載り、また、『和名抄』には、その序に「山州員外刺史田公望日本紀私記」また「田氏私記一部三巻」とあることからもわかるように、矢田部公望の撰である『日本紀私記』が引かれているが、これは「田氏私記」と呼ばれるもので『釈紀』所引「公望私記」とは別のものである〈【参考文献】(15)〉。さらに、【参考文献】(15)によれば、『田氏私記』は「和訓集」の如き性格をもち、『公望私記』は「諸説批判および内容上の説明」に重点を置くもので、その成立については『田氏私記』の方が古いという。

●信夫郡――『和名抄』（元和古活字那波道円本、巻五―十六オ）に「信太〈志多〉」とある。信太郡の郡域については、『秋本風土記』は「およそ現在の稲敷郡（西部の一部分を除く）の地域」とし、『角川地名茨城』は「現在の稲敷郡の大部分と土浦市南部および龍ケ崎市を含むと推定される」とし、『平凡地名茨城』は「霞ケ浦と利根川の間にある稲敷台地の大部分である」とする。

●云云――次の「古老」以下の記述が信太郡条の冒頭部の逸文であるとみられるので（次項の【語釈】を参照）、ここの「云云」は、信太郡の四至の分注を省略したものと考えられる。

●古老……高見國――『訂正常陸国風土記』〈【参考文献】(1)〉が、この部分を戊本である「備中笠岡祀官小寺清先所二校訂一」の本によって、現存する『常陸国風土記』の本文(信太郡条の冒頭)に補って以来、『標註』・『植木風土記』・『武田風土記』・『久松風土記』・『小島風土記』の諸本はすべて、この部分を底本である【参考文献】(1)に従って『常陸国風土記』の本文(信太郡条の冒頭)に入れている。小寺清先校訂本は現存せず、【参考文献】(1)の注には、「按自二古老曰一以下至二日高見国一諸本欠今拠二戊本一補レ之釈日本紀所レ引文与此小異矣」とある。『小島風土記』は「釈紀巻十に公望私記から引く逸文を校訂したものであろう」と記すが、恐らく、そのとおりであろう。なお、『前田本釈紀』所引の逸文と【参考文献】(1)の当該部分との小異は「御宇難波長柄豊前宮之天皇御世―難波長柄豊前宮之大宮馭宇天皇之御世」、「捴―請捴」、「等(二カ所目)―なし」、「國―國也」(いずれも、『前田本釈紀』―【参考文献】(1)の順で示している。)である。また、『秋本風土記』は、「現伝常陸国風土記の信太郡の郡首の省略箇所にあるべき記事」とするも『常陸国風土記』本文には入れておらず、飯田瑞穂校訂本〈【参考文献】(14)〉も本文に入れていない。

本逸文が記載されていたであろう箇所について、【参考文献】(14)は、「前の逸文(筆者注:『常陸国風土記』「信太郡の郡名」を指す)につゞく信太郡の記事であろう」とするが、『常陸国風土記』の各郡の冒頭部の記述を見ると、那賀郡が省略されているのを除いては郡名の地名説話から始まり、さらに、建郡(正確には建評であるが、ここでは本逸文の表記に従って、以下建郡と表記する)記事がある場合はそれを地名説話の前に記している(多珂郡の建郡記事は地名説話の後に記されているが、これは郡名の地名説話が「斯我高穴穂宮大八洲照臨天皇之世」の説話で、建郡記事は「其後至二難波長柄豊前大宮臨軒天皇之世一」の話となっており、それぞれに時代が示されているため、時代に従っての記載となったのであろう)ので、この部分は【参考文献】(14)を除く諸注釈書のように信太郡冒頭部の逸文と考えられよう(『常陸国風土記』の建郡記事については【諸問題】(二)を参照)。ただし、現伝『常陸国風土記』のこの箇所には省略の注記はない。

●御宇……御世――『孝徳紀』大化元年（六四五）十二月条に「天皇遷二都難波長柄豊碕一」とあり、孝徳天皇の御世をさす。通常、「御宇」は「～宮」の後ろに入る語句であり、また、「之」は「天皇」と「世」の間に入り、さらに「世」に「御」はつかず、「難波長柄豊前大宮御宇天皇之世」と記されるのが通常である。本文のような表記になったのは誤写の可能性も多分にあろうが、それでもこの短い字句の中での誤写としては多すぎる感がある。『秋本風土記』は「難波長柄豊前大宮御宇天皇之御世」とし、『久松風土記』は「難波長柄豊前大宮馭宇天皇之世」とするが、しばらくは底本のままとし、『神道本釈紀』・神道大系『風土記』〈【参考文献】(30)〉・『広岡逸文』のように「御二宇難波長柄豊前宮一之天皇御世」と訓んでおく。「御宇」は「アメノシタシラシメシシ」・「アメノシタヲサメタマヒシ」の両訓が可能である〈【参考文献】(4)・(23)等〉。シラシメスは「阿米能之多之良志売之伎等」（『万葉』巻二十・四三六〇番歌）などの仮名書き例があり、ヲサメタマヒシの訓は興福寺本『日本霊異記』上巻序の「御宇」の訓注に「御（乎左米太万比之）」、「宇（阿女乃之太）」とある。また、「御」は『万象名義』（三帖―四十九・ウ）に「御、治也」、天治本『新撰字鏡』（巻九―二十三・ウ）に「御、治也。古文馭字、主也」とある。【参考文献】(18)は「アメノシタシラシメシシ」の訓を採り、【参考文献】(29)は金石文の「治天下」をも「アメノシタシラシメシシ」と仮訓するが、ここは【参考文献】(28)に倣い、散文であることにより「アメノシタヲサメタマヒシ」と訓んでおく。

なお、現伝『常陸国風土記』には「御宇」の用例はなく、孝徳天皇朝の表記は、「難波長柄豊前大宮臨軒天皇之世」（総記・行方郡・多珂郡）、「難波長柄豊前大宮馭宇天皇之世」（行方郡）、「難波長柄豊前大朝馭宇天皇之世」（香島郡）、「難波天皇之世」（香島郡）とあるが、【参考文献】(31)のいうように、現伝『常陸国風土記』は「宮名による時代指示の表現中、『照臨』・『所馭』・『臨軒』・『馭宇』・『光宅』などを用い」ているが、「その語義はそれぞれ異っており、表現に変化をつけるための意図的な表記だと考えられる」ので、ここで「御宇」が使われていてもおかしくはない。『常陸国風土記』

「三柱の天皇」にも、現伝『常陸国風土記』にみられない「撫馭」という表記がみられる。

●癸丑年――白雉四年（六五三）。行方郡・多珂郡の建郡記事と同年（【諸問題】（二）を参照。）。

●小山上――この冠位は、大化五年（六四九）制定の冠位十九階制の第十三階と天智天皇三年（六六四）制定の冠位二十六階制の第十六階とに見られる呼称である。『久松風土記』・『小島風土記』は大化五年（六四九）制定の冠位十九階制のものとし、『秋本風土記』は天智天皇三年（六六四）制定の冠位二十六階制のものとする。【参考文献】(16)は、本逸文と同年の建郡記事が記されている現伝『常陸国風土記』の行方郡の記述（【諸問題】（二）参照）にみられる小乙下と大建の冠位のうち、大建は天智天皇三年（六六四）制定の冠位にのみみえるものであることを考え合わせて、「建郡申請者のおびているこれらの冠位（筆者注：本逸文と現伝『常陸国風土記』に記されている建郡記事（【諸問題】（二）を参照）に出てくる、小山上・大乙上・小乙下・大建・大乙上の五つの冠位を指す。）は、すべて天智三年制定のものとみることもできる」としている。

ところで、建郡申請者の冠位がいつのものであるかを判断する前に、本逸文を含めた建郡記事をそのまま認めることができるのかという問題がまずある（このことについては【諸問題】（二）を参照）。孝徳天皇朝の癸丑年（六五三）に信太郡が置かれたとする本逸文の記事をそのまま認める場合、素直に考えれば、建郡申請者の冠位は癸丑年（六五三）前後のもの、つまり大化五年（六四九）制定の冠位となろうが、【参考文献】(20)のいうように「風土記編纂当時からみての最終的身分・地位で表記されている」（極位・極官）場合も考えられるので、大化五年（六四九）制定の冠位であっても天智天皇三年（六六四）制定の冠位であっても、どちらの可能性もあろう。今は、いつの冠位であるかの決定は控えておく。なお、前述の【参考文献】(16)のように、行方郡にみえる大建の冠位からその他の建郡記事の冠位を天智天皇三年（六六四）制定のものであると考えることについては、同年の建郡記事を記す多珂郡の記述にはその建郡申請者の冠位が記されていないので、それぞれの記載内容の伝来を同一視することには問題があるように思われる。

●物部河内――『姓氏録』左京神別上に「物部。石上同祖」とあり、同じく左京神別上に「石上朝臣。神饒速日命之後也」とある。『神武記』には「迩藝速日命、娶二登美毘古之妹、登美夜毘売一生子、宇麻志麻遅命。〈此者物部連、穂積臣、婇臣祖也〉」とある。また、『常陸国風土記』筑波郡には「遣二采女臣友属筑箪命於紀国之国造一」とあり、『秋本風土記』のいうように「筑箪命の子孫または同属者」であることがわかる。

　物部河内と物部会津は、本逸文の記述によれば信太郡の建郡を申請した人物であるが、信太郡の物部氏については、正倉院の調庸布の墨書銘（天平勝宝四年（七五二）十月）に「郡司擬主政无位物部大川」の署名があり（松嶋順正『正倉院寳物銘文集成』による）、『続紀』養老七年（七二三）三月条に「常陸国信太郡人物部国依改賜二信太連姓一」とあり、同じく『続紀』延暦五年（七八六）十月条には「常陸国信太郡大領外正六位上物部志太連大成」の名がみえ、「物部氏がこの郡の譜代郡司であったこと」が窺える〈【参考文献】(21)〉。また『万葉』（巻二十・四三六五・四三六六番歌）にも「信太郡物部道足」の歌などがあり、物部氏が信太郡に蟠居していたこともわかる。

●大乙上――この冠位は、大化五年（六四九）制定の冠位十九階制の第十五階と天智天皇三年（六六四）制定の冠位二十六階制の第十九階とに見られる呼称である。『久松風土記』・『小島風土記』は大化五年（六四九）制定の冠位十九階制のものとし、『秋本風土記』は天智天皇三年（六六四）制定の冠位二十六階制のものとする。小山上の冠位と同じく今は、いつの冠位であるかの決定は控えておく（「小山上」の【語釈】を参照）。

　なお、「乙」字は『板本釈紀』・『自筆本万緯』には「山」とあり、また、『板本釈紀』には「乙」の傍書がある。「山」は「乙」からの誤写、或いは、上文の「小山上」からの目移りであろう。

●物部會津――物部河内と同じく、筑箪命の子孫、或いは同属者である（「物部河内」の【語釈】を参照）。なお、「物部」の文字は『自筆本万緯』にない。

●捴領――現伝『常陸国風土記』の行方郡・香島郡・多珂郡条に「惣領高向大夫」がみえ、総記にも「遣二高向臣中臣幡織田連等一、惣二領自レ坂已東之国一」の用例がある。孝徳天皇朝における総領に関する記事は『常陸国風土記』にのみみえ、『紀』や『続紀』、『播磨国風土記』などにみえる総領は天武・持統天皇朝のものである。なお、『持統紀』三年八月条の「捴領」に、北野本・卜部兼右本「スヘヲサ」の古訓がある。

総領については、【参考文献】(25)によれば、「総領＝統轄官司説」を説いた【参考文献】(3)の説が定説となっており、「この坂本説以来の統轄官司説においても、細部には、論者により差異が認められる」という。すなわち、【参考文献】(3)の説以降の研究の多くは、『常陸国風土記』の孝徳天皇朝の総領と天武・持統天皇朝の総領とを分けて考えている。

孝徳天皇朝の総領については、【参考文献】(25)によれば、「孝徳朝において、すでに総領は、国司統轄官司としての性格を有し、総領――東国国司――国造という支配組織が存在したとする説があ」り〈【参考文献】(8)・(11)・(17)〉、【参考文献】(25)は、総領の孝徳天皇朝における存在を認めるが、総領――東国国司の二重支配を認めず、総領の性格を東国国司と同じものと考えることができるとして、「令制国司に発展してゆく、初期の国司は総領とも呼ばれていた」と結論づけている。『小島風土記』はこの中西説に近く、「孝徳紀の大化元年八月・同二年三月三日・同月十九日に、東国の八道へ半年間国司を派遣した時の一連の『東国国司への詔』がある。国司とあるが、大化以後の令制の国司とは別で、この国司は在地の国造とともに地方政治の改革にあたっている。諸国造の上に臨時に派遣された地方官であろう。『常陸国風土記』の惣領もこれに類するもので、国造の上にあり、より広い地域を管轄し行政区画の変更を決裁している」と述べる。また一方では、【参考文献】(9)は、「この常陸国風土記の総領は、東国国司と同じものであって、前述のように当時は単にミコトモチと呼ばれていたものを、書紀はその国司的性格に着目して国司と書き、常陸国風土記は総領的性格に着目して総領と書いたのではないか」と考えられ、『常陸国風土記』の総領は天武・持統天皇朝にあった総領によって、編者が書き加えたものであるとする。また、【参考文献】(26)は、『常陸国風土記』の総領は「令制国の存在を前提とするのではなく、足柄山以東における国・評の編成等を中心に『惣領』するものであった」として、「風土記の『惣領』を後の修飾である」とする。

以上のように、管見に入ったものだけでも孝徳天皇朝の総領については様々な深い先行研究があるが、『常陸国風土記』の記載内容（「総領」を動詞として使用している総記の記述も含めて）からは少なくとも、総領は国造より上にあり、建郡当時の足柄山以東の地方を広く統括し、建郡などの行政区画の変更に大きな権力を持っていたことがわかる。

●高向大夫――現伝『常陸国風土記』の行方郡・香島郡・多珂郡条に「惣領高向大夫」、行方郡の枡池には「高向大夫」がみえ、総記には「高向臣」がみえる。『姓氏録』（右京皇別上）に「高向朝臣、石川同氏。武内宿祢六世孫猪子臣之後也。日本紀合」とあり、『孝元記』に「建内宿祢之子、并九。……蘇賀石河宿祢者、（蘇我臣・川辺臣・田中臣・高向臣・小治田臣・桜井臣・岸田臣等之祖也）」、『天武紀』十三年十一月条に「大三輪君……（中略）……高向臣……（中略）……凡五十二氏、賜レ姓曰二朝臣一」とある。『佐伯姓氏録』（考證篇第二）は、高向の氏名は「後の河内郡錦部高向（大阪府河内長野市高向）の地名にもとづく」ものという。また、【参考文献】(32)によれば、「常陸国風土記が記す『高向臣』は『国押（忍）』である」という。高向臣の祖である武内宿祢は、『景行紀』二十五年七月条・同二十七年二月条に東国巡察をした記事があり、東国地方と高向臣との関係がうかがえる。

●等――現伝『常陸国風土記』の総記と行方郡条には、中臣幡織田大夫（中臣幡織田連）の名がみえる。或いは、この人物を略している可能性もあろう。

●分筑波……信太郡――「戸令」1（為里条）に「凡戸以二五十戸一為レ里」とあり、この五十戸一里制でいえば、七百戸は十四里（郷）となる。『和名抄』には信太郡は十四郷あり、この記事と合致する。また、『孝徳紀』白雉三年（六五二）四月是月条に「造二戸籍一。凡五十戸為レ里」とある。

五十戸一里制の施行については、『常陸国風土記』の建郡記事の信憑性とも絡んでくる問題である（【諸問題】（二）を参照）。これについては、孝徳天皇朝に既に成立しているという見解から、天武天皇四年（六七六）以降の成立とする考えまで様々であるが、孝徳天皇朝における建郡（建評）を認める【参考文献】（19）・（21）においても、郡（評）の下部組織である里の施行に関しては見解が異なる。つまり、【参考文献】（19）は孝徳天皇朝に五十戸単位の編戸制が進められていたが、それが五十戸一里制になったのは天武天皇四年（六七六）以降徐々に進められ、「庚寅年の造籍によって全国的な実現をみ」たとされ、【参考文献】（21）は、「五十（マヽ）制が五十戸一里制より先行する形態であったとは見做さなくてもよいではあるまいか」として、孝徳天皇朝における五十戸一里制の存在を認めている。

●筑波――『和名抄』（元和古活字那波道円本、巻五―十五ウ）に「筑波〔豆久波〕」とある。本逸文に即すれば、筑波郡（評）と茨城郡（評）は白雉四年（六五三）以前に建郡（建評）されていたことになり〈【参考文献】（19）・（20）・（21）〉、筑波郡（評）の領域は『常陸国風土記』の総記に記される「筑波国」（いわゆる「国造のクニ」）と同じであると考えられ、それは『常陸国風土記』にみえる郡のうち筑波・河内・信太郡の一部を合わせた範囲である〈【参考文献】（20）〉。「筑波国」の領域については、『角川地名茨城』は「北は、現在の筑波町、東は新治村・桜村と土浦市の一部、南は牛久町と龍ケ崎市、西は大穂町・豊里町・谷田部町を含む地域と推定される」としている。

●茨城郡――『和名抄』（元和古活字那波道円本、巻五―十六オ）に「茨城〔牟波良岐〕」とある。訓みは、『万葉』（巻二十・四三五二番歌）に「宇万良」、『新訳華厳経音義私記』（上巻）に「棘、宇末良」とあり、また、西大寺本『金光明最勝王経』（巻十・捨身品第二十六）の古点に「荊、（うば）ラ」（春日政治『西大寺本金光明最勝王経古点の国語学的研究』による）、天治本『新撰字鏡』(巻十二―二・オ)に「蕀、宇波良」とあり、「ウマラキ」・「ウバラキ」のどちらも訓めるが、【参考文献】(22)によれば、m―b間の交替は、上代においては専らm＞bであるので、ここはより古い形である「ウマラキ」と訓んでおく。茨城郡も前項の「筑波」郡と同じく、白雉四年(六五三)以前に建郡(建評)されていたことになり、【参考文献】(20)によれば、その茨城郡(評)は『常陸国風土記』の総記に記される「茨城国」(いわゆる「国造のクニ」)から行方郡(評)に割いた一部を除いた範囲であり、「茨城国」の領域は、『常陸国風土記』にみえる郡のうち茨城郡と信太・行方郡の一部が入る。

●日高見國――【諸問題】(三)に示したとおりの用例があるが、それぞれを素直に解釈すれば、『大系書紀』の補注のいうように、『延喜式』六月(十二月)晦大祓祝詞・遷却祟神祝詞の「日高見之国」は、文脈から「大和国を修飾もしくは限定した語として用いられ」、『紀』の「日高見国」は、「蝦夷の住地で、陸奥の某所と解せられる」。また、本逸文と『万葉集註釈』所引の『常陸国風土記』逸文の「日高見国」は、信太郡の古名として記されている。『延喜式』神名帳の陸奥国桃生郡に「日高見神社」があり、また、『日本三代実録』貞観元年(八五九)五月条には「授二陸奥国正五位上勲五等日高見水神従四位下一」と記され、陸奥国に「日高見水神」がみえる。

　日高見の語義についてのこれまでの諸説は、管見にはいったものでいえば、近年までは『釈紀』所引の公望私記に「四望二高遠之地一、可レ謂二日高見国一歟。指似レ不レ可レ言二一処之称謂一耳。」、同じく天書第六に「日高見者所謂天府也。」とある説を継承し、また発展させたものが大勢をしめる。例えば、賀茂真淵『祝詞考』では「四方の真秀なるをほめて、天つ日の、空の真秀に、高くあるほどを、たとへていふ也」とし、本居宣長『古事記伝』二十七之巻では「何国にまれ広く平らなる地を云」とし、鈴木重胤『延喜式祝詞講義』第二では「四方は皆打晴たる平なる地の内にて、小丘き所はしも天日の能く見ゆる地には、何所にも云」とし、次田潤『祝詞新講』では「天つ日が空に高く輝く国といふ意であることは明らかであって」、「太陽の恩恵を豊かに受けて、農作物が豊穣する国の称である」とする。その他は、【参考文献】(2)の「単にヒダというも、ヒダカというもあるいはヒダカミというも、これを土地について呼ぶ場合には、畢竟同義」であり、「それらの主要なる意義を示す」ヒダはすなわちヒナであり、ヒナは𛀁ナカの𛀁ナと同義であるとする説があるのみで、【参考文献】(2)は日高・日高見の地名を集めて検討し、そこには「異民族が残されていたのであろう」とし、大倭日高見之国も蝦夷の国の義と考え、常陸国信太郡を日高見国というのはその初期の名称であろうと考察した。近年に至って、【参考文献】(6)が【参考文献】(5)の説を踏襲して、日高見は東国を意味する上代の中央語で、本来は「日だ上」・「日な上」と同義である「日つ上」「日の上」の意であったとし、『大系書紀』もこれに従う。また『新全集書紀』は、同じく「東方」の国を意味するとしているが、「日高見」は「日降〈ひぐた〉チ(日が夕方に近づく)の反対の日高〈ひだか〉ミ(日が高く昇る)で」あるとする。『秋本風土記』は「領有すべきよき地を称美していう語ではないか」としている。

日高見国をどの地域に比定するかについては、『地名辞書』は「日高見とは、上古東北の汎称にして其奥区は今の北上河流域にあたり、北上、即日高見の訛なるべし」という。『角川地名岩手』は日高見国は「蝦夷の国の大称」で、「日高見国のはじまりは、東国にあり、常陸国がそれを承けて第一次日高見国、北上河流域の中陸奥国が、後期第二次日高見国、という見通しになる」とする。ちなみに、『角川地名岩手』は『延喜式』祝詞・大祓詞などの日高見之国も東国地方の蝦夷国をさしていると考えている。『平凡地名岩手』は「日高見国は蝦夷国の汎称とされるが、その領域は、時代や使用する地域によって大きな差がみられ」、「常陸国もその領域であったらし」く、「狭義に使用されるのが北上河流域である」とする。『新全集書紀』は「常陸より北方の地をいう」としている。なお、日高見国をどこかの地域に比定する場合でも、『延喜式』祝詞などの大倭日高見之国は大和国の美称と考えるのがおおかたのようである。

また、日高見国を実地名としない考えもある。【参考文献】(10)は「常陸またエミシのは、それらの土地が（大倭から考えて）東の極であるから、日の出る方向によった連想から来たもの」で「物語の作者の案出した」「空想上の名」であるとし、「大倭のは、日の神の後裔であられる歴代天皇の皇都の地たる大倭にふさわしい美稱」としている。【参考文献】(13)は「日高見の国とは、肥沃広大な東国の美称であり、したがって現実には存在しなかった」とする。

以上、これまでの諸説のあらましを述べたが、日高見国の称は、【参考文献】(5)・(6)を受けた『大系書紀』のいうように、「西方から東方への進出の限端を示すもので、本来特定の地に固定せず、中央政府の支配権の拡大にともなって東進したものと考えられる。喜田貞吉氏のいうように、常陸国信太郡を日高見国というのは、その初期の名称であろう」。そして、大倭日高見之国の称は、「天孫の降臨した日向からみて東方の、大和の国にたいする美称」とみるのが妥当ではなかろうか。

【諸問題】

(一) 常陸国風土記の本逸文の省略箇所について

この記事は、【語釈】「古老……日高見國」の項でも記したように、信太郡冒頭部の逸文と考えられる。ただし、【語釈】でも述べたが、『常陸国風土記』のこの箇所には省略の注記がない。この記事を風土記逸文と認定することに間違いがないならば、常陸国風土記の省略される伝写過程の問題ともからむ逸文となろう。

(二) 常陸国風土記の建郡記事について

現伝『常陸国風土記』の建郡記事は、行方郡・香島郡・多珂郡にそれぞれ次のように記されている。（引用は『秋本風土記』によるが、私に句読点を付けた。）

《行方郡》

古老曰、難波長柄豊前大宮馭宇天皇之世、癸丑年、茨城国造小乙下壬生連麿・那珂国造大建壬生直夫子等請二惣領高向大夫中臣幡織田大夫等一、割二茨城地八里、那珂地七里、合七百余戸一別置二郡家一。

《香島郡》

古老曰、難波長柄豊前大朝馭宇天皇之世、己酉年、大乙上中臣（　）子・大乙下中臣部兎子等請二惣領高向大夫一、割二下総国海上国造部内軽野以南一里、那賀国造部内寒田以北五里一別置二神郡一。

《多珂郡》

其後、至二難波長柄豊前大宮臨軒天皇之世一癸丑年、多珂国造石城直美夜部・石城評造部志許赤等請二申惣領高向大夫一、以二所部遠隔、往来不一レ便、分置二多珂石城二郡一。〔石城郡、今存二陸奥国境内一。〕

本逸文と現伝『常陸国風土記』のこれらの建郡記事には、ともに建郡（建評）が孝徳天皇朝に行われたと記されている。これらの建郡記事の信憑性については従来から議論されてきており、かつては、【参考文献】(16)などのように、孝徳天皇朝に五十戸一里制が施行されたとする『孝徳紀』白雉三年（六五二）四月是月条の記事を、戸令の条文と同じである（【語釈】「分筑……信太郡」の項を参照）ことから疑問視し、【参考文献】(7)が、播磨国における里制の施行は原則的には天智天皇九年（六七〇）をさかのぼらないと推定し、このことは、全国的な里制施行期を判断する充分な論拠となるとしている説を踏襲して、本逸文を含む『常陸国風土記』の建郡記事をそのまま認めることはできないとする考えもあったが、近年では、新出資料を含めた様々な史料の分析から、孝徳天皇朝に建郡（建評）の行われたことを認める学説が有力のようである〈【参考文献】(19)・(21)〉。

（三）「日高見国」の用例について

「日高見国」は、本逸文以外に『常陸国風土記』「信太郡の郡名」条、『紀』、祝詞にみえる。その記事内容は次のとおりである。（引用は、『常陸国風土記』逸文は『秋本風土記』、『紀』は『大系書紀』、祝詞は『大系古事記祝詞』によって示す。）

・『万葉集註釋』（巻第二・一四八番歌）所引の『常陸国風土記』に、「発レ自二黒前之山一、到二日高見国一。」

・『景行紀』二十七年二月条に、「東夷之中、有二日高見国一。其国人、男女並椎結文レ身、為人勇悍。是総曰二蝦夷一。亦土地沃壌而曠之。撃可レ取也。」

・『景行紀』四十年是歳条に、「蝦夷既平、自二日高見国一還之。西南歴二常陸一、至二甲斐国一。」

・『祝詞』六月晦大祓（十二月准レ此。）祝詞に、「如レ此久依左志奉志四方之国中尓、大倭日高見之国乎、安国止定奉弖、」

・『祝詞』遷却崇神祝詞に、「如レ此久天降所レ寄奉志四方之国中止、大倭日高見之国乎、安国止定奉弖、」

【参考文献】

（1）西野宣明校訂『訂正常陸国風土記』天保十年（一八三九年）刊（日本古典全集『古風土記集　下』現代思潮社、一九七九年二月）

（2）喜田貞吉「日高見国の研究」（『東北文化研究』第一巻第一～第三号、一九二八年九～一一月）、『喜田貞吉著作集』第九巻、平凡社、一九八〇年五月）

（3）坂本太郎『大化改新の研究』（至文堂、一九三八年六月、『坂本太郎著作集』第六巻、吉川弘文館、一九八八年一〇月）

（4）松田好夫「『御宇』訓読考」（『国語・国文』第九巻三号、一九三九年三月）

(5) 金田一京助「言語論の方法」(『文学』第一〇巻第一〇号、一九四二年一〇月)
(6) 松村武雄『日本神話の研究』第一巻、第三章「研究資料としての古文献の考察」第四節「風土記の検討」(培風館、一九五四年三月)
(7) 八木充「律令制村落の形成」(『日本史研究』五二号、一九六一年一月、『律令国家成立過程の研究』塙書房、一九六八年一月)
(8) 坂元義種「東国総領について」(『続日本紀研究』第九巻第四・五・六合併号、一九六二年六月)
(9) 関晃「大化の東国国司について」(『文化』二六巻二号、一九六二年七月、『関晃著作集　大化改新の研究　下』第二巻、吉川弘文館、一九九六年一一月)
(10) 津田左右吉『津田左右吉全集』第一巻(『日本古典の研究　上』)、第二篇第三章「東国及びエミシに関する物語」二「書紀の物語」(岩波書店、一九六三年一〇月)
(11) 坂元義種「古代総領制について」(『ヒストリア』三六号、一九六四年三月)
(12) 石崎正雄「延喜私記考(上)――釈日本紀に引く日本書紀私記(五)――」(『日本文化』第四三号、一九六五年三月)
(13) 志田諄一「日高見国と常陸」(『茨城県史研究』四号、一九六六年三月、『常陸風土記とその社会』、雄山閣、一九七四年五月)
(14) 飯田瑞穂校訂「常陸国風土記」(茨城県史編さん原始古代史部会編『茨城県史料＝古代編』茨城県、一九六八年一一月所収)
(15) 西宮一民「和名抄所引日本紀私記について」(『皇学館大学紀要』七号、一九六九年三月、『日本上代の文章と表記』風間書房、一九七〇年二月)
(16) 志田諄一「孝徳朝の評の設置について」(『史元』八号、一九六九年一〇月、『常陸国風土記とその社会』雄山閣、一九七四年五月)
(17) 薗田香融「国衙と土豪との政治関係――とくに古代律令国家成立期における――」(『古代の日本』第九巻、一九七一年

一〇月、『日本古代財政史の研究』塙書房、一九八一年六月）
(18) 大野晋「アメノシタシラシメシシの訓」（『文学』第四三巻第四号、一九七五年四月、『仮名遣と上代語』岩波書店、一九八二年二月）
(19) 鎌田元一「評の成立と国造」（『日本史研究』第一七六号、一九七七年七月）
(20) 篠川賢「律令制成立期の地方支配——『常陸国風土記』の建郡（評）記事をとおして——」（佐伯有清編『日本古代史論考』吉川弘文館、一九八〇年一一月）
(21) 井上辰雄「『常陸国風土記』をめぐる二、三の問題——建郡（評）と里制を中心として——」（『日本古代史論苑』国書刊行会、一九八三年一二月）
(22) 山口佳紀「古代語におけるm—b間の子音交替について」（『金田一春彦博士古稀記念論文集　第一巻国語学編』三省堂、一九八三年一二月、『古代日本語文法の成立の研究』有精堂出版、一九八五年一月）
(23) 遠山一郎「萬葉集のアメノシタと葦原水穂国」（『萬葉』第百十六号、一九八三年一二月）
(24) 『日本古典文学大辞典』第四巻、中村啓信「日本紀私記」（岩波書店、一九八四年七月）
(25) 中西正和「古代総領制の再検討」（『日本書紀研究』第十三冊、塙書房、一九八五年三月）
(26) 松原弘宣「総領と評領」（『日本歴史』四九二号、一九八九年五月）
(27) 『国史大辞典』第一一巻、西宮一民「日本紀私記」（吉川弘文館、一九九〇年九月）
(28) 井手至『万葉集全注』巻第八（有斐閣、一九九三年四月）、一四六五番歌の注釈
(29) 東京国立博物館編『江田船山古墳出土　国宝銀象嵌銘大刀』「VI．銘文の釈読」東野治之執筆（吉川弘文館、一九九三年八月）
(30) 田中卓校注、神道大系古典編七『風土記』（神道大系編纂会、一九九四年三年）

（31）橋本雅之「『常陸国風土記』注釈（一二）」（『風土記研究』第一九号、一九九四年一二月）
（32）高藤昇「常陸国風土記に見える高向臣と中臣幡織田連」（『風土記研究』第二二号、一九九六年一一月）

二　『常陸国風土記』信太郡の郡名条〔『萬葉集註釈』巻第二。『万葉』巻二・一四八番歌〕

【本文】（『仁和本註釈』）

常陸國風土記記名信太郡由縁云黒坂命征討陸奥蝦夷事①凱旋及多歌郡角枯之山黒坂命遇病身故爰改角枯号黒前山黒坂命之輸轜車發自黒前之山到日高之國②葬具儀赤旗青幡交雜飄颺雲飛虹張瑩野耀③路時人謂之赤幡垂國後世言便改稱信太國云々

【校勘】

①事――国文学研究資料館本【参考文献】（1）は「事畢」に作り、『自筆本万緯』・『叢書本註釈』は「事了」に作る。また、『仁和本註釈』（底本）は「事」と「凱」の間に少し空白があり、「ノ」の送り仮名がやや大きく書かれている。『仁和本註釈』の書写状態を『自筆本万緯』・『叢書本註釈』と同じ「事了」からきたものと考え、「事了」と改める。なお、『広岡逸文』は「『了』の字、底本（筆者注：『仁和本註釈』）『ノ』。意によって改めた」とあるが、「ノ」は右寄りに書かれていて、「事」と「凱」の間は先に述べたように、一字分には足らない程の空白がある。

②之――『叢書本註釈』・国文学研究資料館本・『自筆本万緯』はすべて『仁和本註釈』と同じであるが、『常陸国風土記』「信太郡の沿革」条に「日高見国」とあり、また、「之」と「見」の草体が似た字形であることを考え合わせて、

「之」を「見」に改める。
③營路――『自筆本万緯』は「營」に作り、「路ィ」の傍書がある。『叢書本註釈』は「路」に作る。「營」について、『広岡逸文』に「『瑩』に関わる衍字か。削除」とあるのに従い、削る。

【訓読】

（常陸国風土記に信太郡と名づくる由縁を記して云ふ。）
黒坂命、陸奥の蝦夷を征討ちて、事了りて凱旋りき。多歌郡の角枯之山に及りて、黒坂命、遇病て身故りき。爰に、角枯を改めて黒前山と号けき。黒坂命の輸轜車、黒前之山より発ちて、日高見国に到りき。葬具儀の赤旗青幡、交雑り飄颻りて、雲飛び虹張り、野に瑩き路を耀しき。時の人、赤幡垂国と謂ひき。後の世に、言便を改めて、信太国と称ふ。
（云々）

【現代語訳】

（常陸国風土記に信太郡と名づけたわけを記していうには、次のとおりである。）
黒坂命が陸奥の蝦夷を討ち、平定して凱旋した。多歌郡の角枯の山まで来たところ、黒坂命は病気にかかって亡くなった。そこで角枯を改めて黒前山と名づけた。黒坂命の棺を載せた車が黒前山を発って日高見国に到着した。葬儀の飾りものの赤旗と青幡とが入り交じって風にひるがえり、（幡旗に描かれた）雲は飛び、（幡旗に描かれた）虹は張り、（幡旗は）野で輝き道を照らした。それによって、人々は「赤幡垂（あかはたしだり）の国」といった。後に言い方を改めて信太国とした。

（後略）

【語釈】

●記名信太郡由縁云――『自筆本万緯』は「云信太郡」とあり、「郡」の下に「者乎」の傍書がある。『叢書本註釈』は「（常陸国風土記）ニ記シテ名クル、信太郡由縁ヲ云、」とある。本逸文は天智天皇挽歌中の「青旗乃木旗能上乎賀欲布跡羽……」（『万葉』巻二・一四八番歌）の注として「青旗者葬具ニハヘルニヤ」と記した後に続いて引かれている。また、『吉野風土記』・『小島風土記』は『常陸国風土記』本文の冒頭部（「信太郡の沿革」条の次）に補入し、飯田瑞穂校訂本「常陸國風土記」〈【参考文献】（3）〉は「信太郡の沿革」条の前の記事であろうとする。

●信太郡――『常陸国風土記』「信太郡の沿革」条の「信太郡」の【語釈】参照。

●黒坂命――『常陸国風土記』にのみ出てくる人名である。本逸文以外には、茨城郡条に山の佐伯・野の佐伯を討った人物として二箇所登場し、「大臣族黒坂命」とある。『神武記』に「神八井耳命者、〔意富臣、小子部連、……、常道仲国造、……等之祖也〕」、また『綏靖紀』摂政前十一月条に「神八井耳命、……是即多臣之始祖也」とある。『姓氏録』左京皇別上にも「多朝臣、出自謚神武皇子神八井耳命之後也。日本紀合」とあり、『秋本風土記』のいうように「神八井耳命を祖とする多臣の同属者」であることがわかる。『考証』に「風土記の前後を合せ考ふるに、崇神景行の御世の人なるべし」とあるが、【参考文献】（8）は「実在の人物とは思われない」として、大臣の族黒坂命の話は作られたのであろうする。また、【参考文献】（14）では、黒坂命の遺体が日高見国まで運ばれたのは、軍防令40（行軍兵士条）の規定に合わせれば「黒坂命が副将軍以上の地位にあったことにな」り、「黒坂命の『本土』は、日高見の国（信太郡）であったことになる」とする。（なお、【参考文献】（8・14）は、黒坂命を実在しない人物であろうとしながらも、一方で、軍防令40の規定と照合させてその地位や本土を考察するなど、一見矛盾しているようにも思われるが、私は、【参考文献】（14）は【参考文献】（8）で述べている内容、つまり、黒坂命は実在しない人物であり、黒坂命が関わる記事は作られたものであるということの、別の視点からの裏付けとして述べられたものであると理解してここに引用した。）

さらに、黒坂命が同属者であると考えられる多臣の祖である神八井耳命は、『神武記』によれば、美和の大物主神の女であるイスケヨリヒメと神武天皇との間に生まれた子となっており、【参考文献】（8）は、「大物主神は国内平定と、海外の国の平定にも関係の深い神」で「国土経営の神とされていた」ため、「東国征伐にあたっても、大物主神を祀ったのである」とし、『常陸国風土記』の黒坂命の記事がつくられた背景には、「大物主神を祀って、常陸の経営が行われたという歴史的事実があった」と述べる。

因みに、『記』によれば「常道仲国造」も神八井耳命を祖とするとあるが、『常陸国風土記』行方郡条では「建借間命」を「那賀国造初祖」とし、『先代旧事本紀』国造本紀の「仲国造」にも「志賀高穴穂朝御世、伊予国造同祖建借間命定二賜国造一」とあり、さらに、『常陸国風土記』行方郡条の建借間命の記事も国栖を滅ぼした内容であり、黒坂命の記事内容と似ている。【参考文献】（8）はこのことを指摘して、黒坂命と合わせて、建借間命についても同様のことを述べている。

なお、黒坂命については、はやく色川三中（一八〇一～一八五五）が『黒坂命墳墓考』（自筆本、天理図書館蔵）を著しているが、【参考文献】（4）によれば、その内容は、大塚古墳発掘のきっかけと出土品についての記述に始まり、大塚古墳が黒坂命の墳墓であると考えたこと、さらに黒坂命を景行天皇の頃の人と考え、代々信太郡の庄司であった信太氏は黒坂命の子孫であったと考えたこと、そして平安から鎌倉時代にかけての信太郡史に及んだものである。

●征討――『万象名義』に「征、討也」（三―四九ウ）、また「討、治也、誅也」（三―一八オ）とあり、『記歌謡』一二に「宇知てし止まむ」の仮名書き例がある。『名義抄』には「征、ウツ」（佛上―四二）、「討、ウツ」（法上―六二）とある。なお、「討」の字は『自筆本万緯』は「罸」に作る。

●陸奥――『和名抄』（元和古活字那波道円本、巻五―九・オ）に「三知乃於久」とあり、『万葉』には「美知能久」（巻十四・三四二七番歌）、「美知乃久」（巻十四・三四三七番歌）とある。『古事記伝』（巻二十、神武天皇条）に「陸奥国と書て、みちのおくのくにとよむなり。歌にはみちのおくとよむを略して、みちのくとも書ケり」とある。『神武記』に「道奥石城国造」とあり、『斉明紀』五年是月条に「授下道奥与レ越国司位各二階、郡領与二主政一各一階上」、同七月条に「道奥蝦夷」とあり、もと「道奥」と表記されていたと考えられている。『平凡地名岩手』は、『天武紀』五年正月条に「凡任二国司一者、除二畿内及陸奥長門国一以外皆任二大山位以下人一」とあることから、「この頃までに『陸奥国』と表記を改めた」のであろうとする。陸奥国（道奥国）は『角川地名宮城』や『平凡地名岩手』のいうように、国家の支配の及ばない地域の呼称であったのが、支配が及んだのちもその名が国名に使用されたのであろう。ここの「陸奥」は陸奥国を指すのではなく、国家支配の外にある地域に対する呼称であると思われる。

●蝦夷――『神武紀』摂政前紀戊午年十一月条に「愛瀰詩」の仮名書き例がある。

　蝦夷の用例は、『紀』では『景行紀』二十七年二月条をはじめとして、同四十年七月条、同四十年是歳条、同五十一年八月条、同五十六年八月条など少なからずあるが、『記』では『景行記』の倭建命の東征の記事のなかで一例使われているのみである〈【参考文献】(5)〉。これらのうち、『景行紀』二十七年二月条に「東夷之中、有二日高見国一。其国人、男女並椎結文レ身、為人勇悍。是総曰二蝦夷一」、同四十年七月条に「其東夷也、識性暴強。凌犯為レ宗。……其東夷之中、蝦夷是尤強焉。男女交居、父子無レ別。……」とあり、これらの記述から東夷の中の日高見国に住む強暴な人々をさして蝦夷といったことがわかる。

蝦夷については、アイヌ人の祖先であるか否かという議論もあるが、【参考文献】(6)は、「蝦夷が北海道や千島のアイヌを指すらしいということは、平安時代のなかばごろから、ほぼ、たしかなのであるが、そのときには、『蝦夷』は『エゾ』というふうによまれるようになっていて、それ以前の時代のように『エミシ』『エビス』というふうには、一般に呼ばれなくなっている」ことを踏まえて、「蝦夷＝アイヌ説の中で、現在でももっとも有力な学説は、おそらく言語学からするものである」とし、「蝦夷のさまざまなよみを探ってみると、それらが、それぞれにこのことばの、ある性質にかかわっていたということは、わかったのであるが、古代蝦夷がアイヌであるということを物語る決定的な根拠はないように思われる」と述べ、「蝦夷というのは、何よりもまず、歴史学的な観念なのである」とした。そして、【参考文献】(9)において、「エミシというのは、すべて、歴史上の『東の抵抗民』に対して、西がこれを征服・経営する立場から、『あらぶる者』『まつろわぬ人』、さらに『暴神』『姦鬼』『悪人』というふうに呼んだものの最終呼称であ」り、西の東への征服は「畿内から東海・東山へ、さらに坂東へ、道奥へと進んで最終段階に到達」し、その最後に最も特異なエミシとして『みちのくエミシ』が出現する」と述べ、また、「エミシを『蝦夷』と書きあらわすのは、せまく陸奥エミシについてのことで」、「それまでのエミシは『毛人』ないし『夷』と書きあらわされて、それは一般に『東国の辺鄙なる人びと』をさし」、陸奥の蝦夷は「単なる『辺鄙』や『ヒナ』では理解できない特別な暴強がここでは意識されたのである」と記す。さらに、「東国全体についてはじめから『蝦夷』文字で表現されているのは、後世、大化以降の考えからさかのぼって書き改めたもので」、「この文字使用の上限は、おそらく大化改新ごろであり、その確かな初見は斉明五年紀(唐顕慶四年＝六五九年)とすべきである」と述べる。

●凱旋――天治本『新撰字鏡』(巻十一―三十四オ)に「凱、樂也」とあり、『万象名義』(五帖―三十四オ)に「旋、還也」

とある。『宋書』謝霊運伝に「願二関鄴之遄清一、遅二華鑾之凱旋一。」とある。戦に勝って音楽を奏でて帰ることをいう。

●及――『万葉』（巻十四・三五〇〇番歌）に「いつか伊多良む」の仮名書き例があり、『名義抄』（僧中―五二）に「及、イタル」の訓がある。

●多歌郡――『常陸国風土記』・『和名抄』（高山寺本、二十九・ウ、元和古活字那波道円本、巻五―十六・オ）ともに「多珂」の用字である。また、『常陸国風土記』の「か」の音仮名表記は「賀」「珂」「加」「鹿」「可」が用いられ、「歌」の用字はない。『秋本風土記』に「引用者の用字で、原典が『歌』字であったのではあるまい」とするが、「珂」字からの誤写も考えられよう。

●角枯之山――【語釈】の「黒前山」を参照。【参考文献】（8）は、「角枯の山で黒前命が死んだので、角枯を改めて黒前としたとあるが、なぜ黒坂としなかったのであろう。これはおそらく、この説話が作られる以前から、この山は黒前山とよばれていたので、黒坂とすることができなかったのである。したがって角枯という地名は多珂郡には、もともとなかったことになる」と述べる。なお、【参考文献】（14）においても同様のことを述べている。

●遇病――『纂訂』・『考証』・『植木風土記』・『武田風土記』・『秋本風土記』・『久松風土記』・『小島風土記』の諸注釈書はすべて「ヤマヒニカカリテ」と訓み、『広岡逸文』のみ「ヤマヒヅキ」と訓む。「遇」は『万象名義』（三帖―四十一・ウ）に「逢也」とあり、『神功紀』摂政元年二月条の「逢レ病而死之」の「逢病」に北野本（貴重図書複製会刊行本による。以下同じ）・卜部兼右本（天理図書館善本叢書本による。以下同じ。）に「ヤマヒシテ」とある。ここは、『紀』古訓によって「ヤマヒシテ」と訓む。なお、「遇病」以下の字句を『叢書本註釈』は「遇二病身一、故爰改二角枯一」、「常陸国風土記」〈【参考文献】（3）〉は「遇病レ身、故爰改二角枯一」とよむ。

●身故――「故」は、『礼記』曲礼下に「君無レ故、玉不レ去レ身」、その注に「故、謂二災患喪病一。」とある。『釈名』釈喪制に「漢以来謂レ死為二物故一、言三其諸物皆就二朽故一也。」とあり、「故」は死ぬことをいう。『万象名義』（五帖－六十二・ウ）に「故、辞也」とあり、『名義抄』（佛中－二五）に「辞、亦辞辞、サル、ワカル、マカリ」とある。

●黒前山――『地名辞書』の「立割（たつわれ）」の項に「風土記謂ふ所の角枯山、蓋是なりと。（中略）一名角杭（つぬくひ）山と云ふは、角枯の訛歟」とあり、『秋本風土記』も「多賀郡十王村の西境、立割山（たつわれさん）（六五八米）」とする。堅破山（たつわれさん）は現在の十王町の西北端にあり、高萩市との境に位置し、多賀山地に属する。また、堅破山の南には黒坂という大字名があるが、『久松風土記』は「多賀郡十王町西部の黒坂のあたりといふ」とする。

『考証』によれば、『水戸領地理誌』には「按に堅破山はいにしへの黒前山にして、山の頂に切割たる如き大石ある故に、後世堅破と改たるにて、村名を黒坂といへるは、黒坂命の故を以て名付けたるならん。〈縁起及古老の伝説に、田村丸及八幡太郎義家等の奥州征伐の時、此山に登り給ふよしを云て、黒坂命の事をいはず。恐くは是黒坂命を誤て、田村丸義家等の事と云伝へたるにや〉」とあり、『平凡地名茨城』のいうように黒前山は「蝦夷征伐に関係の深い信仰の山であったことを推測させる」。（ちなみに、山頂にある大石は、『角川地名茨城』によると「源義家が東征の途中神社で戦勝を祈願した際に太刀で割ったという伝説のある太刀割（たちわり）石という花崗岩の巨石」である。）なお、堅破山の山頂には黒前神社があり、『平凡地名茨城』には次のようにある。

「新編常陸国誌」は堅破権現、「水戸領地理誌」は石山権現と記す。社伝によると角枯山（堅破山）を黒前山と改めたとき当社を多珂郡の総社とし、大同元年（八〇六）坂上田村麻呂が東夷征伐の折に社殿を再興して大山咋命を合祀し、日吉山王権現と称し（中略）、康平年間（一〇五八－六五）源義家も奥州陣に際して社殿を修繕、（中略）山名を堅破山と号した。（中略）天保年間（一八三〇－四四）水戸九代藩主徳川斉昭は仏像を廃し、社名を黒前神社と改称、祭神を「常陸国風土記」逸文にみえる黒坂命に改めた。

●輸轜車——『孝徳紀』大化二年（六四六）三月条の薄葬の詔では「夫王以上之墓者（中略）。其葬時帷帳等、用二白布一有二轜車一」とあり、皇族以上に轜車を用いることが規定され、「轜車」に北野本・卜部兼右本に「キクルマ」と付訓する。喪葬令8（葬送具条）では「凡親王一品、方相轜車各一具……、（以下略）」との規定があり、その義解に「轜車、葬車也」、集解所引古記に「轜車、謂送レ屍車也。一云、轜、謂葬屋也。車、謂載レ轜之車也」とある。【参考文献】（5）は本逸文の記事は「八世紀の頃この地方でも、轜車の発達していたことを語るものであろう」と述べる。

●自——『纂訂』・『考証』・『植木風土記』・『武田風土記』・『秋本風土記』・『久松風土記』・『小島風土記』の諸注釈書はすべて「より」と訓み、『広岡逸文』のみ「ゆ」と訓む。どちらも仮名書き例はあり、『時代別大辞典・上代編』の「より」の項の【考】に「資料的には、ヨリが記紀・万葉・宣命に広く用いられているのに対し、その他のものはヨが古事記・万葉、ユが日本書紀・万葉、ユリが万葉・宣命に、というようにかたよりをみせる」とある。ここは、「より」と訓んでおく。

●日高之國——国文学研究資料館本〈【参考文献】（1）〉・『叢書本註釈』・『自筆本万緯』・『採輯』・「常陸國風土記」〈【参考文献】（3）〉は『仁和本註釈』と同じく「日高之国」とあり、『広岡逸文』は底本のままの「日高之国」で「ひだかみのくに」と訓む。一方、『纂訂』・『考証』・『植木風土記』・『武田風土記』・『秋本風土記』・『久松風土記』・神道大系本『風土記』〈【参考文献】（16）〉の諸本は「日高見之国」とする。これらは、『纂訂』が「見、拠異本」として校訂したものが受け継がれてきたものである。この「異本」が何を指すのかはわからないが、それより先に、『訂正常陸国風土記』〈【参考文献】（2）〉が、補缺で挙げている逸文の本文を「日高見之国」としている。【参考文献】（2）には校訂の注記はなく、同本が引いた『万葉集注釈』が「日高見之国」となっていたのか、或いは同本が校訂したものであるのかははっきりしないが、或いは、『纂訂』は【参考文献】（2）によったかもしれない。本文校訂については、『広岡逸文』のように底本並びに現存の諸写本を尊重し、さらに、「日高之国」の「之」を【校勘】②で示したように「見」の草体からの誤写と考え、「日高見国」と改める。日高見国については『常陸国風土記』条「信太郡の沿革」条の「日高見國」の項を参照。

●葬具儀――『綏靖前紀』の「喪葬」に北野本「ミハフリ」とある。この三字、『植木風土記』は「葬の具儀」と解して「ハフリノヨソヒ」と訓み、『秋本風土記』は「葬具の儀」と解して「ハフリツモノノヨソヒ」と訓み、『武田風土記』・『久松風土記』・『小島風土記』は「葬具儀」で「ハフリツモノ」と訓み、『広岡逸文』は『植木風土記』と同じく「葬の具儀」と解するが、訓みは「ミハフリノヨソホヒ」で、「飾りたてた葬送の様は」と現代語訳をする。ここは「輸轜車」に対応させて「葬具儀」で一語を表したものと解し、つまり、「黒坂命の輸轜車」に対して「葬具儀の赤旗青幡」と表現したものとみて、『武田風土記』・『久松風土記』・『小島風土記』に従い「ハフリツモノ」と訓む。

●赤旗青幡――『神代紀』四神出生章・一書第五に伊弉冉尊を紀伊国の熊野の有馬村に葬り、「土俗祭二此神之魂一者、花時亦以レ花祭。又用二鼓吹幡旗一歌舞而祭矣」とあり、喪葬と幡旗との関わりが深いことがうかがえる。また、『記歌謡』八九には「隠り国の泊瀬の山の大峡には幡張り立てさ小峡には幡張り立て……」の歌があり、解釈によってはこれも喪葬と幡旗とが関わると考えられ、さらに、『万葉』（巻二・一四八番歌）の「青旗の木旗の上を通ふとは目には見ゆれど直に逢はぬかも」は、『万葉集注釈』の示すように「青い旗の小さい旗の立ちならぶ陵の上に、天皇の御魂が通ひ給ふを幻のように見えるが、もはや直接にはお目にかかれない」と解釈するなら、葬儀に青旗を用い、陵の上に立てかけたものとみなされる〈【参考文献】⒀〉。（なお、この万葉歌の「青旗」を葬具と解するのは、すでに仙覚『万葉集註釈』が「青旗者葬具ニハヘルニヤ」と指摘している。）さらに、「喪葬令」8（葬送具条）には「凡親王一品、……幡四百竿……、二品、……幡三百五十竿……、三品四品……幡三百竿……」との規定があり、『和名抄』（元和古活字那波道円本、巻十三―三・オ）に「幡、涅槃経云諸香木上懸五色幡」とある。

　喪葬に幡旗が使われることについては、古代中国ではやく行われていたことが『礼記』喪大記第二十二に「飾レ棺、君龍帷……、黼翣二、黻翣二、画翣二……大夫畫帷、黻翣二、画翣二……」（「翣」は【参考文献】（10）によれば「葬列に柩車に添って人が掲げ持つ旗じるしの類」）とあることからもうかがえるが、東晋の頃とみなされる雲南省昭通県后海子の古墳の壁画にも、幡旗をもった人物が画かれているという〈【参考文献】（13）〉。しかし、【参考文献】（13）は本逸文の伝承を「奈良時代、一地方における素朴な幡旗の使用の光景を伝えたものとみなされ」、「それは新たな中国からの影響でなく、日本古来の葬儀の一要素とも考えられる如くである」とする。

　喪葬に用いる幡旗の意義について、【参考文献】（7）は「幣束であり招魂の具である」とするが、【参考文献】（11）は幡旗と鼓吹とは深い関わりがあることを指摘し、さらにそれらは軍事と密接な関係があることを述べ、本逸文で喪葬に用いられている幡旗も「軍事的な性格が濃くまつわりついていることに注目すべきではないか」と述べる。

　なお、「赤」の字は『自筆本万緯』になく、「旗」の字は『叢書本註釈』は「旟」に作る。

●交雑――『孝徳紀』大化二年八月条の「交雑」に卜部兼右本「マシハリ」と付訓する。また、『名義抄』に「交、マシハル」（僧中―五三）、「雑―マシフ、マシハル」（僧中―一三七）とある。

●飄颺――「飄颺」はひるがえりあがる意。『万象名義』（五帖―一一六・ウ）に「颺、風飛」、『新撰字鏡』に「颺、比呂己留、又豆牟志加世」（巻一―一八・オ）、「飄、平旋風也、吹也、涼風也、火風也」（巻一―一八・オ）、『名義抄』に「飄、アガル、タダヨフ、ヒルカヘル」（僧下―五二）、「颺―アガル、ヒルカヘル」（僧下―五二）とある。『神代紀』上海宮遊幸章・第四書に「飄掌、此云二陀毘盧箇須一」、『天武紀』七年十月条の「随レ風以飄二松林及葦原一」の「飄」に北野本「ヒ、ル」と付訓する。ここは「ひるがへる」と訓んでおく。なお、『新撰字鏡』にある「ひろこる」の訓は、『名義抄』（佛下本―五二）に「扶」の訓に「ひろこる」があることから考えると、「まきあがる」意であろう。

●雲飛虹張――諸注釈書のこの一句の訓読は次のとおりである。

「雲の飛び虹の張るがごとく」――『植木風土記』

「雲を飛ばし虹を張り」――『武田風土記』

「雲のごとく飛び虹のごとく張り」――『久松風土記』・『小島風土記』

「雲と飛び虹と張り」――『秋本風土記』

「雲飛び虹張りて」――『広岡逸文』

『植木風土記』・『久松風土記』・『小島風土記』・『秋本風土記』はいずれも幡旗の翻る様の形容としての訓みであり（『吉野風土記』も同様の口語訳をしている）、『広岡逸文』は「雲はきれ虹がかかって」とある現代語訳から、空の形容として解釈した訓みであることがわかる。『武田風土記』は、幡旗の翻る様の形容としての訓みであると考えられるが、その内容は、以下に記す筆者と同様の解釈からの訓みであると思われる。つまり、これまでの諸注釈書が、訓読は異なるものの、この四字を幡旗の翻る様の形容と解していたのを、『広岡逸文』が新たな解釈を示したのである。

ところで、現伝『常陸国風土記』行方郡条には「飛雲蓋張虹旌」の類似表現がある。【参考文献】(12)はこの句中の雲蓋・虹旌は漢籍の用例から、それぞれ「五采の雲を合せて模様とした美しい蓋の意」であり、「虹を描いた旌の意」であるとされた。この一条は【参考文献】(15)の説くように、建借間命が「自分が死亡したように見せかけるための身分相応の葬式」を実施して、東国の賊に敵の将軍が死んだものと思い込ませて、堡から出てきたところを襲い滅ぼしたという話であり（『植垣風土記』（行方郡条）もこの説に従い、現代語訳を「建借間の命の葬儀と判断して」とする）、「飛雲蓋張虹旌」は葬儀の表現の一部である。本逸文の「雲飛虹張」も同様に考え、「赤旗青幡」に描かれた雲や虹を指すものと解し、

「雲飛び、虹張りて」と訓んで、「(風に翻って、幡旗に描かれた)雲が飛び、(幡旗に描かれた)虹が張り」と解釈する。

なお、【参考文献】(7)は幡旗が翻る様について、熊野市有馬の「花窟」の「御綱渡の神事」を見学したうえで次のように記している。

「青旗の木旗」・「青旗の忍坂の山」・「青はたの葛城山」と何れも山に関係するのは「其ふつさりと竿頭から垂れた様を、山に見立てたものと思はれる」(『古代研究』)と恩師も述べられたが、一度でも先生が有馬の花窟御綱渡しの神事を見て居られたら、中天高く翻る栲幡・青幡・縄幡の類の風に翩翻たる姿を、古人が「山」と感ぜずにゐられなかつたことを躊躇なくお認めにならずにはいなかつたであろう。

私自身、今の常陸風土記逸文の「雲を飛ばし虹を張り」同じく同風土記の建借間命の条「雲の如き蓋を飛ばし虹の如き旌を張り」を実感として受取り兼ねてゐた。目の前に万国旗の風のひるがへる姿を見ながら、あれは異国的のものと決めてか丶つてゐたのが不覚であった。《御綱渡しの神事》はまこと「民俗学は〝実感の学問〟」といふ先師の箴言を、いやといふ程脳髄の奥まで叩き込んでくれたのである。

私は御綱渡しの神事を見たことはないが、この記述を信ずれば本逸文の「雲飛虹張」は翻る幡旗を形容して表現したものといえよう。

●瑩野耀鶯路――「瑩」・「耀」は『考証』・『植木風土記』・『武田風土記』・『秋本風土記』・『久松風土記』・『小島風土記』の諸注釈書はすべて「てらす」「かかやかす」と訓み、前句から続く幡旗の翻る様の形容と解している(『吉野風土記』も同様の口語訳である)のに対し、『広岡逸文』はそれぞれ「かかやかす」「てらす」と逆に訓み、「野も道も明るく輝いた」と現代語訳し、前句とこの句を空の形容として解釈する。

「瑩」は、『爾雅』釋鳥、釋文に「鎣、本今作レ瑩、瑩、磨瑩也。」とあり、『名義抄』(僧上―一三〇)に「鎣、カ、ヤク」とある。「耀」は天治本『新撰字鏡』（巻一―七ウ）に「曜、亦乍耀、弖良須」とある。よって、この一句を「野にかかやき、路をてらす」と訓み、前句から続く幡旗の翻る様子を描いたものと考える。

●赤幡垂國――『秋本風土記』に「赤い幡が垂れ下る（しだる）意で地名シダリに冠する称辞」とあり、『広岡逸文』は「四音節の枕詞は古層の枕詞。この場合は地名起源説話に合せて作られた枕詞の可能性がある」という。現伝『常陸国風土記』には「筑波岳黒雲挂衣袖漬国」「白遠新治之国」「握飯筑波之国」「水泳茨城国」「立雨零行方国」「霰零香島之国」「薦枕多珂之国」というように地名起源説話と結びつける枕詞的な表現があるが、これらの辞句はすべて「風俗説」または「風俗諺」として記されている。

なお、「赤」字は『自筆本万緯』・『採輯』にない。

●後世言便改稱信太國――「改」字は、国文学研究資料館本〈【参考文献】（1）〉は『仁和本註釈』と同じく「改」とあるが、『自筆本万緯』・『叢書本註釈』・『採輯』・彰考館文庫の江戸中期の写本を底本とする「常陸国風土記」〈【参考文献】（3）〉にはない。『纂訂』・『考証』・『植木風土記』・『武田風土記』・『秋本風土記』・『久松風土記』・『小島風土記』の諸注釈書はすべて「改」がなく、ほぼ「後の世の言に便ち信太の国と称ふ」と訓み、神道大系本『風土記』〈【参考文献】（15）〉と『広岡逸文』が底本に従い「改」をそのままにして、それぞれ「後世言、便改二稱信太国一」、「後の世に言を便改（あらた）めて信太の国と称ふ」と訓む。現伝『常陸国風土記』の地名起源説話で「改」とあるのは筑波之県と久慈郡の助川であるが、そのどちらも昔はそれぞれ紀国と遇鹿という風土記編纂当時の地名と異なる名があったことが伝えらている。本逸文も赤幡垂国から信太国に改称したと解すれば、ここは「改」とあってよい。

「便」は、『万象名義』（第一帖―五四・ウ）に「便、辨也、利也、習也」とあり、天治本『新撰字鏡』（巻一―三十一・ウ）に「便、習也、安也、利也、蕃彩也。方便也、取也、寧也」とある。この一文の場合、「便」を「スナハチ」（『名義抄』

佛上一三〇に訓がある）とも訓めようが、「習（ならう、ならわし）」の意をとって、「言便」で「言葉の言い習わし」と解する。

●信太國——現伝『常陸国風土記』の総記に記される、いわゆる国造の国（新治国・筑波国・茨城国・那賀国・久慈国・多珂国）にはない。

【諸問題】

（一）本逸文が風土記原文のそのままの記事であるか否かについて

仙覚の『万葉集註釈』は、駿河国風土記「富士雪」の一条を除いたすべてが風土記原典からの直接引用だと考えられており〈『秋本研究』〉、その点においては、風土記逸文の識別における文献そのものの信憑性は『釈日本紀』とともに高い。しかし、『秋本研究』によれば、『万葉集註釈』は「風土記原文の文辞に甚だ忠実な態度と甚だ忠実ならぬ態度の両極端が併存し、その中間的な便宜的なものも混在してゐて、風土記の文辞に対する仙覚の態度に一貫したものがな」く、「原典文辞の完記引用」をしているものもあれば、「原典風土記の文を引用せず、自説のために必要な語辞だけを摘出し」たり、「原典の一條の記事を上略及び中略し、乃至は原文記事の大意を要記する等、引用者仙覚の便宜のままに引用している」という。そうだとすれば、風土記逸文記事として問題となるのは、一条の記事を引用するのに省略したことを示さずに引いている場合と「大意を要記」している場合である。

『秋本研究』は原典文辞の完記と抄記を調査する方法として「現伝五カ国風土記に伝存する記事と同じ記事を引用してゐる場合の、完記か、抄記記載か」を検討し、さらに「釈日本紀と萬葉集註釈とが同一記事を引用したものについて」検討している。その結果、語辞だけの引用や誤った引用のしかたがあるものの現伝風土記と同じ記事を引用しているもの十三条のうち「筑波峯之会」の一条のみが「原典の一条の記事を上略及び中略し、乃至は原文記事の大意を要記」し、『釈紀』と『万葉集註釈』とが同一記事を引用したものについては、『摂津国風土記』「住吉」条において「原文文辞を端折って必要な語辞を摘出し、大意を要記し」、『伊予国風土記』「伊社迩波之岡」条に省略引用があるという。もちろん、本逸文には同じ記事を引用した他文献がないので比較検討できないが、前記の「筑波峯之会」には引用の最後に仙覚が「取意」と記し、『伊予国風土記』「伊社迩波之岡」条の省略には「云々」と明記していることを考えれば、そのような語辞のみられない本逸文――これはこの記事のみに当てはまるものではないが――に大意の要記や省略がある可能性は薄く、風土記原文の記事をそのまま引いていると考えてよいであろう。

ただ、問題となるのは、『摂津国風土記』「住吉」条であり、『秋本研究』はこの逸文と『釈紀』所引の逸文とを比較して「原文の大意を摘記した」というが、これはそのように言い切れるものではないように思われる。すなわち、『万葉集註釈』はその逸文を引くのに「摂津国風土記釈住吉郡名曰」（巻一・六五番歌条『時雨本註釈』による）と記しているが、「釈二住吉郡名一曰」と仙覚が引用文内容を述べてから記事を引くという態度は『万葉集註釈』においては少なく、本逸文をはじめ、『常陸国風土記』「国号」条に「常陸国ト云事風土記云」（巻九・一七五三番歌条）、『伊予国風土記』「伊社迩波之岡」条に「イヨノタカ子ノイサニハノヲカトイヘルコト伊予国ノ風土記ニ云」（巻三・三二二番歌条『時雨本註釈』による）、『豊前国風土記』「鏡山」条に「トヨクニノカ、ミヤマトイフハ豊前国風土記云」（巻三・三一一番歌条『時雨本註釈』による。ただし、「マ」は『仁和本注釈』により補う）、『大隅国風土記』「串卜郷」条に「髪梳コレヲクシラト和スヘキコトハ大隅国風土記ニ」（巻三・二七八番歌条『時雨本註釈』による。ただし、「大隅」は虫食いで欠けているため、『仁和本注釈』により補う。）とあるぐらいで、その示し方と引用する内容に疑問を生ずる箇所はない。また、同じ「釈」という表記で引用文内容を述べたものに「日本記第二天津彦火瓊々杵尊天降タマフコトヲ釈云」（巻二・一九九番歌条、『仁和本注釈』による）があるが、これは『紀』の完記引用である。『摂津国風土記』「住吉」条は引用文だけを読むと意味がよく解せず、他の箇所での仙覚の引用の仕方とを考え合わせれば、「原文の大意を摘記した」というよりも、脱文等何らかの誤脱があると思われ、この逸文には仙覚の風土記に対する引用態度以外の別の視点からの問題があるようである。

以上、『秋本研究』の方法に倣って仙覚の風土記に対する引用態度を中心に、問題となりそうな箇所を見てきたが、確かに『秋本研究』のいうように、仙覚は記事を省略したり「大意を要記」したりしているが、その折々に「取意」「云々」などとその旨を記しており、無断で引用を省略したり、大意のみ記したりすることは基本的には考えられない。つまり、『万葉集註釈』の風土記逸文は、断りがない限り基本的には風土記原文そのままのもの――それがたとえ風土記の語辞のみを引いていたとしても、その語辞に限っては風土記原文の記すところである――と認めてよいと言えよう。ここで、「基本的」と言ったのは、『万葉集註釈』所引の『尾張国風土記』「川島社」・同「福興寺」・『備中国風土記』「新造御宅」・『筑前国風土記』「西海道節度使藤原宇合」条は、天皇表記と時代表記に問題があり（『秋本研究』は『尾張国風土記』「川島社」と同「福興寺」の天皇謚号は「引用時における補記と推斷」し、『広岡逸文』は、『筑前国風土記』「西海道節度使藤原宇合」条の「当奈羅朝」の語句は後補と考え、その他の三条は「参考」として挙げている。）、今はそれらの逸文を保留としたからである。

なお、【参考文献】(14)は、本逸文が風土記の原文を伝えるものではないのではないかということを次のように述べる。

仙覚の『万葉集註釈』に引用された、この『風土記』の逸文には、少し疑問に思われるところがある。黒坂命が陸奥の「蝦夷」を討ったとあるが、『常陸国風土記』では皇化に浴さない人びとを「東の夷の荒ぶる賊」、「東の垂の荒ぶる賊」、「国巣」、「佐伯」などと記し、「蝦夷」という字句を使っていない。また「多歌の郡」とあるが、『風土記』では「多珂の郡」とあり、現伝本では「多歌」と記した例はない。おそらく、この逸文は『風土記』の本文をそのまま伝えるものではなく、後人の手が加わっているように思われる。

用字を推定根拠にしているが、しかし「蝦夷」については、省略本である現伝『常陸国風土記』をもって文字使用の有無を決めるには危険が伴うし、実際、『常陸国風土記』「信太郡の沿革」条と同「天皇の称号」条では、宮名による時代指示の表現に現伝『常陸国風土記』にない表記が使われている。また、本逸文の蝦夷は「陸奥の蝦夷」となっており、常陸国に居住していたのではない。現伝『常陸国風土記』に記される「皇化に浴さない人びと」は常陸の各地に居住する「東の夷の荒ぶる賊」であり、「東の垂の荒ぶる賊」であり、「国巣」であり、「佐伯」であり、その指すものが異なると考えられる。「蝦夷」用字を指摘するなら、『紀』の表記の区別（【語釈】の「蝦夷」を参照）と『常陸国風土記』の表記、ひいては『紀』と『常陸国風土記』との関係へ発展させる問題ではなかろうか。また、「多歌」の用字については、【語釈】の「多歌郡」の項でも述べたように、「珂」字からの誤写も考えられよう。

【参考文献】

（1）国文学研究資料館蔵『万葉集註釈』。この写本の書誌や価値については、小川靖彦「国文学研究資料館蔵『万葉集註釈』紹介と巻第一翻刻――仙覚『万葉集註釈』の本文研究に向けて――」（『国文学研究資料館紀要』第二一号（一九九五年三月））に詳しいが、当写本は「本文的には、仁和寺本、冷泉家時雨亭文庫本に近く」、「仁和寺本の本文の正しさを裏付け、或いは叢書本等とともに仁和寺本の誤脱を修訂するという性格のものである」という。なお、対校には写真版を借用して使用した。

（2）西野宣明校訂『訂正常陸国風土記』（天保十年（一八三九年刊）、『日本古典全集古風土記集　下』現代思潮社、一九七九年一月）

（3）飯田瑞穂「常陸国風土記」（茨城県史編さん原始古代史部会編『茨城県史料＝古代編』所収、茨城県発行、一九六八年一一月）

（4）清野謙次『日本考古学・人類学史』下巻、第八篇―三「三中著『黒坂命墳墓考』の大意」（岩波書店、一九五五年八月）

（5）東北大学東北文化研究会編『蝦夷史料』（吉川弘文館、一九五七年九月）
（6）高橋富雄『蝦夷』（日本歴史叢書）、二「蝦夷とはなにか」1「アイヌ説の問題点」（吉川弘文館、一九六三年一〇月）
（7）高崎正秀「国見歌の伝統と展開――熊野花窟の神事に寄せて――」（『国学院雑誌』第六五巻第一〇・一一合併号所収、一九六四年一一月、『高崎正秀著作集』第三巻、桜楓社、一九七一年五月）
（8）志田諄一「常陸風土記にみえる建借間命と黒坂命」（『郷土ひたち』一七号、一九六七年三月、『常陸風土記とその社会』、雄山閣、一九七四年五月）
（9）高橋富雄『古代蝦夷』、二「エミシ・エビス・エゾ」（学生社、一九七四年七月）
（10）竹内照夫『新釈漢文大系　礼記』（明治書院、一九七七年八月）
（11）竹居明男「日本上代の喪葬と歌舞・再考――楽器の使用をめぐって――」（『日本書紀研究』一三、塙書房、一九八五年三月）
（12）橋本雅之「常陸国風土記「建借間命」説話の杵島唱曲をめぐって」（『万葉』第一二一号、一九八五年三月）
（13）斎藤忠『東アジア葬・墓制の研究』第二編第一章第二節「古伝承から見た日本固有の葬制」（第一書房、一九八七年六月）
（14）志田諄一「常陸国風土記と黒坂命」（『風土記研究』第七号、一九八九年五月）
（15）増田修「『常陸国風土記』に現われた楽器」（『市民の古代』第一三集、一九九一年一一月）
（16）田中卓校注『神道大系古典編七　風土記』（神道大系編纂会、一九九四年三月）

三　『筑前国風土記』資珂島条〔『釈日本紀』巻六述義二。神代紀。「阿曇連等所祭神」〕

【本文】（『前田本釈紀』）

筑前國風土記曰糟屋郡資珂嶋昔時氣長足姫尊幸於新羅之時御舩夜時来泊此嶋有陪従名云大濱小濱者便勅小濱遣此嶋□①火得早来大濱問云近有家耶小濱答云此嶋与打昇濱近相連接殆可謂同地因曰近嶋今訛謂之資珂嶋

【校勘】

①□――『前田本釈紀』は虫喰いがあり、字形不明確。卜部兼方本『紀』神代巻上―四〇裏書と『自筆本万緯』は「覔」に作る。これらに従い、「覔」とする。

【訓読】

（筑前の国の風土記に曰ふ。）

糟屋郡。

資珂島。昔時、気長足姫尊、新羅に幸しし時、御船、夜時此の島に来り泊てき。陪従、名を大浜・小浜と云ふ者ありき。便ち小浜に勅して、此の島に遣りて火を覓めたまひしに得て早く来つ。大浜問ひけらく、「近く家ありや」といふに、小浜答へて云はく、「此の島と打昇浜と、近く相連接きて、殆同じき地と謂ふべし」といひき。因りて近島と曰ふ。今、訛りて資珂島と謂ふ。

【現代語訳】

（筑前国風土記に次のようにいう。）

糟屋郡。

資珂島。昔、気長足姫尊（神功皇后）が新羅に行幸なさった時、御船が夜この島にやってきて泊まった。従者に名を大浜・小浜という者があった。そこで、小浜に勅してこの島に遣わして火を求め探させたところ、（火を）得て早く帰ってきた。大浜が尋ねて「近くに家があるのか。」と言うと、小浜は答えて「この島と打昇の濱とは近くで接続していて、ほとんど地続き同様と言ってよい。」と言った。それで、（この島を）近島といった。今は訛って資珂島という。

【語釈】

●糟屋郡――『和名抄』（元和古活字那波道円本・巻五―二十六ウ）に「糟屋（加須也）」とある。福岡県粕屋郡から福岡市東部におよぶ地域。『継体紀』二十二年十二月条に「糟屋屯倉」とある。また、京都妙心寺の梵鐘銘に「戊戌年四月十三日壬寅収糟屋評造舂米連広国鑄鍾」（本文は『古京遺文注釈』による）とあり、戊戌年は一般に六九八年とされており、これが郡名の初見である〈『井上逸文新考』・『角川地名福岡』〉。『仲哀紀』八年正月条に「到儺県。因以居橿日宮」とある「儺県」は福岡県博多地方をいうが、『後漢書』の「倭奴国」、志賀島で発見された金印の「漢委奴国」、『魏志』倭人伝の「奴国」などの「奴」も同じでこの地方をさし、古くは「ナ」と呼ばれていた。なお、本逸文は九州風土記の甲類に属する。

●資珂嶋――『和名抄』（高山寺本・七七―オ、元和古活字那波道円本・巻九―十一オ）「糟屋郡」に「志阿」（「阿」は「珂」の誤写であろう）とある。現在の志賀島にあたる。志賀島は後漢光武帝が奴国王に授けたという漢委奴国王の金印が出土した土地として有名。『万葉』（巻十六・三八六九番歌左注）に「滓屋郡志賀村」とある。『水野風土記』に「現在志賀島は潮のひいたときはその東南端で本土と徒歩で連絡できるほどでほとんど陸繋島として完成している。したがってこのころから陸繋島化がすすんでいたことを示すものであろう」とある。『紀』の神功皇后の新羅征討記事のなかに「磯鹿海人名草」の名がみえ（『神功紀』摂政前紀九月条）、『万葉』にも「筑前国志賀白水郎」の歌（巻十六・三八六〇～三八六九番歌）などがある。なお、『角川地名福岡』の「志珂郷」の項によれば、「当郷を粕谷町の志賀神社の付近とし、和名抄阿曇郷を志賀島にあてる説もある」という。

●昔時――『前田本釈紀』をはじめ、『自筆本万緯』・『板本釈紀』・『大系釈紀』・『神道本釈紀』・『採輯』・『纂訂』・『考証』・『武田風土記』・『久松風土記』・『小島風土記』・『広岡逸文』は「昔時」とするが、『井上逸文新考』は「昔時は肥前豊後の風土記には昔者とのみあり、前節怡土郡の下にも昔者とあり又昔時といひて幸於新羅之時といはむは拙ければ昔時は昔者の誤とすべし」とし、『秋本風土記』も「他例及び新考によって」「昔者」と訂す。確かに九州風土記は「昔者」として記事を始めるものがほとんどで、わずかに『肥後国風土記』「肥後国号」条と『筑後国風土記』「筑後国号」条に「昔」とみえるのみであるり、「時」字は後文の「夜時」からの誤写の可能性もあることから考えると、ここは「昔者」と改めるべきとも思われるが、今は底本を尊重してそのままにしておく。

●氣長足姫尊――『紀』に「気長足姫尊」、『記』に「息長帯比売命」、『播磨国風土記』に「息長帯比売命」「息長帯日女命」「大帯日売命」、『常陸国風土記』に「息長帯比売皇后」「息長帯比売命天皇」などとあり、神功皇后をさす。

●幸於新羅之時――神功皇后の新羅征討は『神功紀』（摂政前紀）にみえる。『神功紀』摂政前紀九月条に「又遣二磯鹿海人名草一而令レ視、数日還之曰、西北有レ山、帯雲横絚、蓋有レ国乎、爰卜二吉日一而臨発有レ日」とあり、『住吉大社神代記』（『住吉大社史　上巻』所収「校訂住吉大社神代記」による）に「然而新羅国服給。三宅定。亦大神社奉レ定。而祝志加奈具佐」、また「志賀社、〔撃〕二新羅一時御船挟抄」とある。これらの記事から、【参考文献】（2）は「新羅征討に阿曇氏が従軍したことは疑ひないと思はれる」と述べ、さらに「神功皇后の新羅征伐の際、まづ、翼賛し奉つたのが、この志賀島の阿曇氏であつたと思はれる」と記す。本逸文に阿曇氏が出てくることについては【語釈】「大濱小濱」の項を参照。

●来泊――『広岡逸文』は「キタリトマリケリ」と訓み、その他の諸注釈書は「キタリテ（此の島に）ハテ（マシ）キ」と訓む。『時代別大辞典・上代編』の「とまる」の【考】に「この語の名詞形トマリは舟の泊る場所をいうのに、舟が泊る意にはハツを用いて、トマルを用いた例をみない」とある。ここは「キタリハテキ」と訓む。

●陪従――「陪従」は『常陸国風土記』に一例、『播磨国風土記』に一例、『肥前国風土記』に五例など、用例は多少みられる。「陪」は『万象名義』（六帖―二四・オ）に「陪、助也、随也、朝也」とあり、「陪従」はつき従う、またはともびとをいう。訓みは、『纂訂』・『考証』・『井上新考』・『採輯』が「ミトモ」、『武田風土記』が「オホントモ」、『秋本風土記』が「ミトモビト」、『久松風土記』・『小島風土記』が「オモトビト」、『広岡逸文』が「オホミトモ」とする。ここは、後文に「勅」とあり、神功皇后がともびとに直接に命じていることから、皇后の近くにいることがわかる訓を採って「オモトビト」と訓む。なお、【参考文献】（3）は長屋王家木簡の用語の訓を論ずるなかで、「御許」（漢語による表記）＝「御所」（和語による表記）であり、どちらも「オモト」と訓み、「御所人」は「オモトヒト」と訓むという。そして、「オモトに近侍するのがオモトヒトである」（東野氏によればオモトは「貴人の居所」をいう）という。

●大濱小濱――『応神紀』三年十一月条に「阿曇連祖大浜宿祢」が出てくるが、ここの大浜は『佐伯姓氏録』をはじめ、『井上逸文新考』・『秋本風土記』・『久松風土記』はその人物と同人であろうとする。『小島風土記』は「『浜』は阿曇氏にふさわしい名乗りである」と注する。また、『履中紀』即位前紀八十七年正月条と『履中紀』元年四月条に「阿曇連浜子」がみえるが、飯田武郷『日本書紀通釈　第三』は「応神紀なる大浜宿祢の子か」と記し、【参考文献】（2）

も「浜子と大浜と、浜の字を共通にする点から云へば、大浜は浜子の父か、もしくは縁者に当るかも知れない」と述べる。飯田武郷の説を受けて『久松風土記』は「小浜も関連のある名であらう」とする。『考証』は大浜小浜は兄弟であろうという。「浜」を名乗る点、この逸文の舞台が筑前国志賀島である点、背景が神功皇后の新羅征討である点（神功皇后の新羅征討に阿曇氏が関わることについては【語釈】「幸於新羅之時」の項を参照）、大浜小浜が「陪従」である点を考えると、大浜も小浜もやはり阿曇氏と考えるのが妥当であろう。なお、『肥前国風土記』松浦郡値嘉郷条に「小近」「大近」の島があり、小近には「土蜘蛛大耳」の名がみえ、さらに「陪従阿曇連百足」の名もみえる。『広岡逸文』は当記事を指摘し、本逸文との関連の可能性を示唆している。

●遣此嶋――前に「来泊此島」とあるのに、ここでわざわざ「遣此島」と記すのはやや不自然であるが、「此島」と「打昇浜」とが陸続きになっていることを知らなかったがために島内（「此島」）で火種を探すように勅したのであろう。その際考えられるのは、「打昇浜」のある陸側に火の明かりが見え、島側には明かりが見当たらなかったのではないかと思われることである。つまり、神功皇后が泊まっている所から周りを見渡したとき、火種をもらえそうな所は海に隔てられた陸側にしか見当たらなかったが、それでも海を渡らずに探すことのできる「此島」の内で探すようにと指示したのであろう。そのように解釈すれば、後に記されている「得早来」の一句は、この島の内ではすぐに火種を見つけることはできそうにもないのに「思ったよりも早く得て帰ってきた」と理解でき、ここに「遣此島」とあることも、さらに後段に「得早来」の一句があることも頷ける。さらに「近有家耶」の大浜の問いもより明確に理解できよう。ただし、説話は実話ではないので、この解釈は、土地をよく知っている人が説話を伝承するにあたっての、説話に対する共通理解、或いは共通イメージとでもいうようなものである。

●□火――□は『神道本釈紀』・『採輯』・『纂訂』・『考証』・『植木風土記』・『武田風土記』・『秋本風土記』・『久松風土

記』・『小島風土記』の諸本はすべて「覓」に校訂する。訓みは、『採輯』が「マギシムルニ」、・『纂訂』・『考証』が「覓（マガ）シムルニ」、『植木風土記』が「マギシニ」、『武田風土記』・『久松風土記』・『小島風土記』が「マギシメタマヒシニ」・『秋本風土記』が「トメシメタマフニ」、『広岡逸文』が「モトメニ（遣ハシタマフニ）」とする。「マグ」は『神代紀』下（天孫降臨章本文）に「覓㆑国（…覓㆑国此云㆓矩弐磨儀㆒…）」とあり、「トム」は仮名書き例なく、「モトム」は『万葉』（巻十七・四〇一四番歌）に「母等米安波受家牟」、『金光明最勝王経音義』（四・ウ）に「覓、毛止牟」とある（『古辞書音義集成第十二巻』による）。また、『時代別大辞典・上代編』の「もとむ」の【考】に「類義語に覓グや尋ムがあるが、マグは目（マ）に、トムは跡に、モトムは元に語源が求められるであろう。そしてその相違が意味の差ともなって、モトムには尋ね求めて探し歩き、探しあてて獲得しようとするまでの積極性があり」とある。ここは「モトム」の訓を採る。

ところで、阿曇氏が内膳司の官人であったことは『延喜式』や『続紀』や『高橋氏文』等の記述によってわかるが、『高橋氏文』（新撰日本古典文庫4『古語拾遺・高橋氏文』による）の安曇宿祢氏の主張の中に「又安曇宿祢等欵云。御間城入彦五十瓊殖天皇御世。己等遠祖。大拷成吹。始奉㆓御膳㆒者」とあり、『佐伯姓氏録』は「成吹」を「火を吹いて『御飯を炊く』ことを意味しているのであろう」とし、それは『延喜式』践祚大嘗祭、麁妙服事条に「伴造燧㆑火。兼炊㆓御飯㆒安曇宿祢吹㆑火」（神道大系本『延喜式』による）とある「安曇宿祢氏の『火を吹く』という職掌と関係するものであることは間違いない」という。本逸文で小浜が「覓火」するのは、『秋本風土記』は「夜の照明、炊飯などのため」の「火種をもらいに行かされた」意であるとするが、『延喜式』や『高橋氏文』の記述を考えると、特に炊飯のためのものであった可能性が高いといえよう。なお、『高橋氏文』の高橋氏の主張の中には「及㆓軽島明宮御宇誉田天皇三年㆒処々海人訕㆓呢之㆒不㆑従㆑命。乃遣㆓安曇連祖大浜宿祢㆒平之日為㆓海人之宰㆒是安曇氏預㆓奉御膳㆒之由也」とある。また、『万葉』（巻二・一二六番歌左注）にも火種をもらう話が載っている。

●得早來――『井上逸文新考』に「早得来の顛倒か。ハヤクは思ヒシヨリ早クとなり」とある。【語釈】「遣此嶋」の項を参照。

●打昇濱――『地名辞書』・『秋本風土記』は海の中道（博多湾の北部を限る長浜で、和白町奈多から西方に突出して志賀島に及ぶ細長い砂浜で、奈多浜ともいう）をいうとし、『広岡逸文』は「海の中道の古称か」と疑問を残すが、海の中道を指していると考えてよいであろう。

『採輯』・『纂訂』・『考証』・『井上逸文新考』・『植木風土記』は「ウチノボルハマ」と訓み、『武田風土記』は「ウチノボリノハマ」、『秋本風土記』・『久松風土記』『小島風土記』・『広岡逸文』は「ウチアゲノハマ」と訓む。『和歌童蒙抄』所引の『筑前国風土記』に「うちあげの浜」がみえ、『秋本風土記』・『小島風土記』・『広岡逸文』はこれによって「ウチアゲノハマ」と訓んでいる。しかし、「打昇」をウチアゲと訓んでよいのかについては疑問が残り、『地名辞書』は「筑前に打昇浜あれど、打上を聞かず、因て疑ふ、筑前風土記と云ふも、其実肥前の誤りなる歟、蓋打上浜は呼子港の旧名にして、渡韓の泊所のみ」という。『和歌童蒙抄』所引の『筑前国風土記』「うちあげの浜」は狭手彦と妾との船上での別れの伝説であるが、狭手彦の渡海は『宣化紀』二年十月条と『欽明紀』二十三年八月条に記され、『肥前国風土記』松浦郡条や『肥前国風土記』「帔揺岑」条の褶振峯説話や『万葉』（巻五・八七一～八七五番歌）の松浦佐用比売を歌った歌が有名であり、また、「佐用姫神社記別記」には、

最早船影も幽に成ければ、夫より船影の近き方へと急がれしに、ひとつの島を見当り、かしこへ行かんと狭手彦の名を呼び慕はれしに依り、今の呼子を呼子の浦と云ふなり。（『平凡地名佐賀』「呼子村」による）

とある（『神道大系　神社編四十五』所収「佐用姫神社之事」には、多少の異同があるものの、ほぼ同文内容が記されている）。これらを考えると『筑前国風土記』の「うちあげの浜」の文は狭手彦の異伝とも思え、簡単に『肥前国風土記』の誤りであるとは言

いがたいが、一方で、打上浜の地名を考えれば『地名辞書』の説も退け難い。ともかく、この「うちあげの浜」には問題のある可能性があるので、これによって「打昇浜」を訓むのは控え、今は「ウチノボリノハマ」と訓んでおく。

なお、『井上逸文新考』に「ウチノボルは遥々ト上手ヘツヅケルということならむ」、また、【参考文献】（1）に「打昇は宇知阿牙と訓ムべし。名義は浪の大しく打上る処なるに因れり」、『久松風土記』に「火を求めてただちに得たといふことから考へると、打昇は顯宗紀二年の『拍上賜』の『拍上』と同じく、宴の意で（釈日本紀に拍上賜者飲酒之儀也とある）『ウチアゲの浜』の意か」とある（なお、顯宗紀二年は『顯宗紀』即位前紀（清寧天皇二年十一月）の誤り）が、『万象名義』（五帖―一二七・ウ）に「昇、出也」、天治本『新撰字鏡』（巻一―六・ウ）にも「昇、出也」とあり、「打昇」は海の中道が干潮時に海から現れ出ることを指していっていると考えられる。

●殆可謂同地――『広岡逸文』はこの一句を「同じ地域だといってもよい」と現代語訳するが、ここは『秋本風土記』のいうように「地続きと同様。それ故に、陸地（打昇浜）まで行って火をもらって来ることが早く出来たのだという意」であろう。

●近嶋――『肥前国風土記』松浦郡値嘉郷条に「近島」の地名説話がある。

【参考文献】

（1）伊藤常足『太宰管内志　上巻』（太宰管内志刊行会、一九三四年一月）
（2）田中卓『住吉大社史　上巻』第三章「住吉大社の顕現」（住吉大社奉賛会、一九六三年七月）
（3）東野治之「長屋王家木簡の文体と用語」（『万葉集研究』第一八集、塙書房、一九九一年五月）

四　『筑前国風土記』怡土郡条〔『釈日本紀』巻十述義六。仲哀天皇紀。「伊覩縣主祖五十迹手」〕

【本文】（『前田本釈紀』）

筑前國風土記曰怡土郡昔者穴戸豊浦宮御宇足仲彦天皇将討球磨噌唹幸筑紫之時怡土縣主等祖五十跡手聞天皇幸拔取五百枝賢木立于船舳艫上枝挂八尺瓊中枝挂白銅鏡下枝挂十握釼叅迎穴門引嶋獻之天皇勅問阿誰人五十跡手奏曰高麗國意呂山自天降來日桙之苗裔五十跡手是也天皇於斯譽五十跡手曰恪手[①]〔謂伊蘓志〕五十跡手之本土可謂恪勤國今謂怡土郡訛也

【校勘】

①手――『自筆本万緯』も「手」とあるが、『井上逸文新考』に従い、「手」を「乎」の誤写とする。

【訓読】

（筑前国風土記に曰ふ。）

怡土郡。

昔者、穴戸の豊浦の宮に御宇ひし足仲彦の天皇、球磨噌唹を討たむとしたまひて、筑紫に幸しし時、怡土の県主等が祖五十跡手、天皇の幸を聞きて、五百枝の賢木を抜き取りて、船の舳と艫に立て、上枝に八尺瓊を挂け、中枝に白銅鏡を挂け、下枝に十握剣を挂けて、穴門の引島に叅迎へて献りき。天皇、勅問ひたまひて、「阿誰人ぞ」とのりたまへば、五十跡手奏して曰はく、「高麗国の意呂山に、天より降り来し日桙の苗裔五十跡手是なり」とまをしき。天皇、ここに五十跡手を誉めて曰はく、「恪し〔伊蘇志と謂ふ〕。五十跡手が本土は恪勤国と謂ふべし」とのりたまひき。今、怡土郡と謂ふは訛れるなり。

【現代語訳】

（筑前国風土記に次のようにいう。）

怡土郡。

昔、穴戸の豊浦の宮で天下をお治めになられた足仲彦天皇（仲哀天皇）が、球磨噌唹を討とうとなさって筑紫においでになった時、怡土の県主らの祖先である五十跡手は、天皇の行幸を聞きつけて、枝葉のよく茂った賢木を根こそぎ取って、船の舳と艫に立て、上の枝には八尺瓊をかけ、中の枝には白銅鏡をかけ、下の枝には十握剣をかけて、穴門の引島（彦島）に参り迎えて献った。天皇がお尋ねになって「（お前は）誰か。」とおっしゃると、五十跡手が申し上げるのに、「高麗の国の意呂山に天から降ってきた日桙の末裔である五十跡手とは私のことです。」と言った。天皇はそこで五十跡手を誉めて、「いそし（忠勤である）〔伊蘇志という〕。五十跡手の本拠地を恪勤国というがよい。」とおっしゃった。今、怡土郡というのは訛ったのである。

【語釈】

●怡土郡――『和名抄』に「怡土〈以止〉」とある。『仲哀紀』八年正月条に「筑紫伊覩県主」、『仲哀記』に「筑紫国伊斗村」、『神功紀』摂政前紀九月条に「伊覩県」、『延喜式』巻第十「神名　下」に「怡土郡」、『釈紀』所引『筑紫風土記』「芋湄野」（乙類）に「逸都県」、『魏志』倭人伝に「伊都国」がみえる。この伊都国は、いわゆる邪馬台国北九州説をとる立場では、本逸文や『紀』にみえる後の「筑紫伊都県」であるという〈【参考文献】(8)〉。現在の福岡県糸島郡の南半分で、『角川地名福岡』に「北は志摩郡・博多湾、東は早良（さわら）郡、南は肥前国、西は玄海灘に接する」とある。

●穴戸豊浦宮御宇足仲彦天皇――『仲哀紀』二年九月条に「興二宮室于穴門一而居之。是謂二穴戸豊浦宮一」とあり、『仲哀記』にも「帯中日子天皇、坐二穴戸之豊浦宮、及筑紫訶志比宮一、治二天下一也」とあり、仲哀天皇をいい、宮の所在場所は山口県下関市豊浦町にあたる。『紀』は「足仲彦天皇」、『記』・『釈紀』所引『伊予国風土記』「伊社迩波之岡」条は「帯中日子天皇」、『播磨国風土記』には「帯中日子命」とある。

●将討球磨噲唹幸筑紫之時――『仲哀紀』二年三月条に「……熊襲叛之不二朝貢一。天皇於レ是、将レ討二熊襲国一」、同八年正月条に「幸二筑紫一」とあり、『仲哀記』には「天皇坐二筑紫訶志比宮一将レ撃二熊曽国一之時……」、『播磨国風土記』の賀古郡条（以下の記事が賀古郡に含まれるとするのは『植垣風土記』による）には「穴戸豊浦宮御宇天皇与二皇后一倶、欲レ平二筑紫久麻曽国一下行之時……」とあり、仲哀天皇が熊襲征討のために筑紫へ下るとするのは諸伝同じである。

なお、九州風土記の甲類は『紀』との間に密接な関係があると従来から指摘されているが、本逸文と近似した『紀』の記事は、『仲哀紀』八年正月条に次のようにある。

又筑紫伊覩県主祖五十迹手、聞二天皇之行一、抜二取五百枝賢木一、立二于船之舳艫一、上枝掛二八尺瓊一、中枝掛二白銅鏡一、下枝掛二十握剣一、参二迎于穴門引島一而献之。因以奏言、臣敢所二以献一是物一者、天皇如二八尺瓊之勾一以曲妙御宇、且如二白銅鏡一以分明看二行山川海原一、乃提二是十握剣一平二天下一矣。天皇即美二五十迹手一曰、伊蘇志。故時人号二五十迹手之本土一曰二伊蘇国一今謂二伊覩一者訛也。

●球磨噲唹――『肥前国風土記』彼杵郡や『肥後国風土記』「尓陪魚」条に同表記がみえ、『豊後国風土記』の日田郡・

速見郡と『肥前国風土記』総記・『肥後国風土記』「肥後国号」条には「球磨贈於」とあり、甲類の九州風土記は四字で記す。『紀』は「熊襲」、『記』は「熊曽」と書き、『記』は地名「熊曽国」として用いられているが、『紀』には「熊襲」・「熊襲国」の両表記があって、地名としてのほか種族名として用いられている場合がある。『播磨国風土記』には「久麻曽国」とある。

クマソをどう理解するのかについては諸説あるが、【参考文献】（18）によれば、「その代表的なものは本居宣長と津田左右吉の説であ」り、「現在では津田説が有力で、ほぼ定説となっている」という。それらの説とは即ち、本居宣長は「熊曽国は曽国なり、曽と云は、もと書紀神代巻に、日向襲とある地にして、和名抄に、大隅国囎唹郡ある是なり」といい、熊については「肥後国球磨郡と云は別なり」とし、「いと建かりし故に、熊曽とは云なり」〈『古事記伝』五之巻〉であり、津田左右吉は『肥前国風土記』や『豊後国風土記』などが「球磨噌唹」などと表記されていることから、熊襲を肥後国の球磨と大隅国の贈於と考える（【参考文献】（2））。そして【参考文献】（18）の見解は、九州南部の考古学的知見を加えて、「球磨地方と贈於地方の古墳文化には明瞭な差異がある」ことを示し、細部の説の違いはあるものの宣長説を採っている。

しかし、「クマソ」の国が「熊国」（後の肥後国球麻郡に当たる）と「襲国」（後の大隅国贈於郡に当たる）の二国をさすことは、【参考文献】（5）が、「住吉大社神代記」や「高良玉垂宮縁起」に「熊襲二国」と明記していることからも明らかであると述べるとおりであろう（【参考文献】（5）は、「住吉大社神代記」のなかでも特に高古の文章と推定される「船木等本記」にも「熊襲二国」の用例があることは、注目されるという。）し、この逸文を含めた甲類の九州風土記の場合も、津田左右吉のいうように、奈良時代の人々が熊襲を肥後の球磨・大隅の贈於と理解していたことを示すものであろう。『広岡逸文』も「球磨と噌唹の両地域で、間に諸県などを介して離れている。朝廷に抵抗する両地域を併称したもの」と注する。なお、『和名抄』には大隅国に「噌唹［曽於］」、肥後国に「球麻［久萬］」とある。

●怡土縣主等祖五十跡手――県主は、律令制以前の地方行政組織の一種である県の首長をいう〈【参考文献】(17)〉。『秋本風土記』は「怡土地方土着の豪族で天皇の治下に入って統治を命ぜられたもの」とし、『吉野風土記』は「怡土地方（福島(マヽ)県糸島郡）の族長」とするが、ヤマト国（邪馬台国）北九州説に立つ【参考文献】(8)は、『仲哀紀』八年正月条（【語釈】「将討球磨噌唹幸筑紫之時」を参照）をあげて、「この当時は、時代も四世紀の中頃であり、ヒミコ（注略）も死没（二四七・八年頃）し、魏も滅亡（二六五年頃）して、ヤマト国自身もクヌ国に制圧せられた（恐らく二七〇年頃）後のことであるから、ここに見えるイト県主が、ヤマト国治下のイト国の首長でないことは明らかである。恐らく当時、イト地方はクヌ国の支配下にあったのであり、それが、いま仲哀天皇のクマソ征伐を好機として、かつてのイト国の首長の系統を継ぐ五十跡手が奉迎に出向いたのであろう」とする。『広岡逸文』に「郡名イトのトは甲類。人名イトテのトは乙類で、両者に語系上の関係はない」とある。

●抜取――『採輯』・『纂訂』・『考証』・『植木風土記』は「ネコジトリ（テ）」と訓み、『武田風土記』・『久松風土記』・『小島風土記』は「ネコジニシテ」、『秋本風土記』は「コヂトリテ」、『広岡逸文』は「ヌキトリテ」と訓む。『記』（上巻）に「天香山之五百津真賢木矣、根許士尓許士而」とあり、『仲哀紀』八年正月条の「抜取」に兼右本「コジ」、北野本「ネコシニシテ」・「ヌキトル」と付訓する。ここは、「ヌキトル」と訓んでおく。根こそぎ抜き取ることをいう。

●五百枝賢木――『井上逸文新考』に「賢木はサカキの借字なり。サカキは常緑樹の総名なり。冬も栄ゆるが故にサカキといふなり。今楊桐をサカキといふは汎称が特称となりて残れるなり」、『秋本風土記』に「枝葉の繁った常緑樹。榊には限らない」、『広岡逸文』に「茂り栄える大きい榊の木」とある。本逸文と同内容である『紀』の記事（【語釈】「将討球磨噌唹幸筑紫之時」を参照）の他に、『景行紀』十二年九月条に「賢木」、『仲哀紀』八年正月条に「五百枝賢木」、『神代紀』上宝鏡開始章本文「五百箇真坂樹」、『記』（上巻）に「五百津真賢木」とある（【諸問題】（一）を参照）。

●舳艫――『名義抄』（佛下本一二）に「舳、へ、トモ」、「艫、トモ、へ」とあり、舳も艫もへとトモの両方の訓みがある。『時代別大辞典・上代編』の「へ」の【考】に「トモに対して「艫」のほかに「舳」をあてたりして、漢籍と同様に当時から混用している」とある。『採輯』・『纂訂』・『考証』・『井上逸文新考』・『植木風土記』・『武田風土記』は「トモへ」と訓み、『秋本風土記』・『小島風土記』・『久松風土記』は「へトモ」、『広岡逸文』は「へトトモ」と訓み、『井上逸文新考』に「神武天皇紀戊午年二月の古訓に舳艫をトモへとよめり。思ふに風雨をアメカゼとよみ日月をツキヒとよむが如く（但天体の日月はヒツキとよむなり）文字には拘はらで我邦にてとなへ慣れたるに従へるならむ」とある。ここは、『広岡逸文』に従い、「へトトモ」と訓む。

●八尺瓊――大きい玉の意。『秋本風土記』は「長い緒に貫き連ねた玉飾り」とする。『仲哀紀』八年正月条の五十跡手の奏上に「如二八尺瓊之勾一」とあり、『紀』の八尺瓊は勾玉であるが、これによって本逸文の八尺瓊も「勾玉」であることがわかる。『新全集紀』の注（『神代紀』上瑞珠盟約章本文の「瑞八坂瓊之曲玉」）に、「王冠などの大曲玉を見ると、瓊の曲玉を持つことは王者の資格象徴でもあったろう」とある。怡土県主の祖である五十跡手が持つにふさわしいものである。なお、尺の長さについては、『伊勢国風土記』「伊勢国号（二）」条の【諸問題】を参照。ただし、ここは『広岡逸文』がいうように実長ではない。

●白銅鏡――よく澄んでいる鏡をいう。『正倉院文書』「天平六年造仏所作物帳」に「裏着鏡一面（径四寸半、厚三分）、料白銅一斤四両（四両白鑞一斤銅）」（『大日本古文書』一による）等とあり、銅と白鑞で作ったことがわかる。『万葉』巻十六・三八八五番歌に「真墨乃鏡」とある。マソカガミともいう。

●十握劔――ツカは長さの単位で、一握は諸説に多少の違いがあり、『広岡逸文』は約七センチメートル、『大系紀』

は八センチメートルから一〇センチメートル、『新全集紀』は約一〇センチメートルという。他に九握剣・八握剣もあるが、『広岡逸文』のいうように実長ではないであろう。

●叅迎――「叅」字、『板本釈紀』・『纂訂』・『考証』・『井上逸文新考』・『植木風土記』・『武田風土記』・『秋本風土記』・『久松風土記』は「參」に作り、『小島風土記』・『広岡逸文』は「参」に作り、『神道本釈紀』は「㕘」に作る。【参考文献】(27)・『小野田研究』に、奈良時代の諸文献は、数字の三の大字「叄」とその他の「㕘」とは明らかに使い分けをしており、これらの字を別字として成立した「參」に統一するのは「文字論的に整理統一した中国の小学類に随うものであって、一考を要する」と指摘されている。ここは底本どおり、「叅（㕘）」とすべきである。

●穴門――『地名辞書』に「抑穴門は海峡の名より起り、今の豊浦厚狭美祢等の総称と為す」とあり、『平凡地名山口』は「大化以前に穴門・阿武の二つのクニの存在していたことが知られ」、穴門の領域は「のちの豊浦・美祢・厚狭の三郡で」あるという。『垂仁紀』二年是歳条に「意富加羅国王之子、名都怒我阿羅斯等、（中略）到二于穴門一時、（後略）」とあり、ここの「穴門」は長門国の西南部の関門海峡周辺部を指し（『大系紀』・『新全集紀』）、本逸文の穴門も同じである。律令体制下の「長門（穴門）国」とは異なる。なお、【参考文献】(16)に「海峡（筆者注：関門海峡）のもっとも接する門司和布刈（めかり）と壇の浦との間はわずかに八百メートルで、ややひらけている周防灘からこの海門にさしかかるとちょうど穴のようにみえる。穴門という地名については古来いろいろな説が行なわれて来たけれども、要するにこの地形から出ている点では一致している」とある。『地名辞書』は「穴門穴戸は共に古訓ナガト」であるという。

●引嶋――『地名辞書』・『角川地名山口』・『平凡地名山口』をはじめ、『秋本風土記』・『久松風土記』・『広岡逸文』も関門海峡の西口に位置する下関市彦島とする。【参考文献】(16)によれば、「伝説によれば昔、彦島と伊崎とは陸続きになっていたのが、急潮のため洞穴を生じ、ついに離れてしまったが伊崎の岬が彦島を引っぱっているように見えるので引島というようになったという」。『書紀集解』巻八（『仲哀紀』二年三月条「幸二穴門一」の注）にも「関門海峡の中の分裂した山が「海ニ移リ島ト為ル。引島即チ是也」という。

訓みは、『採輯』・『纂訂』・『考証』・『広岡逸文』が「ヒケシマ」（『新大系紀』（『仲哀紀』八年正月条）も「ヒケシマ」）、『井上逸文新考』は「ヒクシマ」（『地名辞書』・『角川地名山口』・『平凡地名山口』は「ヒクシマ」と振りがなをつける）、『植木風土記』は「ヒケジマ」、『武田風土記』・『秋本風土記』・『小島風土記』・『久松風土記』は「ヒキシマ」とする。また、『大系紀』（『仲哀紀』八年正月条）は「引にはヒコフネ（引舟）・ヒコシロフなどヒコという例がある」ことから「ヒコシマ」と付訓する。ここは、『仲哀紀』八年正月条「引嶋」の兼右本・北野本の訓によって、「ヒケシマ」と訓んでおく。

●阿誰人――『名義抄』に「阿姑、ヲハ」（佛中―一五）、「阿―（伯）、ヲチ」（佛上―九）、「阿―（翁）、シウト」等とあり、「阿～」は中国の口語的表現で、人をよぶ時に用いる語である。『神代紀』上瑞珠盟約章本文にも素戔嗚尊が天照大神を「阿姉」と呼んでいる箇所がある。訓みは、『井上逸文新考』・『植木風土記』が「タレシノヒトゾ（ヤ）」、『採輯』・『纂訂』・『考証』・『武田風土記』・『小島風土記』が「タレゾ」、『秋本風土記』・『久松風土記』が「タレヒトゾ」、『広岡逸文』が「ア、タソ」と訓む。『垂仁紀』三年三月条・『景行紀』二十七年十二月条の「誰人」に北野本「タレソ」と付訓しているのに従う。

●高麗國意呂山――本逸文の五十跡手の奏言について、本居宣長は「高麗国云々とあるは、伝への異なるか、はた新羅国の天ノ日矛とは別人か詳らかならず」と疑問を示し（『古事記伝』三十四之巻）、『考証』・『井上逸文新考』は天日槍が新羅の王子であるという『記』等の記述から、高麗国は新羅国の誤りであろうと考えた。（この説は【諸問題】（二）で述べるように認められない。）そして、【参考文献】（4）は、新羅王子として有名な天日槍の出現地を「高麗国」と記すような重大な誤りをするであろうかとして、「高麗」を三国時代の高句麗でなく、王建の興した高麗とする説を出した。また、

「意呂山」については、『広岡逸文』が『応神記』に新羅国の「阿具奴摩」が出てくることに注目して「その近くの山か」とする他は、朝鮮東南海岸（慶尚南道）の蔚山とするのが大方である。そのなかで、【参考文献】（7）は、①蔚山の地が「蔚山」と表記されるようになったのは李朝朝鮮の太宗十三年（一四一三）であること、②朝鮮語の発音では「蔚山」と「意呂山」は同じではないこと、③「意呂山」の「山」は朝鮮語の「ムレ」、即ち「山」であるので、地名としては「意呂（オロ）」であり、「蔚山（ウルサン）」とは別であること、を示して【参考文献】（4）をはじめ、意呂山を蔚山に比定することを批判している。

以上のように、本逸文の「高麗国意呂山」についてはまだ定説をみないが、現段階では、「高麗国」は【参考文献】（8）・（26）・『広岡逸文』のいうように「朝鮮半島」と解しておく。なお、【参考文献】（26）は「厳密に解すれば〔後の〕新羅地方」とし、【参考文献】（12）は天日槍の実際は「慶尚南道か北道か、その辺から来た辰韓の人間、つまり、新羅系なのであろう」という。

なお、意呂山や阿具奴摩については、【参考文献】（14）が朝鮮語や朝鮮神話と対比して、アグ沼や意呂山（「泉の山」を意味する）は、新羅始祖赫居世王すなわち閼智居西干が降誕したという楊山下の蘿井と類型を同じくする水辺の聖所であるといい、また「アメノヒボコ伝説のアグ沼や意呂山が何処であり、またそこに神社的なものがあったかどうかについて、新羅での話は地誌的に語られていない」という。

●日桙――『紀』には「天日槍」、『応神記』に「天之日矛」、『播磨国風土記』に「天日槍命」・「天日桙命」、『姓氏録』に「天日桙」、『古語拾遺』に「海桧槍」とある。天日槍は『播磨国風土記』では神として描かれ、『記』・『紀』では人として描かれている。このことについて、【参考文献】（23）は「事実は、朝鮮から渡来した一個人の名と考へるよりは、天日槍命を奉ずる一集団の名と考へるはうが正しいであらう」とし、また「一族は、土地（筆者注：播磨国をさす）に根をおろした生活の時期があった、また人々に支持されてゐたと思はれる。『播磨国風土記』だけは天日槍命と敬称を付してゐるのもその現れであらう」という。一方、【参考文献】（6）は『垂仁紀』三年三月条、及び同「一云」の記事と『播磨国風土記』の記事とを対比して、『播磨国風土記』は奉ぜられている神を主語として伝えられたもので、『紀』は奉ずる人を主語として伝えられたものであり、両者は同じ内容を伝えるものであるといい、天日槍については首長の実名か奉ずる神名かは明らかにしがたいという。

ところで、【参考文献】（23）・（24）は『播磨国風土記』に記されている天日槍の伝承を検討して、北の山間部の伝承と南海岸の伝承とは別系統の伝承であろうと推定し、『広岡逸文』も「当条は南伝系の日矛伝承か」とする。しかし、天日槍の伝承は【参考文献】（6）の説くように、一連のものと解して何ら矛盾はないのではなかろうか。即ち、前述したように『紀』と『播磨国風土記』は同一内容を表している記事と理解し、また、『播磨国風土記』に記されている天日槍の宿泊場所となった海中を『紀』でいう「淡路島」と解すれば、北の山間部と南海岸に分かたなくて済む。さらに言えば、【参考文献】（6）・（8）・（26）の説く理解（【諸問題】（二）を参照）と合わせれば、本逸文の「日桙」とも繋げて理解できるのは大きいであろう。

なお、『吉野風土記』は「韓鍛冶（祭器としての青銅の桙を作る）の首長的存在として見るべきかもしれない」といい、【参考文献】（22）は天日槍と兵主神との密接な関係を指摘し、天日槍と新羅の鉄を結びつけられることを示唆している。『記』の天日槍については【参考文献】（19）・（20）等に考察があり、また、【参考文献】（13）・（15）等にも天日槍についての論考がある。

●苗裔――『楚辞』離騒「帝高陽之苗裔兮」の王逸注に「苗、胤也。裔、末也」とあり、子孫の意。『纂訂』・『考証』をはじめ、諸注釈書は「スヱ」と訓むが、『広岡逸文』は「ハツコ」と訓む。『名義抄』（法中―一四三）に「裔、ハツムマコ、ハツコ」、また、『顕宗前紀』二年十一月条「御裔」に北野本「ハツコ」の訓があるが、『播磨国風土記』美嚢郡志深里条に「市辺之天皇御足末」とあり、『景行紀』四年二月条「苗裔」に北野本・兼右本「ミアナスヱ」の訓がある。ここは、「アナスヱ」と訓んでおく。

●誉——五十跡手の何を誉めたのかについて、『考証』は「こは書紀にみえたる瓊鏡剣をその一つ〳〵に称へ奉れる言の、暗にに(マヽ)熊襲の事情を看し明らめ給ひて兵を以て伐滅し給へと云る心を含めたるを深く喜びまして」誉めたという。即ち、『仲哀紀』八年正月条（【語釈】「將討球磨噌唹幸筑紫之時」を参照）に記されている五十跡手の奏言内容に類似する詞が「脱たるなるべし」とする。『秋本風土記』も『仲哀紀』に記されている五十跡手の奏上の詞があって「次のイソシと褒める説話が自然なものとなる。風土記にこの賀詞がないのは恐らくは省略したもの」といい、誉めた内容については『考証』と同じ考えであろう。しかし、ここは仲哀天皇の熊襲征伐の際に、自らの出自について述べて、天皇の力になろうとした五十跡手の同族意識に対して誉めたとみるべきではなかろうか。つまり、『応神記』には仲哀天皇の皇后である神功皇后の母系は天日槍の血筋を引くことが記されているが、五十跡手もまた天日槍の子孫であり、両者が同族であることは明らかである。さらに言えば、このことを重視する【参考文献】(6)・(8)等は、「仲哀天皇の熊襲征伐及び之に引つづく新羅征伐（括弧内省略）において、周知の如く、天皇よりも神功皇后が格別重大なる働をせられたということも、実は皇后の出自が天日槍に由来することと深い関係があるにちがいない。何とならば、祖先の伊都国時代の知識及び旧勢力（括弧内省略）が、皇后の後楯となつてゐたのではないか、と推察せられてくるからである」という。『仲哀紀』に記されるような奏言がなくとも、文意は通じていよう。

●恪手——『万象名義』に「恪、愙也」（二帖—八十三・ウ）、「愙、敬也」（二帖—八十三・ウ）とあり、天治本『新撰字鏡』（巻十—六・オ）にも「恪、敬也」とある。ここは天皇が一言で誉めているのだが、『播磨国風土記』託賀郡伊夜丘条の天皇の勅言にも「射乎」とあり、『植垣風土記』に「『乎』は終末辞。語勢を強める。『助字弁略』に『語已（をは）レル辞也』。『説文』に『語ノ余レル也』」とある。これで理解すれば「乎」は訓む必要はない。

『採輯』・『纂訂』・『考証』・『植木風土記』は底本のままの「恪手」で、「イソシ」と訓み、『武田風土記』は「恪手」を「イソシキカモ」と訓む。また、『井上逸文新考』は「手」を「乎」に改め、「イソシキカモ」と訓み、『秋本風土記』・『久松風土記』・『小島風土記』もこれに従う。『広岡逸文』は「恪乎」に校訂するも、訓みは「イソシカモ」とする。前述の「乎」の解釈と合わせて、次の分注「謂㆓伊蘇志㆒」との関わりや『仲哀紀』八年正月条の天皇の言葉を考えて、「恪乎」の二字で「イソシ」と訓む。

●謂伊蘇志――天治本『新撰字鏡』（巻一―二十六・オ）に「仂、謹也、伊曽志支」とある。よく勤める、忠実の意。『文徳実録』仁寿二年（八五二）二月条には「帝美㆓其功㆒曰。勤哉臣也。遂取㆓勤臣之義㆒。賜㆓姓伊蘇志臣㆒」とある。

●本土――『垂仁紀』二年是歳・十五年八月・九十九年十二月条、『神功紀』摂政五年三月条、『同』九十九年十二月条等に用例があり、『記』（上巻）・『仁徳記』・『顕宗記』等には「本国」の用例、『万葉』には「本郷」（巻一・六三番歌題詞、巻十九・四一四四番歌）と「本国」（巻六・一〇二一番歌）の用例がある。これらを見てみると、「本土」や「本国」は、生まれた土地、おおもとの土地の意味で、この字が用いられるのはその土地から離れて生計をたてている場合や長く離れている場合である。本逸文も同様に考えると、仲哀天皇が熊襲征討に九州へ来られた時、五十跡手は怡土県には住んでいないことになり、【参考文献】（6）・（8）・（26）が説くところによって考えれば、伊都国が狗奴国の支配下にあった当時、どこか別の土地に身を置いていたとも考えられようか。

●可謂恪勤國――天皇の言葉がどこまでであるかについて、『採輯』・『纂訂』・『考証』・『植木風土記』・『広岡逸文』は「恪乎（手）」のみとし、『井上逸文新考』・『武田風土記』・『秋本風土記』・『久松風土記』・『小島風土記』は「可謂恪勤国」までとする。『仲哀紀』八年正月条（【語釈】の「将討球磨噌唹幸筑紫之時」を参照）は「イソシ」のみが天皇の言葉となっており、同様に解釈することも考えられるが、同じ九州風土記甲類に属する『豊後国風土記』や『肥前国風土記』には、天皇の勅言による地名起源説話が少なからず載っている（『豊後国風土記』の総記、『肥前国風土記』の総記・基肄郡首・松浦郡値嘉郷・杵嶋郡郡首・藤津郡託羅郷条等）。それらはいずれも「可レ謂二〇〇（地名）一」という表現になっており、なおかつそれが天皇の言葉となっている。その例は『常陸国風土記』行方郡郡名条の天皇の勅言にもみられるが、「可」の有無が天皇の勅言であるか否かの指標となると考えられる。本逸文も、その文型から「可謂恪勤国」までを天皇の言葉と理解する。

「恪勤」は「考課令」12（善条）に「恪勤匪レ懈者。為二一善一」とあり、『令義解』に「謂。恪敬也。尽レ力曰レ勤。」とある。「恪勤国」は、『採輯』・『纂訂』・『考証』・『植木風土記』・『武田風土記』・『久松風土記』・『小島風土記』は「イソシノクニ」と訓み、『井上逸文新考』・『秋本風土記』・『吉野風土記』・『広岡逸文』は「イソノクニ」と訓む。『肥前国風土記』松浦郡条の地名説話に「皇后曰、甚希見物。（希見謂二梅豆羅志一。）因曰二希見国一今訛謂二松浦郡一」とあり、これと同内容の記事が『神功摂政前紀』九年四月条に、「時皇后曰、希見物也。（希見、此云二梅豆羅志一。）故時人号二其処一曰二梅豆羅国一。今謂二松浦一訛也。」とあり、これによって、『肥前国風土記』の「希見国」を「メヅラノクニ」と訓むことがわかる。本逸文も『肥前国風土記』にならい、「イソノクニ」と訓む。なお、『秋本風土記』に「イソシの語幹を以てイソとする」とある。

【諸問題】

（二）古代の服属儀礼と玉・鏡・剣

賢木を根こそぎ取って、その枝に瓊・鏡・剣の宝器を懸けて天皇の行幸を出迎える記述は、本逸文と同内容である『紀』の記事（【語釈】「将討球磨噌唹幸筑紫之時」を参照）の他に、『景行紀』十二年九月条に「則抜二磯津山之賢木一、以上枝挂二八握剣一、中枝挂二八咫鏡一、下枝挂二八尺瓊一、亦素幡樹二于船舳一、参向一」、『仲哀紀』八年正月条に「予抜二取五百枝賢木一、以立二九尋船之舳一、而上枝掛二白銅鏡一、中枝掛二十握剣一、下枝掛二八尺瓊一、参二迎于周芳沙麼之浦一。」がある。また、『神代紀』上宝鏡開始章本文には「掘二天香山之五百箇真坂樹一、而上枝懸二八坂瓊之五百箇御統一、中枝懸二八咫鏡一（割注省略）下枝懸二青和幣（割注省略）・白和幣一、相与致二其祈禱一焉」、『記』（上巻）にも同様の記述がある。

『考証』は「鏡玉剣の三種を、五百枝賢木に懸けて迎奉れるは、神代の故実に始りて、総て赤心を顕し、誠欵の至を白す表物（シロモノ）として、当時諸臣の天皇の行幸を迎奉る礼儀にてありける事著し」とし、『秋本風土記』は「榊にかけた玉・鏡・剣は氏族の神宝（神の神体）で氏族がその神を奉じて天皇に帰属する意を示す」とする。『久松風土記』は「地方豪族の服従の様子を示してゐる」といい、『小島風土記』は「神迎えの儀式」、『新全集紀』も「天皇を神として迎えて服属の儀礼を表す」とあり、『広岡逸文』は「瓊（玉）・鏡・剣は三種の宝器（レガリヤ）で王権の象徴。『魏志』東夷伝倭人「伊都国」条には「世有王」とある。その王権を献上する意であり、服属の表明」であるという。

ところで、これら玉・鏡・剣の三種の宝器は、一八二二年に筑前国怡土郡三雲村で発見された甕棺（紀元前一世紀から後一世紀のはじめの頃とみられている。）の副葬品から出土したり〈【参考文献】（9）〉、一九八五年には福岡市西区にある飯盛遺跡高木地区（弥生時代の前期末から中期初頭にあたり、紀元前二世紀から一世紀頃とされる遺跡）の三号木棺墓から揃って出土する〈【参考文献】（25）〉など、弥生時代の北九州の遺物と一致する。【参考文献】（21）によれば、「弥生時代・古墳時代を通じて、当代の墳墓からは鏡と剣と玉が屢々セットになって発見され、当時この三種の副葬品が王権の象徴として重んじられたことが指摘され」ており〈【参考文献】（1）〉、『景行紀』十二年九月条や『仲哀紀』八年正月条や本逸文の記事によって考えれば、「司祭的な地方君主が、その王権のシンボルである鏡と剣と玉を献上することによって祭祀権・統治権を天皇に譲って帰順したのであり、三種の宝物を木にとり懸けて天皇を迎えるのが、わが古代の服属儀礼であったと推測される」という。

(二) 天日槍の出現地とその渡来

天日槍は【参考文献】(4)が指摘する如く、以下に示すように、古書には悉く新羅王子として記されている。

新羅王子天日槍(『垂仁紀』三年三月条)

新羅国主之子、名謂二天之日矛一(『応神記』)

新羅皇子海桧槍(『古語拾遺』)

新羅王子天日桙命(『姓氏録』第二十七巻)

新羅王子天日槍(『釈紀』所引天書)

そして、『垂仁紀』三年三月条には「新羅王子天日槍来帰」とその渡来が記される。

天日槍の出現地と渡来年代について、【参考文献】(8)は、垂仁天皇の御代の絶対年代の比定に問題はあるものの、その年代を三世紀後半から四世紀初頭と考え、四世紀の中頃に新羅が建国されたと考えられることから、新羅王子の来朝の年代、または天日槍の出自のいずれかに問題があることを指摘し、【参考文献】(6)では、天日槍の渡来の実年代を三世紀後半(垂仁天皇の御代と吻合する。)と考証し、天日槍を「新羅王子」とする記述は「新羅国が成立した後の考による造作にちがいあるまい」とする。

本逸文では、天日槍の出現地は「高麗国」となっているが、前述の論考を考えれば、高麗国が新羅国の誤りであろうと考えられていた過去の説は認められない。むしろ、五十跡手の奏言の内容については、高麗国の表記に問題はあるものの【参考文献】（6）のいうように素朴な感じの強い異伝であると思われる。

ところで、天日槍は、本逸文によれば「怡土県主等祖」であるというが、この記述を重視する【参考文献】（6）・（8）・（26）は、『魏志』倭人伝にみえる伊都国（後の怡土県にあたる）と天日槍との間に密接な関係があることを指摘する。そして、『垂仁紀』三年三月条や『播磨国風土記』等の記事は、北九州のヤマト国（邪馬台国）の滅亡にともなって、天日槍を首長とする伊都国の一団が畿内を目指して瀬戸内海を東進し亡命したであろうことと関わるものであるとする。また、新羅国から日本の瀬戸内海に来たように記されている『記』の記述について、「ヒボコの命の出発点を、むしろイト国に求める方が実際に近いのではあるまいか。（新羅国より、といふのは、出自が帰化人であるといふことのために造作された説話であらう。）」という。天日槍の移動については、【参考文献】（3）・（12）は三世紀前半（二〇五年以後、二五〇年頃まで）に、朝鮮半島から直接日本海沿岸の若狭湾あたりに移住してきたとし、【参考文献】（10）・（11）は「北海路即ち日本海岸に沿うて東航しその上陸地は越前国笥飯浦、即ち敦賀港或ひは但馬国円山川流域であっただらうと考へ」るなど、『紀』が記す移動経路を描き直す説もあるが、前述の【参考文献】（6）・（8）・（26）の説く理解によれば、本逸文の「日桙」とも繋げて理解できるのは大きいであろう。

【参考文献】

（1）高橋健自『鏡と剣と玉』（冨山房、一九一一年七月）
（2）津田左右吉『日本古典の研究　上』岩波書店、一九四八年八月（『津田左右吉全集』第一巻、岩波書店、一九六三年一〇月）
（3）神田秀夫「天之日矛」（『国語国文』第一九巻第一号、一九五〇年一〇月）

（4）田中卓「九州風土記の成立」（『日本歴史』三一、一九五〇年一二月、田中卓著作集10『古典籍と史料』国書刊行会、一九九三年八月）

（5）田中卓『住吉大社神代記』（住吉大社、一九五一年一〇月、田中卓著作集7『住吉大社神代記の研究』国書刊行会、一九八五年一二月。なお、『すみのえ』二二一号、一九九六年四月、においても触れている。）

（6）田中卓「古代出雲攷」（『藝林』第五巻第一・二・三号、一九五四年二・四・六月、田中卓著作集2『日本国家の成立と諸氏族』国書刊行会、一九八六年一〇月）

（7）徳永春夫「九州風土記（甲類）の平安中期撰述説への一批判――中村栄孝教授の教示を中心に――」（『熊本史学』第一一号、一九五七年四月）

（8）田中卓「日本国家の成立」（『神道史研究』第五巻第五号、一九五七年九月、田中卓著作集2『日本国家の成立と諸氏族』国書刊行会、一九八六年一〇月）

（9）井上光貞『日本国家の起源』（岩波書店、一九六〇年、『井上光貞著作集』第三巻、岩波書店、一九八五年一〇月）

（10）今井啓一「播磨風土記に見える天日槍命と伊和大神」（『日本上古史研究』第五巻第四号、一九六一年四月）

（11）今井啓一「天日槍とその族」（『藝林』第十二巻第三号、一九六一年六月）

（12）神田秀夫「記紀風土記霊異記の牛と帰化人（上）」（『国語と国文学』一九六一年一一月号、一九六一年一一月）

（13）三品彰英『建国神話の諸問題』三品彰英論文集第二巻　後編第二章第六節「天ノ日矛」（平凡社、一九七一年二月）

（14）三品彰英『増補日鮮神話伝説の研究』三品彰英論文集第四巻　前編第一章第一節「アメノヒボコの渡来」（平凡社、一九七二年四月）

（15）三品彰英『増補日鮮神話伝説の研究』三品彰英論文集第四巻　後編「天之日矛帰化年代考」（平凡社、一九七二年四月）

(16)『下関市史　原始―中世』(名著出版、一九七三年一一月)
(17)『国史大辞典』第一巻、「県主」上田正昭執筆(吉川弘文館、一九七九年三月)
(18)中村明蔵「クマソの実態とクマソ観念の成立について」(井上薫教授退官記念会編『日本古代の国家と宗教』下巻、吉川弘文館、一九八〇年五月、『熊襲・隼人の社会史研究』名著出版、一九八六年五月)
(19)福島秋穂「『古事記』に載録された天之日矛の話の構造について」(『国文学研究』第七二集、一九八〇年一〇月、『記紀神話伝説の研究』六興出版、一九八八年六月)
(20)福島秋穂「『古事記』に載録された天之日矛の話をめぐって」(『国文学研究』第七三集、一九八一年三月、『記紀神話伝説の研究』六興出版、一九八八年六月)
(21)黛弘道『律令国家成立史の研究』附論第一「三種の神器について」、一「神璽剣鏡」(吉川弘文館、一九八二年一二月)
(22)黛弘道『律令国家成立史の研究』附論第三「延喜神名式雑考――兵主神社について――」(吉川弘文館、一九八二年一二月)
(23)植垣節也「播磨国風土記註釈稿(九)揖保郡(つづき)」(『風土記研究』第一一号、一九九〇年一二月)
(24)植垣節也『播磨国風土記の諸問題』(『古事記年報』三三、一九九一年一月)
(25)田中卓『日本国家の成立』(皇學館大学講演叢書七二、一九九二年五月、田中卓著作集11―Ⅱ『私の古代史像』国書刊行会、一九九八年七月)
(26)田中卓『住吉大社史　中巻』(住吉大社奉賛会、一九九四年一一月)
(27)小野田光雄「古事記の大字『参』について」(『古事記の言葉』古事記研究大系10、古事記学会編、高科書店、一九九五年七月)

第二章　伝承とその舞台―『竹取物語』を事例として―

物語の概要

竹の中から生まれた小さな美しい女の子が、八月十五日の中秋の名月の日に天に昇り、月の世界に帰っていくという、いわゆるかぐや姫の物語は、我々日本人ならおそらく誰もが知っている話である。しかし、現在に伝わる『竹取物語』は、そういった内容のほかに、かぐや姫に求婚した五人の貴公子たちに一人一つずつの難題が出され、五人それぞれの解決の仕方と結末がどのようなものであるか、また帝の求婚とそのなりゆきについてなどの話が含まれている。そこでまず、この物語の概要を記すと次のとおりである。

山野に分け入って竹を取っていた竹取の翁（おきな）という者がいた。ある日、竹の中から三寸ばかりの小さな稚児を見出した。その児を籠の中に入れて養育すると、翁はしだいに裕福になった。その児も三ヶ月ほどすると一人前の大きさになり、輝くばかりの美しい女子となる。翁は更に富を蓄えて、勢力強大になり、その女子をなよ竹のかぐや姫と名づけた。

このかぐや姫の噂を聞いて、いろいろな人が妻にしたいと夢中になるが、その中で特に熱心な五人の貴公子が姫に求婚した。かぐや姫は各人に異なる難題を一つずつ出し、それを成し遂げた人と結婚しようと言いだした。それは、かぐや姫が見たいと思う珍しい品物を持ってきて見せるというものであり、一人目には仏の御石の鉢、二人目には蓬莱（ほうらい）の玉の枝、三人目には火鼠（ひねずみ）の皮衣（かわぎぬ）、四人目には竜の頸（くび）の玉、五人目には燕（つばくらめ）の子安（こやす）の貝という難題を設けた。それぞれ、偽物の仏の石の鉢や贋作の蓬莱の玉の枝を持参してその偽りがばれてしまったり、本物の火鼠の皮衣と思って持参してもそれが偽物であったりして失敗する。また、竜の頸（くび）の玉を取ろうと船出したものの遭難したり、燕の子安の貝を取ろうとして高所から落ちて腰の骨を折り、それがもとで死んでしまうなど、自ら品物を獲得しに出かけた者も失敗に終わってしまう。

このような事件があって、この世に類なく美しいかぐや姫のことを帝もお知りになり、いろいろな手を尽くして姫を召そうとするがうまくいかない。そこで、帝は御狩の行幸のふりをしてかぐや姫に会うが、姫がふつうの人でないことを知って連れて帰ることはできなかった。その後も姫のことばかりお思いになり歌のやりとりをなさること三年ばかりが経った。

ところが、ある年の春ころから、かぐや姫は月を見ては思い嘆くようになり、八月十五日も近いころに翁に、自分は月の都の人であることを打ち明け、八月十五日に月の国から迎えがくることを知らせた。このことをお聞きになった帝は、かぐや姫の昇天をはばもうとして兵を出すが、相手が月の国の人であるので戦うこともできない。姫は泣き伏す翁と帝に手紙を書き、帝には不死の薬を添えて月に昇っていった。翁は悲しみで病に臥し、帝は二度と会うことのできないかぐや姫を慕って、手紙と不死の薬を富士山で焼いた。

物語の書名

この物語は大きく分けると、①かぐや姫の生い立ちを語る化成説話・致富長者説話、②五人の貴公子に課せられた五つの求婚難題説話、③帝の求婚説話、④かぐや姫の昇天説話、から構成されている。主人公はもちろんかぐや姫であり、『源氏物語』蓬生の巻の中でも「かぐや姫の物語」とよばれている。しかし、それは主人公の名による通称とでもいうべきものであって、現存する『竹取物語』の伝写本にはあくまでも「竹取翁物語」あるいは「竹取物語」また「竹取」と題されている（中田剛直『竹取物語の研究』による）。『源氏物語』絵合の巻に「竹取の翁」との呼称があるように、古典作品としてのこの物語は、決してかぐや姫の物語という書名ではないということは知っておく必要があろう。

竹取説話の存在

ところで、『広陵町史』で『竹取物語』が取り上げられるのは、この物語の舞台が広陵町を中心とする大和国であると考えられるからである。このことについては後述するが、ここではまず、その前提として、この物語を理解するために知っておく必要のある作品の成立に関わる問題について述べてみよう。

今日伝わる『竹取物語』は、一人の作者によって全てが創作されたのではない。このことは、この物語の成立以前から伝承されてきた竹取説話なるものが存在することからも明らかである。例えば、『今昔物語集』巻三十一の第三十三話「竹取ノ翁見付ケシ女ノ児ヲ養ヘル語」の説話には次のような話がみえている。

竹取の翁が篁で竹を切っている時、篁の中で光っている一つのものに気付き、竹の節から三寸ばかりの小さな女の児を見つけた。翁は嫗とともにその児を養育したところ、三月ばかりで普通の人のようになり、その美しさは誉れ高きものであった。そうこうしている間、翁はたちまちに裕福になり、諸々の上達部や殿上人が女に求婚する。女は初めは「空で鳴る雷を捕まえてきた人と会おう」と言い、次には「優曇花の花を採ってきた人と会おう」と言い、後には「打たないのに鳴る鼓を持ってきて聞かせてほしい」と言い、人々は古老に聞いたり探しに出かけたりするが、皆死んでしまったり帰ってこなかったりした。また帝も求婚をするが、女は自分が人ではない身であることを知らせ、空からの迎えによって昇天する。

この説話が『竹取物語』と密接な関係のあることは一目瞭然であるが、両者を比較してみると、『今昔物語集』の説話の方は、竹取の翁の名やかぐや姫の名が記されておらず、難題の数が三つでその内容も素朴である。これに対し、『竹取物語』は登場人物には名が付けられており、難題の数は五つで、しかもその内容は仏教や漢籍などに由来するものであったりする。このような相違があるものの、『今昔物語集』にみえる優曇花の花の難題のことが『竹取物語』の中でも触れられるという共通する点もある。それは、くらもちの皇子が密かに作らせた蓬莱の玉の枝をかぐや姫のもとへ運ぶ時、世の人々が「『くらもちの皇子は、優曇花の花持ちて、のぼり給へり』とののしけり」と記されている。この優曇花の花の記述を考えると、『竹取物語』が成立する時点では、既に『今昔物語集』に載せられている説話に近いものが存在し、かつ、作者も当然その説話を知っていたと考えられる。これらのことから、『竹取物語』はその竹取説話を素材としてできた物語であり、『今昔物語集』の説話は古くから伝承されてきた竹取説話を採ったものであることが推測される。

なお、こうした竹取説話がどのようなものであったかについては、現在となっては明確にはわからない。しかも『竹取物語』の素材となった竹取説話と『今昔物語集』が採ったそれとが同一のものであるとの断言もできない。しかし、『古事記裏書』など所引の『丹後国風土記』逸文の「奈具社（なぐのやしろ）　比治真奈井（ひじのまなゐ）」や『帝王編年記』養老七年の条所引の「伊香（いかごの）小江（をうみ）」の説話などにみられる羽衣説話などが古くから伝承されることや、『万葉集』巻十六の三七九一番歌の詞書に「昔、老翁有り、号を竹取の翁といふ」とあり、そこに既に「竹取の翁」の名がみえることなどを考慮すると、古くから竹取説話が存在したことを認めないわけにはいかない。しかも先にも触れたように、『竹取物語』の書名が主人公の名をとるものではなく、あくまでも竹取の翁の物語であったことは、この物語が竹取説話を素材として作られた作品であることと深く関連があると思われる。

物語における素材と創作

このように見ていくと、現『竹取物語』には素材に含まれる古い要素と物語として成立した時に加味された新しい要素の二様が内包されていると考えられるのだが、このことは、文体の面からも既に指摘されている（阪倉篤義「竹取物語における文体の問題」『国語国文』一九五六年一一月号）。阪倉氏は、『竹取物語』の文章に訓読文的性格の文と非訓読文的性格の文とが共存しているところに着目して、この物語に含まれる会話文を除く地の文のうち、「けり」によって終止する文（非訓読文的性格の文）の表れ方にある種の偏向が認められることを指摘した。そして、その「けり」止めの文で描かれた輪郭だけをたどると、この物語の大筋を知ることができるという。しかもその筋書は『今昔物語集』にみえる竹取説話との関連を思わせ、また『源氏物語』絵合の巻に示された『竹取物語』の記事に一致するという。このことは、『竹取物語』における訓読文的性格の文章が、作者の創作に用いられた文章であり、「けり」止めの文章が、竹取説話による筋書きを表した文章ということを示すものである。

物語の成立時期と作者

では、『竹取物語』の成立年代については、現在どのように考えられているのであろうか。この問題については、江戸時代以来多くの考察がなされてきたにもかかわらず、いまだ異説が多いのが現状である。長谷章久氏の「竹取物語の成立」（『国語と国文学』昭和一九五九年四月特輯号）によれば、従来の諸説の主なものを大別すると、⑴延喜以前説と、⑵延喜以後説に分けられ、それらを総合すると、『竹取物語』の成立時期は、弘仁以後天暦に至るまでのおよそ一四〇年間という極めて長い期間となるという。このように成立時期を限定できないのは、一つには、この物語の写本に古いものがないことによるところが大きい。また、『竹取物語』は、各地に別系の伝承が存在することを考えると後世の加筆や潤色がある可能性が予測でき、現存する本文がどれだけ原初の形態をとどめているかわからないという状況にある。さらに作者も一人とみる説もあれば、数人による書き継ぎであるとの説もあり、どれを取ってみても確実なものがない。ゆえに、何に重点を置くかによって想定する成立時期が異なってくるのである。

現在、一般に成立時期の上限については、仮名の流布、縁語・掛詞の使用、応天門の乱との関係、八月十五日を明月とすること、漂流・遭難の記事等々から、貞観末期ということは通説化しているが、下限については、『源氏物語』絵合の巻の「絵は巨勢の相覧、手は紀貫之」という文章や、『大和物語』の源喜種の和歌、富士の噴煙の記事などによって、天慶・延喜以前ということが推測されるのみである（三谷邦明「竹取物語の方法と成立時期―〈火鼠の裘〉あるいはアレゴリー―」『国文学解釈と鑑賞』一九五五年二月号）

なお、写本と作者についても簡単にふれておこう。『竹取物語』の伝本は、大別すると古本系統と流布本系統に分けられる。古本系統とは、上賀茂神社三手文庫に所蔵される、今井似閑が元禄五年（一六九二）の刊本に校合した「古本」の本文系統を指すもので、流布本系統とは、古活字十行本をはじめとして、江戸時代に刊行された版本を含む現存本の大半をいう。これらのうち最も古い写本は、完本では流布本系統の武藤元信氏旧蔵本（天理図書館所蔵、天正二十年〈一五九二〉書写）である。

次に作者についてであるが、これも従来からある源順説・源融説・僧正遍昭説、近年に説かれた紀長谷雄説・忌部氏説・漆部説など数多く、定説をみない。想定される人物像としていえることは、和・漢・仏教にわたるすぐれた知識をもっているということと、表現の語法からみて男性であるということ、庶民と交渉がありながらも、上流社会の実態にも精通していたということなどであり、また、先にもふれたように、作者を一人と考える説もあれば幾人かの手を経て現在の作品が成立したと考える説もあり、現在のところ不明とするほかないであろう。

ちなみに、『竹取物語』は竹の中にいる稚児を「三寸ばかりなる人」といい、その成長を「三月ばかりになる程に、よき程なる人になりぬれば」といい、かぐや姫の名付けの祝いを「三日うちあげ遊」び、難題を解決する期間を前者三人には「三年ばかり経て」、「さをととし」、「千余日」と記するところからみると、この物語は三という単位を基盤にして出来ていると考えられ、『今昔物語集』の難題数も三つであることを考え合わせれば、『竹取物語』の難題を五つにしたのは、作者による改変といえよう。

さぬきの造の名

以上、『竹取物語』の成立に関わる素材や成立時期や作者について述べてきたが、これらのことをふまえた上で、次に『竹取物語』と広陵町とのつながりについて考えてみたい。

物語の冒頭部分に竹取の翁の名が「さかきの造」（物語のなかでは他に「みやつこまろ」ともある。）と記されているが、この「さかき」は古本系統のものでは平瀬本、流布本系統のものでは武藤本・加賀本・島原本・蓬左本・吉田本などに「さかき」とあり、新井本をはじめとする平瀬本以外の古本系統本と流布本系統の前田本・久曽神乙本・丹羽本・徳本本などには「さるき」とあり、群書類従本には「さぬき」とある（中田剛直、前掲書による）。猿君〈さるき〉説、栄木（賢木）〈さかき〉説などがあり、現在では、「か」と「る」の字体が類似してしることから、「さかき」は「さるき」からの誤写であり（池田亀鑑『古典の批判的処置に関する研究』）、更にn音とr音の音韻交替（「ぬ」と「る」の交替）から「さるき」が「さぬき」になったと考えられる傾向にあるが（塚原鉄雄『新修竹取物語別記』・『王朝の文学と方法』）、現存諸本に「さぬき」とあるのは一本のみであることを思えば、まだ慎重に考慮すべきことと思われる。史料編上巻に収める『竹取物語』の本文は近年出版された校訂本の一つである新日本古典文学大系本によるものであるが、この部分は底本である武藤本（これは完本での最古写本である。）のままの「さかき」としている。

しかし、翁の姓が「さぬき」であると認められるならば、それは大和国広瀬郡散吉郷（現広陵町域）に居住していたと思われる讃岐氏の一族であると考えられ、ここに広陵町とのかかわりが浮かび上がってくるのである。

『和名類聚抄』大和国広瀬郡には「城戸、上倉、下倉、山守、散吉、下勾」とあり、散吉郷がみえ（散吉は、讃岐と同じく「さぬき」と読み得る。）、『大和志』広瀬郡郷名部には「散吉、已ニ廃シテ済恩寺村ニ存ス」と記される。『増補大日本地名辞書』第二巻はこの散吉郷を「今馬見村大字三吉あり即此地とぞ」という。昭和三十年に馬見町と瀬南村と百済村とを合併して現在の広陵町が成立したので、大和国広瀬郡散吉郷は現在の奈良県北葛城郡広陵町三吉のあたりとなる。そして『延喜式』神名上の大和国広瀬郡には「讃岐神社」があり、『日本三代実録』元慶七年（八八三）十二月二日の条には「大和国正六位上散吉大建命神（さぬきのおほたけるのみことのかみ）、散吉伊能城神（いなぎのかみ）、……並びに従五位下を授く」と記され、大和国には散吉大建命神と散吉伊能城神が祀られていたことが知られ、また『新撰姓氏録』右京皇別下に「讃岐公。大足彦（おほたらしひこ）忍代別（おしろわけの）天皇（すめらみこと）の皇子、五十香足彦命〈亦の名は神櫛別命〉の後なり」と記されることから、景行天皇の後裔に讃岐氏の一族がいたことがわかる。讃岐公氏の「讃岐」は讃岐国（香川県）の地名に基づくもので、『日本書紀』景行天皇四年二月の条や『先代旧事本紀』天皇本紀、景行天皇の条には、神櫛別命は讃岐国造の祖であることが記される（佐伯有清『新撰姓氏録の研究考證篇』第二）。讃岐神社と散吉大建命神・散吉伊能城神との関係は明らかでなく、また大和国広瀬郡に讃岐氏が居住していたという確証はない。しかし、地名や神社名にその名が残り、また、讃岐神社は、恐らく讃岐国より讃岐人がこの地方に移住して、その祖神を讃岐神社と広瀬神社の摂社の散吉社に奉斎したものであろうと考えられることから（『式内社調査報告』第二巻）、この地に讃岐国の人が住んでいたことはいえよう。そして、その人々が讃岐氏の一族であることは十分に考え得る。すると、さぬきの造は、上述のように広瀬郡散吉郷に居住していたであろう讃岐氏の一族ととらえることができよう。このことが認められるとすれば、『竹取物語』の竹取の翁は散吉郷に住む讃岐氏をモデルにしている可能性が考えられる。

求婚者の名

作中人物が実在人物をモデルにして出来上がっている可能性があることは、阿倍のみむらじ・大伴御行・石上麻呂足の求婚者の名からもうかがうことができる。求婚者に実在人物の名前が用いられているということについては、早くに田中大秀が『竹取物語解』（天保二年〈一八三一〉、『日本文学古註釈大成』所収）において指摘して以来関心が寄せられており、加納諸平は『竹取物語考』（天保末年、『日本文古註釈大成』所収）のなかで五人とも実在人物に比定する考証を行った。そして三谷栄一『竹取物語評解』（増訂版）や日本古典全書『竹取物語・伊勢物語』（南波浩校註）などは加納諸平の説を支持し、また新潮日本古典集成『竹取物語』（野口元広校注）も、苦しい臆測の積み重ねであると述べつつもこの説を支持しているようである。その実在人物とは、すなわち、『日本書紀』持統天皇十年（六九六）冬十月の条に「正広参位右大臣丹比真人に資人一百二十人、正広肆大納言阿倍朝臣御主人、大伴宿禰御行には並びに八十人、直広壹石上朝臣麻呂、直広貳藤原朝臣不比等には並びに五十人を仮賜ふ」とある五人である。作中人物に照合すれば、石作皇子が丹比真人島、くらもちの皇子が藤原不比等、阿倍のみむらじが阿倍御主人、大伴御行は実在人物と同名の大伴御行、石上麻呂足は石上麻呂となり、ともに天武・持統・文武天皇朝に活躍した人物である。

阿倍みむらじと石上麻呂足は実在人物をもじった名であり、この二人と大伴御行についてはすぐに見当がつく。藤原不比等は、『帝王編年記』斉明天皇五年（六五九）の条や『公卿補任』大宝元年（七〇一）の条や『尊卑分脈』藤氏大祖伝、不比等伝に、母は車持国子の女で天智天皇の子であると記され、『文徳天皇実録』嘉祥三年（八五〇）五月五日の条に「先朝の制、皇子生るる毎に乳母の姓を以て之を名と為す」とあることをふまえて、皇子の名を乳母（生母）の姓で呼んだと推測し、くるまもちの皇子からくらもちの皇子と名づけたのであろうとする。また、丹比真人島は宣化天皇の曾孫（『日本三代実録』貞観八年〈八六六〉二月二十一日の条によると玄孫となる。）で、はじめは丹治比王といい、後に丹治比を氏としたが、丹（治）比氏と石作氏は同祖で、島は乳母のゆかりのある石作氏に島を養わせたので、石作の皇子といったのであろうとする。『続日本紀』大宝元年（七〇一）三月の条にもこれらの人物の名がみえ（ただし、大伴御行はこの年の正月に死去したためこの条に名前は見えない。）、官職も物語とほぼ同じであり、五人とも壬申の乱の功臣で昇位も同じように行われていることを考えれば、物語における求婚者五人ともこの実在人物の名を借りたとも思えるが、石作皇子とくらもちの皇子については確証がなく、推測の域を出ない。

しかし、少なくとも阿倍御主人・大伴御行・石上麻呂の三人の名を借りたことは異論のないことであり、実在人物をモデルにすることに関して言えば、高松塚古墳の被葬者であると考えられる石上麻呂は、その遺骨から頸椎にずれがあったことが指摘され、どこか高所から落ちたのであろうと推測されており、物語中で石上麻呂足が燕の子安の貝を取ろうとして落下し、腰骨を折ったという叙述には実話をもとにして作られたとの推測をも可能にする（岡本健一「古代のロマンを追って」『長野県考古学会誌』九二号）。そういった見地に立てば、残る二人についての推論もあながち捨て去ることもできない。

かぐや姫の名付け親

また、物語ではかぐや姫の名づけ親として「御室戸斎部の秋田」が登場するが、この斎部氏（古くは忌部）は、『古語拾遺』に「又、男の名を天太玉命と曰す〈斎部宿禰の祖なり〉。天太玉命の率たる所の神を名を天日鷲命〈分注省略〉、手置帆負命〈讃岐国の忌部の祖なり〉、彦狭知命〈分注省略〉、櫛明玉命〈分注省略〉、天目一箇命〈分注省略〉と曰す」とあり、さらに「又、手置帆負命の孫、矛竿を造れり。その裔、今分れて讃岐国に在り。年ごとに調庸の外に、八百竿を貢る、是、其事どもの証なり」とある。つまり、讃岐国の忌部の祖である手置帆負命の後裔が、今も分かれて讃岐国に住み、毎年、調庸の以外に八百竿を貢っているというのである。『古語拾遺』における忌部氏の調進については信用すべき古伝に基づくものとみられているが（高階成章「古語拾遺と忌部氏の本領」『国学院雑誌』四七―四）、荒井義雄氏は、『古語拾遺』以外にも『讃岐国神社考』や『延喜神祇式目』や『讃岐通史』などの記述を挙げ、讃岐国の忌部氏が竹に相当関係があることを指摘する（「竹取物語私見―御室戸斎部秋田を中心として―」『国学院雑誌』四七―一）。

讃岐氏と忌部氏

『古語拾遺』のこうした記述をふまえて、塚原鉄雄氏は、この物語でかぐや姫の名づけ親が竹と深くかかわりのある斎部氏（忌部）として語られていることと、竹取りを生業とする翁が讃岐の造という名で語られていることとの関係に着眼し、讃岐と忌部氏との関連を指摘する。そして、作者も斎部氏系統の誰かであると推測する。

『竹取物語』に登場する讃岐の造と御室戸斎部の秋田との関係から、この物語の作者、或いは成立に発展させて考えることは、示唆にとんだものといえよう。実際、氏の説は三谷栄一氏や原田敦子氏などに影響を及ぼしている。すなわち、三谷氏は讃岐の斎部氏は「朝廷に奉仕するために大和国の広瀬郡に住んでいたらし」く、その讃岐の斎部氏が伝承する竹取翁の伝承が大和国にもたらされ、この作品へと展開したと考え、翁の名を斎部氏関者としているのは、作者が斎部氏と何らかの関係のあった者であるからだとする（鑑賞日本古典文学『竹取物語・宇津保物語』）。一方、原田氏は「大和国広瀬郡散吉は讃岐の忌部氏が讃岐氏と称し、朝廷に奉仕するため讃岐国から移り住んだ所と考えられる」として、広瀬郡散吉郷の斎部氏の一族によって、古くからあった竹取説話が自分たちの氏族の話として改変され、それがさらに都の文人の手によって加筆され、現在みる『竹取物語』のように求婚難題説話の部分が著しく成長した形態となったのだろうと推定する（『奈良県史』第九巻）。

しかし、三谷氏や原田氏が前提としていること―讃岐の斎部氏が大和国広瀬郡散吉に住んでいたことや、讃岐の忌部氏が讃岐氏と称したこと―の史料的裏付けは今のところみあたらない。讃岐氏と斎部氏とが共通するところは、両氏ともに竹と讃岐国とに関わりがあるということだけである。しかも、讃岐氏が竹に関係があるというのは、物語のうえでのことである。したがって、両氏が関係をもつという想定に立脚して、この物語と斎部氏とのかかわりを考える所説では、あくまでもかぐや姫の名付け親が斎部氏を名乗るという物語の記述が介されていることを十分に認識しておく必要があろう。と同時に御室戸斎部の秋田の名は、古本系統の新井本、今井似閑本・太氏本の校合異本には「みむろのあきた」とあり「斎部」の文字がないということも心に留めておく必要がある。

作者の創作態度

このように、三谷氏や原田氏が前提としていることの証拠はみあたらないものの、『竹取物語』の記述を通して、この物語と斎部氏とのかかわりを考える着眼はなお生かされうるものであると思われる。なぜなら、竹取の翁が讃岐と称して大和に住み、姫の名付け親が斎部氏として物語られるのは先に記した求婚者たちの名前の付け方と同じように、ここにも何らかの根拠があってのネーミングであるだろうと理解することも可能であるからである。

なお、ネーミングに関して言えば、『古事記』垂仁天皇の段に垂仁天皇の后になった、大筒木垂根王(おおつきたりねのおおきみ)の女である迦具夜比売命(かぐやひめのみこと)が記され、同書、開化天皇の段にその迦具夜比売命の叔父は讃岐垂根王(さぬきたりねのおおきみ)であるとする記述がある。ここに迦具夜比売とともに名に讃岐がふくまれる讃岐垂根王が出てくることは、『竹取物語』におけるかぐや姫や讃岐の造の名と何らかのつながりがありそうである。

また、物語の中で大伴御行の遭難の話が出てくるが、これは遣唐使の遭難の実話をもとにしているとも考えられ、また阿倍みむらじが火鼠の皮衣を得ようとして中国の貿易船の商人と取引をする話も同様のことが行われる可能性があったと考えられる時代背景から思いついた構想とも思われる(三谷栄一『竹取物語評釈』)。このことは、上に述べたこととともに作者の創作態度につながるものといえよう。

この観点からいえば、物語の中で石作皇子が偽物の鉢を取りに行った場所が大和国の小倉山(おぐらやま)と設定されることも、作者の創作態度の一端を示すものといえよう。本文には「大和国十市(とをち)の郡にある山寺に」取りに行ったと記される(『和名類聚抄』に「大和国十市郡」とある)。そしてそのことを悟ったかぐや姫は返歌の中に「……をぐら山にて何もとめけん」と「小暗し」と掛けて「小倉山」を詠み込む。南大和の小倉山は『萬葉集』にも詠まれ、吉永登氏によって今の倉橋山の峰をいうことがあきらかとなっている。すなわち『大和志』十市郡山川部に「倉梯(くらはし)山、倉梯村ノ上方ノ峯ノ名ハ小倉」とあるのによって、桜井市倉橋(旧多武峰村倉橋)の上方の峰と考えられ、さらに『大和志』十市郡古蹟部に「廃小倉山寺、二有リ。一は多村ニ在リ、一ハ倉橋ノ小倉山ニ在リ」と記されていることから、小倉山には山寺があったことも知られ、物語の記述に合致する(「萬葉小倉山考」『国語国文』第十八巻三号)。

ただ、小倉山の出てくるこの一段にかぎっては、ほかの求婚説話の叙述と異なることから、作者による自由な改変をほとんどこうむらず、竹取説話の持っていた素朴さが露呈しているとの指摘もあり（野口元広校注、新潮日本古典集成『竹取物語』解説・片桐洋一校注、新編日本古典文学全集『竹取物語・伊勢物語・大和物語・平中物語』）、ただちに小倉山の記述を作者の創作であるとは決めかねる。しかし、この物語には現に小倉山が記されているのであり、また、平安時代に入って『古今集』などに多く詠まれている小倉山は、京都の嵐山に対する山であることを考えると、物語中に南大和の小倉山が記されていることをみすごすわけにはいかないであろう。

ここで、先の御室戸斎部の秋田の御室戸の場所を考察すれば、小倉山と同じ大和国にある三輪山あたりとする説をとることも一理あろう。御室戸のみむろは通説ではみもろと同じ意で、神の降臨する神聖な場所をいう。山城国宇治郷（現宇治市）に三室という地名があり、そこには三室戸寺があり、ここを指すとする説もあるが、おそらく大和のみむろ山つまり三輪山のあたりをいうのであろう。『萬葉集』巻二・九四番歌に「玉くしげみもろの山の……」とあるが、その歌の末尾の分注に「或る本の歌に云う、玉くしげ三室戸山の」とあり、この三室戸山が三輪山を指すみもろ山と同じだとすれば、三室戸山も三輪山（現桜井市）のこととしてよかろう（新編日本古典文学全集『竹取物語・伊勢物語・大和物語・平中物語』）。

物語の舞台となった時代

『源氏物語』絵合の巻において「物語の出で来はじめの祖」とよばれた『竹取物語』ではあるが、その成立時期や作者があきらかでないばかりでなく、成立過程にも不明な点が多いため、作品の内容から研究されることにも歯切れのよい結論は出しにくい。しかし、これまで述べてきたことと合わせて、物語全体を通しての舞台設定を考える視点

に立つことが許されるならば、『竹取物語』は、

①求婚者の名に、壬申の乱の功労者で持統・天武・文武天皇朝に活躍した実在人物―阿倍御主人・大伴御行・石上麻呂―の名を、あるいは実名のまま、あるいは少しの変化を加えて用いている（ちなみに、片桐洋一氏は、漢部内麻呂・中臣ふさ子・高野大国・調岩笠等、作中に登場するその他の人物についても大和朝廷の時代を思わせる人物名を用いていることも、この物語の舞台設定に関わる事項として挙げている〈「『竹取物語』を読む―その語り換えを探りつつ―」日本文学研究大成『竹取物語・伊勢物語』所収〉）。

②竹取りの翁の名を讃岐の造として、大和国広瀬郡散吉郷（広陵町域）の人としている。

③かぐや姫の名付け親を大和の三輪山あたりに住む忌部の秋田としている。

④石作皇子が贋の鉢を取りにいった場所を大和国十市郡（現桜井市）の小倉山としている。

などの諸点から、飛鳥・藤原の地（大和）に都が置かれていた時代に物語の舞台を設定していると理解できるであろう。

【著者略歴】
林﨑治恵（はやしさき　はるえ）

昭和41年1月兵庫県生まれ。
兵庫教育大学学校教育学部卒業。
梅花女子大学大学院文学研究科修士課程修了。
皇學館大学文学研究科博士後期課程満期退学。
芦屋大学・姫路独協大学等の非常勤講師を経て、
現在四條畷学園短期大学准教授。
上代文学専攻。

風土記本文の復元的研究

平成二十九年十一月二十八日　発行

著者　林﨑治恵
発行者　三井久人
整版印刷　㈲青木印刷

発行所　汲古書院
〒102-0072　東京都千代田区飯田橋二-五-四
電話　〇三（三二六五）九七六四
FAX　〇三（三二二二）一八四五

ISBN978-4-7629-4220-4 C3021